KLIMTOL

'n Roman

deur

ETIENNE VAN HEERDEN

TAFELBERG

Tafelberg
is 'n druknaam van NB-Uitgewers,
'n afdeling van Media24 Boeke (Edms) Beperk,
Heerengracht 40, Kaapstad
© Etienne van Heerden 2013
Alle regte voorbehou

Fotografie van klimtolspeler deur Antonia Steyn
Outeursfoto deur Imke van Heerden
Tipografiese versorging deur Susan Bloemhof
Geset in 11.5 op 15 pt Sabon
Gedruk in Suid-Afrika deur
Interpak Books, Pietermaritzburg

FSC
www.fsc.org
MENGSEL
Papier van
verantwoordelike
bronne
FSC™ C105735

Produkgroep afkomstig van goed bestuurde bebossing
en ander beheerde bronne.

Eerste uitgawe 2013

ISBN 978-0-624-05779-6
ISBN 978-0-624-05726-0 (epub)
ISBN 978-0-624-06598-2 (mobi)

Vir Kaia

TRIEK EEN
Die Spinner

Die Spinner is die eerste triek. Begin jou konsert so: Jou elm-
boog is gebuig en jou gooihand wag gereed en digby jou skou-
er. Die rugkant van jou hand is buitentoe gedraai. Gooi vin-
nig met die hand wat aan die pols skarnier in 'n tuimelaksie.
Gewoonlik draai jy daarna jou pols na onder vir wanneer die
yo-yo terugkom, maar met die Spinner hou jy jou hand stil en
die klimtol spin aan die tou. Die skuurgeluid teen die grond
klink nes 'n vinnige kar op die stofpad na Garies. Gee 'n pluk-
kie wanneer jy hom terug in jou palm wil hê.

'n Hotel.

Een met kalkklippe wat die motors se stilhouplekke uitgemerk
het, en 'n string geverfde gloeilampe in die peperbome. Ook 'n
kragopwekker, wat op diesel geklop het, en saans om elfuur afge-
skakel is.

Hy het vroeg gaan slaap, want die volgende oggend moes hy in
die hoërskool se saal optree.

Die skoolsaal het gedruis terwyl hy agter die skoolhoof binne-
stap, soos 'n korf vol bye.

Toe hy op die verhoog verskyn, was die applous oorverdowend.

Hy het sy flannels met die omslaanpype gedra, daar was 'n streep
lipstick op sy smoking jacket, sy hare was teruggekam in wat sy pa
"die eendstert" genoem het, want dit was die sixties en sy skoene
was blink gepoets.

Hy het Around the globe gedoen, sy oë was stip op die yo-yo, en die kinders se gesigte aan 't roteer. Toe Walking the dog met sy skoenpunt wat ritme op die skoolverhoog se plankvloer uitklop.

Applous het hom oorweldig.

Toe's dit Rockin' the cradle se beurt, die ingewikkelde triek van tou en spinbal en swaartekrag, hy balanseer als met 'n paar arm-bewegings en laat met die draai van sy hand die klimtol op sy tou uitspring en dit spin ver weg van sy lyf, onbeheerbaar en tog onder beheer – en dan bons dit terug en met die volgende triek swaai hy hom om die aardbol, 'n wye sirkel met sy oë op die skoolkinders en hul elektrisiteit wat syne word, en hul staande applous wat hom die saal uitdra tot buite voor die stil skool met die adjunkhoof wat hom uithaas met sy wange hoogrooi en die wit koevertjie in sy hand: "U fooi."

Hy was op sy allerbeste, en die gehoor was mét hom. Hulle was aan sy toutjie, asof hulle self 'n klimtol was, hier teen sy bors.

Toe hy buite die saal kom, was daar 'n bruin seuntjie, hy mog nie die saal inkom nie, hy was seker van die skool in die lokasie en hy't na Ludo gekom met 'n yo-yo in sy hand en hy't gesê: "Baas Ludo."

Maar Ludo was haastig en het hom 'n sikspens in die hand ge-druk want hy was in 'n goeie bui en gesê: "Hierdie baas moet nou in die pad val", en toe is hy in die Opel en weg na die volgende dorpie nie ver weg nie, hy skat nou as hy terugdink so twintig kilo-meter, hulle lê naby aan mekaar en daar was 'n fontein in elk en soms word die twee dorpe in een asem genoem: Tweefontein.

Dis in daardie tweede dorp dat sy die aand inkom met die ka-mera en hom afneem. Sy was net skielik daar, 'n pragtige vrou, onverwags in 'n Karoodorpie. Uit die selfvertroue kon jy met eer-ste oogopslag aflei: 'n stadsmens. Geen terughoudende skaamte en niks van die gedemptheid van die plattelanders nie. Sy gasvrou, 'n statige tante wat besluit het om hom te nooi omdat die mense hier so min vermaak het, het die kameravrou bekommerd dopgehou terwyl hy sy trieks uitgevoer het.

Nadat sy rondgekruip het tydens die fotonemery en die hele dorp op hul hoede gehad het, het hy die tjekkie (Bybelversie inkluis) in ontvangs geneem, die tante bedank en die hoop uitgespreek om die dorpsmense op 'n keer weer te kom vermaak.

Die tante het gesê sy is jammer oor die vyf volkies – haar term – wat om die deur gestaan en loer het en sy hoop nie dit het die aand bederf nie. Hy het hulle ook gesien skaam omloer die saal in en daardie jare was dit nog Hoog-Apartheid en hulle was buite orde om so om te loer maar die voorsitter het hulle almal by name geken en het hulle seker maar laat begaan.

Terwyl hy speel, kon hy die seuntjie sien, in daardie jare sou hulle *klonkie* sê, wat die vorige dag op Tweefontein Nommer Een na hom gekom het en vir wie hy die sikspens gegee het en Ludo dag, jinne maar die kind slaan nou weer hier uit, hy moet ernstig wees oor die klimtol, maar toe vat die konsert vlam en hy dink nie weer daaraan nie.

Agterna is die kameravrou vinnig vort en die voorsitter vroetel met haar sakdoekie en verseker Ludo hulle het nie die fotograaf gereël nie, sy is jammer oor die woerwar-vrou, kennelik uit die stad en totaal uit haar plek hier met haar kamera gewees, weer eens apologie.

Iets het hom ontstel, onthou Ludo. Haar teenwoordigheid in die saal en haar vertrek – daardie swart oë van haar 'n oomblik magneetvas op syne – dit het hom ontstel. Hy het gevoel sy't hom gekoggel.

Hy het kroeg toe gestap en miskien een te veel gedrink. Te vinnig. Hy hét te vinnig gedrink, ja, wees maar eerlik, boonop op 'n leë maag.

Hy sou die nag op die dorp deurbring, maar terug in sy kamer het die bedompigheid hom vasgedruk. Hy was opgejaag en daar was vuur in hom. Die herinnering aan die vrou se lang bene en haar oë wat syne gryp. Die prente teen die mure, die meubels en die doilies, die kleefpapier vir vlieë en die gepiep van die waaier – hy moes ry.

Die kombuis was al toe, die hotel skemer.

Hy moes weg.

Buite was dit 'n pragtige aand. Op Tweefontein – albei dorpies – is die sterre befaamd digby.

Hy het aanvanklik rustig uitgery, vir 'n enkele dwalende gewuif, en toe was dit die oop donker pad voor hom.

Mens gee vet in daardie geweste. Daar is wel koedoes by ente pad waar die some bebos is, maar padtekens waarsku jou gewoonlik, en in ieder geval onthou Ludo hoe hy was toe hy op volspoed was. Op daardie ouderdom glo 'n man mos niks kan hom grond toe bring nie. Dis die illusie wat applous skep. Hy het oor een so 'n bloedkol op die teer gery, byna die hele pad was bedek met die swart plas droë bloed, en agterna het hy gehoor twee mense het daardie seisoen op daardie pad gesterf in twee koedoe-ongelukke, net 'n week uitmekaar. Die koedoes kom oor voordat jy hulle kan sien, want die ligte van die kar trek hulle aan soos motte na 'n kers en hulle's geboei en verblind en van skrik spring hulle en beland op die kar se enjinkap.

Mense sterf nie weens die impak nie maar omdat die koedoe deur die voorruit bars, en dan is hy binne-in die kar en sy stuiptrekkings en sy horings soos hy sy groot kop swaai en sy hoewe se getrappery is wat die dood van almal in die kar veroorsaak, 'n koedoe is so groot soos 'n bees, net sterker, en hy vrek nie maklik nie, hy gaffel en trap daardie kar maalvleis binne.

Daar was maanlig, so hoe dit so skielik gebeur het, weet Ludo nie, hy het immers geweet van die koedoes en hy moes stadig ry, maar tog.

Miskien was hy moeg ná die vertoning. Miskien het hy agter die stuur aan die slaap geraak. Waarskynlik was dit die vrou wat so vinnig weggery het met die laaste blik op hom wat sy konsentrasie verbreek het. Ja, dit was sy.

Maar dit is geen verskoning nie en dat hy nie sy gedagtes van haar af kon wegkry nie, is ook geen ekskuus nie.

Skielik, helder in die kopligte om 'n donker draai en te laat, hopeloos te laat, die bruin seuntjie op 'n fiets, vir 'n oomblik die gesig na Ludo omgedraai. Hy was kennelik op pad huis toe ná Ludo se konsert, terug Tweefontein Een toe waar Ludo hom die vorige dag gesien het by die skoolsaal, op pad in die stil donker en net die sterre bo hom en toe kom Ludo van agter.

Aan die seuntjie se regterhand was 'n yo-yo, wat hy lomp probeer speel het terwyl hy die fiets trap met sy linkerhand op die stuurstang.

Het hy gewankel toe Ludo so skielik op hom afkom; het hy op die laaste oomblik balans verloor omdat hy die onvermydelike gesien kom het?

Dit was 'n verskriklike slag.

*

'n Jaar voor die kreefinspekteur se dood op Paternoster is dit 'n woelige nag in die stad nadat Snaartjie Windvogel van die suikerhuis weggebreek het. Sy't van taxibus na taxibus gehol. Onder haar voete het die grond gebewe wanneer 'n trein by die stasie langs die taxi rank inkom. Ver weg kon sy Tafelberg sien met ligte wat teen die berg op skyn. Sy't gehoor van die kabelkar, maar kon niks sien nie.

Dit het gedreun hier waar stalletjies tussen die spore en die taxi's se staanplek uitgepak is. Klere en donkerbrille en afgesnyde skaapkoppe en lewende hoenders aan hul bene opgehang en smouse wat vleis op oop vure braai. Hier was min lig, maar die vure en die rooi briekligte van taxi's, die parkeerligte van minibusse en een groot spreilig het lig gegee.

Die taxi's het gebrom en getoet. Die gemaal van mense wat die middestad wou uit huis toe na Ravensmead en Guguletu en Elsiesrivier en Bellville-Suid was woes. Daar was mense met net een koopsak styf onder die arm gedruk, maar ook families met groot koffers en rolle komberse en hulle was op pad na veel verder, gejaagd en desperaat.

Twee mans het verbygekom met 'n bok met vasgebinde pote en

wit oë. Hulle het die dier aan 'n paal gedra wat op hul skouers ge-
rus het. Terwyl sy gekyk het, het hulle die bok op 'n seil omgekeer
en 'n skottel nadergebring en sy keel deurgesaag, en al die swart
bloed het in die skottel geloop. Net sy bene het geskop en toe kyk
sy weg.

Sy't die mense jammer gekry wat vir die langpad die taxi's moes
in. Hulle het gestry en die busse was oorvol. Dit was 'n gesukkel
om mense in te druk, selfs op die vloer by grootmense se voete
moes kinders hurk.

Daar was niks snaaks vir enigiemand aan haar waar sy in haar
blink skoene en oorbelle van taxi na taxi gehardloop het nie. Sy
was benoud, maar nie meer angstig as baie van die tikbedelaars,
die ma's met kinders aan die hand en die honger smouse nie.

Sy wou uit, uit.

Sy't geweet hulle sal haar hier kom soek, want hierdie plek is
waarnatoe jy kom as jy gou die stad wil uit.

En sy kon dit in baie ander se oë ook sien. Uit.

Mother's horror was die taxi se naam waarin sy geklim het son-
der om te weet waarheen dit gaan. *Drive it as if it's stolen* is op
die syruit geskryf. Sy't die helfte van die aand se geld vir jumps in
die gaatjie se hand gestop maar geld teruggehou want sy weet nie
waarnatoe en hoe ver nie. Heel agter in die hoek van die taxi het
sy gaan opkrul, haar oorbelle afgepluk en hulle op die taxi se vloer
gegooi. Haar bedink en hulle opgetel en weer aangesit. Terwyl die
drywer op sy toeter lê, ry hulle uit die gewoel uit, verby mense wat
opgerol in jasse lê en slaap onder tafels of bo-op bokse wat die
volgende dag weer smousgoed sal wees.

Ooppad toe. En toe die taxidrywer gevra het: "Waar gaan jy af-
klim?", het sy net gesê: "Reguit!" En nog geld vorentoe gestuur.

Sy het aan die begin bly omkyk. Sy's met 'n Mercedes-stasiewa
na die middestad gebring en die kar sou uitkyk vir haar. Of sy haar
werk reg gedoen het. Maar geen kar het hulle gevolg nie. Sy't be-
gin ontspan. Niemand het met haar gepraat nie. Die taxi was vol
suwwe mense wat meer bekommerd was oor hul eie lywe as oor

die mense langs hulle. Die bestuurder het deurentyd slukke gevat uit 'n bottel wat in 'n bruinpapiersak toegedraai was en het soms kanse gevat wat sommige passasiers laat kla het. Maar dan het hy gesê dat hulle kon afklim en fokof as hulle nie verder wou saamry nie. Op die ou end het almal tjoepstil gesit en gevoel soos vleis in 'n dun blik terwyl hulle deur donker koringlande en wingerde die oopte in gery het.

Dit het ál platter geraak. Hier en daar was daar 'n plaashuis se liggie, maar later was dit heeltemal donker.

By Malmesbury is sy naby groot graansilo's afgelaai en toe was dit met 'n ander taxi verder.

"Waarheen gaan jy?"

"Reguit!"

"Klim."

Haar geld was min. Donker. Ver op die horison die spatsel lig van 'n dorpie. Satelliete. Vir hoe lank het sy geen satelliete gesien nie? Op Matjiesfontein was daar elke aand 'n paar wat jy kon sien oorkom. En die tyd in die Kaap – hoe lank? Sy sal nooit weet nie, 'n jaar of twee? drie? nege maande? – kon sy weens die stadsligte wat sterre dof maak nooit so iets behoorlik sien nie.

Maar hier in die dreuning van die bussie wat oor die stil donker pad hardloop met byna geen ander kar op die pad nie, het sy soos baie van die ander passasiers begin inknik.

Snaartjie Windvogel het geslaap terwyl Jimmy Dludlu se kitaar saggies oor die taxi se luidsprekers speel. Hierdie minibus se naam was *Jesus' Boy*, en die ryery was kalmer. *One eye on the road, the other on the King of Kings* is op die kant geverf. Die mense was ook anders, minder opgewerk en gespanne. Hulle het nie so op hul goed gelet nie. Bagasie was in 'n stapel op die dak vasgemaak, en van die spieëltjie het 'n swart-en-wit sokkerballetjie, 'n pienk plastiekkruis en 'n ou, droë hoenderpoot gehang.

Voort jaag hulle die nag in, Hopefield verby, Vredenburg se kant toe, waar iemand haar met die elmboog aanstoot en sy in 'n stil, verlate agterstraat uitklim. Daar staan leë taxi's rond onder wat soos tydelike afdakke lyk. 'n Paar mense sit met hul rûe teen mure. Die straatligte gooi 'n geel glans oor alles. Haar medepassasiers word afgehaal deur familie wat met fietse opdaag, of in ou flenterkarre wat rook en met 'n gekraai van vrolike stemme vertrek.

Later is almal weg, dis net sy en die paar mense wat teen die mure sit-lê en slaap, die straatkinders wat oorkant die straat dronk van gomsnuif verbykom, verveeld aan die por aan mekaar, aan die koggel na Snaartjie. Hulle tel klippe op en gooi dit op dakke, verloor belangstelling en swenk om 'n hoek, toiingrig en verveeld.

Hul hande is groot soos krappe en hul lywe te klein vir hul koppe. Hul gesigte is klein getrek en net die monde is groot en die neuse rooi en nat.

Sy gaan sit in 'n donker hoek. Dit sal nie meer lank wees nie, weet sy, dan kom die ysvuur oor haar. Sy weet nie wat om te verwag nie, maar dit sal kom. Sy't dit al gesien. Dit gaan nie maklik wees nie, maar sy moet daardeur, soos toe sy met haar dikwielfiets gery het van Hochschule, die plaas van Miss Edelweiss waar sy vioolles gehad het as dogtertjie, na Platdakkies op Matjiesfontein, na haar ouers se huis. Wanneer 'n haelstorm uitsak en korrels so groot soos klippers val en jy moet daardeur, want die flenterse doringbome bied geen skuiling nie.

Ek moet daardeur, weet Snaartjie Windvogel, ek moet deur die koue vuur van die hael wat my slaan. Ek moet die fiets se stange vasvat en ek moet trap en my nie steur aan my verrinneweerde lyf nie. Ek moet nie links kyk nie, ek moet nie regs kyk nie. Ek moet nie opkyk nie. God is nie bo my nie. God is in die áángaan. God is in die trap en die byt op jou tande. God is die vasbyt en die beslistheid. Die Here jou God is 'n harde God, hy is 'n God van woede en bestraffing, hy sal jou deur die vagevuur van withael stuur en manne sal jou naai dat jou poephol wil oopskeur. Wanneer daar bloed aan hul vole is, sal hulle tevrede wees dat hulle jou goed deurgenaai het en jy sal wegrol van hulle af. Jy sal die slym uit jou stert vee en jou hand uitsteek vir die sewentig rand.

Bewend, arms om die knieë sit Snaartjie in Vredenburg se laatnag-taxi-rank. As sy maar 'n jump kan kry. Wanneer 'n kar stilhou en jy vinnig inspring, uit die koue straat in die grand kar in met sagte radiomusiek en 'n stoel wat om jou rug vou soos 'n sofa. Vir 'n kort rukkie kan jy sien hoe ander mense lewe. 'n Jump sal haar nou red. Geld. Die pienk noot in jou hand. Dalk nog 'n twintig daarby. Sy sal kan koop wat sy wil. 'n Vinnige ene, 'n ou man se halfpap vool in jou mond.

Bewerig, koorsig, sit Snaartjie daar totdat, skielik, 'n taxi om 'n hoek gejaag kom. *Son of Reggae*. Dawerende luidsprekers. Skielik raak die skaduwees lewendig en meer mense as wat sy sou kon dink, kruip onder stukke karton en sinkplate uit.

Maar sy's rats en druk vinnig tot voor in die tou. Sy weet nie waarheen die taxi gaan nie, maar uit hierdie geel lig moet sy uit. Dis asof die hele wêreld met 'n aaklige siekte oorval is, 'n geel plaag. Sy kry sitplek en toe die deur toeklap, gee iemand haar 'n zol aan. Sy trek diep in en voel hoe dit draaglik word, hoe dit haar gryp. Sy leun haar kop agteroor.

Hulle ry vinnig. Bob Marley dra hulle oor heuwels en dale en sy begin iets ruik. Dit moet die see wees, dink sy.

"Waarnatoe gaan jy op Paternoster?" vra die man wat die zol aangegee het.

"Reguit," antwoord Snaartjie Windvogel.

"Dié pad loop nêrens anders nie. Hy loop teen die see vas."

Sy kyk weg, sy wil nie met hom praat nie. Manne wat jou met praatjies vang. Wat met jou dinge wil doen. Wat jou koop asof jy 'n brood is. Vir hulle is jy spoeg of 'n drol of sommer net 'n hol. Sy draai haar weg, draai haar skouer op hom.

*

So, aan die weghardloop, het sy op hierdie dorpie aangekom. Sy's afgelaai by 'n rooi petrolpomp en sy't daar gestaan en die geraas van water gehoor. Sy't na die see begin stap. Sy't by 'n donker huis se waterkraan gaan drink, die kraan versigtig weer toegedraai. Een na die ander huis se ligte het afgegaan, die braaivure het gaan lê en later was dit net sy in die strate. Daar was 'n saaltjie teen die bult waar gospelmusiek hard gespeel is, daar was die een of ander konsert wat haar aan die kerkdienste op Matjiesfontein laat dink het.

Maar sulke plekke moet sy vermy. Dis verby, dis agter haar.

Sy was op haar pasoppens. Die Mercedes-stasiewa wat skielik om 'n draai kan kom, op haar af. Die deur wat oopswaai, die pompende oemf-oemf-musiek en die arm wat haar rof intrek en dan die rubbersambok uit 'n kar se buiteband gesny waarmee hulle haar boude en haar rug looi.

Omkyk-omkyk loop Snaartjie deur die stil stranddorpie se strate en toe bereik sy uiteindelik die see, oorval deur die groot geluid en die reuk en die gevoel van oopte. Die dondering van wat golwe moet wees teen klippe. Die reuk het haar aan 'n ingesoute merinovel laat dink, vars geslag, wat oor 'n draad agter die Marie Rawdon-museum op Matjiesfontein hang.

Die slagvel, die slagvel, het sy oor en oor gesê. Die koue het weer oor haar gekom en sy het van een skuitjie na die ander geloop en gebuk en oor die sand gevoel. Dit was vreemder as enige grond of sand wat sy al aangeraak het. Uiteindelik het sy onder 'n skuit met die naam *Katvis* ingekruip.

Sy was bang vir die groot Mercedes met die lang manne wat haar en die ander altyd in die vroeë oggendure uit die strate kom optel en teruggevat het na die huis in Soutrivier en later in Elsies en toe die woonstelblok in Parow.

Sy was bang vir die securities se karretjie met die manne in wat almal dink huise bewaak maar wat as 'n sideline ook vir die gangsters werk. Hulle patrolleer die strate wat oopgegooi is en hou die meisies dop dat hulle hul werk doen en hul jumps vat.

Sy was nou alleen hier onder die dop van die skuit, maar nie so verlore soos sy was in die karre van jumps nie. Sy was bang onder die boot, maar nie so bevrees soos by die huis in Soutrivier die nag toe haar viool stukkend getrap is en sy geweet het dat daar vir haar nooit weer 'n terugkeer na Matjiesfontein sou wees nie.

*

Hy is 'n ou man, reeds grys. Sy oë raak ál blouer hoe langer hy na die see kyk. Hy verlang na die kameravrou wat hy dekades gelede laas gesien het. Die bloedkol op die pad by Tweefontein kan hy nie vergeet nie. Hy woon alleen en sit op sy stoep oor die baai en uittuur met die yo-yo wat uitkatrol van sy vinger.

Sy huisie is klein en vierkantig. Dit staan noordoos gedraai met die rug na Paternoster se ergste wind. Voor die stoep sak die grond weg, en 'n paadjie loop af deur lae bietoubossies en los klippe na groot ronde rotse wat oor die strand verstrooi lê. Anderkant die rotse lê die skuite wat in allerhande kleure geverf is. Verderaan is die vismark waar hulle die snoeke vlek sodat hy hiervandaan die rooi en wit sien. En nog verder, die sandplaat wat die mense Voorstrand noem.

Hulle kom roep hom eerste. Dis kinders met 'n hond wat om hul voete blaf en hul stemme val om hom nes klippe wat doef.

Van alleen bly raak hy soms so sku vir geluid dat gewone stemme skielik te hard klink, en van uitkyk oor die sagte kleure van die see raak sy oë bederf. Wanneer hy dan moet dorp toe om voorraad te koop en in Vredenburg se winkelsentrum beland, lyk als skel en goedkoop, asof almal te hard probeer. Hy is verlig wanneer hy kan terugry met die dun teerpaadjie na die kus. Hy ruik sy Jeep se diesel en hou 'n rooivalk dop wat stip op een punt bo die vlakte fladder.

"Oom Ludo!"

Soiee-shoep!!

"Kom, oom!"

"Oom Vliepiering, kom help!"

Hy staan stug op en besef dat dit 'n groter noodgeval is as normaalweg wanneer stories soos rukwinde om die hoeke kom en klein warrelwindjies veroorsaak wat deur Kliprug se straatjies kolk. Sulke stories gaan lê weer opeens, maar nie voordat stof en opgekarringde blare en papiere op drumpels lê en selfs tot in voorhuise gestoot is nie.

Iets dringenders in hul stemme vanoggend.

Bekbaai toe, beduie hulle, en hy volg, kierie in die hand, die hond blaffend om sy hakskene, byt-byt aan sy sandale.

Hier voor hom hol die kinders uit, om die draai verby Blikkie Pizzeria met sy groen sinkmure en buitetafeltjies en verby die stukkie kaal veld links met die Eskom-kraghuisie binne die geroeste draadheining. 'n Entjie weg sit Kliprug se eerste huise, en dan sien hy Bekbaai wat voor hom oopmaak tot jy daar ver kan sien, tot by die rotsinham van Abdolsbaai.

Op hierdie hoogtetjie kom hy dikwels saans staan en leun op sy olienhoutkierie om die son dop te hou wat sy laaste hitte in rooie en pienke en oranjes uitstraal oor die see tot dit skielik wegplop, en dan is dit daardie koue uur net voor die maan begin styg en jy die sterre behoorlik kan sien en jy weet dat dit aand is.

Dan moet jy vuur maak as die winter straf is of in die somer kan jy nou op jou stoep sit en families veraf hoor stry en redeneer of lag. Jy hoor potte se deksels en soms die dawerende temamusiek van *7de Laan* of 'n nuusberig wat uitgesaai word en jy sien karre drom by Voorstrand en in die donker is daar die dowwe gegiggel en bewegings van jongmense wat kom vry hier tussen die ronde rotse net duskant Gaatjie en stadig maar seker kom jou gemoed tot ruste, want dis geluide wat jy goed ken en jou derde glas is driekwart. Die voëls wat so rondtrap in die boom van jou hart raak stil en jy kan begin inkyk in die swart nag in sonder om te vrees en jy weet die baai lê wel daar in die donkerte. Die son sal wel weer opkom en die meeue sal hier kom hang om hul krappe te breek en die vissers sal hul bote die see in stoot en daar sal afwagting op goeie vangste en mooi stories wees.

Maar soms kom dinge by jou op waarvan jy nie seker is nie en praat jy jou mond verby en dis wat mense laat lag en nuuskierig maak en hulle met kameras laat kom om jou af te neem bedags op jou stoepie want jy is die ou kampioen.

*

Hy volg die jillende kinders wat ongeduldig omkyk omdat hy hom nie laat haas nie. Die oggend is vars en oop en uit die kom soos hulle afsak see toe slaan die reuk op van sand en klip wat reeds warm gebrand is en ver, tussen die klippe waar die diepsee begin, sit bootjies geduldig bo-op skole vis of werk deur die klipbanke waar die water nou kalm is en die kreef skuil.

Sedert die nag byna vyftig jaar gelede dat die dun skyf uit die lug gekom het waar hy teen sy Opel se wiel gestaan en water afslaan het, assosieer hy haas en drama met 'n aankoms uit die vreemde. Uit die nag tol die piering en hy onthou die sit van sy smoking jacket om sy jong skouers en die gevoel van sy swaar penis in sy hand en in die ander hand die bokspringende yo-yo en bo hom die koepel met sterre.

Hy onthou die ent pad en die flou kopligte van die Opel en hoe jy skielik onverwags 'n muskeljaatkat in die kopligte kan kry, of effens dof na die kante is 'n steenbok benoud teen 'n draad in die padserwituut vasgekeer of dalk 'n ystervark wat blind teen die padwalletjie staan. Hy onthou die tye toe hy op sulke paaie die Opel se koplampe afgesit het ná 'n goeie konsert en hoedat hy oor 'n ent pad die donker muur binnegejaag het, sommer as gebaar, sommer omdat die nag daar was en onvoorsiene dinge voorgelê het. Omdat hy homself wou toets. Omdat hy die klimtolkampioen was en vroue van hom gehou het.

Nou sak hy met die troppie kinders die Bekbaaiduin af en dadelik tref die souterige mistigheid hom.

Eers, vertel hulle hom gretig, hoppend van opwinding al om hom soos hy deur die dik sand ploeter tot waar die plaat harde strand begin, eers het hulle gedink dis 'n dooie rob wat rol in die branders met die skulpiesgruis wat die water grys laat skuim. Toe dag hulle dis 'n hond of dalk is dit . . .?

Dit wás toe so, kraai een van hulle: " 'n Mens."

'n Tweede voeg by: "Die een skoen nog aan."

Hy hoor die ooglede is al afgevreet. Die gesig is vertrek van groot skrik.

En hy dink: Dit wat ek nou hoor is hanekraai vir 'n lang verhaal.

Oor die sandplaat gaan dit makliker. Mense drom al saam rond-om die homp wat wieg in die voorste uitstoot en dan stil lê. Hy hoef nie nader te buk om die man te herken nie: die kreefinspek-teur.

Daardie een – so loop die warrelwinde hier deur die strate – wat al middelman was die ruk toe jy drywerslisensies kon koop by Vredenburg se verkeersafdeling. Net 'n tweehonderdrandnoot en jy kry jou lisensie en jy kan spoggerig uitry en niemand vra enige vrae nie, jy is wetlik.

Die een met die skewe skouer wat sy bakkie hier by die hotel kom parkeer en op die duin agter die bome gaan staan terwyl die vissers daar hurk en die see dophou om te sien of 'n skool vis opkom by Voorstrand. Hulle kyk agterdogtig na hom, want hy is op hul terrein, daardie duin is al geslagte lank hul uitkykpunt en daar sit hulle op slegte dae en tiep aan lou biere of soetwyn en wag vir die wind om te draai of die harders om te loop of die polisie-bakkies wat die kreefverkopers koggel.

Die kreefinspekteur staan daar sonder om met hulle te praat. Hy weet dis hulle plek en dat hulle daar sit met kommer en dat dit 'n harde seisoen was. Hy weet dat hulle te veel drink en woedend raak en geen vooruitsigte het nie en toeriste se sigaretstompies op-tel en afrook tot by die filter, en tog staan hy hulle en terg met sy blote skaduwee wat oor die bietou en hul duin val.

Hy staan net daar en rook sy sigaret en trap die stompie dood, loop terug na sy kar terwyl hulle hom stilweg verwytend agterna kyk. Dan klim hy in sy kar en hy's vort, Abdolsbaai of Tieties-baai toe. Hy gaan kyk watter bote roei gou om 'n punt wanneer hulle hom sien aankom, wie sit doodluiters daar en uitkyk oor die see, die onskuld vanself. Hy doen sy rondtes, klets 'n wyle met Ankervoet, die hekwag by die reservaat se ingang, of daar by die vuurtoring gaan soek hy iemand op met seeblou in die oë en 'n onverwagse skuheid as 'n motor naderkom, 'n mens wat vir die see se buie alleen leef en net met homself praat.

Die kreefinspekteur soek iemand om mee saam kop te skud oor die smokkelaars en die deurbringers, die tikhuisie in Hopland se gangsters, die karre met berookte ruite en blink rims en die ou BMW's wat laag op hul asse lê. Daardie karre wat deur geen kreefinspekteur se bakkie gevang kan word wanneer hulle eers vetgee oor die R27-kuspad na Bloubergstrand en Kaapstad toe nie.

Om Ludo is die geselsery skel en opgewonde. Die Klipruggers lig die inwoners van die duur huise en die gastehuise teen die see in oor wie die man met die afgevrete ooglede is. Ja, hy's die ene met die karolie onder sy vingernaels. Kyk, jy kan dit sien, selfs die see kon hom nie skoonwas nie.

Hy koop mos altyd 'n roomys daar by die kafee, en twee bok-koms by Oep ve Koep. Dan sit hy dit teen die see en eet, eers die koue soet, dan die droë sout.

Dáárdie ene.

En die eintlike aanklag: Hy's mos die een wat die kreefsmokke-laars so ongeskik jag en naweke onder sy DKW lê by sy huis daar in die straat naby Vredenburg se Pick n Pay, hy wat dinge wat nie reggemaak kan word nie wil opfix.

Dis hy wat rol in die water asof hy van sy eie lyf vergeet het. Bedrywig het die krewe op hom toegesak, en soek, soos mense ook maar maak en hierdie storie self doen, eers die sagste vleisies uit. Heel eerste, het die Klipruggers agterna gesê, vreet die krewe daar-die grynslag voor sy tande weg. Nog nooit is in hierdie geweste gesien dat krewe só aan 'n dooie gevreet het nie.

Dat dit die man is wat hulle beskerm het, weet die krewe nie, dink Ludo.

Gou kom nog mense van Kliprug se kant aan, en van die string vakansiehuise in Blikkie se buurt draf mense oor, en van The Lodge kom kelnerinne oorgestap. 'n Klein skare groei aan. Vanuit die groot blokke beton wat as gastehuise hier teen Bekbaai aanlê, verskyn mense op stoepe en selfoonkameras skiet videoskote.

Die vissersfamilies wat afgekom het verby die ou begraafplaas, strand toe, word nou onrustig. Die man wat uitgestoot deur die see daar lê soos die gety terugtrek en hom verwese agterlaat, word noukeurig bekyk en die uitskel wat oor jare teruggehou is, word nou uitgehaal op die lyk. Al die frustrasies van bestaansvissery kom na bowe, en die gesukkel om krewe snags uit te smokkel Kaap toe. Verby hierdie man en ander soos hy. Die woede teen die owerhede en die dag toe hulle die ANC-man hier weggejaag het toe hy met bling-Engels aan hulle die kwessie van vislisensies kom verduidelik het.

"Fokken corrupt . . .!"

"Daai corrupt . . .!"

Mor hulle en een van die kinders skiet vorentoe, por met sy kaal voet aan die kreefinspekteur se skouer, gril en spring eenkant toe. 'n Vrou tel 'n mosselskulp op en gooi dit na die lyk, maar Ludo tree vorentoe en trek haar terug en swaai met sy kierie na die kinders. Hy trek op die sand met die kierie se punt 'n kring om die lyk en is bly die gety trek nou terug en geen branders stoot meer uit onder die lyk nie.

Die kreef verwyder hy en gooi hom in die vlakwater en hink terug na sy sirkel in die sand en geen mens sal binne die sirkel trap nie. Hulle luister na hom, want hy lewe hier by hulle en sit elke dag op sy stoepie en groet as hy gegroet word en almal ken sy stories van die vlieënde piering en die yo-yo en weet dat sy lewe 'n storie het en hulle het begrip daarvoor – hy is van hierdie dorp en ook sy gesig lyk gevreet en geplooi deur die soutwind en die harde son en die eenselwigheid van die dae.

Hulle het hom al male sonder tal laatnag die bultjie sien uitsteier voor The Lodge verby, op pad van die kroeg terug huis toe. Hulle weet hoe hy sommige aande hardehout slaan asof dit koeldrank is. Hy't 'n vlieënde piering gesien en dit bring oneindige respekte, die respek wat 'n groot treiler se kaptein hier kry of iemand uit een van die ou vissersfamilies wat al verknot in 'n rystoel sit en 'n afstammeling is van die Portugese uitswemkaptein of latere matrose van ander skeepstragedies wat destyds uitgeswem het nadat hul skepe gesink het en vir hulle jong vroue gevat het hier onder die vissersmense.

Daardie soort respek het Ludo die klimtolspeler en wanneer hulle hom koggel, is dit goedig, want daar was 'n keer dat hy met sy kierie 'n duik geslaan het in 'n politikus se motordeur, die slag met die verandering van kreefkwotas.

En gouer as wat enigeen sou verwag, is *Die Weslander* se fotograaf daar en Ludo sien al die foto: die ou gryskop met hare wat alkant toe staan (subtiel rafel mens uit hier aan die kus, so subtiel dat jy nie eens weet dat jy stadig laat gaan nie) in 'n vuilerige swart hemp. Sy oumansbene eindig in leersandale en die yo-yo aan die middelvinger is in die een hand en die olienhoutkierie met sy verknotte knoop in die ander. Hy lees al die onderskrif oor die kampioen van weleer wat met sy kierie die woedende skares weghou van die arme kreefinspekteur se lyk.

Hy stap na die fotograaf nadat hy weer op die mense geskel het: "Het julle geen respek vir die dood nie?" en hulle luister, en hy sê vir die fotograaf, want hy sien homself op die koerant se voorblad, buite weste en vervaard. Agter hom op die foto (want kameras lok hierdie soort gedrag uit) sien hy jillende vissers wat spuug op 'n lyk waarvan op die foto net die onderbene met die een wit voet en die ander met skoeisel nog aan te siene is.

Vir die fotograaf sê hy: "Ek wil geen foto van my in jul koerant hê nie."

Sy's 'n jongmeisie, met die gretigheid van 'n eerste beroep.

"Niks is gewaarborg nie," antwoord sy, skud haar krulle, en plaas haar donkerbril voor haar pragtige oë, oë wat kennelik nog min gesien het, so honger en vars is hulle nog, so oop en jy sou ook kon sê so leeg is hulle en ontvanklik, so opgewonde.

Hy draai om en gaan sit 'n entjie verder teen die duin. Die polisie se vangwa daag mettertyd op. Almal gril. Niemand wil die lyk help dra na die polisievoertuig nie. Uiteindelik kom die fris speurder van Vredenburg en hy krap die slakke met 'n mossel af, hy skraap die seegras weg en aan die een arm sleep hy die lyk oor die nat en toe die dik sand. Die speurder se voete plof oor die sand wat nou warm is en Ludo sit en stoom op die duin en voel duiselig. Die yo-yo sweet in sy hand.

Hy is verras oor die speurder se brute, woedende krag. Vir hom moet mens oppas, dink Ludo. Dalk het die speurder die kreefin-spekteur geken. Toe hy by Ludo verbykom met sy sterk dye wat hom voortdryf, kyk hy oor sy skouer na die skare wat hom agter-nastaar: vissermanne met hande in die sakke, vroue wat al weer skulpe opgetel het, en ook stukke seebamboes, gereed om dit na die lyk te gooi, en kinders wat wye draaie oor die sand hol en wawiele maak: "Dalk maak julle of julle dit nie sien nie, maar kyk, kyk die hou wat hierdie dooie man teen sy kop gekry het. Kyk die bloed – dis wat die krewe gelok het."

Hulle jou hom uit. Aan Ludo snou hy, vies, met sweet wat oor sy gesig loop en met sy broekspype tot op sy kuite opgerol, sy voete vol seesand: "Hierdie man is nie deur die see gevat nie. Hy is vermoor."

Die speurder sleep die man tot in die skadu van die polisie-bakkie.

Van die strand af begin die skare oor die duin terugkom, land toe. Hulle is 'n raserige groep, met honde stertswaaiend al op die rande en kinders wat opgewonde esse gooi oor die sand.

Hierdie lap Bekbaai is 'n serwituut, tussen die eerste straat, Son-kwasweg (vernoem na die Sonquas wat eens, eeue gelede, hier ge-lewe het), en die see. Oorkant Sonkwasweg lê die ou begraafplaas, eenvoudige vissersgrafte met skulpe of kalkklippe uitgepak. Ver-rottende stukke treknet span oor die boepe, met skulpiesgruis en plastiekblomme en miertjies en bye by die bietoublomme en 'n skewe hekkie wat jy moet oopstoot om die ou name en die bood-skappe, sommige met die mes uitgekerf, op houtkruise te lees.

Daar is 'n skamel veldjie tussen Sonkwasweg en die see, met op die regte tyd veldkool en 'n reier wat snags wei. As Ludo laatnag tjoepstil wag, kom staan 'n steenbok wat groente uit agtertuine vreet naby hom. Bedags bewaak twee rooivalkies hierdie vierkante kilometer; hulle woon in die skoorsteen van die losieshuis, Die Opstal, en bespied die lap aarde en blits uit vir ete. Veldmuise glip oor die warm sand tussen die bietoubosse. Soms ry 'n stedeling hier in die veldjie in met 'n blinknuwe vierwielwa, in die tyd tussen Kersfees en Nuwejaar, en dan kom die Bekbaaiers uit hul huise, verjaag die onkundige mense en vee die voertuig se spore met rooi-kranstakke dood.

Die speurder besluit: die dokter moet eers laat haal word. Ludo klem sy klimtol vas. Die dokter is 'n stil man en sy praktyk lê agter die hotel, in 'n ou huis wat hy by die Walters-familie huur.

Ludo het juis 'n dag of wat tevore weer onder die indruk gekom van die dokter se ekonomiese gebruik van woorde. Maar dis 'n herinnering wat hy nou van hom wegdruk met krag wat hy nie geweet het hy het nie.

Ludo kom ook dan en wan by die dokter in sy spreekkamer. Jy kan kontant betaal en jou geldjie los in 'n piering en dan gaan jy in by die jongman en die kamertjie is eenvoudig en die ondersoek-bed is met 'n skoon laken oorgetrek. Die reuk van Dettol en die versigtige vrae van die dokter is gerusstellend en ná so 'n besoek glo Ludo altyd dat hy nog tyd het om dinge reg te maak. Om die swerms voëls wat in sy kop dawer te laat bedaar en om gedagtes te hê wat sag uitstoot soos die see op 'n somersaand net voor donker. Sag soos die voorste branders met borreltjies wat oor die sandplaat skuim en klein voëltjies wat op komieklike, vinnige beentjies die plankton en seegrassies en klein goedjies vreet wat tussen hul tone in die louwater dryf.

Die dokter laat hom altyd weer glo dat daar tyd vorentoe is, tyd om te heel. Al is hy 'n kêrel wat nie baie praat nie. Hy vermy mense, eintlik, en hy't in stilte op Paternoster aangekom, rondgevis oor blyplek, daar by Voorstrand oor die see sit en uittuur, die Walterse gaan opsoek en 'n kontrak geteken vir sy praktyk se kamers. Alles in een oggend, vinnig vir so 'n stil man.

Hy's nogals goed met die tikkinders, is gesê, en met die vroue vol kneusplekke wanneer die skole nie loop nie en wanneer die toeriste skrikkerig is om smokkelkreef te koop. Hy is goed met visserman-knieserighede, met Benguela-borse en vislynsnye oor handpalms en moeë rûe en selfs tande. 'n Familiedokter, iets wat hierdie geweste al lankal nodig het. Uitnodigings (want daar was groot opgewondenheid oor 'n vrygesel hier op hierdie dorp van voortvlugtende geskeides, enkellopers en weduwees) na aandete-tafels het hy vriendelik van die hand gewys.

Dit sou die nuuskierigheid net aanvuur.

Hy't 'n kano gekoop en dikwels gaan roei, daar om die punt by die visfabriek, by die ronde klippe. In 'n helderoranje baadjie sit hy op 'n blink dag ingedagte daar op die water, en soms raak hy 'n stippeltjie soos die deining hom liggies uitneem, en dan kom hy met stadige hale van die spaan weer nader kus toe. Oplaas wieg hy op die vlak branders in en skuur sy kano oor Voorstrand se sagte sand. Met water wat van hom drup, sleep hy die kano uit en kyk op na Ludo waar Ludo op sy stoepie sit en na hom wuif.

Mense hou hom dop, hulle kyk hom deur, nuuskierig maar ook versigtig. Dokters is mense wat gerespekteer word, en hierdie een het 'n storie, dit kan jy sien. Hy kruip weg vir iets. Waarom anders sou 'n jongman soos hy hier kom woon?

Nie elke man roei so ver uit en sit hom so en verbrand op die oop see onder die genadelose son nie.

Dis hierdie dokter wat nou arriveer in sy afslaankap-MG met Dick Malgas die treilerkaptein saam met hom in die tweesitplek. Ankervoet, die hekwagter by Tietiesbaai, ry met een voet op die agterbuffer saam en die ander been wapper in die wind. Langs die fikse dokter met sy byderwetse bril, sy sportiewe haarstyl en sy mooi ken lyk Dick Malgas uitgekuier en sat. Hy sit die kar skuins, hy's 'n oorgewig, sweterige man, 'n visser wat diep in die bottel kyk. Een van Paternoster se voorste bootkapteins. Daar word ge-skinder dat hy ook hier en daar 'n handjie in ander dinge het.

Joviale kriminaliteit is die term wat Ludo lankal aan iemand soos Dick Malgas se lewenstyl gegee het.

Ankervoet wat soos 'n spreeu op 'n onsekere tak staan en fladder op die agterbuffer terwyl die MG alle reëls oortree en sommer hier by die serwituut inry, laat die mense lag, party klap hande en fluit. Die kinders hol agter die MG aan, in die waas stof en ou bietoublare.

Die dokter klim uit. Ludo onderdruk die impuls om die yo-yo een maal uit te gooi, voor hom uit, *phee-oep!*

Dis spanning waarvan hy ontslae moet raak. 'n Dun spoortjie sweet biggel teen sy blaai af.

Die dokter lyk nukkerig. Onwillig druk die situasie die dokter nou die kollig in en hy baan sy weg deur die kring mense. Ludo gaan nie nader nie, hy het die lyk gesien, hy weet by watter gesig die doktertjie nou buk, en watter grynslag hy diagnoseer.

Ludo het die speurder goed gehoor: 'n hou teen die kop is opge-merk. Hy voel duiselig. Hy moet versigtig wees: die vliepiering.

"Ankervoet! Hoe het jy dan so gou hier gekom, hoekom sit jy nie by Tietiesbaai se hek op jou pos nie?"

Alle oë draai na die arme, stadige Ankervoet, wie se verstand vertraag is deur 'n haweongeluk jare gelede.

Ankervoet kyk vervaard om hom, begin draai op sy as. Vir hom is die son 'n diskolig, het 'n familielid van hom eenmaal verduide-lik. In dié ouddiamantduiker se kop flits die son partykeer aan en af, dis die suurstoftekort, destyds, in die hawe. Die sluk van te veel seewater gemeng met bootolie, destyds.

"Ankervoet!"

Ludo staan nader, hy weet dis die eerste voeler wat uitgesteek word, die eerste van baie vrae wat later in beskuldigings sal ont-aard: nie net teen die diamantduiker nie. Baie vingers sal gewys word in die dae wat kom, en uiteindelik, ook daardie bepalende, finale vinger.

Hy neem Ankervoet eenkant. "Toemaar, boet."

Hy wys hom die yo-yo. *Phiee-tjoep!*

"Onthou jy?"

Ankervoet kyk na Ludo: "Oom Ludo, ek het hom mos laas met sy verkyker sien staan, oom Ludo, daar by Abdolsbaai. Langs sy voet het sy draadlosie op die rots gestaan. Hy't na Radio Weskus geluister. Ek het die liedjie vergeet. Ek is jammer, oom. Ek onthou nie."

"Ankervoet, jy praat altyd so mooi."

Ludo kyk verras op: dis die dokter wat verbykom en hierdie opmerking maak – 'n seldsame volsin van die dorpspraktisyn.

Hy het sy ondersoek voltooi, kyk na Ludo en knik. "Hou teen die kop. Nadoodse ondersoek nodig. Hy moet na die lykshuis op Vredenburg."

Dis toe dat Ludo opkyk en sien hoe Ankervoet stip staan en kyk en hy volg die diamantduiker se blik en sy eie oog val op Snaartjie Windvogel, die skulpievlegter. Sy staan daar op die hoogtetjie bokant die begraafplaas en soos gewoonlik kyk sy oor die baai uit op 'n manier wat jou laat besef dat sy nie hier is nie.

En daar, eenkant, staan adelbors Eenslie Maree, hy het seker verlof van die vlootbasis en het ook oorgestap en het nie vandag sy uniform aan nie en dalk is dit hoekom Ludo hom nog nie opgemerk het nie. Ludo sien dat die jongman van Kliprug met sy offisierskouers ook opkyk na Snaartjie Windvogel.

Soos altyd is Eenslie Maree se oë wyd oop en sy verstand rats. Ludo kyk dadelik weg. Hy wil nie hê dat die raserige Klipruggers Ankervoet en Eenslie Maree se blikke moet volg nie. Hy't reeds gesien hoe vinnig vingers vandag kan wys.

Hy dink aan wat die vissers altyd sê: "Jy kan die see sit en kyk so lank as wat jy wil, hy bly na jou toe aankom."

Die dag is gevaarlik, besluit Ludo en hy weet die vliepiering kan enige oomblik inkom en dan is hy pê.

*

Ja, so is die verliefdheid; dis 'n skip wat sink en elke troetelwoord wat jy haar wou toevoeg maar nooit hét nie, is 'n matroos wat aan wal moet swem.

Ludo onthou met verlange die vrou met die kamera wat hom kom afneem het jare gelede, in die sestigerjare.

Hy onthou daardie aand toe hy as amptelike verteenwoordiger van Coca-Cola Yo-yo's in Namakwaland op daardie dorpie was. Die Opeltjie was nog blinknuut, en hy had twee yo-yo's. Niemand het van die tweede een geweet nie. Vir die kampioen-mite was dit noodsaaklik dat mense glo dat daar net een kampioen-yo-yo is, nes 'n topviolis een viool het, of 'n jagter die geweer waarmee hy in die aangesig van die aanstormende leeu sy eie lewe al gered het.

Sy klein Stradivarius het hy altyd by hom gehad, dieselfde een wat deesdae langs die rekenaar se toetsbord lê terwyl hy op die Internet is, die toutjie om sy middelvinger selfs wanneer hy tik.

Oor daardie een yo-yo het hy baie gepraat want dit het legende gebou. Die klimtol was vir hom soos 'n ledemaat. Hy het dit beter as sy eie regterhand geken en nog meer, hy was een van die sonderlinge klimtolkampioene wat in sy vroeë jare met albei hande kon speel en 'n ruk lank het hy dit oorweeg om 'n tweede yo-yo vir 'n deel van sy vertoning by te bring, maar ná gesprekke met Coca-Cola het hy daarteen besluit omdat dit afbreuk sou doen aan die mite van die enkele, heilige yo-yo waarsonder die kampioen niks sal wees nie, die yo-yo wat almal begeer want dit is magies.

Vir die wis en die onwis was daar egter 'n tweede in die paneelkissie van die Opel.

Daardie aand in die jare sestig. Die watersak swaai nog heen en weer hier onder die voorbuffer toe hy voor die hotelletjie stilhou. Dit was iewers skuins die nuwe jaar in, en Krismis-mistletoe was nog vasgespyker bokant die hotel se ingang.

Iewers binne was 'n waaier opgestel. Wanneer jy by die voordeur inkom, ruik jy vlieëgif, rooipolitoer en broodpoeding.

Hy had 'n klein reistassie by hom, en daarby 'n klerehanger met sy smoking jacket, en dan, in sy hand, die klimtol. Die aankoms was belangrik. Stories loop gou op hierdie dorpies, en jy moet gewapen kom en jou banier moet wys. Wat daardie eerste persoon wie se oog op jou val en wat met jou te doene het waarneem, gaan vir hom of haar kosbare besit word in die ure daarna en jy moet weet dat hul indruk wyd en vinnig sal loop en jy moet vooraf daarop ingestel wees en jy moet weet wat jy doen.

Hy kom hier met 'n gevoel van oortreding.

Hy weet: hier word nie ligtelik gespeel in Namakwaland nie. Dit is die jare sestig en Verwoerd het weggebreek uit die Statebond en as jy die weer ken en die reuk van die wind en jy verstaan jou diere sal jy sien dat die hele natuur op 'n groot droogte bedag is. Dit gaan vir lank nie reën nie. Triestige tye wag op die Weskus en die hele streek deur die Karoo tot selfs by die grasveld Transkei se kant toe. Meer suid ook, verby die volstruiswêreld tot in George. Mense is versigtig en op hul hoede en daar is Uhuru in die noorde. Nonne word in die Kongo vermoor. En as daar die dag gespeel word, is die perke van die spel versigtig afgemeet.

Jukskei, en met swaar sugte word die stukke in die sandput geslinger.

Albaster. Solank dit kinders is, en solank hulle op die hitte van die dag hul kakiehoedjies op het en in die skaduwee speel, is dit reg. Maar as een ghoen te veel maai onder die bure se kinders, word daar gemaan oor gierigheid en ambisie. Respekte en mededeelsaamheid.

Kaart. Vreetpak en rummie, want dis te warm vir die konsentrasie wat brug verg; kaartspel, ja, by lamplig terwyl die motte spartel in die komme water wat by lampe uitgesit is op die stoepe. Oral staan die groot skottels louwater met 'n vlammetjie daarnaas en verdrink die motte in hul honderde.

Dis by die toonbank van die verteenwoordiger van hierdie stugge wêreld dat hy aanmeld. Sy ruik soet en hy kan haar geur moeilik onderskei van die reuk van vlieëgif by die ingang en die taai geur van broodpoeding uit die eetkamer. Toorballetjie in die hand staan hy daar, en buite gloei die logo op die Opel se deur. Haar oë soek die klimtol. Hy maak of hy die klimtol probeer toevou en wegsteek in sy hand, maar sy ken die yo-yo uit 'n artikel wat sy gelees het en uit gerugte wat sy gehoor het. Ook oor die draadloos is daar iets

uitgesaai, so sy het dae gelede al besluit sy sal haar oë daarvoor
oophou wanneer hy inboek, dit het hy geweet.

Met die truuk van kamma-skaam was daar egter 'n dubbele
bodem, want hy was régtig skaam. Dit was 'n skaamte by hom
oor spelerigheid, selfs oor sy aangenome naam wat *speel* beteken,
Ludo. In hierdie wêreld leef mense hard en kry hulle swaar, en
hiernatoe bring hy die blink spoggerigheid van 'n nuwe Opel en
'n smoking jacket wat oor die skouer gegooi is – dit terwyl almal
met afgeleefde karre ry en kakieklere dra. Boonop het hy by hom
'n speelding, 'n niksnutstol, 'n kierangspinner.

Terwyl hy die register teken, voel hy haar oë op hom. Die ou
tannie kyk hom metodies deur, en altyd maar kom haar oë terug
na die klimtol, wat hy nou so half skuins agter sy rug hou.

Soos 'n nar wat buite die sirkustent graag wil beklemtoon dat hy
'n gewone man met erns is, glimlag hy nie vinnig wanneer hy nie
op die verhoog is nie. Hy hou dit formeel, want dit gee ook status
aan die spel en dan is trieks meer as 'n vermakery en dit word be-
hendigheid en professionalisme en so kry hy meer respek.

Hy is ernstig oor wat hy doen en wy ure aan nuwe trieks en
soos 'n balletdanser se senings is sy skouerligamente en selfs sy
heupe en veral natuurlik sy rug gewoonlik soggens seer en taai.
Sy hand hou nog en gelukkig sy elmboog ook. Dis wat by kam-
pioene eerste gaan, die elmboog. Want by sekere van die moeili-
ker trieks moet jy jou arm kan knak en draai terwyl jou lyf nog
agterna kom en dit kan jou beseer of op die duur knaende, stram
pyn soos tandpyn veroorsaak en dan moet jy daaraan dink om te
probeer aansluit by Coca-Cola se verkoopsafdeling of een van die
botteleringsfabrieke.

Maar hy hou nog, hy is in sy praaim en hy sorg dat hy nie te
veel drink nie want onthouding hou die oog suiwer. Sy trieks verg
tydsberekening en sy gelaat moet helder bly vir die verhooglig.

In hotelkamers lê hy ook op sy bed en doen nougeset saans voor-
dat hy aan die slaap raak sy Tromp van Diggelen-oefeninge. Dis
die man wat jou leer spiere bou sonder dat jy 'n tree gee of 'n gewig

optel, jy werk net met die span en ontspan van jou eie spiere, op jou bed in die stilte van jou kamer, en so bou jy jou liggaam.

Hy het baie eer vir mense soos Tromp van Diggelen en Harry die hipnotiseur en Charles Jacobie die cowboysanger en die kampioenskaapskeerder wat 'n merino-ooi in 'n minuut en 'n half kan omkeer en al die ander entertainers wat die dorpies deurwerk en op die platteland toer en altyd op die pad is soos trekvoëls wat nêrens sitplek kry nie, applous hul enigste tydelike nes.

Baie van hierdie entertainers beskou hom as 'n uitverkoper, want hy werk vir 'n Amerikaanse maatskappy en die klimtolkampioenskappe is 'n groot bemarkingsveldtog vir die koeldrank met die geheime resep, maar hy probeer nie te veel daaraan dink nie en in gedagte te hou dat niks bestaan sonder las en kompromie nie.

Hy probeer 'n vakman bly, 'n sportman en 'n vertoner, 'n trieker. Hy neem dit ernstig op en hou homself in toom.

Buitendien kom Jacobie se liedjies uit Amerika en lyk Harry op die verhoog nes die Wizard of Oz. Dis uitlandse verskynsels en hy glo die yo-yo het deel van die Groot-Karoo en Namakwaland geraak en is ingeburger soos Shell-petrolpompe en springbokbiltong en Joko-tee en selfs die Hallelujaboek, geen huis leef daarsonder nie.

"Is dit nou die speelding," sê sy eerder as vra.

"Ja, tante. Dis die klimtol."

"Dis nie die eerste klimtol wat hierdie geweste ingebring word nie, jy weet dit seker."

"Ek het gehoor, tante, ja."

"Ja, en jy weet waar dit 'n spul mense laat beland het."

"Ja, tante, ek weet."

Hy't aan die Weskus gehoor van die kaptein wat eerste uitgeswem het terwyl sy skip nog aan die sink was en hoe die man aan wal gekom het met net 'n klimtol in die hand. Toe die strandlopers wat hier tussen die rotse seekos aan die uitkrap was na hom aankom, het hy 'n toertjie uitgehaal om sy eie lewe te red en dit terwyl sy matrose aan die verdrink was.

Hierdie Portugese kaptein het die voorsaat van baie Weskusvissers van latere eeue geword en hy sal onthou word as die lafaard met die klimtol, die eerste uitswemmer, die trieker. Die klimtol was lank in besit van die vissersgesin Malgas wat dit deur die geslagte aangegee het totdat 'n museum in Amerika dit kom koop het.

Dick Malgas se mense.

Asof hy oortree het, draai sy die registerboek uit sy hande weg, nog voordat hy behoorlik sy naam geteken het. Sy klap die boek toe. Dis 'n uitspraak.

Hy weet hoe hierdie mense se koppe werk: bewondering word as bestraffing uitgespreek. Sommige het op dié manier lief ook. Dis die kaalte en die ontbering en die niks op die horison, nie 'n wolkie in sig nie.

"Nou toe nou, Meneer Yo-Yo. Of moet ek sê Meneer Coca-Cola?" Daar is 'n ligte flankeerdery in hierdie sinnetjie. Skalks kyk sy vir 'n oomblik in sy gesig. Sy wag egter nie op 'n antwoord nie. "Vanaand eet ons springbokboud met mash. En brekfis begin half-sewe môreoggend, tot negeuur. Ons maak vroeg klaar want teen nege is dit al so warm mens kan nie aan 'n English breakfast met bacon en niertjies dink nie."

"Maak so, tante."

"Kamer drie, uit by daardie sifdeur, regs op die stoep, daar by die groen bank, langs die gassilinder. Moenie daar by die silinder staan en rook nie, ingeval."

"Reg so, tante."

"En sluit jou kamervenster. Iemand steel daardie handballetjie van jou en karring als deurmekaar. Hou hom op jou lyf."

En toe hy al die sifdeur se handvatsel beet het: "Ek hoor hulle't jou konsert van die kerksaal na die landbousaal verskuif."

Hy vra nie uit nie, maar weet uit haar leedvermakerigheid: die kerkraad het seker gekla. Die logo. Die stadsinvloed. Die gespelery. Die geheime resep. Losse sedes. Amerika.

In sy kamer het die bad bruin ringe, en die sif voor die venster het 'n gat in en 'n brommer draai op die vensterbank, op sy rug, en kan nie op sy voete kom om weg te vlieg nie.

Vies sit hy sy yo-yo bo-op die Gideonsbybel wat op die spieël-tafel lê. Langs die Dunlop-asbakkie.

Die almanak, met 'n mooi meisie in 'n bikini hier in Januarie-maand, hang skeef en hy skuif dit reg. Dis 'n Shell Olie-almanak.

Iewers moet ek oefenplek kry, dink hy, hierdie kamer voel te klein.

Hy stap uit by die hotel se sydeur, die straat in. Die yo-yo-hand is in sy broeksak. Dit sal weldra koeler word en hy soek 'n stil plek, agter 'n gebou. Of 'n kraalmuur, hy gee nie om waar nie.

Hy moet oefen, die klimtol pyn in sy beswete palm. So kort voor 'n vertoning is hy diep oortuig dat hy sy ratsheid verloor het, hy weet vir seker dat hy geen triek sal kan uithaal nie, hy gaan vanaand op daardie verhoog sy enkel swik of die tou knoop en hy is onkapabel, vandag is die einde van sy loopbaan as trieker en hy gaan homself verneder en die dorpie se mense gaan van hom 'n hanswors maak. Hoe durf hy hier kom en voorgee dat hy iets besonders is, so spoggerig met die Opel en die smoking jacket en die rooi baadjie, en hom uitgee vir waffers?

Hy het sy oefenritueel om hom te laat bedaar, dis effe anders as sy optreeprogram. Jy moet die verrassing behou – ook vir jouself. Jy moet spontaan kan wees en die aand se energie ry soos 'n bran-derplankryer op 'n brander, één met die see en jou eie liggaamsge-wig. Bedag op die weerstand van water en wind en swaartekrag en die uitstoot van energie soos die water vlakker raak en die diepsee van agter druk en die land jou nadersuig.

Jy moet jouself uitdaag daar op die verhoog voor al die oë, jy moet die oopte in met net die eerste drie trieks vasgestel en vooraf beplan. Dan neem die spel oor, dan is jy in die hande van die ap-plous en die ratsheid van jou eie talent en die konsert volg sy eie diktaat.

Hy vind 'n ou skuur in die buitewyke van die dorp met daar-agter geroeste plaasimplemente wat insak op hul eie asse. Brandnetels. Koeipis loop uit by die gat in die muur en in die voortjie af wat by die melkstal uitlei.

Ammoniakgeure, en hy plant sy voete wydsbeen en vee eers die yo-yo met sy sakdoek skoon. Hy moet versigtig wees dat die tou nie natsweet nie. Hy haal diep asem. Die dorp het min geluide en die skaduwees begin lank rek en hy hou sy eie silhoeët dop, afgeëts teen die wit kalkmuur.

Hy kyk hoe hy deur vertroude gebare gaan en al hoe meer begeesterd raak totdat hy nie van die wêreld om hom bewus is nie en dis net hy en die tou, die wonder van swaartekrag en spoed, die benutting van die kwartsekond, die uitspeel van sy egte self. Ja, dis soos hy dit al bedink het. Wanneer ek speel, is ek ek. Homo ludens, die spelende dier, die geliefde van die groen mannetjies, ek en die skuurgeluid van tou teen klimtol en die ratsheid van hak en kuitspier en pols en palm.

*

Die aand bad hy in koue water, bibber agterna ondanks die hitte in die kamer en trek sy smoking jacket aan. Die strikdas is maroen, en op sy pinkiering sit die logo van Coca-Cola. Hy't 'n handvol rooi ballonne met die logo op. Hy moet hulle eers opblaas. Hy moet ekstra klimtoltou in klein plastieksakkies in sy binnebaadjiesak sit. Daar is ook die uitgesnyde kartonfoto van homself wat hy eenkant op die verhoog moet staanmaak. Dis 'n mansgrootte foto in sy Coca-Cola-baadjie met die uitskiettol wat spin en 'n groot glimlag op die gesig. Langs die gesig is groot geskryf, in dansende letters: *Ludo Loeloeraai!*

Met als stap hy die straat af, en vind sy weg na die landbousaal. Dis net langs die skuur waaragter hy flussies staan en oefen het. Die geur van koeipis en ou trekkerolie is sterk, en mense sit al versprei in groepies op die lusernbale toe hy binnestap.

Hy knik na hulle en hoedens word gelig. Fluistering. Agterdogtig hou hulle hom dop. Hulle is nie mense wat aan vermaak en

vertonings gewoond is nie, en 'n gewyde stilte heers. Byeenkomste
in die kerk is wat hulle ten beste begryp, en daar is jy op jou plek.
By politieke vergaderings sal hulle stoele gooi en rumoerig raak,
want dis vergaderings oor die boerdery en die swart gevaar en die
Bloedsappe. Maar as dit by konserte kom, het hulle die gevoel dat
als nie pluis is nie en daarom heers 'n soort gewyde agterdog.

Hy maak die ballonne aan 'n ou mower se sitplek vas en maak
die kartonman eenkant op die verhoog staan en voel hoe die aan-
wesiges se aandag van hom na die fotobeeld skuif. Die verhoog is
maar 'n voet of wat hoër as grondvlak en hy hou nie daarvan nie,
want hy is te na aan die nuuskierige blikke. Hy verkies groot sale
vol mense, en 'n verhoog wat hom verwyder van hulle. Dan is die
blikke nie die nuuskierigheid van individue nie, maar 'n naamlose
vraag.

'n Kragopwekker stotter iewers ver en drade loop uit van die
ligte wat opgestel is na die masjien buite. Nou stap hy eers uit, hy
het 'n optrede voor, hy moet inkom wanneer die saal vol is, wan-
neer daar afwagting is.

Hy weet wat voorlê. Die oomblikke nou is soos om teen 'n sterk
wind fiets te trap of teen 'n seestroom in te probeer terugswem
land toe.

Hy glimlag by homself: of, soos hulle in hierdie wêreld ligsinnig
sê, het jy al aan jou aanstaande skoonma probeer verduidelik dat
jy talente het?

Met sommige gehore hoef jy aanvanklik min te sê – hoe geesdrif-
tiger hulle is, hoe minder hoef jy te praat. Spel is dan alles. Maar in
hierdie soort saaltjies, met hierdie bot gehore, hier is dit 'n ander
saak. Soos 'n ou boer van Laingsburg eenmaal na sy vertoning
in 'n kroeg aan hom gesê het: "Seunie, die mense was maar taai
vanaand, nie waar nie? Ek dag jy moes jou inpraat in die skaam
arms van 'n weduvrou in, só moes jy vanaand hier in die Karoo die
weg vir jou trieks voorberei."

Hy het vir taai gehore 'n klein voorbereide toesprakie. Oor die
aard van die triek. Oor Tiekie die hanswors, oor Max Collie en die

Groot Houdini en oor Dirk Ligter. Oor die veiligheidsnet van die touloper en die vuurhoepel van die tier. Die reisende toneelgeselskap van André Huguenet. Oor die halfhartige klimtolkaptein, die Porra wat sy skip eintlik heel laaste moes verlaat. Dié verhaaltjie voeg hy ten slotte by vir die ironie, maar dit gaan by almal verby, elke aand, hy weet al uit ervaring. Selfs die neerhalende woord ontlok niks. En tog het hy nodig om homself te kasty met sy voorganger die uitswemmer.

Hy gaan haal dit partykeer ver. "Speel is die wese van die mens," sê hy, en weet hulle dink: As jy so ligsinnig speel, gee jy jou uit vir die duiwel.

Hy is ook gevorm deur hierdie wêreld en dikwels wanneer hy die yo-yo die eerste keer laat uittol, speel hy aanvanklik ook teen homself in. Sulke oomblikke sit daar 'n knoop in sy gewete.

Maar hy stap na binne met swier en met een haal is hy op die verhoog en is hy die trieker.

Toe sien hy haar. Sy is nie die soort vrou wat jy vergeet nie.

Terwyl hy voor die karige gehoor met die eerste uitstote van sy klimtol teen die skaamte veg en na buite net fleur en flambojansie wys, kom sy binne.

Gou speel hy net vir haar waar sy laggend, aanmoedigend en uitdagend met haar kamera voor die verhogie rondkruip.

Dan hier, dan daar, oor 'n ou omie se skouer, deur die speke van 'n ou wiel, skuins verby 'n lusernbaal, tussen die stugge mense deur wat later nie weet of hulle vir hom of vir haar wil kyk nie – so mik sy na hom en klik sy hom met flitsende kamera en later is dit net hy en sy in 'n skandemaak-konsert wat die tonge op daardie dorp nog lank daarna laat klap.

"Whoop!" gil sy met elke wawiel wat hy maak, "hei-yo!" met elke hopstappie en kierang.

Toe hy klaar is en die skaretjie uitskoffel en hy die stof van sy broekspype afskud en nogals verras kyk hoe hy nes 'n hoenderhaan daardie stowwerige verhoog vol sleepmerke en briekmerke en esse en vastrapkolle gedans het, toe is sy weg.

Die singgeluid van 'n klimtol op spoed het nog vibreer tussen sy ore.

Buite was dit reeds donker. Hy't 'n Land Rover hoor brul en terwyl die Vroueklub se voorsitter voor die skuur se deure aan hom die wit koevertjie gee, kom sy verbygejaag. Met die naderry sit sy haar kopligte aan asof sy hulle koggel, en dan is sy verby, sixtieshaarstyl, rooi lipstiffie – daar gaan sy.

Die enkele oomblik dat hul oë stip ontmoet het, het dit gesmee. Hy sal haar uitdagende, opgejaagde blik nooit vergeet nie. Hy het iets van sy eie geaardheid gesien: die energie van die oomblik, die afgrond. 'n Soort roekeloosheid.

Jy sien net gruisklippers spat en rooi briekligte blits en die skynsel van rooi deur dwarrelende stof en jy ruik diesel en kug-kug moet die oues van dae die handjies mond toe lig.

Die dorpie het min straatligte, maar hy sien mense is traag om huis toe te gaan. Hy weet wat hulle dink: Wat het vandag hier voor hul oë afgespeel? As dit nie 'n spektakel van vrygeeste was nie, wat was dit dan anders?

"En die dame?" vra hy versigtig aan die Vroueklubtante.

" 'n Mevrou uit die stad wat rondry en kiekies neem."

*

Hulle het hom eerste kom roep om die kreefinspekteur se lyk te eien, want sulke tye soek mense na standvastigheid. Hy is mos maar altyd daar met sy grys bos hare voor sy huisie met die blou deur op hierdie dorpie met wit huise wat karig soos 'n halfmaantjie skulpiesgruis om 'n baai uitgestrooi is.

Die Benguelastroom stoot op vanuit die suide en Antarktika. Dit vloei dig teen die land aan en is koud en ongenaakbaar. Baie vissers het hul lewe in hom verloor – 'n sterfte wat jou eers laat slaap terwyl jy dryf en lomerig verkluim en dan beswyk. Sommige mense sê dis teen die einde 'n vredige sterfte, maar hy weet nie en dis dalk iets om in gedagte te hou.

Misbanke bol soggens in die somer diep die droë binneland in, en in die middae ruk 'n wind vol stof en opgejaagde sand aan Paternoster se vensters en deure en draai honde wat aan kettings vas is hul rûe na die suidooste. In die winter is die dae glansend en windloos. Gestroop van die somer se stowwerige winde wag als skrikstil en helder, asof in 'n foto.

Die rotse hier net onder die bultjie voor sy huis is vol graffiti, want die visserskinders in hul tienerjare het daar tussen die klippe hul eerste ervarings en kraai hul opstandigheid en erotiese oorwinnings in groot letters uit.

Dan maak die baai oop in lig en blou wat verskiet oor die gladde sand van Voorstrand. Die kromming van wit branders strek so ver soos die oog kan sien.

Die deining is vlak en geen groot strome trek water uit hierdie baai nie. Daarom lê die visserskuite in allerlei kleure geverf omgedop hier op die plaat onder sy voordeur en het 'n vissersgemeenskap kom sit op Kliprug, die buurt skuins agter sy huisie, dekades gelede al.

Baie van die vissersgesinne het eers laer af gewoon, teen die see, maar Apartheidswetgewing en groot geld het hulle uitgedryf, sodat hul huise nou hier teen die bultjie klou soos mossels op 'n vistreiler se kiel.

Op 'n goeie dag sit seevoëls wiegend op die blougroen water van die baai of laat val hulle seekrappe op die harde sandplaat om hulle oop te breek en dan duik die voëls agterna om raserig aan die stukkende krap te staan en pik terwyl ander om hulle fladder tot iemand wat op die strand met 'n hond stap hulle dalk verwilder; dit is wat hom aan die liefde laat dink.

Niks van sy ratsheid met die yo-yo het oor die jare getaan nie. Dit is asof sy vermoë om vinnig en sekuur met die houtballetjie en tou te werk sy laaste sintuig is wat sal gaan, lank ná sy sig en sy potensie en sy gehoor, lank ná sy slag met mense en sy hardkoppigheid en sy eensaamheid en sy begeerte na 'n lyf by hom in die bed – lank nadat al hierdie dinge weg is, sal sy hand nog behendig speel met swaartekrag en spoed. Met die kwartsekond en die knak van die pols en die sagte vangkant van die oop, slim palm.

Die dokter het hom al vertel hoeveel beentjies en spiere in die hand sit en hoe ingewikkeld beweging is en hoe die senuwees loop en hy weet dis iets om te koester, jou speelhand.

Dis 'n spesiale talent wat hy het. In sy beste jare het hy lig gedra aan sy faam, maar nou sit hy hier aandagtig en kyk hoe die vissers op mooi oggende met Land Rovers op die sandplaat uitjaag en met hul bote agterop treilers groot halfmane oor die sand trek.

Die Land Rovers tru die see in, laat die boot uitgly op die water en terwyl dit dryf, vroetel vissers met toerusting – kreefmandjies en lyne vir snoek en dalk 'n opgerolde treknet vir harders as die skole loop en die wind reg is. Geklee in 'n dik oranje lyfpak pak die kaptein die buiteboord se handvatsel en gee vet sodat die eenvoudige skuitjie sy neus lig en jy is verras oor die skuit se spoed en die opwinding waarmee geharde vissermanne wat 'n karige lewe maak op 'n mooi oggend vol belofte die see kan in.

Soos die bote die een na die ander uitgaan, elk met twee tot vier man aan boord, trek hulle skuimstrepe oorkruis die see in, sommige op pad óm die punt met die visfabriek na Bekbaai en Abdolsbaai, ander kies koers noordoos, na 'n rif wat jy net kan sien as die lig reg val en jy jou oë op skrefies trek om die hoë spat van skuim dop te hou.

Motors hou soms stil en kameras klik om die ou klimtolkampioen met die yo-yo af te neem waar hy op sy stoepie sit. Op sulke dae klik hulle die foto's wat in *Weg!* en op Facebook verskyn en wat die idilliese beeld skep van 'n romantiese vissersdorpie.

Die skittering van lig en die buie van mis.

Maar hy het 'n droom en dit is om die yo-yo terug te bring na hierdie geweste, hier teen die harde kuslyn op, van Yzerfontein deur Saldanha en Hondeklipbaai, verby Paternoster en Velddrif en St. Helenabaai en op na Lambertsbaai en verder noord, na die diamantduikers en dieper die binneland in ook. Na Pella met sy dadelbome en nonne en na kopermyndorpies en dan na die harde plaat aarde wat hulle Namakwaland noem. Ook na Garies en Springbok en dalk, as hy gelukkig is, slaan geesdrif vir die klimtol uit na die digter bevolkte gebiede waar die koue invloed van die Benguela vermild en wingerde begin, verby Malmesbury Boland se kant toe, hy weet nie, hy hoop maar.

Vir hom sal dit 'n terugkeer wees na eertydse glorie en dit sal hom weer vuur gee en hom bevry van Tweefontein en snags in sy drome sien hy yo-yo's op die dek van 'n diamantboot, onder 'n dadelpalm by Pella, voor 'n droewige vulstasie op Garies:

Foe-ap! Foe-ap!

Klimtolle wat teen handpalms vasslaan.

En *wggggg! Wgggggg!*

Klimtolle wat aan toutjies spin, grondlangs, *grr, grr* op die gruis, "Kom, Wagter!"

*

Maar hoe sou hulle weet wat daardie nag buite Tweefontein en daarna gebeur het? Die besoekers wat stilhou en 'n foto van hom voor sy huisie neem, dink hy sit daar so vredig soos die see. Maar wat onder die kalm pastel van die Benguela roer weet hulle nie.

Hy't ná die slag stilgehou en rondgekyk vir dalk die skynsel van plaasligte, maar daar was niks. Toe kyk hy eers in sy truspieëltjie. Niks. Net donker. Hy trap op sy briek en toe die briekligte 'n rooi skynsel oor die pad gooi, sien hy.

Die stukkende fiets en opgefrommel die kind. Die voorste fietswiel wat eenkant lê en spin. Die kind – God, dit was 'n arm, los van die lyf, afgeruk.

Hy't uitgespring en gegil, niemand sou hom hoor nie, hy't geskree "God!" en hy't teruggehardloop en wou die arm optel en by die gesig neersit, daar by die bloed wou hy dit neersit asof hy alles wil heelmaak. En toe dink hy, moenie in die bloedkol trap nie, hulle gaan jou spoor vat.

Toe kyk hy verder agtertoe en daar was geen kopligte wat aankom nie. Net die kind met sy gesig half onder die fiets in. Dis toe dat dit gebeur het: sy hele lewe wat omswaai en dit was in daardie een agtertoe kyk – wie het my gesien? Ek kan nog wegkom!

Dit het alles verander. Daardie oomblik.

Hy't teruggehardloop na sy kar en sy ligte afgesit en die Opel het gesukkel om te vat en hy het in die donker weggejaag. Die pad was 'n vae lint voor hom. Skielik dag hy: As 'n kar van voor kom, gaan hulle juis jou nommerplaat kan lees. Maar ook – is die nommerplaat nog daar? Hy sal moet terug as dit by die kind agtergebly het. Hy't stilgehou en, dank God, dit het nog gesit. En toe sien hy eers die skade, die duik en die skewe buffer en die bloedskraap.

Sit aan jou ligte en die kar sal nie kan sien wie dit is nie. Maar daar was, gode behoede, geen ander motors op die pad daardie nag nie. Eers toe hy by die N1 inswaai, was daar weer karre. En toe het hy sy storie agtermekaar. Só lyk die bloed van 'n koedoe. En só lyk jou kar wanneer jy op volspoed 'n koedoe skrams tref.

Ja-nee, die groot bul het weggehol, sleg gekwes maar homself oor die draad langs die padserwituut opgeraap en hy's weg, die bosse in.

Ludo het hom die toneel só deeglik ingedink dat hy reg was om dit te glo. Hy't hom ingestudeer. Soos 'n triek.

Hoe hy, nadat hy die bok getref het, eers stilgehou en 'n ruk lamgeskrik gesit het voordat hy uitgeklim en die skade bekyk het. En 'n skietgebed opgestuur het dat die liewe Vader hom uitgespaar het.

Die N1 was gelukkig ook nie bedrywig nie en tot die dag begin breek en deur die oggend het hy suid gery met die een koplig en die storie van die koedoe wat so maal in sy kop dat daar later byna geen sprake meer was in sy geheue van die kind se af arm en die spinwiel en die kind se gesig half weggesteek onder sy geskeurde hemp nie.

Dit sou later terugkeer, aanhoudend, met die ritme van 'n klimtol.

TRIEK TWEE
Kom, Wagter! ("Walking the dog")

As jy die Spinner onder die knie het, is Kom, Wagter! kin-
derspeletjies. Gooi die Spinner en laat die klimtol tot op die
grond sak. Hy sal outomaties skuins voor jou stap, nes 'n
hondjie. Walkies! Hou die halsbandjie styf vas! 'n Plukkie en
goeie tydsberekening en jou klimtol is terug in jou hand . . .

Snaartjie Windvogel het 'n jaar voor die kreefinspekteur se dood
op Paternoster aangekom, ook in die somer. Daar is baie mites oor
haar eerste oggend, maar Ludo het dit met sy eie oë sien gebeur,
want dit het hier onder sy huisie op die plaat sand begin, by die
omgedopte skuite, en dis onder so 'n skuit dat sy een helder og-
gend baie vroeg uitkruip, die sand uit haar hare klap en verbaas
na die see staar.

Sy dra oorbelle wat te blink is vir die daglig en haar rokkie is
goud vir die diskoligte en dit sit te knap en te kort vir hierdie plek
en hierdie oggend. Sy stryk dit plat asof sy dit só langer kan maak
en besluit om nooit haar rug te draai op hierdie ding, hierdie see
nie.

Haar eerste indruk is dat as jy met hom wil speel, jy versigtig sal
moet speel. Dit lyk of sy bodem te klein vir hom is, dink sy. Kyk
hoe onrustig, hy bly uitstoot, uitstoot, en nooit raak hy stil nie. Sy
kyk na hom soos na 'n man en dink: Moenie vir my kwaad wees
nie. Kyk, ek draai nie weg nie.

Alhoewel sy baie lank in Kaapstad was, het sy oordag nooit
naby die see gekom nie. Dis dus nou haar eerste oogopslag op die

deining en onrus en die breedte van die oseaan en die instoot van branders en die vreemde manier wat die see het om terselfdertyd vriendelik en kwaad te wees.

Dis die oggend dat haar pad sal kruis met die pad van Eenslie Maree, boorling van Paternoster, maar sy weet dit nog nie terwyl sy die sand uit haar hare skud en haar rok regtrek en die see se geur inadem nie.

Eenslie Maree sien haar van ver waar hy afstap strand toe en sy tred word lig en gretig. Hy is 'n jong vlootsoldaat by SAS Saldanha. Die basis sit om die punt by Tietiesbaai 'n ent verder af Kaap toe en hy't pas uitgeklaar as adelbors.

Alhoewel sommige mense meen dat die vlootbasis uitmekaar val, het Eenslie Maree die see in sy bloed. Hy't besluit om sy seile na die wind te span en hy dien die vlag. Hy begin as arm kind uit Kliprug se haglikste straat in 'n tyd toe die kreef diep in gate terugtrek, die snoek nooit loop nie en die uitkykers op die duin waar hulle sit en rook nooit die flikkering deur die water en die donker swaai van 'n skool harders gewaar nie. Dis 'n tyd van ontbering toe sy pa moes weg by die visfabriek en sy ma haar werk by die gastehuis in Voorstrand verloor het.

Hy begin in die Vloot as hondehanteerder en leer om die hond te beheer en deur vuurhoepels te laat spring. Snags neem hulle hom en sy maters ver uit in die buiteposte van die basis waar hektare veld lê met, so hoor hulle, tussenin ondergrondse ammunisiemagasyne. Maar hulle sien nooit valdeure of ingange nie. Dalk is dit net 'n storie om hulle tydens hul wagdienste op en wakker te hou. Hulle hoor dat as daardie magasyne ontplof die hele Saldanha in die see sal inskuif.

Hulle moet die grensdrade patrolleer daar waar die branders teen rotsplate uitslaan en waar 'n duikboot van 'n vyandige land dalk kan ingly. Ook hier teen die kante af waar die township nie ver is nie en skollies dalk oor die draad kan kom om te kyk wat hulle kan aas.

Hier is gewere opgeberg: R1's en baie patrone en handgranate en mortiere ook. Die Kaapse bendes praat deesdae Russies en Chinees en beweeg groot en wyd en in Afrika in. Wapens van hierdie aard, is aan Eenslie-hulle tydens opleiding verduidelik, is vir hierdie bendes poeding en dis 'n geheim maar by 'n basis verder suid, nader aan Kaapstad, is die magasyne een nag leeg gestroop.

Hulle moet altyd paraat wees. Aan die begin kan jy nooit jou rug op jou Alsatian draai nie, want al om die jaar word die hond na 'n nuwe hanteerder aangegee en die hond het lankal leer wantrou. Twee hanteerders lei een hond op. In die eerste twee weke loop elk met 'n leiriem om dieselfde hond se nek. Op en af loop hulle vir ure. Elke hanteerder hou sy leiriem styf vas en sorg dat die hond nie sy tweede hanteerder aanval nie. So hou hulle die hond van mekaar weg en bou hulle in die eerste plek kameraadskap teenoor mekaar. Ten tweede raak die hond later gerus en hul reuk gewoond en besef dis sy twee nuwe base.

Met aggressie-sessies een maal per week word die hond aan 'n paal vasgemaak. Een van die ander honde se hanteerders moet jou hond ure lank met 'n sak slaan en piets en koggel sodat hy alle liefde verloor en waansinnig raak. Só word hy 'n aanvalswapen. Dis harde werk maar die honde knak nooit nie. Dis ook kwaai op die hanteerders want dis wreed en om 'n hond so mal te sien raak van irritasie en vrees vir die val van houe, hy weet nooit van watter kant kom die hou nie. Ná so 'n sessie is jy katvoet om jou hond rond want jy weet hy kan jou aanvat, hy is nou blind vir als.

Snags, op 'n stuk teer onder geel spreiligte met die donker hompe van ammunisiemagasyne in die bosse en 'n oog op die bietou en met die veraf geur van rookvure uit die township en die sout van seebamboesplate wat oopgetrek lê in die laaggety, sit Eenslie en sy maters elk met hul hond. Hulle trek die honde se pienk piele af.

Dit is nie amptelik deel van hul opleiding nie. Maar dis 'n wenk en ou hanteerderswysheid wat aan hulle deurgegee word in die eerste dae van hul opleiding om die hond aan die hanteerder te bind en te verseker dat hy nie eendag omvlie en die hand wat hom voed byt nie. Jy moet altyd dieselfde hand gebruik om hom mee af te trek. Dis ook die hand wat jy moet gebruik om die hond uit te kam en dit doen jy nadat jy hom seks gegee het. Die hand waarmee jy ná die wagsessie die bak Epol by sy hok instoot.

Met die ander hand dra jy die leiriem en bring jy jou fluitjie na jou lippe en steek jy die vuurhoepel aan die brand. Dit is die geheim van lojaliteit. Laat die hond duidelik verstaan watter hand doen wat. Wie dra die regterhand aan sy arm en wie besluit wat wanneer sal gebeur.

By skougeleenthede is Eenslie die een wat met sy regop rug, sy mooi, besliste maniere en sy fier Alsatian die meeste applous ontlok. Die offisiere sien hoe hy sy hond sekuur deur die vuurhoepels laat gaan. Daar is nie 'n aks fout met sy oefenroetine met die dier nie. Die hond vertrou en verstaan hom. Dis altyd 'n goeie teken as 'n dier iemand aanvaar, en ná 'n landbouskou op Vredendal waar Eenslie besonder gewild was onder die skare, word hy een oggend by die vlootbasis ingeroep en 'n adelborskursus aangebied.

So word hy adelbors. En op hierdie oggend dat Snaartjie Windvogel onder die omgedopte *Katvis* op Voorstrand uitkruip en stomgeslaan vir die eerste keer in haar lewe die see sien, kom hy van sy ouers se huis op Kliprug fluit-fluit in sy adelbors-step-outs afgestap. Dis die eerste keer dat hy sy step-outs op verlof mag dra en hy lyk uitgeknip die jong offisier van SAS Saldanha. Die opleiding het goed met sy lyf gewerk. Die dae in die rubberduck uit op die oop see en met die R1 en volle toerusting teen die duine uit en die dissipline van vissermansknope en navigasie en noukeurige strykwerk en versorging van sy uniform was goed. Agter hom lê die opmaak van sy bed en die boun van sy stewels, asook die ingewikkelde boot- en wapentoerusting wat hy flink onder die knie moes kry. Nou stap hy fluit-fluit met 'n donkerbril en sy oog val op haar en dis liefde met die eerste oogopslag.

Die strand is verlate en voetjie vir voetjie stap sy na die water. Daar bo by sy huisie met die blou deur sit Ludo en hou die twee jongmense dop wat deur die natuur na mekaar aangetrek word en hy dink: Dis in die sterre geskryf.

Sy is 'n pragtige meisiekind met lang bene en goeie dye, kuite soos twee visse en regop borste en hy is 'n jongman in uniform met 'n reguit rug en die soort skouer wat jy weet die goue offisierstrepe sal kan dra, daar is net iets aan hom wat hom uitknip vir die Vloot.

Dis 'n jaar voordat die roblyf in Bekbaai se water rol en Ludo is eensaam en babelaas. Hy weet nie wat voorlê nie en dis goed so want geen man moet weet wat op hom wag nie want dan is hy geen man meer wat dapper gesig in die wind invaar nie, dis 'n wysheid wat hy ken.

Maar later sou hy tob oor die ontmoeting tussen Snaartjie Wind-vogel en Eenslie Maree en hy sou dink: Wat het hierdie twee jong-mense wat van mekaar niks geweet het nie na mekaar aangetrek soos twee magnete, hoe werk dit dat iets in jou 'n ding in iemand anders herken en eers later, dikwels oor jare heen, ontrafel julle die rede vir jul aangetrokkenheid?

As jy Snaartjie Windvogel se geskiedenis ken, haar ontvoering uit Matjiesfontein deur die lang manne en wat sy oor die loop van vier jaar in die nagstrate van Kaapstad moes deurmaak, begin jy verstaan. En as jy weet van Eenslie Maree se kinderdae en hoe hy anderkant moes uitstoei, dan weet jy die oggend was vir hulle albei 'n aankoms op Voorstrand en dalk 'n nuwe begin.

*

Vir Ludo was adelbors Maree ook 'n trieker. Hy het in Eenslie se houding die aard van die entertainer herken. Eenslie was 'n keer met sy Alsatian op die sokkerveld by Hopland en Ludo het gesien hoe laat werk hy sy hond en hoe speel hy vir die skare en hoe gees-driftig hulle oor hom was.

Ludo het gesien hoe Eenslie energie trek uit die mense wat hom dophou en hoedat applous sy lyf laat gloei en Ludo het geweet toe hy hom daar sien afstap het Voorstrand toe dat Eenslie die adel-borskeps met die goue wapen daarop dra met dieselfde houding.

Ludo hou die twee dop terwyl die klimtol aan sy vinger wieg:

hoflik trek Eenslie sy uniformbaadjie uit en hang dit om die skouers van Snaartjie Windvogel, dis 'n erotiese gebaar en hy palm haar in. Die twee praat en dan kyk Eenslie op en neem Snaartjie aan die elmboog. Hulle kom by die ronde rotse vol graffiti verby en begin die kurktrekkerpaadjie na sy huis klim.

Hy groet die jongman vriendelik want hy weet in die geselskap van 'n meisie moet jy 'n jongman eer want hy het respek nodig: "Adelbors Maree, Eenslie."

Op 'n manier wat hom laat besef dat sy met mans gewerk het steek sy haar hand na hom uit en sê "Snaartjie Windvogel". Hy ruik die langpad aan haar en stel sy badkamer beskikbaar. Terwyl hulle luister hoe die krane loop en sy haarself was, sit Ludo en Eenslie voor die huisie en Eenslie sê: "Sy kom van die Kaap af en verder is sy stom."

"Los haar, sy sal praat as sy moet."

Eenslie kyk na Ludo en gaan na binne en sit die ketel aan. Ludo hoor hom met die blikbekers werk. Wanneer sy met nat hare uit die badkamer verskyn, drink hulle koffie en sit sonder om te praat en kyk hoe verjaag 'n hond die meeue wat krappe op die sandplaat vreet. Die voëls skrik op en fladder halfhartig eenkant en kom sit weer totdat die labrador weer braaf naderstorm en aan die stukkende krap snuif, 'n hap vat en gril.

"Jare gelede," sê Ludo naderhand nadat hy 'n CD met sagte vioolmusiek gaan opsit het en hy opmerk dat sy sy yo-yo dophou, "het ek ook so op Paternoster opgedaag. Vir my was dit 'n dorpie aan die einde van 'n baie lang pad en toe ek hierdie baai sien en hierdie huisie leeg sien staan nadat 'n groot tragedie die inwoners getref het, het ek hier ingetrek en die eerste nag daar in die sitkamer se hoek op die vloer geslaap tussen hondedrolle en vlermuismis, want die huis het lank leeg gestaan en ek moes hom weer méns maak."

Hy kyk na Eenslie. "Eenslie was nog 'n seuntjie hier agter in die skool wat in daardie dae die Kleurlingskool genoem is wat sy knie nerfaf geval het op die skoppelmaai en smiddaens het hy en sy maters daar onder geswem of kom kyk hoe ek my yo-yo se sake vir hom werk."

Toe hy sien dat sy begin ontspan, neem Ludo haar leë beker by haar en sê: "Jy kan by my oorbly tot jy vaste blyplek kry. Hier agter is nog 'n kamer."

Hulle skrik toe sy Eenslie Maree se uniformbaadjie van haar skouers afgooi. Dit beland op die grond en sy stamp haar stoel om en sy hardloop. Sy hol Blikkie se kant toe en Eenslie wil haar volg, maar Ludo pluk hom aan die arm terug en sê: "Sy is wild en sy het tyd nodig."

*

Sy gooi die baadjie eenkant en die ou man spring ook op, vaal geskrik. Sy hol weg van die huisie en die see waar die water uitplaat oor die strand.

Sy gaan kruip weg agter bietoubosse op die rand van die dorp, die hele dag. Sy slaap en word wakker en slaap weer. Met skemerdonker gaan drink sy by 'n leë huis se tuinkraan. Sy steel klere wat aan 'n draad vergeet is af en vat wat sy dink haar lyf sal pas. Sy is lus om mansklere te steel en dit aan te trek. Want dan sal niemand haar herken nie. Maar sy was nog nooit in mansklere nie en sy vat vrouegoed. Die nag vlug sy deur leë erwe en struikel oor 'n eiendomsagent se bord. Daar is geen mens op straat nie. 'n Hond blaf na haar. Dan hoor sy 'n motor. Dit kom om 'n draai en die ligte val op haar. Daar is nog 'n lig. 'n Straal wat deur die mis boor. Die soeklig spring om haar en 'n keer vang dit haar. Sy voel soos 'n springhaas in die Karoo wanneer die boere agter hulle aan rondjaag met soekligte op die bakkies se dakke.

Sy hol skuins en koes agter 'n halfgeboude huis in. Die kar kom vinnig aan, ry om die blok om haar te probeer afkeer. Sy buk weg agter 'n sinkplaatmuur. Die hele plek, lyk dit haar, is in aanbou. Op Matjiesfontein het jy nooit nat sement geruik nie, maar hier – dit lyk of dié stuk dorp net bakstene en sandhope en gruis is.

Daar is die kar met die lig! Sy hol en koes agter 'n huis weg. Sy lê laag en wag. Op en af patrolleer die kar. *Ultimate survivor* is op hom geskryf. Later ry dit weg.

Daardie nag gebeur dit so dat iemand klippe gooi deur die vensters van 'n hele paar huise waarin geen mense is nie. Niks word gesteel nie. Dis 'n kwajong wat stelselmatig deur al die dorp se buurte gewerk het. Tuinkrane is oopgedraai en op Kliprug loop honde los rond wat gewoonlik nooit van hul kettings losgemaak word nie. In Bekbaai is 'n hele spul karre se wiele afgeblaas en iemand het gepis op The Dunes se voorstoepie, by die voordeur met die vyf sterre teen die muur.

Snaartjie Windvogel se hartklop bedaar. Sy stap en stap totdat sy in die veld is en iewers op 'n grondpad beland.

Dis die pad na die reservaat en na Tietiesbaai maar sy weet dit nog nie. Sy stap totdat sy die dorpsliggies ver agter haar gelaat het. Die donker veld troos haar, en daar ver sien sy 'n toring met lig wat daarvan uitstraal. Dit lyk op 'n kerk, dink Snaartjie. Daar bo sit 'n mens wat lig oor die wêreld uitgooi.

Sy moet oor 'n heining maar sy't geleer klim daar op Matjiesfontein. Sy kom by die vuurtoring en kyk op. Sy onthou een nag in die Kaap, in 'n kar verby 'n soortgelyke toring. Die bulk van 'n mishoring. Groenpunt. Hulle's ook daar afgelaai, sy en die ander. Ook daar moes hulle snags staan, maar hulle kon min van die see sien en die patrolliekarre van die security companies het hulle dopgehou en beheer.

Sy is binne die toring en begin klim.

Dan is sy bo en sy kyk hoe die straal lig weg van haar oor die see uit vee.

Hier gaan ek bly, dink Snaartjie.

Ek, Snaartjie Windvogel, hier gaan ek sit en uitkyk oor als. Soos 'n duif wat 'n plek vir sy voet gevind het, van my kwaad ontslae.

Hierdie lig is my lig. My lig om hulp, my uitnodiging aan iemand om my raak te sien, om my op te tel, om my vas te hou, iemand wat my gee wat my magoed my nooit kon gee nie, wat ek nie by my pa, Piet Windvogel die draadspanner, gekry het nie, iemand wat my kan gee wat ek net in die viool kon kry.

My platgetrapte viool.

En Snaartjie slaap. Om haar lê die rotse swart onder die aanslag van die branders. Die fynbos baai in die sekelmaan en 'n steenbokkie kom ligvoets wei. Tuinkrane straal en honde wat vryheid nie ken nie, vorm bendes en stroop vullisblikke en jol deur die strate. By die dorpie is daar nog enkele plasse lig in die strandhuisbuurte, daar is nog 'n paar braaivleisvure wat vlamme lek en 'n enkele motor patrolleer die strate en begin stelselmatig die alarms opvolg van die huise met die stukkende vensters.

Hulle bespiegel oor die vreemde meisiekind wat so deur hul soeklig se straal geblits het. Iets blinks aan haar, iets wat goud wip om haar lyf, nightclub-klere, en waar die voete moet wees, net 'n blink blits in die ligstraal. Maar toe's sy weg, en hulle kon haar nie weer kry nie.

Wie is sy? Is die storie waarmee Eenslie Maree laataand op Kliprug aangekom het, dan tog waar?

Hulle praat oor die blink meisie en die skuitgeboorte en hoe sy weggehardloop het van Ludo se huis.

En sy sit daar in die toring, oë wydoop van die haelstorm wat oor haar kom. Sy haat haar lyf vir wat daar is en vir wat daar nie is nie. Sy kyk hoe die ligstraal heen en weer in die donkerte oor die baai swaai. Sy staan op en maak haar hande oop en toe. Sy sweet koue sweet.

Sy onthou hoe sy tot die oggend onder die boot gelê en wag het op die haelstorm, op die houe wat ys teen haar lyf gaan moker. Maar toe is dit nie kouevuur wat kom nie, net die regop outjie met die donkerbril en die smart uniform en toe hy op haar afkom waar sy die sand met haar vingers uit haar hare gekam het, was sy eerste woorde: "Ek weet nie wie jy is nie, maar ek is bly ek het jou gekry."

Sy was bang vir enigiemand in 'n uniform. Tog het sy hom dadelik geantwoord: "Jy kry nie wat jy sien nie."

Maar sy't gewens sy kon hom regtig eerlik antwoord. Hom vertel hoe dinge wat een oomblik daar is, die volgende oomblik kan wegbreek. Hoe jy kan hoor wanneer dinge so breek, hoe jy die reuk van skaapvel en slag kry, van derms en skyt en hoe jy dan iets moet kry om jou op te lig uit die bangheid vir die noute as jy seker is iemand wurg jou en die wurg is ook 'n blindheid en jy het niks om jou nie, net die klein ruimte van 'n kamertjie sonder venster en 'n deurknop wat nie kan draai nie, want die deure in Soutrivier het aan hierdie kant geen deurknop nie, en so was die deure ook in Elsies maar in Parow het jou deur 'n knop gehad wat jy kon draai want die lang manne was nie net in charge van die woonstelblok nie maar van die klomp straatblokke tussen Voortrekkerweg en die treinspoor en hulle sou jou optel voor jy vyftig tree ver is, dag of nag. En as jy by 'n polisiekar sou inspring, sal die polisieman jou elk geval weer hier kom aflaai, so't sy gehoor.

Dit het haar geleer dat jy bandiet kan wees selfs al sluit niemand jou toe nie.

Jy hamer teen die deur en gooi jou lyf teen die mure. Jy's soos die jong rooikat wat jy 'n keer in 'n vanghok gesien het, bloedgesig soos hy hom keer op keer teen die hok se deur gooi.

Jy weet hoekom daardie eerste plek se naam Soutrivier is want dis die sout van jou oë en die sout van jou bloed. Toe die eerste klanke kom terwyl sy en die jongman met die naam Adelbors en die ou man met die vreemder naam Ludo koffie drink, toe die eerste klanke kom nadat Ludo die CD begin draai het, toe die eerste vioolgeluide kom, toe dit kom en deur haar kopbeen sny, toe trek dit bloed, toe spring sy op.

Sy't in jare – of is dit maande? – geen vioolmusiek gehoor nie. Dis asof alles by haar opkom, asof 'n gordyn oopgaan en sy alles wat sy verloor het, helder sien. Dis haarself wat sy sien, op die dikwielfiets op die stofpad Hochschule toe, met haar viool agterop die hotelfiets vasgemaak.

Sy sien die Karootreine wat kom en gaan en die uitwaaier van die duifswerms bo Platdakkies, sy sien die gehawende ou Lord Milner-hotel soos 'n krismiskoek in die woestyn, met sy lang palmbome en wapperende vlaggies.

Sy het dit verloor, sy het alles verloor en dis asof die viool 'n mes is wat haar oopsny. Sy sal nooit weer kan teruggaan nie want hulle sal haar invra en almal sal weet sy's weggeraap en as jintoe gebruik. Daar is vir haar geen holte meer vir haar voet daar by die huisies met die lae dakke en duifswerms en die vlae van die Lord Milner-hotel nie.

Sy het te veel gesien om as kelnerin te gaan werk in die hotel se eetkamer of in die geskenkwinkel agter die toonbank te gaan sit. Vir haar is daar nou net die oop pad.

"Is daar dan niemand vannag nie?"

*

Sy kom met 'n groot draai deur die veld en nader die winkel sku. Dis die winkel met die rooi petrolpomp voor nes jy die dorp inkom en sy't hom gesien die nag toe sy hier aangekom het. Sy weet sy moet versigtig wees want sy kan sien dis 'n klein dorpie en mense het hul hande om mekaar se blase.

Sy't oorgebly in die vuurtoring en daar is min beweging en sy't gedink sy kon daar bly. Daar was 'n man wat onder die toring tussen geboue beweeg het. Sy kon sien hy is 'n alleenman. Wanneer karre stop, duik hy agter geboue weg. Hy het blou oë wat net een keer op haar geval het. Dit was asof hy deur haar kyk. En nie omgee dat sy daar nesskop nie. Sy sal hom vermy en dink: Hy is nie gevaarlik nie. Maar op 'n dag sal hy nie meer deur my kyk nie en my sien. Dan sal ek iewers in die veld moet gaan nes maak. Ek sal dit doen want ek kan.

Sy wag tot dit so tienuur se kant die oggend bedrywig word by die winkel en vissermanne met sleepwaens met bote op stop vir sigarette. Kinders van die klomp klein huisies op die vlakte drentel nader vir klein aankopies en staan op die stoep en bedel by toeriste.

Toe sy redelik gerus voel, vat sy haar laaste geldjie en bel haar ma van die tiekieboks voor die winkel af.

Die tiekieboks sit teen die buitemuur, daar by die groot MTN-teken.

Sy kom deur, ongedurig oor die min geld in haar hand, na die Lord Milner se ontvangs. Soos sy verwag het, is dit 'n stem wat sy nie herken nie. Sy dra die gevoel in haar dat dinge verander het, dat niks dieselfde kan wees nie.

"Dis Snaartjie Windvogel. Roep my ma."

"Wie?"

"Snaartjie Windvogel. Van Piet Draadspanner."

"Jou ma het 'n sel." Sy is verras. Haar ma nou 'n selfoon? "Hier is die nommer."

Snaartjie onthou en skakel dadelik, dis haar laaste muntstuk en dis asof dit sy is wat ingly in die gleuf en verdwyn.

Sy moet lank wag, toe, uitasem: "My kind?"

Snaartjie wag lank voor sy praat. Die draad sing.

"Hoe lank is dit al, Ma?"

Sy hoor die ouvrou veg aan die ander kant. Die woorde sluk.

"Vier lange jare, my kind."

"Hoe oud is ek nou, Ma?"

"Jy's agtien en 'n entjie, my kind."

"Ma . . ."

"Kom jy huis toe nou?"

"Was dit Pa, Ma?"

Dis 'n lang stilte.

"Dit was jou pa, ja, my kind. Dit was hy."

"En wat sê hy nou, Ma?"

"Hy is dood en klaar gebegrawe, my kind, drie jaar terug al."

"Pa is dood?"

"Ja, ek kom nie by sy graf nie, oor jou."

En toe gaan die lyn ook dood.

*

Hy sit dikwels snags wanneer die Cape Columbine-mishoring bulk voor sy lendelam ou rekenaar en besoek die Internet se klimtolwerwe. Daar is heelwat kletskamers en blogs ook waar mense die klimtol bespreek. Meestal gaan hy na 'n werf waar gebruikers 'n klap nostalgie weg het en graag die ou dae bespreek.

Dis egter dikwels sommer bogsnuiters uit die jare tagtig en negentig wat die sentiment ophark en dan dink hy: Wat weet hulle van die vroeë geskiedenis?

❝*Originally Posted by werner* ▶▶

i'm sure some of you remember the Coca-Cola yoyo's you used to get in the 80's and early 90's . . . you even got fanta and sprite ones.

well, some of the coca cola yoyo's were black (instead of the normal red), with gold-coloured writing.

i'm looking to buy one, anyone got one going? nostalgia item for me and a nice unique toy for the kid . . .

My uncle has one ☺

He won't sell: he keeps it for the same reason you want one.

My dad used to work at Coca-Cola, so we had all the yoyos. Unfortunately I was a kid so my black one was lost quite soon ☹

Last edited by Dolby; at 08:09 AM.

Damn I LOVED those yoyos. So many great memories involved there. I'd actually buy one if I could

❝*Originally Posted by Bcm* ▶▶

Coke Russells are also fun to play with. Even though they are most famous for their looping abilities, a good player can use them for almost any tricks he/she wants to do. Nothing more fascinating than watching Dale Myrberg or Fast Eddy pulling off string tricks on old Coke yo-yos.

Dit moet die manier wees waarop die speurder die lyk oor die sand gesleep het wat hom die eerste keer ooit 'n boodskap laat pos. Hy tik: *Ek was Coke se eerste Namakwaland-Groot-Karoo-kampioen onthou enige van julle nog ek het baie konserte gegee.*

En toe tros die *haai outoppie*'s en *my-my uncle you go way back*'s uit op sy skerm en hy kyk daarna en antwoord nie. Hy skink nog 'n dop en knipper sy oë voor die skerm en dink aan die kreefinspekteur wat in die vlak branders wieg en hoe hy met sy kierie 'n sirkel in die sand getrek het om die lyk.

Wie is die mense wat hom so gou antwoord? Nie een van hulle was saam met hom deur die klowe van Seweweekspoort of oor Wapadsbergpas in die nanag of op Tweefontein se gladde pad nie. Nee, hulle weet nie en sal niks begryp van die kampioenlewe in stil hotelletjies en die langpad met die Opel in die jare sestig nie.

Hy swem deur die yo-yo-posse op die Internet en dis soos om in seebamboes te woel. Sy voete trap teen stingels en sy arms druk weg voor. Die slymerige stamme is om hom. Hy kom op vir lug tussen die nat koppe en proes soos 'n rob.

Skielik verskyn haar boodskap. Dis 'n e-pos, want om die klimtolwerf te besoek moes hy registreer:

Onthou jy nog die eerste aand – tussen strooibale en ou mowers en ploeë en 'n klomp powere ou suurstofdiewe het jy jou konsert gehou – Koekenaap of Pofadder of Garies? Wat het gebeur met die Opeltjie met die Coca-Cola-logo op die deur? Ja, goed, ek weet, ek was 'n loskopdolla met 'n kamera en ek het jou lewe deurmekaar gemaak, van daardie aand af tot die dag in die donga. Waarnatoe verdwyn jy toe?

Haar verskyning is soos wanneer jy in jou skuit op 'n plaat water sit met jou lyn wat diep hang, sonder dat jy weet dat sy van diep onder jou spoed na bo aan die opbou is. Dan skielik en onverwags breek die dolfyn blink en vollyf uit die water en tol in die lug en weerkaats die son en val weer terug en jy is, nadat die water kalm geraak het, weer alleen.

So was dit ook daardie eerste aand toe sy die foto's van hom in die ou skuur neem terwyl hy triek. Elektrisiteit in die lug, 'n moontlikheid wat skielik voor jou oopgaan, 'n alternatiewe lewe wat opeens seker lyk. 'n Teug vars lug wat jou bors vul. Baie mense het waarskynlik sulke herinneringe, meen hy, en by hoeveel bly dit nie net by 'n herinnering nie?

Hy antwoord nie haar e-pos-boodskap nie maar was die skottel-
goed versigtig en droog als af en pak dit weg. Dan maak hy seker
dat elke venster op knip is en trek die luike dig. Hier onder hom is
dit asof die skuinste skielik wegval. Dit vorm 'n put wat swart is
en net daar ver by Voorstrand is beweging en 'n motor se ligte wat
stadig beweeg. Hy huiwer op die voorstoep. Dan, beslis, sluit hy
die voordeur en stap na sy Jeep.

Hy ry die dorp stadig uit. Voor die hotel hoor hy hoe dit by die
kroeg rumoer en dan swaai hy regs by die stopstraat wat die vissers
Die laaste kreef noem want daar kan jy jou laaste smokkelkreef
koop voor jy die dorp uitry. Hy gee vet en die wind druis en die ou
Jeep sidder en die pad is oop en hy dink aan die ou dae toe hy op só
'n nag sy ligte sou afskakel en die donkerte injaag meer om homself
as die Noodlot te toets maar hy het nie meer die moed nie.

Hy ry deur Vredenburg. Dit is stil en hy ry verby die robot waar
die Sports Bar sit. Lig stoot van binne oor die sypaadjie uit en dan
hou hy eers stil in 'n verlate ent straat. Hy sit in sy Jeep en weet nie
hoe laat dit is nie. Dan ry hy weer verder tot by die polisiekantoor.
Sy hart skop in sy bors en sy eerste woorde sal wees: "Iewers op
rekord moet dit nog wees, die seuntjie wat by Tweefontein dood-
gery is." Hy parkeer oorkant die pad en sit die enjin af. Dis stil by
hierdie buitepos terwyl sy hartslag bedaar en hy stadig aan alles
dink en dit speel voor sy oë af asof dit nou hier gebeur. Later kom
twee polisielede uitgestap, die man bakarm en die ander 'n vrou
met 'n pet laag oor haar oë.

"Als o.k., oom?" vra sy en frons effens maar wag nie op sy ant-
woord nie. Sy sê iets aan haar makker en hy kyk vlugtig om. Die
vangwaentjie jaag weg en hy is alleen. Hy dink nou aan die aand
toe die vlieënde piering hom in Namakwaland opgeraap het en
hy onthou die krag waarmee hy weggeswiep is en hoe alles in 'n
oogwink kan verander.

Later ry hy terug en met die klimtol in sy palm kap-kap hy teen
die stuurwiel. In die laagtes sien hy mis bondel en 'n ystervark
staan blind teen 'n grensdraad en toe hy Paternoster binnery is die

hotelkroeg toe en is dit net hy wat nog wakker is. Aan die wind kan hy voel dat dit in die môre nie sal gaan lê nie maar net sterker sal stoot. Toe hy sy voordeur oopstoot, is dit asof hy 'n nederlaag gely het en hy soek in homself maar kry nie die moed nie.

*

Sy sien die ou man se Jeep aankom. Stadig werk hy die kuslyn deur daar van Ankervoet se waghokkie af waar die reservaat begin. Hy hou stil en staan en rondkyk. Sy weet hy soek haar. Sy het geld nodig en besigheid en sorg naderhand dat hy vlugtig sien hoe sy om 'n rots digby die eilandjie by die Beach Camp kyk en toe koes sy weer.

Hy ry nader en klim uit. Hy laat die warm trommeltjie kos met 'n fles koffie teen 'n klip en ry weg en kyk nie of sy weer verskyn nie.

Sonder dat iemand dit vir haar hoef te sê weet sy dat sy elke dag op dieselfde tyd daar sal kan gaan kyk en dat daar vir haar warm kos en koffie sal wag.

Sy eet gulsig en gaan was als uit in die vlakwater en wanneer dit sondroog is, sit sy dit weer langs die klip neer.

Sy het begin om die boupersele te werk. By Abdolsbaai waar skuite die sloep ingestoot word en ook op Voorstrand staan sy reeds op haar tweede oggend op Paternoster rond om 'n oog te vang terwyl die vissers met hul nette sukkel en hulle nog vars in die onderlyf is.

Sy weet hy sit in sy huisie daar bo maar sy kyk nie op nie en gee nie om dat hy weet wat sy doen nie.

Vir eers dink sy nie aan Eenslie Maree nie want in haar kop is daar nie nou plek vir hom nie. Sy moet die einde van die somer haal en haar planne reg hê vir wanneer die koue uitsak.

Sy hou haar skoon deur in die sloepe te bad en doen dit 'n paar maal per dag as sy begin ruik na saad.

Gou kom sy agter dat hierdie plek anders is as Observatory of

Wynberg of Groenpunt waar sy op 'n stuk straat afgelaai is en
daar moes sy bly want die manne wat kom weet wat hulle soek en
hulle soek haar soort en hulle kry haar daar en sy het dit.

Maar hier moet sy uitgaan en ronddwaal. Aanvanklik is dit mes-
selaars en carpenters en gewone arbeiders wat van 'n bouperseel
uitstap veld toe om te pis of te bandstamp en sy kry hulle daar. Of
hulle vir mekaar van haar vertel, weet sy nie. Maar sy vra net 'n
twintig en sy pluk hulle sommer so deur die oop gulp. Die sement-
stof pof uit die broek in klein wolkies soos sy hom trek.

Sy het besluit dis anders hier en full house is uit. Sy gee net hand-
jobs en ook suig. Die prys is dieselfde in alle gevalle. Met woede
wat hulle dink jagsgeid is werk sy hulle af en skop die saadspoeg-
sels in die sandveld toe met haar kaal voet. Dit laat hulle lag en een
of twee gee selfs 'n vyfrand ekstra en wanneer hy wegloop staan sy
en kyk hoe die miere kom om te begin vreet aan die saad.

Sy het kontant nodig. Die somer gaan nie vir altyd aanhou nie.
Sy sal die dorp moet begin deurkyk om oorwinter te kry. Dit sal
straf raak hier teen die see. Sy is nou al dae lank hier en nog geen
reën het uitgesak nie. Sy redeneer dat die reëns in die winter sal
kom. Dan kan sy nie in die oopte slaap nie.

Stadig leer sy die dorp ken. Sy neem kennis van die dokter se
klein praktyksgeboutjie en ook die munisipale kliniek langs The
Lodge waar die vroue en kinders vroegoggend reeds op die stoep-
trappies wag. Sy ken nou al die kafee en sy kyk hoe die toeriste-
karre die dorp inkom van Vredenburg se kant af. Hulle hou stil by
die stopstraat wat sy later sal leer Die laaste kreef genoem word.
Sy sien hoe hulle links swaai en aankruie by Oep ve Koep verby,
en verby die pottebakker se lae klipstudio en The Noisy Oyster.
Hulle hou by die hotel stil om eers die mense op die stoep te bekyk
voordat hulle verder ry.

Sy kyk waar die bouspanne werk. Soos gewoonlik eien sy elke
gesig waarmee sy besigheid doen. Dis al ding waarvan sy leer hou
het in die jare in die Kaap: hoe elke man se gesig anders trek wan-
neer hy op fyndraai kom. Party lyk of hulle met ingehoue asem

giggel en ander lyk of jy 'n doring in hulle druk, ander lyk of die saligheid oor hulle kom en ander lyk of hulle groot skrik. Maar sy onthou elke gesig op fyndraai. Sy sal dit nooit vergeet nie en in 'n hof sal sy elkeen kan uitwys en ook onthou wat hy gesê het toe hy klaar gekom het. Meeste is dan half vies vir haar of nors. Party, al is hulle min, is verlig en dankbaar.

Sy kan sien dat die manne dit swaar het met die slange in hul broeke en dat die harde lewe met vis en grawe en Eskom-lere en pype en tange en padskrapers hulle frustrasie laat opdam in hul onderlywe. Sy vat hulle agter 'n bos in en verlos hulle en kry op haar beurt 'n noot waarmee sy afsuiker kafee toe. Sy probeer daar geen oogkontak maak met die nuuskierige meisies agter die till nie, want sy sien dis vanuit hierdie kafee waar die dorp se skinder deurtregter soos 'n klomp skape deur 'n nou hek. Hier moet alles eers deur voor dit uitgaan van die till girls na die vismark, die restaurante se kombuise, die gastehuise se besemkamers en die visfabriek se nat vloer.

Haar eerste tourist client is 'n man met 'n snaakse Engels. Sy sit daar by Abdolsbaai se verste punt en sien hom aangestap kom van die gastehuis daar op die punt van Bekbaai en die gastehuis se labrador wat hom volg. Sy weet hy bly dus daar. Hy kom nader met 'n kamera en neem die skuite af wat om die klippe werk. Sy sien die vissers wat met die kreefmandjies werk hou nie van die fotonemery nie, hulle jou hom 'n keer uit. Verskrik stap hy vinnig verder met 'n simpel laphoedjie op sy kop. Hy het die wit beentjies van 'n stadsmens uit 'n ander land.

Sy sit so met haar rug teen 'n rots dat die skuite haar nie sien nie maar hy haar van ver af kan sien. Sy wys haar een tepel en speel-speel met haar een been so heen en weer. Hy kom nader en draai weg see toe en staan en dink en sy weet sy vel trek nou hoendervleis. Dan draai hy weer na haar toe en stap nader en gaan staan weer weg en draai see toe en kyk om hom asof hy toeskouers vrees. Hy kom weer nader en sy kyk hom vas in die oë.

Wanneer hy by haar kom, is hy spierwit en sy asem jaag. Wanneer sy haar hand uithou en "Money" sê, vroetel hy 'n honderd-randnoot los uit sy broeksak. Dit val en toe hy buk om dit op te tel, gryp sy dit en druk dit in die sand agter haar waar sy sit. Sy pluk hom so staan-staan nader aan sy bobene en sonder dat sy lyf ooit die sand tref en op haar hurke maak sy hom klaar. Agterna skarrel hy weg soos sy die krappe oor die plaat sand sien maak het.

Maar sy het 'n honderd rand en sy kry 'n bêreplek in 'n ou blik digby Tietiesbaai se hek. Daar steek sy haar kontant weg en begin uit verveeldheid skulpies ryg nes sy kinders daar by Die laaste kreef sien doen het. Sy kom agter wanneer sy met die skulpstringetjies smous voor die hotel of op die straathoek waar die straat afswenk vismark toe, dan kyk mense minder agterdogtig na haar. Wanneer een van Paternoster se inwoners met haar praat, kyk sy af en maak sy of sy nie hoor nie.

Hier binne is sy te opgejaag en stukkend om met mense te praat. Toe sy 'n keer vir oom Ludo aangery sien kom, draai sy haar om en staan met haar rug na hom tot hy verby is. Maar die volgende oggend is haar blikbord en die trommeltjie met kos en die fles koffie weer daar by die klip. Sy spoel agterna als af en laat dit son-droog word en sit dit netjies neer by die klip.

Dit maak haar bly en sy stap die see in. Versigtig stap sy en die eerste koue laat haar skrik. Soos suur brand die branders al hoër teen haar bene en sy buk en tel water op en gooi dit in haar gesig en oor haar kop.

Wanneer 'n brander onverwags hoog inkom en oor haar spat, deins sy terug maar lag. "Jy's reg vir speel," sê sy vir die see. Sy lag weer. "Vir gevaarlik speel!"

*

Die dood van die kreefinspekteur en die e-pos van die kameravrou laat Ludo opnuut besluit dat hy lank genoeg so op sy stoepie gesit het. Dit neem hom dae om die stukkie prosa te pen en dit boonop uit sy kop te leer, maar hy sit dit op sy stoepie en prewel totdat hy

dit so goed ken dat hy dit in sy slaap kan opsê. Hy't die woorde
met 'n stomp potlood op ou notapapier uitgeskryf en oor dae heen
daarmee gepeuter en dit toe oorgetik op die rekenaar en elke dag
tot vandag 'n rukkie daarna gesit en kyk sodat hy hom daarmee
kon vereenselwig.

Hy wil die resitasietjie toets in kroeë aan besoekers en as hulle
goed reageer, kan hy dalk uitbrei aan die triek en die skoolhoof
gaan sien en dit een Maandagoggend in die skoolsaal doen vir die
kinders met nog 'n paar klimtol-moves daarby en 'n vertelling oor
die vliepiering ook byvoeg en dalk kan hy so 'n konsertjie saam-
slaan en by Saldanha of by een van die dorpsfeeste of landbou-
skoue 'n vertoning gee, hy is mos nie onkapabel nie en veral as hy
haar dalk weer sien en as sy selfs op besoek kom, dan is dit iets wat
hy sal kan wys om te sê: "Dis wat ek deesdae doen en kan doen."

Noudat hy seker is dat hy die rympie uit sy kop ken, oorval
eensaamheid en skuldgevoelens hom en hy stap die paar honderd
tree na die kroeg in die Paternoster-hotel. Party aande loop hy 'n
ent verder na 'n tafel by The Noisy Oyster of as hy die aand beson-
der skaam voel, druk hy sy lyf daar by Voorstrandt in die hoek van
die klein kroegie in en sit hy daar, byna onopsigtelik. Mettertyd
voel hy dan gelawe deur die stemme in die restaurantgedeelte en
die kom en gaan van kelnerinne hier by sy elmboog soos hulle die
drankbestellings by die toonbank kom afhaal.

As die aand verby is laai Adriaan, die restaurantbestuurder, hom
voor sy huisie met die blou deur af en soms wieg sy bed daarna
soos die dek van 'n treiler en bestraf hy homself, maar slaap oor-
val hom soos mis wat skielik opkom. In die nanag staan hy op en
maak koffie en dis net die droë rolbos wat deur 'n nagwind voor
sy stoep verbygestoot word en dis 'n nagwind wat teen die eerste
daglig sal gaan lê.

Hy voel skuldig want die resitasietjie is nie hy nie en die woorde
is nie syne nie maar dis die verhoog. En hy moet nou terug verhoog
toe, dis al wat hom kan verlos van Tweefontein en die opgefrom-
melde lyf van die seuntjie. Op die verhoog word hy iemand anders

en hy troos homself sy triek is dáár en hy is hiér en hy moet sy triek ontwerp om te tref, anders is dit geen triek nie en as jy te na aan die eie murg kom, bieg jy en dis nie vermaaklik nie, dis beter om dit soet en mooi daar uit te sit vir iedereen, mense soek iets wat hulle verstaan.

Die stilte het hom laatmiddag oorval en hy beplan om op 'n kroegstoeltjie te gaan sit en te wag totdat iemand hom opmerk. Dan sal hy 'n geselsie begin aanknoop. Hy sal sy skaamte oorwin en sy verhaal begin met: "Die lieflike geskiedenis van die yo-yo is iets . . ."

Hy weet hy sal laatnag, agterna, spyt wees en dat hy teen die môre net klein momente van die gesprek sal onthou en sal besef dat hy homself verneder het. Hy sal weet hy't homself opgevoer as toeriste-attraksie, as deel van wat mense Weskushumor noem en hy kan dit nie verduur nie omdat dit lieg maar dis sy triek wat hy nou moet speel.

Partykeer noem Paternosteraars hom Vliepiering, en ook die naam Walking the Dog het bly vassit nadat hy 'n keer of wat in die skooltjie skuins agter sy huis 'n vertoning gaan gee het en begin het met die mees basiese triek van almal.

Meeste inwoners van Paternoster noem hom egter Ludo of oom Ludo, maar wanneer hy aangeklam is, glip die respekte en dan koggel hulle hom – nie sonder liefde nie, weet hy – met daardie naam, Walking the Dog.

Hy gee om dat hulle hom so spot, want oudword is soos om die kreef te sien yl raak in die banke om Tietiesbaai en die groot vistreilers dop te hou wat hier kom aas en jy weet hulle dun die snoek uit.

Wat sy regte naam was voordat hy destyds begin klimtol speel het, maak nie saak nie: dis daardie naam Stian wat in stof dwarrel wanneer jy in die nag oor 'n grondpad jaag en jy kyk 'n oomblik in die truspieël en ander dinge karring ook in die stof op en dwarrel weg in die nag. Dis die eerste dinge, die grootwordjare, toe hy nog gesoek het na iets vir sy jeukhande en toe hy nog nie geweet

het van trieks nie maar toe hy met die klimtol begin toe is dit 'n
ander saak. Toe leer hy van trieks en gehore en hoe jy kan fnuik
met die storietjie wat jy in een aand op 'n verhoog opdis met net 'n
paar vinnige bewegings. Gou-gou is die hele saal in die palm van
jou hand.

Dis in dié tyd dat hy sy verhoognaam aangeneem het, *Ludo die
Klimtolkoning*, en later: *Ludo Loeloeraai, die Klimtolkampioen!*

Met uitroepteken tesame én met 'n hele verhaaltjie oor die klim-
tol van Mars en die vlieding wat ingekom het met die spesiale
boodskap dat hy speelman moet wees, klim hy op die verhoog
en hulle het nie geweet of hulle die vliepiering moes weglag of vir
soetkoek moes opvreet nie.

Dit was alles voor die ongeluk. Hy was tevrede en hy was 'n
kampioen. Later, ná Tweefontein, was hy steeds kampioen maar sy
verhaaltjies het dun in sy mond geraak en hy't homself uit die verte
gesien: 'n moordenaar, het hy gedink. Jy het dit nie aspris gedoen
nie, maar toe jy wegjaag Kaap toe en die kind net daar los, toe het
dit meer geword as 'n ongeluk. Toe raak dit moord.

Toe die klimtol soos 'n moordwapen in sy hand begin voel het,
moes hy in sy gedagtes teruggaan na die eerste jare. Na hoe sy eer-
ste yo-yo in sy hand kom sit het asof dit altyd daar was. Hy moes
die klimtol opnuut inpalm en weer probeer onthou hoe sy eerste
yo-yo van die begin af gepas het by die ingebore ratsheid en intel-
ligensie van sy hande. Atletiek het hom verveel en hy het nie van
rugby gehou nie – hy kon 'n bal nie vinnig genoeg sien aankom nie
en kinders het hom vermy want hulle kon aanvoel dat hy nie van
spanspel hou nie.

En alhoewel die klimtol ook 'n spinbal is, hoef hy nie met sy oog
te kyk nie, want hy voel die tou aan sy vinger en hy't altyd vir die
kinders tydens vertonings gesê: "Jy moet met jou hande leer sien.
Jou hand moet vir die yo-yo kyk en jy moet hom voel speel aan
jou vinger. Die tou praat met jou hier op die eerste lit van jou mid-
delvinger – net daar sit die geheim van die vertoning, daar en in jou
pols, in die pluk en meegee.

"Die hand is 'n ingewikkelde ding; hy sit slim aan die voorarm. Dis nie 'n simpel rugbybal wat jy moet vang en soos 'n vlakhaas mee hol nie, nee, 'n ander slimgeid is hier nodig, jy moet 'n triek in jou mou kan bêre en dis 'n haas wat jy – só! – uit jou hoed pluk."

Dan het hy hulle vertel: in sy kinderdae was daar eers die glas-albaster met die kleurkrulletjies binne-in, te wonderbaarlik. Toe kom die hula hoop, met iedereen se heupe wat rinkink. En toe, natuurlik, die groot ene. In die dae van die Zephyr Six, die plastiek-vlieëplak, Gé Korsten en Groep Twee, in die tyd van Kaiser Matanzima en Sophiatown: Toe kom die klimtol.

En dis waarna hy terugkom in sy vertellinge in Paternoster se drinkgate. Hy vertel dit aan wie ook al wil luister wanneer hy saans sy huisie te klein vind en "cabin fever" aan homself mompel en sy kierie vat en uitstap die dorp in. Daar waar die meeste karre is gaan hy in of op ander aande juis daar waar die minste karre is want dan kruip hy weg in 'n hoekie maar baai hom in die stemme en die teenwoordigheid van mense.

*

Hy kam nou sy hare en was sy gesig en trek 'n vars hemp aan, die ligbloue wat pas by sy oë. Hy sluit die deur agter hom en sak met die heen-en-weer-paadjie af deur die bierbottels en papiere wat al weer hier opdam en hy sukkel deur die los sand totdat die gelykte begin en die harde plaat sand en hy stryk aan deur die wind.

Anderkant die vismark swaai hy binneland toe want hy wil homself eers los stap sodat die spanning wat sy liggaam styftrek, kan wyk want hy moet gereed wees as iemand hom in die kroeg vra om 'n triek te speel.

Lank staan hy in die donker onder die bloekombome wat op die duin voor die hotel groei. Hy staan en kyk na die mense. Hy weet al wie na hom sal luister en wie net sal lag en wegdraai. Dan neem hy 'n diep teug en stap nader.

"Julle kry die lieflike geskiedenis van die yo-yo net op hierdie dorpie," sê hy aan die yuppie-paartjie wat by hom in die kroeg beland, in die Paternoster-hotel se broekiekroeg met die TV-stel wat dawer oor die Stormers en die Waratahs.

Hulle is honger na Weskusmites en is prooi en hy is nie sy stugge self nie maar in sy gemoed dra hy die rooi baadjie en is hy weer op die verhoog en die wyn vuur hom aan en maak hom los. Vanaand het hy 'n plan. Hy het sy skema en hy het sy rympie en hy gaan dit uitspeel en aan hulle toets.

Hy't op sy stoepie die begin van sy storie geproe-proe: *Ons dorpie leef in die omhelsing van die see.* Nee. Eerder nie; te soetlik. *Die dorp teen die see.* Nee, dis die maklike weg van gestrooptheid. Eerder iets meer riskant, 'n beeld, dalk, iets wat nie te purper is nie:

"So styf teen die kus sit onse dorpie soos 'n mossel teen 'n kiel.

"Die regering wat kreefvangery wil keer, wil die dorpie van die see losmaak. Maar jy kan nie. Hy klou."

Nou het hy hulle aandag en hy bied aan om vir hulle biere te koop en dis soos sy triek gaan begin. Hulle oë is nuuskierig op sy verweerde ou hand met die lewervlekke en die stukkende duimnael wat die yo-yo bedek en hulle sien die toutjie aan sy middelvinger maar hy hou dit eers geheim.

Hulle aanvaar die biere en sê: "Ons hoor oom speel die yo-yo soos niemand anders kan nie."

"Onse dorpie lê harde rug binneland toe, sagte binnekant see toe. 'n Dorpie van wel en wee, met mense wat buk teen die wind. Mis stoot oor die Benguela in en die luike drup. Minnaars bly in die kooi en 'n vissersboot se bemanning verdrink. Kersies ter herinnering word saans in pierings op vensterbanke aangesteek en Kliprug gloei."

Hy hou nie van die soet koers wat sy storie nou inslaan nie, maar dag dat dit kan werk.

"Dis die golwe van die liefde wat die boot omdop." Hy kyk na die jong vrou met die rooi lipstiffie. "Want: wat is verliefdheid?"

Sy lag verleë. Hy vra hierdie vraag dikwels aan jongmense wat in die dorp se kroeë na die klimtol in sy hand gelok word.

Hy hou die klimtol effe versteek onder die hand wat op die kroegtoonbank rus en weet hulle sal eers die toutjie om die middelvinger sien, en dan die yo-yo.

Hulle het selde 'n interessante antwoord op sy vraag, en dan help hy maar, soos nou weer, al is hy agterna, die volgende oggend, altyd spyt oor die soetlikheid.

"Dis die skielike skool harders wat digby die strand in die water woel, heen en weer, asof hulle swawels in die lug is.

"Eerste verliefdheid is 'n duin wat so stadig versit, jy weet nie eens hy skuif nie. Jou spore word toegewaai. Jy's van waaisand aanmekaar gesit.

"Wag maar, julle sal nog uitvind."

Skielik word sy hand lewendig en in die lig van die kroeg haal hy 'n paar vinnige hale uit hier vlak voor hulle wat hulle na asem laat snak soos die yo-yo sing aan sy tou en jy kan nie glo dat hy in hierdie klein spasie tussen kroegstoele soveel regkry nie, hy weet hulle gaan nog lank daaroor praat.

Hulle gee nie om dat hy sy olienhoutkierie per ongeluk afstamp en dit op die vloer kletter nie. 'n Bewonderaar tel dit op en skuif dit versigtig voor Ludo op die toonbank in.

Dan, suinig, sit hy weer en teug aan sy whisky. Hy't in sy pols gevoel, nou, hiér, hy kán nog tyd bereken en gevoel skat en die aandag van sy gehoor pluk in watter rigting hy wil.

Dis 'n goeie plek om te oefen hierdie, want daar is graffiti teen die mure en van die plafon drup afgestroopte vrouebroekies. Hier basuin elke wedstryd waarin die Stormers uitdraf.

"Lieflik, lieflik," sê hy nou. "Hierdie dorp se kinders sal ophou tik as hulle die toertjies van die klimtol leer ken."

Dis ook iets, besluit hy nou, wat hy in sy konsert kan inwerk: die maatskaplike aspek, die werkloosheid en die dwelms en tienerseks en vigs.

Sy oë raak mistig. "Veral toe Coca-Cola inskuif agter die yo-yo, het dinge groot geraak. Elke skoolkind in die Sandveld, hier teen die Weskus op tot diep in Namakwaland, deur die ganske Groot- en Klein-Karoo, elkeen moes vorder totdat hy Rockin' the cradle kon doen, die moeilikste toertjie van daardie eerste sarsie.

"Dis die triek wat balans, tydsaamheid en vingervaardigheid verg. Tydsberekening. Timing. Dis die dinge wat Rockin' the cradle moontlik maak.

"Só."

Hy skuif van die kroegstoeltjie af terwyl die bewonderaar sorg dat die kierie hierdie keer nie val nie en *swoep*, *swiep*, *swoosh* haal hy die triek uit.

Hy hou die gehoor vas terwyl hy hul aandag het. Want netnou, weet hy, is hulle weg en hy dink: Toe ons die eerste keer saam was, helder oordag op 'n Karookoppie, het die geheue van haar lyf in my arms deel van my geword en nooit weggegaan nie. Gierig en oordadig was sy daardie eerste dag, te vinnig vir my, en haar arms was onverwags sterk en haar maagspiere hard en toe ek van haar opstaan, was ek in 'n staat van vertigo en het ek gevoel ek vlie.

Ja, dink hy nou, ek onthou haar by my asof dit gister was. Sy't kaal gedans by swart ysterklip met die haai Karoo wat grys en dynserig agter haar strek en ver kon ek springbokke sien pronk en ek kon kyk hoe hulle die wind drink en ek kon weet dat speel op hierdie manier 'n viering is en 'n vreugde, ek het dit al vergeet.

Hy wil mense in die kroeg groet, maar almal is al weg of het hom nou die rug gekeer want hulle is besig met hul eie dinge en met sy kierie en sy klimtol stap hy uit en maak hom reg vir die entjie bult net voor jy The Lodge kry. Sulke aande is dit vir hom 'n steil bult. Hy dink aan hoe hy uitgevlug het toe die dolfyn die water breek en haar blink lyf in sy son tol. Terwyl hy stap, hou hy die horison dop vir die skynsel van 'n dun skyf of die rollende ligbolle waarvan die Namakwalanders praat. Hy staan en blaas en dink: Sy onthou my as 'n jongman in my fleur. Wat sal sy nou van my dink? Kyk wat het die drank en die jare se sit in die son aan my gesig gedoen.

Kyk hoe lyk ek, hoe verweer is ek en ek het niks nie, net my vrees vir die nag en my behoefte om reg te maak wat ek verkeerd gedoen het. Sal sy dit begryp en my liefhê?

En tog weet hy dat 'n mens in 'n ommesientjie beheer oor dinge kan neem en dat die ou avontuur nie dood is nie maar dat dit op hom wag en dat hy skielik daarop kan afkom soos op 'n rooikat siedend in 'n hoek waar twee kampdrade saamloop, of 'n plaat Namakwalandblomme wanneer jy oor die bult kom en dit slaat jou met uitbundigheid.

*

Hy stoot sy huisie se deur oop nadat hy lank gesukkel het om die sleutel in die gleuf te kry en 'n oomblik het hy gestaan en giggel want die sleutelgat kom aan na hom en kantel dan weer weg en hy dink: Ek tiep vanaand soos lanklaas tevore, dis haar e-posse wat my so senuagtig maak, sy gee my geen kans nie maar elke dag is daar die e-mails en sy dring aan om hiernatoe te ry en ek is nog nie gereed nie, hier is dinge wat op die dorp gebeur ook en ek is buite orde en die kanodokter kan nie praat nie en hier het 'n man se lyk gerol in die branders, my got, dit was nes 'n rob en daardie oë van hom oopgevreet, die blou oë verskrik en ysig in die aangesig van die Benguela.

Hy kry die deur oop en dink: Die ergste is 'n kreefinspekteur het gesterf en jou bekommernis oor haar koms is vir jou groter kwel-ling as die man se dood en watter soort mens is jy, Ludo? Hy haal sy klimtol af en sit dit neer op die koffietafel en gaan staan steu-nend by die toilet met sy kop teen die muur aangeleun. Dit neem lank en hy druppel agterna en hy kom terug voorkamer toe en sit die klimtol weer aan voordat hy wyn gaan skink.

Hy gaan sit voor sy rekenaar. Hy onthou – waarom weet hy nie – twee slange wat paar, blink en ineengestrengel en grillerig pragtig in hul koue velle en so ingedagte dat jy oor hulle kan trap, hulle sien jou nie.

Die jare het my gevreet soos die see 'n anker vreet wat onderwater lê en roes.

Kort en kragtig antwoord sy: *Stuur my jou telefoonnommer. Dat ons 'n slag kan praat.*

Gmail.

En vinnig daarna: *pieng!*

Hy herken homself nie. 'n Kleurfoto, maar met gedempte kleure, hier en daar 'n kleur (die bloue en liggeel, die pienk) wat ekstra aksent gekry het (klaarblyklik keer sy via Photoshop terug na haar ou foto's), 'n effense blur by sy elmboog maar dit dra by tot die drama. Maar die fokus is wonderbaarlik op die rooi-en-wit spintol, die wit tou span helder en byna silwer tussen die klimtol en sy vinger. Uitgeskiet spin die tolbal met op die agtergrond die ou vragmotor met die seil oor sy relings, die perdesale en tome wat van hake hang teen die mure, die skaduwees van die gehoorlede lank gerek teen die mure. Sy rooi baadjie is 'n blerts beweging en flambojant is sy skouers en sy gesig. Blink aai die lig oor sy hare. Die hare wat nou grys is, was swart en viriel. Sy oë trek stip en is gefokus op die spintol: een heerlike kwartsekond van uitnemende beweging, balans en kleur.

Die foto is geneem, dink hy, ongeveer drie ure voordat hy die kind doodgery het.

As dit is wat sy van hom onthou, dan moet hy haar eerder ontwyk. Dit sal net vernedering bring. Hy het oor die jare die bottel te hard geslaan, hy het swaar gedra aan wat daardie nag gebeur het, dis 'n ander verhaal en dank God geen foto bestaan van die kind sonder arm in die bloedplas nie.

Dis die ongeneemde foto wat hom nou laat terugskryf: *Dis lank gelede, Elsabé. 'n Leeftyd gelede. Ek sal dit nooit vergeet nie. Groete, Ludo.*

Sy selfoonnommer hou hy vas onder die palm wat hy om die klimtol bal. Dis syne. Hy't hier teen die kus kom sit. Sy telefoonnommer is niemand se besigheid nie.

Toe gaan hy bietjie skuins lê met die gedagte dat hy later weer op die Internet sal gaan om te kyk of sy gereageer het, maar hy raak aan die slaap.

Toe hy 'n uur of wat later van iets wakker word en wil opstaan om seker te maak dat hy sy voordeur gesluit het, toe sien hy die klimtol is weg.

*

Haar hand smag na die viool se strykstok. Wanneer dit donker is, kom sy met 'n wye draai die dorp binne. Sy loop katvoet en het geleer om haar kop hoog te hou en te maak of sy die fronse nie sien nie. Die mense van Kliprug en Hopland weet wat sy doen vir kos en soos met hul honde ignoreer hulle haar en buitendien loop die storie dat oom Ludo 'n oog op haar het en elke dag uitry na Tietiesbaai om haar teen die duin te naai.

Hulle weet ook van die bouers wat uitstap agter die bietou om kamma te gaan broek losmaak. Hulle't gehoor hoe sy dit doen, dat sy hulle nie toelaat om aan haar te raak nie en dat sy verkies dat die mans bly staan. Dat sy nooit haar broek aftrek nie maar net met die hand en die mond werk, en gou maak.

Die kinders is teen haar gewaarsku en wanneer sy aankom, tel die kinders soms klippe op en gooi na haar, maar sy is nie links nie en peper hulle terug. Sy jaag hulle deur die strate en huisvroue skel op haar, maar sy vloek terug en dis 'n oproerigheid wanneer sy anderkant uit is.

Maar vanaand sorg sy dat sy stil beweeg. Sy weet presies wat sy wil doen. Sy moet net wag totdat hy soos deesdae die meeste aande uitgaan. In die steeg by die skooltjie hurk sy en dis nie lank nie of hy staan op van waar hy op sy stoepie gesit en tiep het en gaan die huis binne. Sy sien die badkamerlig aangaan en agter die dowwe glas is daar beweging.

Uiteindelik kom hy na buite. Hy het nou 'n vars hemp en 'n langbroek aan en sy kierie is met hom en stadig begin hy die paadjie afklim na Voorstrand. Hy leun op sy kierie en sy kyk hoe hy in die donker wegraak en net as vlek oor die sand beweeg. Hy gaan Voorstrandt toe, weet sy. Of dalk swenk hy later hotel se kant toe.

Sy koes laag en hol oor die straat na sy huisie. Dalk sien van die gaste by Blikkie haar, maar niemand roep na haar nie. Sy voel aan die voordeurknop. Dit is gesluit. Dan loop sy aan die seekant om die huis en toets elke venster. By sy slaapkamervenster is sy gelukkig. Sy skuif die raam op en glip in.

Sy gaan sit in die donker op sy bed en wag. Naderhand gaan sy na die tweede slaapkamer en skuif onder die divan in en lê daar en wag totdat hy kom. Dit neem lank, maar sy word rustig en 'n huis het reuke wat sy nou waardeer: lampolie en seep en stof en vuurherd-as. Hy kom steunend in en dit klink of hy giggel en sukkel met die deur. Eers dag sy daar is iemand by hom, maar toe hy hard poep, besef sy hy is alleen en sy wag dat hy deur die huis beweeg. Die yskas gaan oop en sy hoor hom steun en hoe 'n prop uit 'n bottel getrek word. Hy skink en sluk gretig.

Dan gaan staan hy by die toilet en sy luister hoe hy water afslaan en uiteindelik gaan hy na sy kamer, waar hy op die bed gaan lê sonder om uit te trek en gouer as wat sy verwag het, begin hy snork.

Stadig kruip sy onder die divan uit en sluip na sy kamer. Hy lê uitgesprei met sy regterhand op sy maag en die kronkeltoutjie van sy vinger is maklik om te volg tot waar die klimtol half weggesteek onder die laken lê en blink in die lig wat deur die venster kom.

TRIEK DRIE
Met die maan gepla ("Reach for the moon")

Ontspan. Hierdie triek is vir die diep ouens. Vir dié wat hou van die hogere dinge. Swaai jou arm langs jou sy, heen en weer. Jou hand se binnekant moet na jou lyf wys, rugkant bui-tentoe. Gooi nou boontoe en wanneer die klimtol sak, gee jy 'n polspluk boontoe en die klimtol sal weer opbeweeg, maar effe na agter. As die klimtol terugkom, doen jy 'n polsrol en hy sal uitskiet na 'n derde punt bokant jou en dan vang jy hom soos hy afkom. Probeer is die beste geweer!

Een of ander ondernemende landbouskou-organiseerder het 'n borg gekry om hom tot daar te laat kom – "Enkelbed, twee nagte, vyf maaltye, en vervoer vanaf die hotel na die skougronde as jy items wil bywoon, geen ontkleekamer by die skou nie, maar ska-duwee onder die ry dennebome. Jou vertoning is die aand in die stadsaal (kleedkamer ingesluit), net ná die John Deere-implemen-te-optog onder spreiligte, dan beweeg almal van die skougronde stadsaal toe."

Die hotel se ontvangsdame was op haar dag die geweste se hula-hoop-koningin. Agter haar toonbank is die pienk plastiekhoepel teen die muur gemonteer, met 'n spoggerige maar verweerde roset nog daaraan vas.

Sy't hom verwag en hom eiendomlik as medekunstenaar gegroet en hy't nie daarvan gehou dat sy so eie met hom is nie. Maar sy't sake anders gesien en terwyl hy inteken, het sy met groot gebaar na haar gekose instrument teen die muur gewys. Haar wimpers was swaar van die maskara en sy't sjarmant geflikflooi en aangekondig dat hulle op twee ander artieste wag: die trekklavierkoning, Nico Carstens, wat in sy kar met die weglêvlerke – sy dink dis 'n Plymouth – sal arriveer, en die nuwe sensasie – en hier het sy hom 'n pynlike hou toegedien – naamlik die Australiër met die weglêhoed en die oprolmoue tot hoog op sy boarms.

Die boemerangkoning.

"Jy sê dit asof dit Jesus Christus is wat kom," het hy gebrom, maar sy het dit gelukkig nie gehoor nie want dit kon hom die aand se vertoning kos.

So op sy rondgeselse het hy alles van die boemerang gehoor. Dit was vir hom soos 'n swerm sprinkane wat stelselmatig al sy groenveld opvreet. Vanuit die suidooste oor die hele stuk land, al nader na hom trek die swerms en hy't naderhand gevoel hy ry net vooruit. Sy Opel kan later nie meer nie. Al dieper die binneland in, na al hoe eensamer dorpies ry hy met sy vertoning. Agter hom swiep die Australiër die geesdrif op en palm die geweste in. Ludo het gevoel dis hy, Ludo Loeloeraai die yo-yo-kampioen, wat hierdie wêreld saggemaak het vir trieks en nou kom hierdie buitelander en die land is reeds met die sweet van sy, Ludo, se aanskyn geploeg en die boemeranger kan maar net saai, die oes is vir hom gegee.

Mense het die skouer vir Ludo opgehaal: soos die yo-yo die hoepel verdring het, so verdring die boemerang – daardie gaan-en-kom-weer-terug-ding, so uitmuntend geskik vir ons wye oop vlaktes – die klimtol.

Kortom, op sy grootste konkurrent, nee, op sy vyand, op daardie Australiër het hy daardie aand gewag, hy en die vrou met die uitgeswelde hula-hoop-heupe. Sy't oor die ontvangstoonbank gelê en haar tiete na hom gewiggel en terselfdertyd skepties na hom gekyk terwyl hy swyend in die sitkamer wat aaneenvloei met die foyer sy yo-yo aan die toets was.

"Coca-Cola groot geld betaal?" vra sy.

"Eens," antwoord hy.

Sy leun nou met haar ganske bolyf op haar elmboë op die toon-
bank en agter haar, bo haar kop iewers, hula haar heupe.

"Jy al 'n boemerang gegooi?"

"Nog nie die voorreg gehad nie."

"Skoolkinners mal daaroor. Boere toets dit om tarentale en hase
mee te jag."

"Gekte."

Sy't kougom gekou. Sy't geweet waarmee hy te kampe het, want
sy't eens teenoor hóm te staan gekom. Dis sy plakkaat wat destyds
bo-oor hare geplak is op Springbok, op Vredenburg, op Leipoldt-
ville en op Pella.

Nou het hy te kampe met die breedsprakige Australiër.

Die gedagte kom by hom op terwyl hy opwarm en sy hom dop-
hou dat sy dit alles so gereël het om haar op hom te wreek vir die
vernedering van toentertyd wat haar hier laat beland het in hier-
die stink hotelletjie op die rand van die Namakwalandse blomme-
wêreld, hier kom net in die heel beste blomjare busse verby.

Hy't gedag hy tree alleen op en dis sy konsert, maar skielik is
twee ander groot triekers op die program – asof mense reken hy
kan nie 'n aand lank volhou en op sy eentjie 'n gehoor boei vir 'n
lang konsert nie.

Ludo sukkel teen die suidooster in en dink dit is 'n swart suid-
ooster hierdie ene, so swart soos sy herinneringe vanaand. Teen die
bultjie kort voor The Lodge moet hy eers rus om asem te skep en
hierdie tyd van die nag lol tikkinders oral en loop skaduwees verby
hom en hy weet die mans met hande diep in hul sakke wat deur
die strate steier is nes hy uitgelewer aan 'n wind waarteen hulle nie
opgewasse is nie.

Hy laat 'n keer sy kierie val en buk om dit op te tel en toe hy
regop kom, is hy duiselig, maar hy dink aan die dokter se vertroos-
tende uitspraak en hy begin weer loop.

Hy onthou hoe die Australiër by die hotel opdaag met sy jeug-
dige energie, hoed op die kop en ja, soos die storie dit wil hê en
Ludo sien dis die reine waarheid: sy onmoontlik hoog opgerolde

kakiemoue en 'n kortbroek wat knap om sy eiers sit en stewels en dik kouse.

Aan sy belt soos 'n handwapen hang die boemerang.

Nuuskierig kyk Ludo na die boemerang en die ontvangsdame kan haar oë nie daarvan afhou nie, sy wil vat-vat daaraan en dit streel asof dit 'n piel is dink Ludo, maar die Australiër lag en draai sy heupe weg en knik net na Ludo en draai die rug op hom, hoe moet hy weet die geweste se yo-yo-koning staan daar by hom, of weet hy dit dalk en dis hoe hy sy konkurrente ondersit?

Die ganske hotel kattemaai om die Australiër. Die hoepeldame het glads haar instrument van die muur afgehaal en hou dit na hom uit. Die wye hoepel moet deur die nou ruimte tussen die besoekersboek, die kasregister, die kalender met sy bikinivroue en die bord met sleutels wat aan hakies hang. Dit word deurgegee na die boemerangkoning.

Die boemerangkoning se stem vul die vertrek. Sy stem is 'n wilde ding, 'n kangaroe wat hop en die ruimte vul met 'n wilde, uitlandse energie. Die Australiër draai sy heupe en kolk hulle binne die hoepel tot vermaak van almal. Hy kry dit reg om die plastiekring te laat spin en Ludo het sy yo-yo in sy gatsak gebêre waar dit wag soos 'n opgerolde krimpvarkie.

Die Australiër bevestig kort na sy suksesvolle hula-hoop-demonstrasie asof hy dit agter die rug wil kry: Eers die hoepeldame, dan die yo-yo-speler en daarna die trekklavierkoning. En dan: Walkabout Down Under, the Boomerang Sensation from the Wild Outback.

Ludo staan nou voor The Lodge en links hang stringe liggies in allerlei kleure, die konsert kan hy nie nou onthou nie, want iets in sy gemoed keer dit weg en hou dit uit, hy onthou net dit wat hy nooit sal vergeet nie en dis die beeld waarmee hy snags wakker word wanneer die wind aan sy huisie se sinkdak ruk en die honde in Kliprug aan hul kettings huil.

Hy onthou die boemerang wat die heel eerste keer in daardie geweste van die verhoog af oor die vol stadsaal uitgegooi word, so laag oor die mense se koppe, en hoe hul gesigte soos blomme wat na die son oopgaan, oplig en daardie oomblik, met daardie magiese ding wat so vlie, en die Australiër wat met sy kangaroehoppe op die verhoog pronk, het Ludo besef alles kan binne 'n oogwink verander, selfs dinge wat jy dink vasstaan en in klip geskryf is. Dis die wese van die natuur en ook die see kan verander, die see wat jy dink jy ken.

"Binne 'n oogwink: skielik is dit 'n ander see."

Iets in hom het gewonne gegee en terwyl hy nou verder stap onthou hy: Laat die nag, middernag verby, staan hy en die hula-hoop-koningin in die stofstraat voor die hotel. Die sterre is so naby, soos die geykte uitdrukking dit wil hê, dat jy hulle kan pluk. Die hotel se kragopwekker is al af, en die rye kamers aan straatkant is donker. Of daar ooit mense in hulle is, weet hy nie. 'n Reuk van diesel en stof hang in die lug. Alles is stil.

Daar is geen ander geluid nie: net hul voete wat skraap oor die stofstraat, soos hulle onder die wakende oog van die onuitputlike Walkabout Down Under die toertjies leer wat hom van Meksiko tot op die Russiese Steppe beroemd gemaak het.

Wap-wap-wap sing die boemerang deur die Namakwalandse lug.

Die enkele straatligte en die lig van die Melkweg laat die gevurkte hout glim.

Phoe-wap!

Welwetend dat die tyd van die yo-yo verbyglip, het Ludo die volgende oggend by die skoolterrein uitgery nadat hy oor ontbyt 'n gig-voorstel van Walkabout van die hand gewys het dat hulle saam moes toer en dat hy, Ludo, die opening act sal wees vir die Hey-hup Bumper Boomerang Show.

Hittegolwe het 'n Salvador Dalí-truuk met die peperbome uitgevoer soos die Opel uitgery het. Die mense se reaksie op die boemerang was die vorige aand oorverdowend – geen ander woord daarvoor as oorverdowend nie, en in die tersluikse koponderstebo verskyning van die offisieuse organiseerder ná Ludo se vertoning, afkooptjekkie in die hand – daarin kon Ludo sy eie einde sien.

Van Nico Carstens is nooit 'n woord gerep nie en Ludo het agterna besef dat hy 'n slim trekklavierkoning en trieker is wat hom nie sou laat bedonner nie en Carstens het waarskynlik vooraf tyding gekry van die boemerang en hy't vroegtydig onttrek en die organiseerders het daaroor tjoepstil gebly en Walkabout ook. Tye is aan die verander en ek sal ook moet aanpas, het Ludo besluit terwyl die Opel daardie skamele dorpie uitgery het.

Jy kan nie vir altyd 'n konserttrieker bly en leef van die kortstondige genade van die oop pad en die weduvroue en die toevallige optelhoer op die langpad nie, nee.

Daar waar hy grootgeword het kan jy 'n heuningnes ver in die veld ruik, jy ruik hom asof jy 'n dier is. Jy kan reën ruik, dit weet almal, in die stofveld, dae vooruit soms tot 'n week toe en diere kan maande vooruit die aankoms van 'n sterk bui ruik maar dit weet hy darem nie.

Maar dat jy jou eie ondergang kan ruik, dit weet jy net agterna, dink hy nou terwyl hy sy huisie hier voor hom sien tiep in die wind, net wanneer als verby is, weet jy seker – ek het dit geruik, die eindtyd. Ek het dit geruik en ek het geweet ek ruik dit maar godweet ek was te bang om dit aan myself te erken.

*

Sonder sy klimtol in sy hand staan Ludo skielik kaal voor die spieël. Al sy sondes is ontbloot. Al die jare het hy verdedigend gespeel. Nou is sy gooihand leeg.

Hy is die seun van 'n waterfiskaal. 'n Soort priester was sy pa in daardie Karoowêreld. 'n Man in 'n kakiebroek met 'n klein plasie van sy eie, maar sonder die sukkel van die plotboere wat digby die dorp teen die rivier af lê en sonder die verwaandheid van die groot boerderyfamilies op grond so ver die oog kan sien.

Sy pa was eerder 'n man met 'n oog op wat hulle gesin "die diepwater" genoem het. Hy was 'n man met 'n sin vir sluise en 'n oortuiging dat elkeen sy kwota beskore is. Sy pa moes soms vuisslaan met boere, maar sy pa het die water wat van die Kommandodrifdam en Lake Arthur af gestoot het om by die weir by Rooidraai asof van nêrens uit te borrel bestuur soos die Pous die kerk bestuur, so is destyds gesê.

"Die politiek van water," het sy pa dikwels gesug en dit was nie nodig om iets by te voeg nie; die hele gesin het verstaan.

Sy pa was 'n man wat te intelligent vir sy arbeid was, maar dalk was dit sy geluk ook, want hy kon oorwoë waak oor sy taak. Wanneer die oproep van Kommandodrif kom dat die water op pad is, het hy sy verdeelregister opgetel, elke boer langs die voor af gebel en tydsaam en rustig – soms byna pleitend – verduidelik en alles uiteengesit. Dan het hy sy stophorlosie uitgehaal en opgewen, vir die foksterriër gefluit en na die fiskaalbakkie gestap.

Wanneer jy daar langs die groot weir by Rooidraai gestaan het en die betongleuf was nog leeg en drooggebak deur die son, kon jy lank voordat die eerste spuwing kom al die aarde voel tril onder jou voete.

Jy kon dit ruik, onthou Ludo, dit was in aantog, dit het die geheue gehad van klein lope en dongas en bergkaroo en groot riviere en blitsvloede. Daar was reste in daardie water, die reuk van plante en grondsoorte en klippers en ook verdrinkte diere wat van 'n ander plek af kom, 'n soort geilte wat hier by Rooidraai vreemd was en jy't die water afgewag met die opwinding wat jy in jou voetsole kon voel tril.

Die bewing het opgestoot deur eers jou onderbene en dan jou bobene en dan sê jou pa: "Voel jy dit ook in jou heupe, seunie, voel jy hom opstoot in jou ondermaag en nou kom hy op bors toe, hier kom die groot water."

Dan raak die siddering so groot dat 'n kwêvoël opvlieg – jy't nie eens geweet die ding sit daar agter 'n doringbos nie. En die foksterriër met die naam Druppel spring tjankend op die bakkie en dan weer af en hol 'n draai en snuffel grondlangs en kom soek skuiling onder sy pa se bene – en dan is dit byna asof die lug verdonker en sy pa roep: "Hier kom hy!"

Daardie een dag is 'n hond eerste uitgespuug, uitgekots deur die magtige druk van Kommandodrif se kant af en met die krag van die Groot-Karoo agter die water. Die hond was net vleis, sy vel was afgewoel deur die water en hy was net varsgestroopte vleis maar aan sy gesig kon jy sien dis hond en Ludo se pa het gesê: "Die arme dier moes daardie kant in die water beland het en kyk hoe het die krag hom gestroop."

Ander dae was daar stukke spoelhout, swartblink en verwronge, en ook soms 'n ou skoen of 'n kledingstuk. Met daardie eerste uitwel en spuug van die onderwater het dinge uitgekom wat eerder ongesiens moes bly, het sy pa altyd gesê.

Daar was glo eendag 'n dooie Sotho-seuntjie, al die pad van die Vrystaat onderwater gestoot tot hier in die droë Karoo waar die mense Xhosa en Afrikaans praat. 'n Week daarna was die koerante vol daarvan.

Maar dis net daardie eerste spoegslag wat vol verdriet was, want dan kom die volgende kugslag, 'n brander wat skuimerig uitpomp en dan nog een. Dis asof die Karoo kug en na asem snak en eers suig die water weer in by die onderwaterpyp soos hy sy asem intrek en dan kom hy volbek deur, en uiteindelik die egalige uitwel van duisende kuseks leiwater.

Sulke oomblikke was Ludo se pa die fiskaal 'n ryk man, in beheer van 'n oerkrag, en hy was die uitdeler van groot gawe en die skepper van kos en voorspoed vir baie families.

Mense was sy pa dankbaar, maar hulle was ook afgunstig, want alhoewel hy self 'n plaas had, was hy as fiskaal iemand met 'n ekstra inkomste (vandaar die John Deere met die bymekaarwieletjies). Hy was nie so gevoelig vir die skielike slegte buie van die horison of siektes onder die vee of die arbeidsprobleme op die plase of die melk- of wolprys wat val nie. Nee, sy pa had 'n registerboek, 'n duidelike opdrag en gesag. Hy't 'n stophorlosie gedra wat nie eens op die rykste boer wag nie, en sy pa kon vasstaan en sy vuiste gebruik as 'n boer weier dat die sluis na sy dam moet sak.

"As jou beurt verby is, is hy verby," het sy pa graag gesê. Dit was asof hy 'n uitspraak maak oor die lewe self.

Sy pa het ook gesê: "Elke menslike gevoelente waaraan jy maar kan dink – die water raak die draer daarvan. Dis dié dat mense so gou in die gesig gevat is as dit oor water gaan. Vat jy aan water, vat jy aan die Karoomens se siel."

Dis die plek waarvandaan die fonteine hul water trek en dis 'n ingedagte, private plek, daardie plek van water. Dis die plek wat Ludo binnegaan wanneer hy op volspoed triek en hy speel met suiwerheid en oortuiging. Dis die plek wat nou van hom gesteel is noudat sy klimtol gevat is.

Hy is beroof van water. Dit is asof sy leibeurt finaal verby is.

En omdat hy nie weet wie sy yo-yo gesteel het nie, verdink hy die hele wêreld.

Almal.

Dis asof hulle weet van die kind wat hy doodgery het, en hom nou só straf.

*

Die koue van die Benguela brand Snaartjie soos 'n sweisvlam skoon, dit skroei al hoër teen haar bene op soos sy al dieper bons in die golwe. Eers word haar voete lam en dan verdoof die Benguela haar kuite en dan is haar bobene die ene naalde en spelde en dis oor haar heupe en haar hele lyf dat sy brand soos vuur.

"Speel!" roep sy na die see. "Speel rof met my!"

Sy druk haar kop nou ook onder die water in en steek haar tong uit. Sy neem 'n hap water en spoeg dit uit en maak haar oë in die koue soutwater oop sodat ook hulle kan skoonkom van alles wat hulle gesien het.

Sy gooi haar teen die water en skouer die golwe in. Die gety kom in en sy bly terugbaklei en gooi haar lyf kwaad teen die see. Sy hoor die vioolkonserte wat sy op Hochschule sit en luister het saam met die ou Duitse vroutjie. Sy huil en sy roep en verloor sin vir tyd en 'n gevoel vir bo en onder, en later, as sy bedaar, weet sy: sy's lig en ys en sout. As sy uiteindelik met bewerige bene uitsteier en verwonderd kyk na die klein krappies in hul skulpies hier tussen die klippe waar niemand haar kan sien nie, hoe hulle silwer strepe deur die dun lagie water trek, trek sy haar longe vol met warm lug.

Sy buk om te kyk na rooi seesterre en skulpe en 'n stuk gladgeskuurde, donkergroen bottelglas. Terwyl sy so uitloop, gaan Snaartjie Windvogel aan die lag. Sy lag en lag en dans haar droog met wydgespreide arms en soek haar klere en kry hulle daar op die boot, so mooi opgevou, en trek aan: voëlverskrikker, club girl. Sy's 'n tomboy, sy skrik vir niks.

Jy gaan nog saam met die dolfyne swem, sê sy, en dit gaan jou gesond maak.

Sy haal die yo-yo onder haar klere uit en vryf oor hom en draai hom weer toe in die lappie wat sy opgetel het en dink: Ek bêre hom mooi. Ek los hom eers. Maar dan bedink sy haar en haal hom weer uit en probeer opnuut. Maar die ding bly dwars draai. Hy wapper aan die tou. Sy het geen manier om te weet hoe jy moet uithaal daarmee nie. Sy't gedink dis dalk omdat haar hand vuil is dat hy nie wil dans vir haar nie. Sy sit nou haar hand en kyk nes sy oom Ludo na sy hand sien kyk het.

Sy't die klimtol gesteel om deur die ou man raakgesien te word, maar agterna het sy besef dit was 'n fout en dit sal hom nie laat sien wie sy, Snaartjie Windvogel van Matjiesfontein, regtig is nie.

Hy sal net 'n dief sien nes al die ander net 'n jintoe sien.

Daar is nou skielik 'n nuwe soort kwaad in haar. Dis asof sy nie geduld het vir die yo-yo nie. Sy voel sy het nie die tyd om die ding onder die knie te kry nie.

En tog sit sy dae om op die duin of klouter sy tussen die rotse en skraap mossels af. Sy eet hulle tydsaam en lê net op die sand en kruip weg wanneer sy stemme of 'n kar hoor.

Die nag nadat sy klimtol weggeraak het en die wind aan die luike ruk en hy voel of sy hand af is, dink Ludo aan "die fontein sonder houding". Weer eens is dit 'n formulering van sy oorlede pa.

Die fontein was nie op hulle plaas nie, maar op een van daardie groot boere se plase, en as kind het hy byna daagliks oor die grensdraad geklim om die fontein te gaan besoek. Wanneer die buurman hom soms daar gewaar het, het hy net gesê: "Ek wil gaan drink daar by die fontein, oom." Daardie oom, suksesvolle tjekboekboer en 'n spoggerige man wat jaloers oor sy grond gewaak het, was bekend daarvoor dat hy op oortreders skiet, maar hy het die seuntjie laat begaan en sy antwoord was altyd: "Die soetste water in die distrik."

Die Waterreg was ingewikkeld (" 'n Bestraffing van onse Here," het sy pa altyd lakonies opgemerk) en die fontein het uitgevloei in 'n biesierivier wat van daardie boer se plaas af geloop het tot in 'n messelvoor wat oor baie boere se plase geloop het en die messelvoor het na die dorp gelei waar dit die dorp se grasperke, roostuine en vrugteboorde natgelei het. Die fontein (soos dit ook met die see behoort te wees, dink hy, en die vis in die pens van die see) het aan almal behoort en daardie stoepboer met sy Plymouth en die span skouperde wat op elke landbouskou die trofee gevat het, het dit geweet.

"Dis 'n waarskuwing aan my," het hy glo eenkeer vir die dominee gesê, "dat jy nie als onder jou voete kan besit nie. Jy kan wydsbeen staan op jou plaas, jy kan staan en pis sodat jou reuk daar hang en selfs die rooikatte wegbly as jou pis sterk genoeg ruik, maar daardie fontein laat jou begryp: daar is dinge wat nie besit mag word nie."

Dis 'n storie wat sy pa die fiskaal graag met smaak vertel het. Dit was 'n troos, want al besit jy minder as daardie rykgat bliksem met sy swanky vrou, is daar tog dinge van groot waarde waarvoor daardie man nie kaart en transport kan kry nie. Sekere dinge is buite besit. Dis 'n les vir die ryk boere en 'n verlossing vir die jaloerses wat nie self 'n Plymouth kan bekostig nie.

So was dit dan met daardie fonteinwater, en as kind klim hy oor die draad en hy loop al teen die biesierivier op en later ruik hy die onderaarde en hy kom by die koppie wat daar bak lê en 'n soort lies maak en daar is kliplae waar die aarde ontbloot is en klip-banke wat 'n diep inham vorm en daar stoot die water uit.

Dis nie 'n borrelfontein met een of meer oë nie. Die water stoot traag deur die kliplae uit en dis koel daar en dit tap uit die klip wat breed daar stapel en dis asof daardie lae nie meer bestand is nie, want die waterdruk is groot en terselfdertyd suinig en langtand.

In sy dae as rooibaadjie op die langpad vir Coca-Cola het hy nooit teruggegaan na die fontein nie, net daardie een keer nadat sy die afspraak weke tevore gemaak het om iets belangriks met hom te bespreek. Hy't gedink dat sy hom dalk wou vra om die verhou-ding formeel te maak, of dalk wou sy dit verbreek.

Maar sy grootste vrees was dat hulle op sy spoor was. Dat die speurders vrae aan die vra was oor wat daardie aand met die seun-tjie se dood op die pad by Tweefontein gebeur het. Sy was by sy konsert voordat hy die dorpie uitgery het – hulle sou by haar kon begin om meer uit te vind. Dalk verdink hulle haar selfs. Sy't so vinnig daar weggejaag. Mense sou praat. En dis wat sy nou aan hom wil vra: Was dit jy?

En sy vrees het hom fontein toe gedryf, na die plek waar hy as kind op sy gelukkigste was. Voor die water troebel geword het.

Hy sou op Murraysburg by 'n skou optree en sy sou opry uit die Kaap. Sy sou hom bel vanuit haar hotel – in watter dorpie dit sou wees, het sy nog nie wou sê nie. Dit was deel van haar speletjie. Hy moes op Murraysburg wag en sy sou hom laat weet waar sy hom wil ontmoet.

*

Op pad daarheen was die teer deur die Karoo warm en die son het hoog gesit. Die batterywaaiertjie wat hy op die Opel se paneelbord vasgeskroef het, het bedrywig gewoer. Toe hy tussen Beaufort-Wes en Aberdeen by 'n sementtafeltjie stilhou, is daar net die suising van sy ore te hoor, en 'n paar brommers wat om die vullisdrom onder die peperboom maal. Hy't die soet geur van mensdrolle geruik en die dik krulle lê daar met 'n flappie wit papier wat in die wind wapper. Dit het geruik, onthou hy, soos turksvyblomme in die donga agter hul plaashuis, destyds.

Hy't lank so na sy eie bloed staan en luister en toe klim hy weer in die Opel en stoot aan. Die soet reuk van mensdrolle het hom bygebly op die res van die rit, en dit was nie onaangenaam nie. Maar hy moes sy planne agtermekaar kry. Wat gaan hy doen as sy sê die polisie verdink háár? Of as hy by haar hoor hy is die verdagte?

Op Aberdeen het hy van 'n tiekieboks gebel na 'n nommer wat sy verskaf het en sy't beduie waar sy op hom sou wag. Hy't iets – enigiets – uit haar stem probeer aflei, maar daar was niks, sy't nie benoud of angstig geklink nie. Wel minder opgewonde – dalk selfs ingedagte – as ander kere wanneer sy bel om 'n ontmoeting te reël en hy die kwalik onderdrukte opwinding in haar stem kon hoor soos haar keel toetrek.

Hy't die geweste geken en bespreek in die hotel met die Victoriaanse eet- en sitkamer en 'n bietjie gaan dut en later uitgery om haar op die afgespreekte plek te ontmoet.

Hy onthou die plek presies en hy't die kartonman uit die Opel gehaal en daarmee voor hom uitgestap, val-val oor die bossies asof hy oefen vir 'n skoolkonsert en hy't die dun man met die star glimlag voor hom uitgestoot en sy't eers gelag toe die gedaante in die dorre veld verskyn en sy was nog kaler as hy, dit was haar triek om sonder omhaal van woorde by die plesiere van die lyf uit te kom. Sy had 'n hongerte soos hy nog nooit in 'n vrou gesien het nie, en sy't eers gelag en toe besef hy's nie besig met stoutigheid nie en hy't die kartonman in die sand geplant en daaragter bly staan en gevra: "Is dit vir hom wat jy naai?"

Sy't hom eers gekoggel deur oor haar dye te streel, maar toe sy sien hy is regtig ernstig, het sy weggestap en haar voete het die dik warm sand omgewoel en hy't 'n mier sien intuimel by haar een spoor nes sy uit die sandsloot uit is met die vou van haar boud en sy's op en agter 'n bos en na 'n ruk hoor hy haar Land Rover vat en sy ry nie weg soos hy verwag het nie, met 'n gerev en 'n bonsery oor die klipplate nie, maar sy ry stadig weg en dit was die laaste keer.

Hy wou haar agterna roep: Wag, wag, het jy iets om my te vertel oor Tweefontein? Maar sy was reeds te ver.

Hy't die kartonman weer by die Opel ingeskuif en agter haar aangery en later op die oop grondpad agter die vars Land Rover-spore aan gejaag, maar hier het sy vetgegee en behalwe 'n vae stof-reuk en 'n branderigheid in die lug was sy weg.

Van 'n hoogte af het hy haar baie ver oor die vlakte sien jaag en dit was net die stippie Land Rover en 'n streep stof en toe draai sy by die teerpad in en hy't geweet hy vang haar nooit nie.

Hy't haar beledig en hy was onbeholpe en hy't homself verloor in daardie jare en dit was eerder hy wat die kartonman geword het as wat dit sy was wat agter die dun man aan was. Hy't later eers besef dis Elsabé wat hom uitgehaal het agter die vlak uitskiet van die klimtol in volkleur, die strak glimlag met ingeverfde wit vir tande en die baadjie so rooi dat dit blerts.

Die kartonman was een groot uitroepteken wat geskree het: Sien my raak! En dit was sy wat juis die skuifelvoete agter die karton-man gesien het en hom begeer het en elke triek in die boek probeer het om hom te vang.

Net hy kon dit nie insien nie want hy't sy triek geword en hy was niks anders as triek nie.

Ludo Loeloeraai was sy naam, en sy geboortenaam het ver agter hom gelê soos 'n sakdoek wat per ongeluk uit jou sak geval het en daar het die stukkie kakielap in die veld bly lê en hy het daardie naam nie meer gehoorsaam nie.

Tweefontein: dit het sy speelarm afgeruk.

*

Daar op sy stoepie op Paternoster het al hierdie dinge verdwyn en ook speel was kartondun en boonop was hy gedaan en Tweefontein het hom ingehaal. Nou kon hy weer die swart nag injaag soos toe hy jonk was agter die stuurwiel. Maar die verskil is dat hy destyds die Opel se enjin van angs hoor loei het, maar deesdae is dit net in die nanag op sy stoepie dat hy die git injaag – nie meer omdat hy kan nie, maar nou omdat hy nie ánders kan nie.

Hy't telkens die dominee op Fraserburg se woorde onthou: "Speel is 'n euwel voor die Here." Hy wou die dominee antwoord: "Dis wanneer jy speel vir 'n tjek of 'n koevertjie kontant dat die duiwel jou haal", maar dit sou soos 'n beskuldiging klink, want dit was juis die dominee se vrou wat sy uitnodiging om in die skoolsaaltjie te speel hanteer het en toe sy die tjek aan hom oorhandig, had sy 'n glinstering in die oog en hy het nog gedink: Dis 'n loskop dolla dié.

Maar hy het uitgery, weggery – dit was sy lewe – die dorpies wat hy agterlaat, die plekke waar speel gou vergete was ná sy vertrek.

Hy sit en dink hoedat hy nadat sy van hom weggery het nie anders kon as om terug te gaan na die fontein nie. Dit was asof hy alles verloor het.

*

Hy buk deur die draad waar die heining effe ingesak is. Soos dit maar met hierdie dinge gaan, is die ent om te stap veel korter as wat hy onthou. Maar die biesiestroom loop mooi, en daar is die vertroude slierte slym en die geur van opgedamde slik, die son wat skitter op die lope waar dit sterker vloei en 'n tros helder vinke aan riete met neste wat boepens oor 'n poel hang. Rondom hom strek die kaal veld en daar voor die kliplies waarvandaan die water kom. Hy gaan staan toe hy hom verbeel dat hy 'n geluid hoor, maar dink dan: Dit is my verbeelding.

Sy hart klop in sy bors; hy kan nie wag om by die soet water uit te kom nie. Hy moet deur riete – meer as voorheen – druk om by die water te kom. Dit het effe verander, die een deel is droog maar by 'n ander spleet in die klip lyk dit of daar meer water uitkom. Dis die poel wat hom lok: diep en swart dam die water daar, omring deur klip en met 'n soort helderheid waaroor hy as kind begaan was en waarvan hy al vergeet het.

Hy kom by die fontein en buk. Die bekende geur van klipwater kom by hom op en slaan hom in die gesig. Hy word eers duiselig, want die geur dra soveel dinge wat hy vir so lank ontken het. Hy kon sy arm en veral sy speelhand se dors voel, dit was nie 'n dors van die mond nie, dit was 'n dors van die lyf, maar meer: van die murg.

En sy lyf het daardie fonteinwater onthou en daarna gesmag en dis hoekom hy nou teruggekeer het.

Hy't gekom omdat hy onthou.

Dalk kom hy ook terug na haar, want sy is die fontein waarop hy sy rug gekeer het.

Hy maak eers plek vir sy knieë. Hy't 'n langbroek aan en weet hy gaan hier wegloop met twee bruin kolle op sy kniekoppe. Maar laat hulle sien hy't hier kom kniel. Laat hulle sien hy't teruggekom.

Hy is nie soos die uitswemkaptein wat die skip agterlaat om te sink nie.

Hy buk en steek sy hand en arm diep die swart water in en skrik vir die verskriklike kilte. Hy ruik iets, maar dis nie met sy neus dat hy dit ruik nie, dit registreer hoog in sy sinuskasse, in sy kop.

Dis 'n reuk wat nie van hier is nie. Hy dink aan batterysuur of asyn, maar dis ook nie dit nie. Dis iets meer. Dis asof dit 'n reuk is wat die hele landskap inneem en nou ook sy lyf.

Met sy arm diep in die water lig hy sy kop. Hy hoor die voortdurende gehamer: die bloed deur sy slape.

Hy trek sy arm uit. Dit voel vir hom of die vel daarvan afgestroop is, sy arm en hand lyk soos die vleislyf gelyk het van daardie hond wat draai in die weir se eerste spoegslag, jare terug, met die tjankende foksterriër om sy bene en sy pa, die waterfiskaal, wat wydsbeen staan en stophorlosie in die hand die eerste sluis lig en hulle kyk hoe die vleishond in kalmer water deur die knikkie van die vloei gaan en uitgly na iemand se landerye toe.

Hy kyk nou verbaas terwyl water afdrup van sy ledemaat en met afsku kyk hy na sy arm en na sy hand en na die handpalm, waar saam met die vel ook die lyne op sy palm weggebrand is.

"Tragies, so gestroop van sy pels," het sy pa gesê. "Dis byna of daardie hond in 'n balie suur beland het. Maar hy sal gou tot niet gaan, die maaiers en die kraaie sal klaarspeel met hom as hy eers op 'n akker uitgespoel het. Dalk vreet ander honde hom. Hy is nou net vleis."

Sy pa het 'n sigaret aangesteek.

"Ek wonder wie sy eienaar is, en uit watter soort onverantwoordelikheid die arme dier losgekom of afgedwaal het. Om darem in die water te beland en so gestroop van als wat jy is uit te spoel hier in ons kontrei."

*

Dis skaars lig toe hy met sy hare skeef geslaap op sy voorstoepie staan en na die grys kromming van die baai kyk. Die water lyk soos lood en sy regterhand hang aan sy arm, swaar en onnodig.

Kliprug in en die honde blaf vir hom want dis vroeg en mense staan nog deur die slaap in die kosyne en hy kom by die huis van Dick Malgas, die treilerkaptein. Hy skuur verby die boot wat op sy treiler onder die blou seil sit met die een buiteboordenjin wat uitsteek. Hy struikel oor 'n treknet wat teen die vibracrete opgehoop lê en verby plastiekemmers met nog bietjie seewater in en verjaag die twee honde wat hom ken maar nie verstaan wat hy nou so vroeg hier doen nie en na hom grom.

Dick Malgas kom uit en hy't 'n frokkie aan, sy boarms is uitgesak en Ludo kan sien dat hy die vorige aand swaar gedrink het.

"Ludo."

"My yo-yo is gesteel."

"Hy groei dan aan jou hand vas."

"Ek het baie gedrink en ek het nie wakker geword nie. Hy is van my vinger afgehaal."

"Was dit breaking en entering?"

"Ek moes 'n deur oopgelos het en ek het te veel gedrink en toe word ek nie wakker nie."

Hy voel duiselig en hou aan die skuit wat op die stoep staan vas en Dick kom staan by hom en sê: "Gaan terug huis toe. Ek sal inquire."

"Ek het nie wakker geword nie."

"Ek sal woord uitstuur."

Hy draai om en skuur weer verby die boot wat na olie en sout ruik en stap deur die strate met mense wat hom groet sonder dat hy hulle antwoord na The Lodge toe. By die kelnerinne kry hy 'n simpatieke gehoor in 'n halfmaan.

"Oom Ludo se yo-yo?"

"Die yo-yo!"

"Julle moet die mense uitluister, asseblief."

Hy voeg nie by nie: Ek weet dis julle mense en as julle my hand steel, as julle my triek steel of as julle weet wie my ledemaat gevat het en julle praat nie, dan is julle hier en ek is daar en ek kan my nie meer hier tuis voel nie want hierdie ding gaan tussen ons wees.

Hy loop aan hotel toe en is bewus van The Lodge se kelnerinne wat oor die muurtjie leun en hom agternakyk. By die hotel staan Jan Dippenaar die alkoholis oor die besem. Soos altyd hierdie tyd van die vroemôre bewe hy soos 'n riet.

"Kyk, my hand is leeg," sê Ludo, want hy weet Jan is 'n sagte man wat die diep waters deur is en hy wys sy wit handpalm na Jan en jy kan die voeë sien oor die vinger wat deur die klimtol se tou gebyt is en jy sal dink dis die hand van 'n lynvisser want dit lyk of lyn daardie vinger gesny het terwyl die snoek swaar in die water stoei.

"Oom bly 'n kampioen al is oom se donder gesteel."

Hy staan na Jan en kyk en moet eers uitpluis aan Jan se vreemde

manier om meegevoel te verwoord en dan roep Ludo: "My klim-
tol!"

Paniek oorval hom en hy draai op sy as en hy sien die hond
sonder vel en met sy vleis bloot deur die knikkie by die sluis gaan
en hy onthou die vorige nag: die vreemde gevoel van gifwater wat
sy hand stroop, was dit 'n droom of het dit werklik gebeur, en het
dit nou gebeur of toe?

Hy stryk aan na die polisiekaravaan wat by die gemeenskapsaal
kort anderkant Die laaste kreef geparkeer is en hy loop teen die
tou visfabriekwerkers in en die skoonmakers wat van Hopland af
op pad is na die gastehuise en verby die babelaas vissers wat op die
duin voor die hotel wil gaan hurk om te kyk hoe die see vanoggend
sy lê het en te skat of die harders sal loop.

Sjie-hoep!

Hy groet nie een nie en hulle laat hom begaan en hy vorder tot
by die karavaan.

Toe hy laatnag gesien het die klimtol is weg, het hy gekantel,
soos 'n mas wat val, hy't gekantel na die alarm se noodknoppie en
dit gedruk, dit sit langs die voordeur. Hy het dit nog nooit voor-
heen gebruik nie maar het hom voorberei daarop dat die nag sal
kom dat 'n tikslaaf daar sal staan met 'n mes of drie mans wat in
'n kar gekom het vir 'n huisroof.

Een man se nood is 'n ander se grap.

ADT se man wat aan diens was is 'n hardegat klein kêreltjie en
hy moes deurjaag van Vredenburg af en dit vir 'n fokken toy.

'n Yo-yo.

Die pad is darem gelukkig deesdae geteer, maar beskonkenes ry
snags van Paternoster se kroeë binneland toe en jy moet versigtig
wees.

Ludo sien dit nou in sy geestesoog en hy sien die belaglikheid
van *toy*: met krakende radio en flitsende noodligte jaag Jerry Dan-
ster van ADT van Vredenburg na Paternoster. Die wind ruk sy
karretjie.

Dis ver en hy't gesit en dut, eenkant geparkeer by 'n vulstasie.

Boonop het hy eers gebel maar Ludo het nie die foon opgetel nie. Laat hulle maar kom, het Ludo gedink. Ek betaal genoeg vir hul diens.

Om hier op te daag en te hoor wat gesteel is was geen grap nie. Jerry Danster was kwaad. Pistool op die heup, flits in die hand, knuppel op die heup, skokstok hier by die gatsak; hy's toegerus. Sy radioverbinding kraak en dit skep onafgebroke drama: jy kan in-luister hoe alarms oral afgaan en karre uitgestuur word en verslae inkom en jy hoor alles oor elke insident en jy sien hoe dit afloop, hoe dit nooit ophou nie en hoe dit op 'n mespunt is.

Dit bedink Ludo nou agterna en hy begryp Jerry Danster se half-hartige ADT-gepatrollie deur Paternoster se strate in die halfuur daarna. Jerry put sy selfrespek uit die gevaar van donker huise wat hy moet binnegaan onder die geloei van 'n alarm terwyl skerwe glas in 'n glasdeur soos tande lyk.

'n Belediging: 'n toy.

Buitendien is dit nie sy werk om gesteelde goed te soek nie. Re-covery is die polisie se jop.

Nou staan Ludo by die polisiekaravaan met die polisiewapen teen die sykant. Dis langs die gemeenskapsaal geparkeer. Die twee polisiemanne satiriseer hom subtiel.

Hy moet aan hulle wat daagliks alles sien waartoe die mens in sy boosheid in staat is en nog meer, as 'n uitgegroeide man met erns vertel: "My yo-yo is gesteel."

"Onse Vader!" roep die een konstabel.

Ja, Paternoster kry juis sy naam van daardie eerste wrak. Toe die see die skip met een magtige beur op die rotse gooi en die dek kan-tel en als aftiep die water in, dis mos toe – so lui die legende – dat die matrose – katolieke Portugese – begin roep het na onse Vader.

Ludo het die konstabel aangekyk en besef: Hy sien my as skeeps-wrak en ek is nie onbekend aan hom nie want by sy basisstasie daar by Vredenburg het ek al by die toonbank gaan staan toe hy aan diens was en hy het my weggewys. Ek onthou dit goed, hoe ek agterna uitgestap het en na my Jeep geloop het, ek onthou die warm aandwind en die reuk van rook wat van die plakkerskamp af dryf en ook die soet parfuum van die hoere wat verbykom op pad na Vredenburg se middedorp om daar in die buurt van die taxi rank en die Sports Bar hul werk te gaan doen.

'n Toy.

Toe hy terugstap met 'n papiertjie waarop die saaknommer geskryf is fladderend in sy hand, kom Dick Malgas se bakkie van voor met die boot aangehaak, hulle gaan seker by Saldanha uit vir snoek.

Dick hou by hom stil met 'n begrafnisgesig en 'n suur asem by die afgedraaide venster. Agterop sit sy vissermanne met musse laag oor die oë en dis eintlik al te laat om nou eers aan die gang te kom maar die snoek loop seker en Ludo leun teen die bakkie.

"Geen tyding nie," sê Dick, "dis nie onse mense nie, ek het comeback gekry, dis seker inkommers. Maar my mense se hande is skoon."

"Hmm," brom Ludo en staan terug sodat hulle hul werk kan gaan doen. Hy weet dit gaan 'n harde dag wees want dis reeds warm en hy voel die aarde bak deur sy sandale by sy voetsole in.

By die hotel swenk hy in en grom in die kroeg wat muf ruik dat hy 'n dubbele brandewyn wil hê sonder ys want hy gaan dit skoon en vinnig drink. Hy sit sy leë hand op die toonbank en sit en kyk daarna.

*

Sy bly aandring en die e-posse raak meer blatant.

Ek is op pad.

Hy gaan staan voor die spieël met sy hand oor sy buik.

Nee, e-pos hy terug. *Ek is besig met sake en moet 'n ruk weggaan.*

Sy antwoord nie en hy dryf hom in die tyd wat volg hard want hy moet so goed moontlik lyk vir haar. Daagliks stap hy ver op die sandplaat rigting St. Helena en later is die dorp ver agter hom en dis net hy en die sand en die see. Dan trek hy sy hemp uit en die wind vat oor sy vel en eers gril hy vir die wind in sy kaal blaaie maar ná die vierde dag raak sy vel gewoond aan die son en die oopte en stap hy met 'n ywerige swaai van sy arms.

Sy bene is redelik sterk maar sy een heup pla en natuurlik sy hart en longe is dit nie gewoond nie, maar hy stoot daagliks aan tot hy die dorp glad nie meer kan sien nie want dit het agter die punt weggeskuif en nou kan hy die water inhol in sy onderbroek. Hy steier teen die golwe en roep uit want niemand hoor hom nie, hy gooi sy lyf teen die water en vervloek die yskoue Benguela maar merk dat sy boep mettertyd sak en dat sy lyf eers rooi en dan rooibruin word en dan bruin en diepbruin, hy kom uit 'n harde wêreld en sy vel vat gou son en dis pynloos.

Sy hart word sterker en hy lê soos die dae vorder met sy arms wyd oop en sy bene ook. Sy rug is teen die warm sand en hy wikkel sy skouerblaaie en sy hakke in tot waar die sand koeler raak en hy wag op die hooggety se dun film eerste water om hom te lig. Dit borrel teen sy lyf soos die water in die los sand insak en hy kyk na die lig en die oopte en die silwer skuim wat dam om sy lyf en toe die gety instoot lig dit hom en dis goed en hy dink: Sy kan hom dalk bestand maak teen Tweefontein.

Dan sal daar niks wees wat hy nie kan doen nie en dalk is sy sy laaste triek, hy weet nie.

Terug op die dorp skerts hy met die skilder Jan Visser wat daar oorkant Die laaste kreef woon en een naakvrou na die ander skilder, hy het geen ander tema nie, dis net hierdie een triek. Die man is so dun soos 'n kraai en hy't 'n hinkstappie maar groot helder oë. In sy studio is 'n verhogie met wiele aan waarop die naakmodel moet buk en kruip en lê. Terwyl die skilder by sy esel staan, kan hy met sy voet die verhogie só wiel en só en die vrou van alle kante bekyk.

Hulle praat oor die mooi van vlees en die inbuig van die boudskulp daar by die skaam in en die skilder skerts: "Ons is twee vuige ou manne." Hulle gaan saam deur die stellasies waar honderde tekeninge en skilderye ingelaai is, van hierdie model wat saam met die skilder gewoon het en later daardie een, en dan die derde, wat saam in 'n karavaan teen die see gebly het. Van elke vrou is daar tientalle of selfs honderde afbeeldings, van elke skulpronding of donker skaduwee of astrante tepel is daar 'n rekord.

Dan stap hy verder nadat hy en die skilder gegroet het en by die pottebakker in die ateljeetjie wat soos 'n stal lyk met die lae dak vang hy sy hand uit op 'n warm pot wat pas uit die oond kom en hy glimlag en streel met sy palm dankbaar vir die tekstuur van klei.

Hy stap terug huis toe en die duiseligheid by die bult voor The Lodge is minder en hy voel sterker wanneer hy by sy huisie kom.

Ses weke hiervan, dink hy, en ek trek haar soos 'n jongman plat in my kooi, sommer helder oordag.

Deels is die oefening ook om te kompenseer vir die klimtol wat nie aan sy hand is nie maar wat hy in sy palm voel lê. Hy weet van fantoompyn en het gehoor van mans wat in Angola se oorlog was dat jy jou ledemaat wat jy verloor het nog altyd voel asof hy daar is. Dis soos die sienery met die brein dink hy en nie met die oog nie en hier in my kop is die yo-yo dus nog aan my vinger en my verstand kan nie aanvaar dat dit weg is nie.

Wanneer hy stap moet hy homself dwing om met albei arms te swaai en tog voel hy die trilling van die tou in sy murg en sing die klimtol nie net in sy ore nie maar in sy gebeente en besef hy hoe swaar dit is om 'n triek op te gee. Alkoholiste en nikotienverslaafdes sê die moeilikste van als is om af te sien van daardie beweging van die hand met die sigaret en die drinkerselmboog waaraan die glas skarnier.

Die heel meeste is die skaamte wat oor hom kom terwyl hy so lê en uitvars op die sand met die skuimborrels om hom. Die son in sy blaaie bak dinge uit wat hy weggeskuif het, byvoorbeeld toe hy nou net anderaand in die kroeg was en sy triek getoets het by die twee gretige yuppies en sy kierie afstamp en hoe versigtig en beleefd die jongman dit opgetel en op die kroegtoonbank gesit het.

Met soveel bedagsame deernis. Watter ou gek is hy nie, ook die skertsery oor vrouelywe daar by die skilder met die naïewe oë.

En hy onthou hoe baie aande in hoeveel kroeë mense hulle later-aan met allerlei ekskuse van hom losgemaak het en hy weet sy reputasie is waarskynlik daarmee heen en as sy hier kom en rondvra sal hulle haar vertel hy's 'n ou man wat te veel drink en nie op sy taal let nie en boonop lieg oor vliepierings.

Wat het ek om haar te bied, dink hy, ek weet nie eens of ek meer oor boeke kan gesels nie en skilderye – ek loop elke dag deur die veld en ken nie eens die streekname van die plante en die vygies en die vetplantjies en rankgoed nie, wat nog te sê van die goggatjies en die slange en muise?

Sy's die soort vrou wat die wondere van die aarde in al sy detail saam met jou sal wil ontdek en as jy nie naam kan gee nie, wat kan jy gee?

Is dit dan hoe die liefde is, wonder hy, dat jy skielik oor jou lyf begaan raak en jy kry skaam vir die klein oortredings teen jou liggaam wat jy oor die jare ingeryg het en jy begin jou instudeer in die wondere van die natuur en die trieks van skilders en skrywers?

Is die liefde dus die groot verbeteraar?

Hy klim in sy Jeep en ry Vredenburg toe, waar hy die inkopie-sentrum trotseer en die boekwinkel opsoek en met kontant wat hy stadig en nors uitskuif na die verkoopsassistent (wanneer laas het hy 'n boek gekoop?) 'n ensiklopedie met plant- en dierename koop en so soek hy weer *skilpadvoetjie* en *veldkool* op. Dit is name uit die tuin van sy kindergemoed, dis 'n haas wat hy in sy hoed gaan hou en nou eers gaan vetvoer.

As die tyd reg is, besluit Ludo, gaan ek en sy die sandveld in en dan het ek 'n lieflike woord vir elke plantjie.

*

"Wat is hierdie storie van Eenslie Maree en die pastoor?" vra Ludo aan bootkaptein Dick Malgas.

Dick Malgas kyk oor die rand van sy glas na Ludo. Hy het vandag sy groen-en-geel-en-swart ANC-T-hemp aan. Hy blom van die selfvertroue, want hy's pas verkies tot voorsitter van die plaaslike ANC-tak. Ons is twee manne wat die wêreld verstaan, sê die blik waarmee hy na Ludo kyk.

Dick Malgas beweeg op die randgebied tussen die Weskus se wit families en die bruin vissersgemeenskap: met Apartheid in die vroeë negentien-vyftigs is sy familie – hy was toe nog 'n klein seuntjie – wit verklaar al het hulle in die bruin gemeenskap gelewe. Dis toe gesê dat dit die Portugese bloed in die Malgasse is wat tot sy reg kom.

Toe die witgeid nie so goed werk nie want die Malgasse moes hul lewe lewe en hulle het maar aangegaan om te bly waar hulle bly in hierdie huisie met sy jaart vol keffers en visnette en olieseile en skuite en om vis uit die see te trek, het hulle in die jare sestig weer aansoek gedoen om bruin te wees en vir party is dit toegestaan en ander moes wit bly want hulle het die potloodtoets geslaag en hulle het dus Kaap toe getrek en nooit teruggekyk of verklap dat hulle van Weskusvissers afstam nie.

Ná 'n dekade het Dick Malgas se pa egter weer na die Bevolkingsregister gegaan en met 'n gesukkel was hulle weer wit maar nou het die dorp hom nie meer daaraan gesteur nie want nes die wind partykeer waai die Malgasse sommer uit 'n ander rigting.

Kort voordat die ANC oorgeneem het en toe Dick Malgas sien hoe die wind gaan waai, het hy sy gesin weer bruin laat verklaar en dit het hulle goed te pas gekom. Dis nou wel nie swart nie en almal weet swart is die voorkeurkleur as jy nou werk soek maar dis darem bruin en dis beter.

Dick is ook al man wat glo al van die tonnel se bek wat daar by Gaatjie sit onderdeur Kliprug tot by Tietiesbaai gekruip het. Op sy stoepie sit Ludo dikwels en dink aan die tonnel wat as foutlyn onder sy huis deurloop en hy dink aan Dick Malgas wat in die noute inkruip en hy ril. In die Apartheidstyd het ANC'ers glo gewere en ammunisie in die tonnel weggesteek maar later het dit bergplek vir mandrax geraak en toe tik en toe het daar te veel onder die grond aangegaan. Toe gooi die mense die bek toe en jy soek nou verniet na die opening.

As jy wil weet wat op Paternoster aangaan – dis nou onder die vernis van die fraai Weskusdorpie – moet jy vir Dick Malgas vra. Kaptein Malgas hou sy hand op alles. Ludo is juis hier om hom te pols oor die dood van die kreefinspekteur: Watter stories loop, en wat dink die speurders? Ludo wil dit vra al beweer die mense Dick Malgas se voortong sê een ding maar sy agterste tongetjie praat heeltemal 'n ander storie.

*

"Dit gebeur toe so dat pastoor Leke announce dat hy te water ge-laat moet word." Dick Malgas kyk of Ludo reageer, maar as daar net stilte is, gaan hy voort.

"Saldanha gee 'n rubberduck met die blessing van die komman-deur wat sy hart op Pinkster laas jaar oorgegee het. Vier bekeer-linge in onse Here, almal adelborste, en daai laaitie Eenslie Maree, hulle is die spannetjie wat pastoor moet uitvat see toe.

"Vaandrig Eenslie die Alsatiantrieker," voeg Dick Malgas by, en Ludo weet dat die Malgasse en die Marees nie om dieselfde tafel sit nie. Jare gelede het Eenslie se pa en Dick Malgas 'n uitval gehad oor vislisensies.

"Ai," is al wat Ludo sê.

"Lank voor die tyd celebrate die tentkerke. Die hele Weskus, van bo by Lamberts tot onder by Melkbos. Celebrate! Pastoor Leke gaan daar by Velddrif op die water loop. Celebrate! Nee, dis by Saldanha. Maar nee, ook nie reg nie – pastoor Leke gaan by Elandsbaai sy faith toets. Halleluja!"

Dick Malgas gryns en sit sy glas neer. Jare lank al drink hy uit 'n koeldrankglas, so 'n kort dikketjie. Sy aansteker klik en hy trek diep aan die sigaret. Sy oë vernou soos wanneer die treiler die dei-ning moet in. "Celebrate! Pastoor Leke gaan hom deliver aan die Here in Tietiesbaai."

"Van alle plekke," antwoord Ludo. Dick Malgas was al meermale die teiken van die gelowiges in Kliprug en hy wreek hom nou op hulle met hierdie storie.

"Is toe ook so."

Hulle sit en die stoep voor Malgas se huis is bedompig van die stank van vis wat al by die sement ingetrek het. Die honde het ophou veg teen die vlieë. Die wind flap die treiler se blou seil en hulle kyk hoe die sand oor die jaart dwarrel. Ludo het hiernatoe gekom want die afwesigheid van die klimtol vat hom ver en hy dink deesdae te veel terug en hy soek geselskap op.

Die suidoos waai vanmiddag die strate vuil en ruk wasgoed van die draad los en wanneer dit oor die teer tuimel, sit 'n hond dit agterna. Die bote kan nie uitgaan nie, die see kap wit perdjies. Dynserigheid hang in die lug soos 'n ploegland binneland toe se stof opgejaag en uitgestoot word see toe.

"Baai van spektakel," grom Ludo.

"Liewe Jesus in CinemaScope."

Ludo kyk op. Soms verras Dick Malgas hom. Daar is baie gerugte om die kaptein. Dat hy meer geld het as wat hy voorgee. Dat hy invloed het by die smokkelbendes. Dat meer as net 'n treiler, nette en plastiekemmers partykeer onder daardie blou seil saamry.

"Daar word gebid, gefast, hande opgelê en gesing. Die drum set skel, die hande klap. Unity in the Lord. Daai hallelujas dra ver.

"En nes pastoor Leke geprophesy het en voor jy kan sê *mes*, sneuwel meer bekeerlinge in die Gees as die heel jaar tevore soos die excitement opbou.

"Op Laaiplek kom daai kindermoordenaar vorentoe en gee sy hart aan die Here, die polisie kom en die moordenaar wag op sy knieë, voor op die stage, totdat die cops kom en hom cuff en hom deur die pryssange die kerk uitvat vangwa toe.

"Daar was nog nooit so 'n soort arrestasie hierlangs nie.

"Op Hopefield confess die munisipaal dat hy verduister het en ook hy word weggevat terwyl die simbale en vuvuzelas raas.

"Ek vertel hom nes ek hom gehoor het, Vliepiering.

"Oral kom kwaaddoeners en skollies na vore. Kort voor pastoor Leke op die water gaan uitloop, kom die distrikskommissaris keps in die hand na sy huis en sê hom die selle is vol en die hofrolle kan nie meer die toesak van sinners wat nou so skielik confess hanteer nie.

" 'So 'n bietjie terughou, pastoor Leke,' pleit die kommissaris. 'Ons kapasiteit is volledig.' "

Dick Malgas lag en klap 'n vlieg weg. " 'Gee die sondaars bietjie skiet tot die hofrol weer oop is.'

"Toe die rubberduck die dag afvaar uit Saldanha se hawe en sy neus lig, sit sy gat laag in die water. Daar is 'n outboard en vyf adelborste en een photographer aan boord, en pastoor Leke opgedress in wit gewaad, sy rok is spesiaal gestik op Piketberg met sulke krullerige embroidery.

"Eenslie Maree, Vliepiering weet mos hoe smart die boykie is, hy's smart in blou en wit met swart boots – die Vloot se action working dress. Die rubberduck stoot snoet deur die branders."

Dick is 'n goeie verteller en Ludo weet hoe om hom aan te moedig. "Heits," sê hy.

"Hulle jaag die golwe in. *Wam-wam-wám!* slaat daai rubberduck elke keer die plaat agter 'n groot breaker soos hy deurbars en val.

" 'Die see bly maar aankom,' sê ons mos maar altyd en karre se deure klap op Saldanha se kaai en die convoy sit headlights aan en kry 'n spietkop om voor te ry en die hele lot maak spore Vredenburg toe. Daarvanaf die vyftien kilometer hiernatoe, eers by Hopland verby en Die laaste kreef en dan Kliprug deur en hier verby my plek tot by die reservaathek waar Ankervoet deur die skielike toeloop die change verkeerd uittel en naderhand totaal sy nerves verloor en dan maar oplaas surrender en die boom lig en die karre verniet deurwaai, iets wat mos 'n blessing is, not so?

"Die karre stof daar teen die bult uit en jaag verby Cape Columbine na Tietiesbaai. Niemand wil die show mis nie en die skare is op die rotse en die duine en hulle sit uitgepak.

"Uitgesit, soos met 'n picnic." Dick Malgas sprei sy hande met die stomp, dik vingers en die olienaels. Een nael is swart en aan sy roesrooi voorarm met die litteken swaai 'n koperarmband teen die ou polshorlosie met die glas wat vaal aangeslaan en gekrap is van jare se treilerwerk.

"Spektakel. Eetgoed en Oros en geen hardehout, ieder en elk is teetotaller en gelowige."

Hy lig sy hand asof in seëning en ook sy stem lig 'n aks: "Hóóg-gespanne in die heilige verwagting."

"Daar op die rubberduck word pastoor Leke se wit rok papnat soos hulle deur die breakers bars. Mens kan selfs sy pieletjie sien deurskyn deur sy onderbroek, klein getrek teen die koue water, word agterna geskinner."

Dick Malgas skud soos hy lag, dis die draai van die mes, besef Ludo – Leke het soms gepreek teen die sondes van mense soos Dick Malgas en dan was die aanklagte vaag en swaar van skinder en afguns en mens kon nooit agterkom wat presies is Dick se oor-tredinge nie maar dat hulle daar was, was seker.

"Was dit die eerste sign van skytbanggatgeid? Van doubt?"

"Pater noster!" roep Ludo, om Dick aan te moedig.

"Juistement, Vliepiering." Dick skink nou nog 'n dop en kry tweede asem. "Die flock op Tietiesbaai se duine is die eerstes om die rubberduck daar van Saldanha af te sien approach. Dis eers 'n spikkeltjie en dan kan jy die wit streep sien soos hy 'n spoor los en jy sien hom jump deur die golwe.

"Daar, daar ver, trek Eenslie-boykie die skroef uit die water uit. Hulle lê honderd tree agter die breakers.

"Die see rock hulle op en af en dit lyk of pastoor Leke seesiek raak – sy mense is mos nie sailors nie, hulle had mos iets met die spoeldiamante te doene in die noorde, of bokke na Pella se kant toe, of wat nou weer?

"Ons weet sweet nothing, want pastoor Leke het mos eendag net by Vredenburg se taxi rank uit 'n taxi geklim en op 'n muurtjie gaan staan en Bybel in die hand vuur en swawel begin preek tot sy eerste convert, 'n dronkgat en vagrant, daar by hom op sy knieë geval het en toe was die gort gaar.

"Toe het die kopersente in die hoed silwer muntstukke geraak, en toe papiergeld, en gou-gou had pastoor Leke 'n saxophonist on board, en toe 'n base kitaar en drie weke later, daai ou Datsun-bakkie en toe begin die revival en die performing.

"Ewenwel, die rubberduck sit daar en die faithful teen die duine slaan als gade.

"Die vyf adelborste moet die boot control en pastoor Leke help om op die rubberduck se rand te sit, sandals in die water. Hy sê nog 'n laaste gebed op en gee die signal: 'Ek is reg om soos Jesus op die See van Galilea bo-op die water aan land te loop by Tietiesbaai.'"

Uit effekbejag staan Dick Malgas op en wieg op sy bene asof die stoep 'n deining het. Die een hond lig sy kop van sy pote en kyk skewekop na sy baas. Hy kom snuif aan die dik tone in die sandale en gee die spataar wat oor die maermerrie loop 'n lek.

"Gedra deur sy eie faith en die gebede en hymns van die gemeentes daar op die rotse, jy kan dit hoor bo die wind tot hier by my huis, sad songs, psalms, hulle klim ál hoër, daardie liedere, jy voel jy wil saamhuil en saambelieve.

"Eenslie-hulle het die pastoor aan sy elmboë en aan sy kieliebakke en hulle voel hoe sy lyf bewe, sy holbanke tril glad, hulle laat hom stadig insak en sy onderbene is die water in. Hulle wil hom terugtrek toe dit lyk of hy gaan sink maar hy spreek in tale en sy gesig glow in die son.

"Eenslie sou later vertel, so hoor ek by die detective branch, dis toe dat sy eie faith begin wankel het. Hy wou order dat hulle die pastoor terug in die boot moes trek, maar pastoor Leke het gesignal, los, lós!"

Dick Malgas staan en ruk sy bolyf heen en weer asof hy aan sy arms vasgehou word.

"'Los my, menere, dat ek uitstap in die arms van die Here!'

"En sy sandaalsole tap dance so op die golwe soos hy die waters toets terwyl hulle hom by die elmboog het.

"Toe los hulle.

"Toe sink hy soos 'n klip."

Dick Malgas gaan sit.

"Haai, Vader, Dick."

"Exactly, Vliepiering." Dick vee die sweet van sy voorkop met sy voorarm af en vat 'n dubbele sluk. "Hy sink."

Ludo skud sy kop, maar dink: Wat maak hulle van die dood van die kreefinspekteur? Is dit ook al deel van 'n storie wat wyd loop en dik is van die stroop?

"Eenslie wou uitspring uit die duck die water in om die pastoor te help. Hy't al sy hemp begin uittrek toe die pastoor op hulle skel en sê: 'Dis God se bevel dat julle gaan! Wegvaar! Gaan!'

"Hulle het in die rubberduck gekniel. Hulle was uitgeslaan.

" 'Ek gaan nou-nou my voete vind? Ek sal nou-nou my voete vind?'

"So, asof hy vra. Vra-vra sink hy: 'Ek gaan nou-nou vastrap?'

" 'Gaan!'

"Op land het almal opgerise. 'n Deathly silence het geheers." Dick sprei sy arms en maak die skares in sy verhaal stil. "Soos die deining styg en daal het hul oë gesoek na die wit gewaad en party het hom inderdaad in hul mind's eye sien approach, doekvoet aan 't stap oor die water en hulle wou 'Prys die Heer' begin sing maar dit was hul imagination en die meerderheid gelowiges het hulle gou stilgemaak.

"Die rubberduck het begin terugvaar Saldanha toe. Die mense op land rek hul nekke. Is daai wit spikkel wat op die tide dryf die pastoor? Het hy 'n laaste hand in blessing gelig of uit desperation?

"Askies tog maar die toon, Vliepiering, maar as entertainer kon pastoor Leke of soos die koerante agterna uitgevind het, Johnny Cupido van Ceres, nie 'n meer spectacular exit gevra het nie.

"Ek dink jy sal dit sy greatest triek ever noem, Vliepiering?" Ludo glimlag, nie heeltemal seker of dit 'n stekie na hom is nie. "Sy lyk, nog steeds in die wit gewaad, het uitgekom presies daar waar die kreefinspekteur se lyk anderdag uitgespoel het – en dit het mos darem 'n affirmation gegee waar die kreefinspekteur die water in is, want die seestrome gedra hulle bestendig – wat hiér in is, gaan dáár uitwas.

"Hy's op Bekbaai ingewag deur sy followers, en van hulle het 'n waak gehou hier agter op Bekbaai se duin, vuur gemaak in die nag en die oggend koffie in ketels oor die kole gebrou. Hulle't op komberse en deck chairs die dag sien breek en toe die tide inkom later die oggend het die lyk asof in staatsie dignified op sy rug na-dergewieg gekom, die wit gewaad wat hom as 't ware dra soos dit uitspread in die donker see."

Dick praat nou stadig. Hy sprei weer sy hande. "In staatsie." Hy vryf oor sy neus. "Die dag was mooi en blink, dit was wind-stil, en tjoepstil het die mense gewag. Partykeer het dit gelyk of die corpse weer teruggevat word die see in, maar stadig het hy approach en toe in die branding beland en hy't voete eerste uit-geskuif land toe, 'n dignified aan wal kom van die Weskus se grootste prophet."

Dick se maag skud soos hy lag. "Voete eerste kom hy in.

"En luister, Vliepiering, g'n seeslak was in sy oë soos met die kreefinspekteur anderdag die geval was nie en nie 'n kreef of see-gras het saam met hom uitgespoel nie. Sy corpse was undamaged, net die een sandal was weg, as bewys van 'n laaste verloor van voetevastheid op die waters Gods.

"Hy moes op die laaste oomblik te human gewees het, sy faith moes daardie moment toe die adelborste hom in die water laat sak het, gewankel het. Van sy gemeentelede het skuldig gevoel: was dit nie dalk die skuld van hul eie doubt nie?

"Ieder geval, Vliepiering, ons ou gesegde bly belangrik: 'Hierdie see laat nie oor hom loop nie.' "

Dick Malgas se maag skud soos hy lag en hy staan op om te gaan slaap.

Ludo stap terug van Dick Malgas se huis. Hy loop met leë hande want die oomblik was nooit reg om Dick uit te vra oor die stand van die kreefinspekteurstorie nie. Teen die tyd dat die pastoor gesink het, was Dick al ver heen en van binne die huis het sy vrou geneul hy moet inkom en kom slaap want hy moet vroeg die volgende môre met die skuit uit en Ludo het maar geloop.

Hy wil nie te nuuskierig klink oor die kreefinspekteur se dood en die speurders se werk nie en hy weet ook dat een storie die ander ene gou oorbie en nou loop die pastoorstorie en sak die kreefinspekteurstorie terug.

Ludo moet versigtig wees want as dit gaan soos nou, kom die vliepiering in en raap hom weg. Hy weet: vlie is nie wat die piering doen nie, hy vliet.

Hy gaan na sy huis en beantwoord nie die groete van die Klipruggers nie en dink: Julle bliksems, julle't my klimtol iewers hier onder 'n matras of in een van jul gangsterkarre se cubbyhole of in 'n skuit onder die nette. Of dalk het julle hom al verkoop op eBay, daar is baie versamelaars wat sal spring op 'n rooibaadjie se klimtol uit daardie jare, veral as die naam Ludo Loeloeraai laat val word.

Hy maak 'n vars bottel witwyn oop en gryp 'n blikbeker want dis waaruit hy drink wanneer hy straf drink en gaan sit op sy stoepie.

Julle maak seker nou grappe oor die toy.

Hy neem 'n groot sluk, hy haat die verskynsel wat mense goedkeurend Weskushumor noem want dit lieg. Die Weskus van kuiergatte, babelaasverhale en vissermansgrappe lieg met sy aksent en gesegdes die harde lewe hier weg.

Dieselfde geld vir Dick Malgas. En sy, Ludo, se eie konserte in die kroeg.

Dan dink hy terwyl die wyn deur hom sak: Dalk het almal maar, nes ek, 'n Tweefontein om weg te praat. Dalk moet ek nie so hard oor ander – en myself – oordeel nie.

Die skaduwees skuif om die klippe hier onder op Voorstrand en die dag hel in die laatmiddag oor en dan is dit aand, nadat hy iewers 'n handvol harders in die pan gegooi en sommer met 'n vurk by die stoof staan en eet het, en daarna koffie en toe nog wyn, rooiwyn nou. Hy't probeer bel na Vredenburg se polisiekantoor met die klimtoldiefstal se saaknommer op die stukkie papier maar toe hy sien hoe bewe die papier het hy die foon neergesit.

Die skyf kom met volmaan uit die rigting van die onderste been van die Suiderkruis en hy kantel oor Namakwaland en kry hom hier.

Só 'n piering is anderkant geluid en dis geruisloos en boeiend en mense praat van ligte wat rol op die horison en iets wat verskiet. Bondels lig en suising. *Verskyn en verdwyn* en *skuif* en *te vinnig vir die blote oog* – dis die soort woorde wat mense gebruik wanneer hulle in die Karoo of Namakwaland of hier teen die sout kus af praat van vliepierings.

Dis als skattings.

Die dun skyf is ongesiens en hy weet dis anderkant die taal wat hier gepraat word, as jy by sy voordeur ingaan is jy skielik elders en dis als lig, jy is nêrens nie en tog is jy daar.

TRIEK VIER
Siembamba ("Rockin' the cradle")

Nou't jy al twee hande nodig. Gooi 'n Spinner en sit jou vry hand teen die middel van die tou. Sorg met jou regterhand dat die tou om die linkerhand loop. Vang die tou 'n ent weg van die spinbal. Laat sak jou linkerhand en jy sal 'n driehoek skep waardeur die klimtol kan slinger. Moenie meer as drie swaaie uitvoer nie (totdat jy goed ingeoefen is) en laat los met die linkerhand sodat die yo-yo grond toe val. Oefen, oefen en oefen!

Die koplig was stukkend, die buffer sleg weggebuig. Die rooster verwoes en 'n deel van die bakwerk daarmee heen. Langs die kant af 'n skraap chroom en bloed.

Toe hy die oggend ná die Tweefontein-ongeluk die Du Toitskloofpas afsak aan die Kaap se kant, was dit asof die mense in elke kar wat van voor aankom na net een ding kyk: die stukkende neus van sy Opel.

Hy't in die bestuurders se gesigte gesoek na herkenning, na iets wat hul blik van die skrape sou laat opflits na sy gesig.

Hy't sy donkerbril op gehad, al was die lig nog sag.

By 'n kafee in die Paarl kon hy die oggendkoerant koop en dit vinnig deurblaai. Niks. Toe fynkam hy, suf van slaapgebrek en benoude gedagtes, die kleinadvertensies op soek na 'n plek wat motors herstel. Maar hy kon niks vind nie.

Hy't van die N1 afgeswaai Kraaifontein in. Hy sou die gewone werkswinkels vermy. Op en af het hy gery, eers die hoofstraat en toe deur die systrate en dieper die woonbuurte in. Iewers moes 'n werkswinkel wees, dalk in 'n motorhuis of agterplaas, wat vinnig en goedkoop kon werk.

Maar hy kon nêrens een vind wat vir hom verdag genoeg gelyk het sodat hy kon hoop dat die werkers en eienaar nie sou uitpraat nie. Verder en verder het hy gery en later oorgesny Goodwood se kant toe en uiteindelik in Soutrivier beland by 'n plek wat slordig genoeg gelyk het en skuins agter 'n klerefabriek weggesteek was. Tientalle motorwrakke het in die agterplaas rondgelê en in hul eie spore opgeroes. Met die stilhou het 'n oliebesmeerde werktuigkundige met hande wat byna op sy knieë hang, nadergeloop.

Toe hy uitklim, het Ludo duiselig gevoel en byna neergeslaan.

"Koedoe," het hy verduidelik. En dadelik: "Ek kom nou pas uit die Karoo uit. Ek moet assseblief so gou moontlik weer op die pad wees. Sal julle gou kan sorg?"

Die man het om die motor geloop en op die bakwerk met sy wysvinger se kneukel geklop. Toe buk hy by die duikplek en sê: "Eers kyk." Nadat hy die kar opgedomkrag het, skuif hy op sy rug op 'n lae trolletjie onder die Opel in en roep ná 'n ruk van onder die onderstel uit.

"Skrams." Hy't rats uitgerol en opgestaan, sy hande aan sy oorpak afgevee. "Meester was gelukkig."

"Ja, hy's oor die draad en weg. Groot bul. Seker agterna gevrek."

"Biltong." Laggend.

"Ja, biltong."

Ludo het gaan oorbly in 'n hotel in Voortrekkerweg in Goodwood en elke oggend eerste ding die koerant op die hoek gaan koop. Vier dae later was die beriggie onder "Plaaslike nuus" daar: 'n seuntjie van Tweefontein het in 'n tref-en-trap-ongeluk sy lewe verloor. Daniel van Wyk, skrander leerling wat die aand sonder sy ouers se verlof met sy fiets na 'n naburige dorpie gery het.

Dit was al.

Ludo het 'n dag lank op sy bed gelê en die vliepiering het ingekom met 'n suisgeluid en verblindende lig waar hy agter sy toegetrekte gordyne en met twee dae se stoppels op sy gesig gelê het en hy het onthou hoe hy, nog nat agter die ore en op pad van een van sy eerste konserte, die vliepiering die eerste keer op die oop pad gesien het.

*

Hy was nog vars op die verhoog; sy heel eerste maande as rooibaadjieman. Hy't iewers in die veld stilgehou nadat hy by 'n dorpie uit is, dit was êrens op die stofpad tussen Paternoster en Hondeklipbaai.

Hy't stilgehou en die Opel afgesit om water af te slaan en na die sterre te kyk. Wanneer hy die toneel herroep, is dit altyd asof hy weer dáár is.

Die karretjie staan neus teenaan die padskraper se kantwal. Die bestuurder se deur is oop. Die binneliggie knip na 'n ruk af, kort ná die geluid van 'n gulpsluiter en 'n tevrede sug. Dis 'n windstil, wonderbaarlike aand. Hy dra sy smoking jacket, want ná 'n vertoning vir 'n klomp sakemanne was daar 'n spoggerige partytjie. 'n Roomkleurige baadjie, en sy hare is agtertoe gekam.

Hy was aantreklik en jonk. Selfbewus oor sy status as konserttrieker. Dis die jare sestig, die kam is belangrik, asook die manier waarop jy jou sigaret vashou, só. Ook die feit dat jou karradio'tjie LM Radio opvang, al suis en dwaal en toet-toet die verbygaande skepe se morsekodes tussendeur die musiek.

Maar die draadloos is nou af. Noudat hy stilgehou het, wil hy na die aand luister. Die kam is in sy binnebaadjiesak, die sigaretstompie lê en gloei teen 'n klip 'n entjie weg van sy voete. Hier is tog niks wat kan brandslaan nie, want die kale vlak, soos die draadloos sê, "gaan gebuk onder droogte".

Hy is alleen op die asemophou-vlakte en die veld is stil – so stil dat jy daarna kan luister. Die maan doop die bulte met silwer. Hy ruik stof en dalk verder in aankoms: reën. Hy ruik die see, met stote kom die geur deur, al voel hy geen wind op sy voorarms nie – en dalk verbeel hy hom, maar veraf hoor hy die golwe suis.

Wanneer dit alles nou by hom opkom in sy hotelkamer met die diggetrekte gordyne, onthou hy hoe skerp hy was. Hy kon die muisspoortjies deur die veld vóél, en die skilpaaie wat tjoepstil in die donker lê en luister, hy't die vroetel van 'n goggatjie gehoor, die duisendpoot wat opkrul.

Hy't gestaan en water afslaan by die Opel se voorwiel en hy was half agteroorgebuig om die sterre te sien en hy was behaaglik privaat en in die oopte.

Terwyl hy met sy linkerhand mik, doen hy *Looping the loop* met sy regterhand, *sjie-joep*, *sjie-joep* gaat sy yo-yo.

Hy was – so het hy agterna altyd gedink – in sy fleur. In sy praaim, soos mense in die geweste gesê het. Sy straal maak 'n poel waarin skuim sis en draai. Die aand se vertoning voor die besigheidsmanne wat 'n kreefmaatskappy wou begin, was 'n sukses en die klimtol was 'n toording in sy hand en rats en blitsig.

Dalk was dit die maan op die wit smoking jacket en dalk was dit die reuk van kreef in sy urine.

Dalk die gloeiende sigaretkooltjie, wat reeds 'n trossie nuuskierige miere, op 'n versigtige afstand, versamel het.

Dalk was dit omdat daar niks en niemand anders was nie, net hy op die kale vlakte, sy karretjie tik-tik aan 't afkoel en die sjor van die urine.

Dalk was hulle geïnteresseerd in hoe die stompie die miere lok en hoe moet hulle weet wie's in bevel van die aarde?

Of miskien vang die snaakse tolballetjie aan sy hand hul samegestelde oog en dis effens vetter as hul piering en nie ongelyk in vorm en vaartbelyndheid nie.

Ja, dís wat hulle gelok het. Die tol aan die tou. Dit blyk later.

Toe vlie die ding in.

Dit was asof die Opeltjie sug en later besef hy dit was die piering se tegnologie wat blitsig die Opel fynkam vir verdagte stelsels en iets het hom beetgeneem. 'n Lieflike gevoel van liefde en geroepenheid het Ludo oorval en toe is hy binne-in die gloeiende skulp van die vlieding en duiseling oorval hom soos hulle uitlig uit die aarde se atmosfeer, geen verskil tussen kilo en sekonde nie, ruimte en tyd is één.

Hy klem die yo-yo vas in sy vuis. 'n Druppeltjie piepie sit nog op sy linkerwysvinger, dit word afgesjoep vir ondersoek, 'n gedagte skiet hom te binne, nee, dis 'n stem wat praat. Hy sien niks en hy hoor niks, hy voel nie en tog is hy omring en bevolk deur wesens wat vriendelik is, en sagkens.

Hulle verwyder die yo-yo van sy vinger en dit verdwyn in 'n lig.

Agterna het mense dikwels gevra: "Hoe't hulle gelyk?" Hy het altyd sy antwoord gereed: "Hoe lyk die suidooster, het jy hom al gesien? Hoe lyk die geur van jou vrou se hals? Hoe vat jy aan kleur? Hoe verduidelik jy ligblou? Hoe vergeet jy jou moeder?"

En as mense verder invra, "Wat sê die aliens toe vir jou, oom Ludo?" antwoord hy dat hulle nie sê nie, maar op 'n ander manier kommunikeer. Iets soos uitsein. Of beter. Dalk moet hy sê: hulle déél. Hulle praat ligweg, jy hoor hulle nie eintlik nie; dis eerder in die buurt van gewaarword. Jy wéét net wat hulle sê. Hulle't nie vingernaels nie, op elke vinger in plaas van 'n nael is 'n klein digitale skermpie wat amper nes 'n selfoonskermpie is, net kleiner en nogals mooi, hulle's heeltyd besig met die skermpies, dit lyk vir hom dis hoe hulle kommunikeer.

"Hulle lees hul naels."

En hulle deel hom daardie nag in die piering mee dat die geskiedenis van speel op aarde totaal gaan verander. Werk gaan verdwyn, en speel en toekyk hoe ander mense speel – dit gaan die mensdom se groot verdryf word.

Tydverdryf en werk gaan een word. En hy, so't hulle hom meegedeel, is 'n vroeë profeet.

Terwyl ander manne visnette trek of treilers se enjins vervang of in kantore sit en papiere rondskuif of op die preekstoel staan en teksverse uitlê, terwyl hulle in die sweet van hul aanskyn hul brood verdien, gee hy die toon aan. Hy is 'n entertainer.

Hulle't sy piepiedruppel getoets en dalk kloon hulle iets daaruit in annerwêreld, hy't dit vermoed. Hulle't 'n nael geknip, 'n haar uit sy wortel getrek en hulle't met 'n skilfer gesels asof dit 'n persoon is.

En hulle't hom hul evangelie meegedeel: Mensekinders, hou op arbei en wroeg en versamel en sweet. Berei julle voor vir die nuwe aarde wat julle gaan beërwe. Die tyd van speel kom.

Dikwels sit hy laatnag in die Paternoster-hotel se broekiekroeg en vertel die verhaal. "Maar waarom wou hulle die yo-yo ondersjoek?" vra hy retories aan wie ook al nog by hom sit. Teen daardie tyd van die nag sukkel hy met die s. "Ondersoek." Hy vee oor sy mond. "Hoekom die klimtol bekyk? Asof hy kwaad gedoen het? Vra u? Seker maar omdat dit die herout van die nuwe era was. En omdat hulle gedink het hy's fraai, en hy's boeiend?"

Huistoegaantyd, knik die kroegman altyd.

"Huisjtoegaantyd," spot die man in die T-hemp.

*

Tweefontein het hom nooit weer gesien nie: hy glo die sterre het hom dopgehou, en hul lig sou yskoud op hom wees as hy ooit weer 'n nag daar sou deurbring.

En toe hy terug was in die Karoo met die gelapte Opel, toe was hy nie net op sy hoede as hy 'n vangwaentjie sien nie, maar wanneer hy in die nag ry, was dit asof hy enige oomblik 'n fiets voor hom in die pad kon verwag – en nog erger: die skynsel van 'n vliepiering wat terselfdertyd oor die horison aankom.

Oor en oor het die eerste verskyning van die piering op die oop pad in sy kop afgespeel; dit was asof die skok van die ongeluk daardie herinnering wakker gemaak en gelaai het met 'n lading wat dit nie voorheen gehad het nie.

*

Eenslie Maree hang by die vismark rond in civvies. Hy't sy donkerbril op en eintlik is hy te skaam om op te stap na Ludo se stoepie al sit die ou man daar. Eenslie is op verpligte verlof nadat hy en ander adelborste een naweeksdag 'n vlootrubberduck gegaps het en saam met die pastoor van die Hallelujakerk gaan kyk het of hulle lynvis kan vang en so aan en dan loop daar nog ander gerugte ook oor daardie "en so aan"-sakie.

Dit het kort voor die dood van die kreefinspekteur gebeur. Eers was die kreefinspekteur se dood groot nuus maar nou het Dick Malgas te veel oor die pastoor en die rubberduck begin skinder en nou is dít waaroor die tonge klap. Eenslie het gehoor dat die stories wat Dick Malgas aan 't vertel is die pastoor se dood in 'n sirkus verander.

Dick Malgas vergewe iemand nooit nie, en sedert hy en Eenslie se pa, die lynvisser, jare gelede koppe gestamp het, doen Dick Malgas wat hy kan om die Marees te laat sink. In hierdie dorp val 'n storie soos 'n vuurhoutjie in droë gras en hy knetter 'n pad oop asof 'n groot wind agter die vuur sit.

En aan Eenslie, asof hy nie self op die boot was nie, word verskillende stories oor wat op die rubberduck gebeur het, vertel. Hy skud net sy kop, want die saak word nou ondersoek en hy mag nie praat nie.

Die sterkste storie wat loop behalwe die ene oor die pastoor se waterlopery is dat daar 'n stryery op die gesteelde rubberduck was en dat die pastoor se lyk met 'n blou oog by Bekbaai uitgespoel het.

Maar daardie dag in die boot is 'n saak tussen hom en die vier ander manne, die twee bruines en die wit een en die swart een, wie se pa hoog op in die ANC is, dank God.

Hy mag oor niks praat nie want die saak is sub judice. Nie net die Vloot kyk daarna nie maar ook die polisie. Dis 'n spesiale taakspan wat moet ondersoek of dit nie iets te make het met die kreefinspekteur se moord nie. Twee lyke wat so kort na mekaar by Bekbaai uitspoel is geen grap nie, al vertel Dick Malgas wát. Dit is 'n hele gemors en Eenslie voel waar hy eens 'n jong blink harder tuis in die waters was, is hy nou 'n sout bokkom wat oopgespalk hang om winddroog te raak en mense worry nie eens wanneer vlieë op hom pak nie want hy's so dik gesout dit laat vrek mos enige kiem.

Gelukkig is daar die ding van Snaartjie Windvogel. Dis vir haar wat hy soek al weet hy dat sy 'n jintoe is wat die bouers jumps gee. Hy probeer al vandat sy die oggend onder die skuit uitgekom het – is dit al 'n jaar gelede? – haar oog vang, maar noudat hy op verpligte verlof rondsit, is sy aanhoudend in sy gedagtes. Terwyl hy nou self 'n vlootkrimineel is, is sy 'n ander iemand wat in die moeilikheid is. Hy gaan haar kry, al kruip sy in die reservaat se verste agterveld weg.

Hy't spoorsny geleer in die Vloot. Hy ken die stuk seeveld en die kus van Voorstrand suidwes verby Bekbaai en Abdolsbaai na Tietiesbaai en nog veel verder Kaap se kant toe soos die palm van sy hand. As kind en later opgeskote seun is dit wat hulle naweke gedoen het: soek-soek tussen die sloepe vir uitgespoelde dinge en verrassings in die gleuwe en baaitjies. In die veld was daar soms 'n haas wat hulle kon opja of selfs veldmuise, dié het hulle met die rekker geskiet of met 'n klip doodgegooi en by klein vuurtjies op skulpiesgruis in inhamme gebraai. Dit was lekker om nes die voor-mense te lewe van die land en sy vrugte.

Dis wat hom aangetrek het Vloot toe: om naby die see te lewe maar hierdie slag met sekerte, nie die lewe van 'n Kliprugvisser-man wat in die wind en weer uit die suinighede van die see sy brood moet verdien nie. Nee, hy't die uniform gekies want dis 'n stappie op vir sy ouers. Daar was daaglikse orders, wagroosters en range. Alles was vas.

Maar iets in hom het vasgedruk geraak. Hy't gedink dis nie in sy natuur om so saam met die horlosie te lewe nie. Selfs wanneer jy uit jou bed opstaan en wat jy mag doen wanneer jy op verlof is en hoe jou dae vorentoe lyk – iets in hom het gevoel dis nie Eenslie Maree nie. Hy't verlang na die dae van rondjag in die sandveld en strikke stel met die drie maer honde. Enige oomblik kon 'n bokkie of vlakhaas opspring. Dan is daar vleis as jy jou storie ken, ook is daar dalk iets wat ruk in 'n wurgstrik wat jy gestel het of 'n ding met 'n gebreekte poot in 'n slagyster. Vleis kry arm Kliprugkinders nie baie by die huis nie, net vis.

Sulke hase wat jy opjaag en agterna sit, dis aspris gesmoor, het Eenslie Maree gedink, deur vlootdissipline. Dalk was dit dit wat hom en sy maters laat luister het na die pastoor se kakpraatjies en die kans om meer te doen as net vlootsoldate te wees, maar ook.

Daardie "maar ook" is wat hom ry. Wanneer hy nou sien Snaartjie is nie hier by die vismark nie, vat hy die pad Tietiesbaai toe. Op Kliprug skinder die mense oom Ludo is al die maande soos 'n ou bok agter die meerminjintoe aan, die een wat uit die see gekruip en onder die boot geslaap het en al die moorde op Paternoster gebring het met die vloek van die see. Mense sê oom Ludo ry elke oggend verby die vuurtoring om Snaartjie in die reservaat te ontmoet en dis hoekom hy deesdae so sonbruin en gesond lyk, want sy seks hom deeglik en hy is op dreef.

Eenslie glo daarvan niks nie maar pas het een van die vissermanne hom weer gespot oor sy oom Ludo wat so die jintoe besoek – voor hy Ludo weer in die oë kan kyk moet hy eers weet wat soggens aangaan wanneer die Jeep soos die mense sê uitgaan reservaat toe. So hy loop strandlangs met sy donkerbril op en merk op die paar toeriste wat rondhang kyk anderpad maar hou hom goed dop. Hulle dink hy's 'n skollie. Hulle is nou bang om daar agter die klippe in die son te gaan lê waar dit windstil is. Want hier's hierdie coloured outjie wat rondloop en hy lyk verdag.

Hy stoot aan verby die ronde rotse by die Oyster Catcher-gastehuis waar die twee tobies so lank as hy onthou sit. Wanneer jy digby kom dan vlie hulle entjies en draf oor die strand en vlie weer 'n entjie om jou weg te lei van hul nes in die sandveld teenaan die rotse.

Hy loop verder en dit raak stil. Dis net hy en hy kan sy gedagtes laat gaan, na die stryery op die boot en die pastoor se kakpraat en harde woorde wat val en dit was nie al nie, die man sink soos 'n klip.

Hy't nie geweet 'n man kan so sink nie. Dit was asof die man klippe in sy broeksakke had, hy sink reg af. Net sy gesig met oop oë onderwater kon jy nog 'n oomblik sien. Toe is hy weg so vinnig jy dink 'n haai het hom ondertoe getrek. Net hier's nie haaie in die koue Benguela nie. "Die man wou sink," het een van die ander adelborste nog simpelweg geroep asof dit 'n ekskuus is.

"Niemand wil ondertoe sink nie," het hy geantwoord. Die woorde spook by hom, snags word hy daarmee wakker.

Nou kom hy om die punt en daar is die reservaat se hek. Hy weet Ankervoet sit daar, maar hy is nie nou lus vir praatjies nie. Hoeka kom staan Dick Malgas se bakkie baie kere hier by Ankervoet en dan is dit land-en-sand. Hy hou verby, al met die kuspad langs vuurtoring se kant toe, by die Beach Camp verby. Hy weet as sy hier rond is, sal sy hom sien. Die son blink op sy donkerbril en dis stil.

Vir sy ouers is dit nie maklik nie. Sy ma sloof haar af daar by die nuwe gastehuis en jy moet weet elke toiletrol se los flappie word met 'n sterretjie vasgeplak voor die mense inkom. Jy sit saans sjokolade uit op die kopkussings en mense verlê goed en kla by die bestuur dis petty theft tot hulle dit weer self kry onder in hul slordige koffers, dan rep hulle geen woord askies nie. Dis die stories wat hy by sy ma hoor naas die kla oor die buk om onder die beddens te vee en die skuif van die swaar meubels sonder hulp en om partykeer vyf dubbelbeddens se duvets op een oggend uit te klop en kussings te draai en als reg te kry, ook die brekfiskoffie en dalk nog afdraf kafee toe vir die oggendkoerant of gou 'n handvol onderklere vir 'n gas uitspoel en jy kry dalk net 'n tweerand ekstra. Niemand verstaan die meedoënloosheid van die werk nie en die afsydigheid van die gaste. Vir hulle is jy net 'n meid. Dan is daar die groot stoepe wat jy drie maal op 'n dag moet skoonvee asof die wind nie weer binne 'n halfuur als vol sand gaan stoot nie.

Vir sy pa is daar die karigheid van die oseaan en die smous met ondermaatkrewe. Die buiteseisoen-stanery met die Checkers-plastieksak vol krewe en die toeriste wat te bang is om te koop want daar was weer 'n koerantstorie oor die kreefinspekteurs wat karre skud by padblokkades net daar as jy by Paternoster uitry oor die eerste bult, daar lê hulle Sondagmiddae laat die Kapenaars voor wat met meer as die voorgeskrewe aantal krewe uitry stad toe of selfs buite seisoen, en hulle is ook agter die smokkelaars aan en enigiemand wat 'n kontantgeldjie kan inbring, ook die tik-gang-sters.

En sy pa-hulle is bekommerd want die groot huise wat inkom-mers op die dorp bou dryf ook die munisipale belastings van die vissershuise op. Baie van Kliprug se mense kan nie meer byhou nie en moet verkoop. Dan trek hulle na Hopland se huisies en hul eie huis word as *quaint fisherman's cottage* geadverteer.

En dis oor al hierdie dinge dat sy eerste naweek destyds in sy step-outs met die blink goue wapen op sy vlootkeps so 'n groot ding was vir sy huishouding. Dit was die naweek 'n jaar gelede toe Snaartjie Windvogel onder die boot uitgekruip het en toe soos 'n vlakhaas weggehol het toe oom Ludo vir haar onderdak aanbied. En nou is alles deurmekaar en daar was twee lyke op Bekbaai se strand. Hy loop in die wind wat begin opstoot op soek na hierdie meisiekind. Want hy moet by iemand rus kry.

Hy voel hy moes by die hondeafdeling gebly het. Dalk is hy nie offisiersmateriaal nie, die vuurhoepel was sy eintlike talent, daar-die spronge en die mooi gehoorsaamheid wat hy uit 'n Alsatian kon kry.

Dit was eintlik sy beste tye in die Vloot. Hy't selfs die dae geniet in die dik aanvalspak wat jou soos 'n karnavaldraak laat lyk het so opgestop is jou lyf. Jou arms dik en jou bene ook van die be-skermde materiaal. Net jou oë steek uit. Dan in die kampie moes jy hol al was dit moeilik om te hardloop met die dikgestopte bene. Jou maters moes hul honde een-een op jou loslaat en jy moes hol met jou regterarm uitgestoot want die Alsatians is geleer om vir daardie arm te spring en jou grond toe te bring.

Dit was gevaarlike werk. Die inname voor hulle het 'n seeman verloor in die hospitaal want die hond het toe hy val by sy gesig uitgekom voordat die hanteerder sy hond kon aftrek. Van bloedvergiftiging is die seeman dood. Die PO het glo die hond net daar laat agtertoe bring tot by die slaghake waar die perdevleis uitgehang word voordat dit vir die honde opgesny word en net daar sy diensrewolwer uitgehaal en die hond in die kop geskiet. Die PO het vies weggestap en dit was 'n groot ondersoek. Daardie PO is ook weg uit die Vloot want vir alles is daar prosedures.

Maar iets in Eenslie het gehou van die kansvat en die hol en die klop van die hart en dan kom daardie wolf en hy pluk jou aan jou arm. Jy is verbaas oor sy krag en vaart en die gewig van sy lyf wat aan jou hang. Hy trap jou met sy agterbene en met sy bek pluk hy jou heen en weer. Die honde is wolwe en hulle sal jou verskeur, hulle asems ruik soos nat Epol en perdevleis, maar wanneer jy jou hond se vool afgetrek het, loop hy vir dae en kyk jou met week, lam oë aan en is al om jou.

Iets in hom het gehou van die gevoel dat hy die hond bowe als van sy gesig moet weghou. Dat hy moet hoop die hanteerder sal vinnig genoeg met die leiriem kom en die hond aftrek ná die suksesvolle arrestasie en vir die hond 'n stuk vleis gee as beloning.

Van die manne van die vorige inname het hul honde wanneer hulle in die lang somersdae die stuk veld moes oppas geleer om veldmuise te vang. Dit het hulle in detensie laat sit, het hy gehoor, want sulke dinge breek die honde se konsentrasie. Hulle is immers vir net twee dinge daar: vir bewaking en vir skou.

Hy tref haar spoor digby die vuurtoring op pad Tietiesbaai toe. Hy buk en sien sy't stadig en tydsaam geloop. By 'n bos veldblomme draai haar spoor en by 'n mooi uitkykpunt sien hy die maanmerke van haar boude waar sy gesit en uitkyk het oor die see. Hy kry 'n nat piskol. Hy hou sy handpalm bokant die kol om te voel of dit nog warm is. Toe hoor hy die Jeep aankom.

Hy duik weg en wag.

Oom Ludo kom doodluiters verbygery, hier voor Eenslie wat deur die bietou loer. Dit lyk nie of Ludo soek nie, hy weet waarheen hy gaan.

Hy draai regs af na 'n inham met 'n sloep en daar hou hy stil.

Sonder om die Jeep af te sit, klim hy uit, los die deur oop, sit 'n blink trommel met 'n flask en bord teen 'n klip neer, vat die vorige dag se blikgoed wat Snaartjie daar gelaat het, klim weer in sy Jeep en ry terug. Eenslie sien wat die mense bedoel met die oom se bruin velkleur en die nuwe krag en flinkheid in sy lyf.

Daar van bo teen die duin kom Snaartjie Windvogel na 'n ruk af en stap na die goed wat oom Ludo daar gelos het. Die Jeep se klank trek weg en Eenslie sit en kyk hoe Snaartjie honger op die kos neersak. Sy begin eet en naderhand gaan sy die sloep in om die blikgoed af te spoel en weer daar by die klip neer te sit.

Toe sy regop kom, sien sy hom.

Lank staan hulle so. Hy wag tot sy die een is wat omdraai en wegloop. Sy loop Tietiesbaai se kant toe, al oor die klippe. Hy kan sien hoe haar bene en ook haar voetsole aan die rotse gewoond geraak het en hoe sy rats beweeg en hoe die wind haar rok lig en dan is sy weg.

Eenslie stap tot by die skoongewaste blikgoed. Hy tel als op en begin terugloop Paternoster toe. Vooraf het hy besluit om nie eerste te praat as hy haar teëkom nie. Hy't iets geleer by die honde. Dis dat wanneer 'n hond sku is jy versigtig moet wees en dit help nie jy loop hom trompop nie. Daar is geen rede om te dink dat die mens anders is nie.

Sy het dus gewys sy's nog nie reg vir hom nie, dink hy, nie om nou die vuurhoepel saam met hom deur te seil nie. Hy sal luister na oom Ludo wat toe sy 'n jaar gelede weggehol het aan hom gevra het: "Weet jy dan niks van vroumense nie?" Nou sal hy hierdie trommel terugvat na die ou man en by hom sit en hoop hy vra nie te veel uit na die pastoor se lyk daar by Bekbaai nie.

*

Dis 'n ledemaat wat afgesit is en daar is selfs ontsteking waar die wond geheg is en sy regterhand is rou.

Ludo sit op sy stoepie en het fantoompyn.

Sy lyf raak fikser maar dit help hom niks want hy is sonder sy yo-yo 'n halwe man. Sy duik gereeld op uit die water en tol haar lyf in die son en koggel hom: *Is jy al reg om my te ontvang?*

Hy antwoord stug en sy min woorde is ook uit viesgeid vir homself want hy onthou snapse van sy breedsprakigheid in die kroeë noudat die kreefinspekteur dood is. Kort daarna het sy klim-tol weggeraak en die kakpraat uit hom geloop soos water.

Nee, ek is te besig.

Soos altyd, asof sy heeltyd voor haar rekenaar sit, is sy blitsig met haar antwoord: *Ek sal wag. Maar jy ken vir my!*

Sy onthou nog sy kortaf manier uit die ou dae en sy laat haar nie flous nie, hy weet sy sal die een of ander tyd kom en hy moet oefen, hy moet stap en swem en sy lyf in die son kry.

Hy sit en staar na die skerm, na haar woorde. Sy weet nog nie waar hy woon nie en hy hou dit geheim want hy vermoed dat sy in 'n kar sal spring en hom sal kom opsoek so dis sy privaat sake en sy't net so 'n keer of drie gevra: *Waar hang jy deesdae jou baadjie op?*

Soms tel hy iets onegs in haar taal op, iets geforseerds asof sy vroliker wil klink as wat sy is maar hy is nie seker nie en vra nie uit nie, hy sal kyk hoe dit gaan en wanneer hy reg is, kan sy kom.

Ook sonder sy yo-yo voel hy soos 'n halwe man en wat het hy as hy nie die skietballetjie het nie en wat kan hy haar wys behalwe die sandplate en die veld, hier sit hy in sak en as.

Hy was die oggend by die dokter want die fantoompyn keil hom op en hy wil ook meer weet van die lyk wat in Bekbaai se vlakwater skuif en het op die skoon laken gaan lê en sy hart het minder ge-dawer en die dokter het na sy lyf gekyk en gesê: "Aitsa, oom Ludo, maar hier is iets aan die gang. Was jy op 'n gesondheidsplaas?"

Dis nogals 'n lang sin vir die kanodokter. Miskien steek hy iets van my weg, dink Ludo – dalk weet hy hoe presies die ondersoek na die dood van die kreefinspekteur vorder en wat die speurders vermoed en ek moet my oë oophou, hy weet te veel van my, ek het te veel gepraat al hier op die laken sedert hierdie man hier aange-kom het.

Gelukkig weet hy niks van Tweefontein nie, al was dit al 'n keer of wat hier in sy ondersoekkamer op die punt van my tong.

"Ek stap uit op die plaat, elke dag, en ek hou aan tot ek wil neerslaan, dan kom ek terug."

"Ek is bly. En oom se yo-yo?"

Hy lig die hand en dink: Kan jy nie sien my hand is leeg nie? Kan jy nie maar reguit aan my vertel wat die nuutste is oor die kreefinspekteur en die speurders nie, jy roei om my asof ek een van daardie klippe is.

"Ek het die hele Kliprug al opgekommandeer en as hulle jou mikrogolf steel kan jy wel gou by die gemeenskap uitvind of die oondjie nog op die dorp iewers is of al uit is Vredenburg toe en jy kry hom dalk terug as die mense mooi onder mekaar praat en die skollies vra of hulle nie maar wil heroorweeg nie. Maar moenie dink as jou yo-yo wegraak iemand weet iets nie.

"Ek was by Dick Malgas maar hy is net bekvol oor die dooie pastoor."

"Dis 'n beroemde yo-yo."

"Dink jy so?"

"Dalk het 'n versamelaar hom nou al in sy uitstalkas."

Die dokter praat te veel vandag en gewoonlik doen hy sy ondersoek woordeloos en stap jy hier uit en voel asof jy nooit by hom was nie.

Hy is gespanne.

"Die hart loop goed en die bloeddruk is af, geluk daarmee."

Jy is my een voor. Jy wil die tyd volpraat sodat ek nie met 'n vraag of 'n opmerking kan kom nie. Maar goed, as dit is soos dit moet wees, laat dit dan so wees; ek kan wag.

"Ek kom die plaat anderkant uit en elke dag verder. Dankie."

Toe hy loop, draai hy in die oop deur om: "Was die speurders al by jou, Dok?"

Die jongman verstar en sy oë beweeg oor Ludo se skouer. Hy is bang iemand in die wagkamer hoor, besef Ludo.

"Nog nie, oom. Maar hulle sal kom. Ek hoor hulle werk nou

Hopland van 'n kant af deur. Hulle't baie sake. Hulle kyk na die pastoor ook."

"Ek sien."

Nou sit hy hier en hy't 'n sagte rubberballetjie gaan koop by die winkel by Die laaste kreef en dié sit hy en knie en dan laat hop hy hom ook so op die sementstoep hier langs sy knie. 'n Sin vir 'n bal het hy egter nooit gehad nie en vanoggend toe vang hy die ding aanhoudend mis en die rooi balletjie bons af en dis daar in die bietou by die skuinste af verby die gebreekte bierbottel wat iemand weer die vorige nag daar gelos het en Ludo snou dit toe: "Nou maar fokof dan." Later het hy hom met 'n gesteun gaan optel.

Die vorige middag het hy sy kierie gevat en weer Kliprug inge-stap en mense het hom gegroet: "Oom Ludo, waar is die yo-yo dan vandag?" en hulle het geweet die ding is weg, dis mos groot nuus op Paternoster dat sy donder gesteel is en hy weet hulle spot hom sagkens.

Hier en daar het hy oplaas stilgestaan om te pols of uit te vra want wat help dit jy wys jou kwaad? Maar niemand het raad ge-had nie en naderhand wou hy deurstap Hopland toe maar iets in hom was baie moeg, 'n groot inkalwe was in hom. Dis soos 'n bo-dem wat wegval en hy't gedink: Kom maar net by die huis, Ludo, kry jou lyf net by die huis en kry jou sit op die stoepie en maak vir jou koffie.

Mens kan 'n ander lewe maak, jy kan deurdruk en dis soos om 'n lewensmaat te verloor.

Foe-ap! Foe-ap! klap dit in sy ore. *Sjoeppp!* ´

Snags ook, hy kan nie slaap nie, hy voel die trilling in sy hand soos die tou styftrek en die yo-yo teen swaartekrag baklei, dis tog wat dit is sy triek en hy weet dis net een groot triek teen die krag van die aarde en teen die wet van die planete en al daardie spinballe wat deur kragte aanmekaar gehou word. Sy spinballetjie daag daardie kragte uit deur so onverantwoordelik uit te skiet en tog sy eie pa-trone te vind bonsend aan 'n vinger. Sy, Ludo, se triek was 'n triek wat die ganske wette van die heelal uitgedaag het, nie waar nie?

Ook was sy klimtol sy verweer teen die herinnering aan die seuntjie en die fietswiel wat spin op die teer, net langs die bloedkol. Nou staan hy kaal, met niks tussen hom en die lyk – nee, die lyke – nie.

Dis iets gemeens om hom aan te doen om sy klimtol te steel en hy't ook al oorweeg of dit 'n draakstekery is want hier aan die Weskus is grappe aan die orde van die dag maar hy't gemeen dit raak nou lank en 'n poetsbakker sou nou al die klimtol terugbesorg het.

Selfs 'n Weskus-grapjas sal tog besef dat 'n poets mettertyd soos die dae vorder die geaardheid van 'n misdaad kry.

Nee, dis 'n kwajong wat hier kom gryp het want hy is waarskynlik gefassineerd gewees deur die yo-yo. Dis wat Ludo nou dink: dalk 'n bogkind. So hy sal met die skoolhoof gaan praat, nie oor die triek wat hy wou uitvoer voor die skool as oefenlopie vir kunstefeeste nie. Nee, van daardie planne moes hy nou afsien en hy sal die kinders mooi vra: As jy my yo-yo het, kom sit hom net een nag asseblief terug op my stoepie, ek sal geen vrae vra of 'n speurhond laat kom om te ruik aan die yo-yo en jou spoor te vat terug na jou bed nie, nee, ek beloof.

Bring hom net terug en moenie hom beskadig nie. Deur al die jare het ek hom soos goud opgepas en as jy 'n hart het wat in jou bors klop, daardie is my hart wat jy onder jou matras wegsteek. My yo-yo is van my lyf en ek is niks sonder hom nie, asseblief.

Hy is onvervangbaar en hy is by my, al vir dekades lank, ek weet nie eens hoe lank nie.

Hy sit en kyk na die bietoubos waar die rooi balletjie nou weer verbygerol het nadat hy dit misgevang het. Sy frustrasie is groot en hy gaan nie bodder om die simpel balletjie terug te kry nie. Laat die Kliprugkinders hom daar kry of een van die honde wat so graag agter balle op die strand nael, sy intelligensie sit in sy middelvinger en in sy handpalm wat wag vir die inklap van die klimtol.

Dan is Eenslie Maree daar met die trommel en die blikbord en koffiefles en hy staan skoorvoetend nader.

"Oom Ludo."

"Adelbors Maree."

Eenslie gee die goed aan hom en Ludo staan op en vat dit sonder om vrae te vra want hy weet Eenslie stap graag in die reservaat en hy kan sien Eenslie is nie nou reg om te gesels nie. Ingedagte tiep hy die trommel se deksel oop en daar lê sy klimtol binne-in.

Hy kyk na Eenslie en sê: "Maar my goeie bliksem hier lê hy."

Eenslie spring op van waar hy al gesit het: "Dis oom se . . .?"

Ludo se oë skiet vol trane en hy besef dis Snaartjie Windvogel wat sy klimtol gesteel het die nag toe hy so getiep het en sy't dit nou weer teruggegee en hy kyk na Eenslie en sê:

"Die arme kind is moeg van haar triek. Sy soek 'n nuwe triek maar sy kon die klimtol nie bemeester nie."

*

Soos alle kinders was hy lief vir speel, maar dikwels dink hy dat die vryheid van 'n plaas hom verkeerd leer speel het want die horison was sy enigste perk en die afstand wat 'n seunslyf binne 'n dag kon loop of hardloop of fietsry was al wat hom in sy dae tuis beperk het, hoe verder hy kon beweeg en hoe vinniger, hoe verder het die grense uitgeskuif en hoe groter het sy ruimte geraak.

Die bure het hom verdra as hy oor hul plase beweeg het: hy was die onrustige, eenkant kind van die waterfiskaal, laat hom begaan.

Speelmaats kon hy gaan opkommandeer deur te stap na die werkershuise wat halfpad na die buurplaasheining gestaan het, in 'n laagte met die sloot wat jy eers moes deur en daar het dit in die somer gestink na drolle want dis waar die werkers en hul gesinne gaan hurk het.

Die toiingrige maatjies het agter hom ingeval en hy't vooruit die veld gaan verken en bevele gegee en hulle het in die dongawalle blyplekke uitgegrawe en sinkplate geneem en skuilings gebou op die oop veld en kalwers gery en daar was geen beperking nie, hy't vir hulle konsert gehou deur hulle te vertel van goed waarvan hulle nie weet nie en omdat hy die geweer had en die fiets en die speelgoed.

Die dorpskinders het die paar kere dat hy by 'n maatjie in die dorp op 'n erf gaan kuier klein plekkies in 'n agtertuin gehad om in te speel of in 'n stegie tussen die garage en die tuinmuur en die middae by so 'n maatjie het hom ingeperk en benoud laat voel en terug op die plaas het hy vir die honde gefluit en die veld ingeloop en soms die waentjie met die vier motorwiele ingespan en 'n perd vooraan en vir die kinders by die struise gefluit en met hulle agterop die pad deur die lande afgejaag en in die rivierbedding 'n skoot in die lug geskiet met die punt-twee-twee.

Die wind was sy speelmaat en die buie van die veld en die skielike reën wat uitsak en borrel in die vore af en bruin skuim wat maal in die dam was sy beste dae, toe die nat kakiehemp aan sy bors geklou het en sy pa hom moes terugroep want hy wou die skuimende gronddam in by die vloedwaters in wat stukke tak en blare en ander gemors deur die steil vlakte verder op bymekaargemaak en hier uitgestoot het, sy pa was bang hy draai hom in die dorings en takke vas en hy kom nie weer uit nie.

Spanspel kon hy nie speel nie en hy was op sy beste op sy eie en sommige mense is net nie gemaak vir die strategie van saamspeel of die kinderpartytjies met ballonne en simpel hoedjies wat in waenhuise op die dorp aangebied is nie, hy was te eiewys en ingedagte en op sy eie klip – dit het sy ma altyd gesê aan ander ouers.

Hy't 'n draadkardorpie uitgepak in die skuins veldjie onder die huis en wanneer sy dorpsmaats kom kuier het, het hulle monde oopgehang oor die uitgepakte kalkklippe en die stopstrate en padtekens wat hy uit blik gesny en met die werkerskinders se hulp geplant het. Hy't hulle sy geweer laat vashou en hulle deur die aappaadjies teen die rivier af gelei waar die bos dig is en die voëls gedemp wip tussen die takke en enigiets kan opvlie uit die riet of die lae takke wat by plekke tonnels gevorm het sodat jy op jou knieë moes afgaan.

Die rivier het van bo gekom en het versluierde hange gehad en dit was bedompig met 'n dun stroom water wat oor die bedding loop en soms uitsprei en hulle het dit opgedam en in die helder water geswem.

Sy pa het hom 'n ou trekker gegee en hy't dit uitmekaar gehaal en weer aanmekaar gesit oor maande heen en met die ding koning gekraai in die buurpaaie en tot daar by die stofpad dorp toe, sukkelend tjommel die ou Landini aan maar hy was koning. Soggens vroeg, vakansies, is hy die huis uit en met sy kommando het hy uitgetrek, deur die loop van die oggend hul eie kos geskiet en die hase of korhane in die veld gebraai of hulle gebak deur hulle te begrawe en dan bo-op vuur te maak vir ure en weer gaar uit te grou en die pels of vere af te trek en die stomende vleis het uitmekaar geval in hul hande, so sag was dit. Saans laat het hy huis toe gekom, uitgewoed en stil en hy't geen grense geken nie en hom nooit bedink oor hoe hy was en hoe hy opgetree het teenoor sy speelmaats van die struise nie.

Dit het hom als bederf en hom nie voorberei vir die lewe in die Weermag nie en ook nie vir 'n beroepslewe met dissipline en die gee en neem van 'n groot organisasie nie. Hy moes 'n ander soort beroep kry, een waarin hy sy persoonlikheid kon uitspeel, en hy't vroeg al die klimtol geëien as iets wat nes die eisteddfods is want daar kon hy op die verhoog klim en dit was 'n oomblik in die oopte met almal wat hom afwag en hy kon sy resitasie opsê en die aandag hou en toe het sy ma al gesê die kind weet hoe om vir die gehoor te speel.

Dit het vasgesteek en hy het onthou dat dit die tye was dat hy die moeite werd gevoel het, wanneer hy met kloppende hart by 'n eisteddfod opstaan en daar is geen uitkoms meer nie, hy moes optree en hy moet sy woorde ken en hy moet duidelik wees en hom inleef en vergeet van almal om hom en hy moet *perform*. Al was hy senuagtig was dit tog die enigste plek waar hy weg van die plaas af veilig gevoel het, hy had die hef in die hand en as sy voorbereide rympie klaar was, kon hy terugstaan en dit was goed en dit was klaar.

Dit was nes speel, 'n ander wêreld, jy laat als agter en jy gaan hierdie ander wêreld in. Daar kan niks jou aanraak of onderbreek nie en daar staan jy, 'n klein prinsie op 'n voetstuk en die applous agterna lawe jou soos reënwater in die somer, as dit uitsak oor jou kop nadat die wolke lank en diep opgebou het en jy die reën vooraf kon ruik en geweet het wat kom, solank die wind net reg waai.

So was dit en eers ná die dood van die seuntjie by Tweefontein het hy teruggedink aan ander sulke seuntjies wat hy in sy kinderjare gehiet en gebied het. Ja, dit was asof hy ook bo-oor hulle gery het, agteloos.

En Eenslie – dit kom skielik een aand in die kroeg by hom op – is sy poging om vir almal weer goed te wees.

*

Dit kom na hom soos in 'n droom maar hy is wawyd wakker waar hy op sy stoepie sit en dis vroegoggend en dalk is dit die laaste tyd se swaar drinkery wat dinge uit sy gemoed laat opkom of dalk die terugkeer van sy klimtol. Hy sit daarmee en *sjoep-sjoep!* skiet dit uit en sy toortol is terug en hy is weer 'n man.

Dit kom by hom op en dit was altyd daar maar hy het dit weggehou van homself en weer eens moet hy dink: Watter soort mens is jy dat jy dit weggedruk het en dit toegelaat het om in die diepwater te bly?

Toe sy daardie dag uit die sandsloot wegstap van hom waar hy met die uitknipman gestaan het, het hy gesien sy't gewig opgetel, daar was 'n ekstra volheid in haar heupe en nou eers kan hy dit bekostig om aan homself te erken: Sy het my kind verwag.

Hy was so behep daarmee dat sy sou kom met 'n storie oor die polisie en die dooie kind dat hy blind was.

Vervaard staan hy op, woel die klimtoltou van sy vinger af en stap na die besemkas in die kombuis. Hy sukkel met die besemstokke maar woel uiteindelik die stowwerige kartonman met die star glimlag agter hulle uit, trek die spinnerakke van sy lyf af en kyk daarna.

Met homself in sy hande dink hy: Hoe dun was jy nie, sy het jou kind gedra en sy het daardie laaste keer opgery Karoo toe om jou daarvan te vertel en dis hoekom sy so beslis was dat julle gou moet ontmoet en toe oorspeel jy jou hand en toe ry sy weg uit jou lewe uit.

Hy dink aan hoe stadig sy deur die veld weggery het en toe, asof sy skielik tot 'n besluit gekom het, vetgegee het en hoedat sy wegge-skiet en oor die plat horison verdwyn het daar waar die hittegolwe op die vlakte bewe.

Sy't water ingery en sy het dalk daarin verdrink en dit was die einde.

'n Kind, dink hy.

Sy sal nou 'n vrou van drie-en-veertig wees.

Of 'n man, 'n seun. Dit bedreig hom, opeens: 'n volwasse man wat voor hom opdoem, 'n man van die soort van wie hy nie hou nie, gladgeskeer en glad van gebaar en sin. 'n Selfversekerde man in 'n moderne hemp en broek en in 'n blink kar en 'n beroep en 'n man wat hom konfronteer met die vraag: Watter soort mens is jy?

Of 'n vrou, want dit sal makliker wees. 'n Vrou wat sy dogter is en hom nie vlak kyk nie. Wat hom eien vir wie hy is. Ludo Loe-loeraai, die man wie se regte naam ver agter hom lê. Daardie stuk-kie sakdoek wat uit die sak geval het en bibber in die wind.

Of dalk is dit tog 'n seun, 'n man wat sy triek nie sal ag nie en dink hy was al die jare net 'n deurbringer. 'n Rooibaadjie.

*

"Maar dis geen werk nie," het sy pa gesê toe hy uit die Weermag kom en aankondig dat hy 'n rooibaadjieman gaan word. Hy't ge-wag vir die regte oomblik want hy't geweet sy pa wou hom by Jus-tisie laat gaan werk, sodat hy die eksamens kon skryf en klerk van die hof word en later aanklaer en uiteindelik magistraat. Sy ma het gedag hy moet dalk by die radio werk gaan soek weens sy stem en die manier hoe hy lewendig raak sodra hy op 'n verhoog is, dalk werk die mikrofoon vir hom. Hulle wou hom in 'n ordentlike werk sien want hulle't nie meer geglo in boerdery nie en die regering het die plase opgekoop in die vallei en omdat die Verwoerddam in aanbou was en groot droogtes uitgebreek het, het alles tot stilstand gekom. Sy pa die waterfiskaal het op sy hande gesit, soos hy dit self gestel het. Die landerye het so hard soos klip geword soos die son dit gebak het.

"Maar Pa, ek kan goeie geld verdien en ek kan die land sien. Ek sal baie rondry."

"Wil jy 'n reisiger word soos die manne wat hier kom met 'n koffer vol snuisterye of negosie en hulle is niks anders as smouse nie?"

Sy ma het vir hom opgekom: "Die seun gaan nie 'n smous wees nie, hy het 'n talent vir mense en selfs die Weermag het dit raakgesien en hom in die menasies vir die offisiere laat speel."

"Pa, ek het 'n talent vir die klimtol en dit is my erns."

"Dis 'n speelding en dis geen werk wat tot selfrespek sal lei nie, jy gaan jou siel verloor en wie neem 'n man ernstig op wat trieks gooi?"

"Maar Pa . . ."

"Dis nie ons mense se gewoonte nie, kort en klaar."

"Pa . . ."

Sy pa het opgestaan en uitgestap en toe Ludo wou agterna, het sy ma hom teruggehou. "Hy's ontsteld oor die water," het sy aangebied. "Dis die Verwoerdskema. Los hom, hy sal gewoond raak aan die idee." Toe trek sy hom nader om langs haar te sit. "Maar belowe my jy gaan nadat jy die rooibaadjie uitgetrek het, gaan studeer."

Studeer? Dit was die eerste keer dat sy dit noem. Die ryk boere se kinders het Vrystaat of Stellenbosch toe gegaan om te gaan studeer. Nie hy nie. Hy het nooit daaraan gedink nie.

"Ma, ek het slim hande en ek kan geld maak met die klimtol. Ek sal later dink oor universiteit."

Toe staan hy op, stap na sy kamer, sit die klimtol se lussie oor sy middelvinger en as hy vandag terugdink, is dit asof hy dit nooit weer afgehaal het nie.

Hy't 'n trieker geword omdat dit in sy bloed was. En as trieker sal hy doodgaan.

*

Maar hy hét die lussie afgehaal, vir een jaar, een maand en drie dae.

Nadat hy 'n agtien maande as rooibaadjieman gewerk het, het sy pa een Paasnaweek ernstig met hom gepraat. Wanneer Ludo nou terugdink, besef hy: Sy pa was 'n waterfiskaal in 'n tyd van droogte en toe die vore en die sluise en die damme opgedroog het, is alles van sy pa weggeneem. Die regering het ingegryp in die vallei waar hy grootgeword het en boere uitgekoop en lappe grond het jare lank al onbewerk gelê en wag op wat die *skema* genoem is. Dit was die jare sestig, die tyd van groot planne, en die grond moes wag op die dam wat na Verwoerd vernoem is en nou die Gariepdam heet en alles het tot stilstand gekom – sy pa was 'n waterfiskaal sonder sluise, sonder horlosie en registerboek, sonder water.

Die priester het sy kerk verloor.

Sy pa het lank geredeneer oor spelery en eerlike verdienste en die toekoms van die Afrikaner in Afrika. Sy pa het hoog opgegee en sy argumente ver gaan haal en die frases het Ludo uit sy kinderjare geken: *in die sweet van jou aanskyn* en *na God se beeld geskape.*

"Daardie balletjie aan jou hand besondig jou hele lyf. Jy loop anders, jy loop soos 'n eendstert. Jy staan te lank voor die gang-spieël. Jy kam jou hare soos ons nie ons hare hier kam nie. Kyk die blink klere in jou koffer. Die meide stryk en stryk. Dis nie soos ons mense is nie. Dis ligsinnig."

Ludo het gaan werk in 'n kantoor nes ander kantore en daar was

lêers en riglyne en protokolle en vergaderings en mense het graag
om ronde tafels gesit en planne maak en koffie gedrink en notas
gemaak en mekaar getroef en agterna weggeloop na hul kantore
en dan het al die mooi planne nes water in die grond weggesyfer,
skielik was die grond weer hard en wit en jy sou nie dink daar was
ooit blinkwater nie.

Werk het tussen hom en die wêreld ingeskuiwe en hy't dit ge-
bruik as skild teen die lewe maar ook as aanvalswapen, hy't dit
gebruik om wonde toe te dien en dit was 'n soort triek wat jy speel.
Hy was verbaas oor hoe vinnig hy dit aangeleer het en hoe dit syne
geword het.

Maar hy het elke dag teruggedink aan die langpad wanneer jy
'n dorpie uitry en jou venster afrol en die wind in jou hare voel en
vetgee oor 'n pad wat jy voorheen nooit gery het nie en die opwin-
ding van vreemde paaie en vreemde dorpe in jou wanneer jy inry
en jy ken die plek nie en jy weet nie wat wag nie en als hang van
die slimte van jou hand af.

Hoe langer hy in die staatsdiensgebou gewerk het hoe dikker
het sy vel geword en later kon hy wanneer hy vyfuur uitklok en
na sy huurkamer in 'n agterplaas loop nie meer die wind oor sy
vel waardeer nie, dit was asof sy vel sterf en alle gevoel verloor en
selfs die son het ophou tintel oor sy voorarms. Hy het die veld ge-
ruik op die Saterdae dat hy nie te moeg was om uit te stap oor die
munisipale serwituut wat om die dorp gelê het nie. Hy't die koppie
uitgeklim om oor die besadigde dorpie te kyk: die kerktoring en
die bome en die strate en die bedeesdheid.

Waar was die lig en die applous en die opraap van sy lyf die ver-
hoog op en die eerste uitskiet van die toortol, die spin en die inge-
wikkelde hinkstappie en die swaai van die bolyf en die kombinasie
van tou en swaaibal en hande so viets en vaartbelyn, waar was
die rats en die vaart en die melodie en die sweet teen sy blaaie af,
daardie eerste opwindende minuut voordat hy die sone binnegaan
en droomspeel en triek soos 'n gehipnotiseerde so ingedagte en in
'n volkome koma.

Die werk by die Departement van Arbeid het van hom 'n slaaf gemaak en hom in kettings geslaan, dit was nie net 'n institusie waaraan hy verbonde was nie, dit was 'n ingryp in sy siel. Dit het hom geknel aan die Departement en hy't gedink: Werk is nie net iets wat jy doen en waarvan jy Vrydagmiddae wegstap nie, dis iets wat jou vasmaak aan 'n ding wat jy 'n departement of instelling of maatskappy noem, dit word die asem in jou lyf.

Sy pa die waterfiskaal was geketting aan water; hy was die slaaf daarvan. 'n Jagter is geketting aan die bok wat hy moet skiet.

Hier in die Departement was hy vasgeketting aan hierdie ding wat hy nie naam kon gee nie en die naam *Die Departement* was al wat daar was waaraan hy kon dink. Mense het die naam gebruik asof hierdie departement 'n lewende ding was of 'n soort vader met gesag en dalk was dit en dalk het dit asemgehaal en gevreet en gelê en dink en gewag en beheer en sy asem by mense ingeblaas om hulle te skep tot slawe, hy weet nie.

Skynbaar was nie een van die ander wat saam met hom gewerk het hiervan bewus nie. Hy't die jonges kwalik geneem vir hul gedienstigheid en hoe hulle die taal van vergaderings en lêers en stelsels en lynfunksies praat en hoe nie een opgekyk het buitentoe na hoe 'n swael duik deur die wind nie.

Nêrens het 'n opstandige woord geval nie, die sugte oor Vrydag wat ver lê was die sugte van bedeesde gevangenes wat hulle 'n ander lewe nie kon verbeel nie.

Op vergaderings het hulle mekaar teëgegaan en standpunt ingeneem en faksies gevorm en gedag hulle sit so hul eie voetspoor neer en word só mens maar wat hulle gedink het die opweeg van argumente was, was vir hom als deel van dieselfde melodie.

Dis die blêr en die antwoordblêr van die skaaptrop.

Hy't net een deuntjie gehoor, en dit was die deuntjie van gevangeneskap.

Hy't gesien hoe werk verneder en hy't speel verkies.

Hy't na die personeelafdeling gestap, sy bedanking ingedien, die dag afgevat en die gebou met lang treë uitgestap. Iewers langs die

pad het iemand uitgevind dat hy 'n rooibaadjie was en die opvat-
ting het gou in die gange gevestig dat hy 'n windgat is wat dink hy's
te spoggerig vir die Departement en hy't dit nou alles agter hom
gelaat, die geskinder van die ander klerke en die messe in die rug.

Hy't die glasdeur met sy oop speelhand oopgedruk en sy palm
en lang vingers het 'n merk op die glas gelaat en hy't sy das losge-
maak en dit oor die heining wat om die gebou loop uitgehang soos
'n slang wat hy pas met 'n graaf doodgeslaan het. Toe pluk hy sy
hemp uit en terwyl hy bewus was daarvan dat oë deur die kantoor-
vensters na hom staar, het hy kaalbolyf die stukkie veld deurgestap
en naderhand begin hardloop en die klipkoppie uitgespaander, rats
en uitbundig soos 'n bok.

TRIEK VYF
Bonsende Betsie ("Bouncing Betsy")

As jy reeds die Spinner kan gooi, is Bonsende Betsie kleingeld. Moenie dat sy vir jou 'n tawwe tyd gee nie! Mik so 'n meter voor jou op die grond en gooi 'n Spinner soontoe. Die klimtol se tou moet voluit wees nes hy die grondoppervlak tref. Onmiddellik sal die klimtol terugbeweeg na jou hand. Hou jou palm reg om hom te vang!

Sy's in haar twintigs en sy kom die yo-yo-kampioen uit die sixties opsoek in wat sy haar fucked-up Beetle noem. Sy dra 'n fifties-sonbril en haar hare is kort geknip vir beweeglikheid in die 2011 UK Yo-Yo Championships.

Sy woon al sewe jaar in Londen as expat uit Suid-Afrika. By haar ouma het sy gehoor van die cool champ van die jare sestig. Tussen haar ouma se goed was 'n klein flyer, opgevou en motgevreet. Dit was 'n foto van 'n man op 'n skoolsaalverhoog. Agter hom het die ou landsvlag gehang. 'n Ratse lyf in die rooi baadjie. Aan die tou skiet die yo-yo uit. Die kontras tussen sy gesigsuitdrukking en sy lyftaal en die twee rye strewe onderwysers agter hom in hul grys pakke op die skoolsaal se verhoog is groot. Nie een van hulle kyk na die yo-yo-speler nie. Bestraffend staar hulle na die skoolkinders.

Net hier in die een hoek van die foto is 'n hand wat reg voor die kamera wuif en 'n blik op die rekkende nekke en agterkoppe van opgewonde kinders. Daar sit die ry onderwysers soos omies wat nog nooit in hul lewe geglimlag het nie. Sy't gedink: Wat 'n dapper man moet hy nie gewees het om daar op te gaan en te speel voor daardie suur paneel nie.

Cool, is wat sy dink. Regs onder in die hoek van die gevoude flyer sit Coca-Cola se rooi logo. Sy besluit sy gaan hom opsoek. Op Facebook kon sy met iemand kontak maak wat by 'n gig op Langebaan was en gesê het hy't in 'n hotelkroeg iewers aan die Weskus 'n dronk ou man raakgeloop wat vlieënde pierings sien maar toe pluk die ou kêrel 'n klimtol uit en toe was dit magic.

Die pad was lank en die Volksie het net buite Malmesbury by Rondomskrik gestol. 'n Man het stilgehou. Met plattelandse galantheid het hy die enjinkappie oopgemaak en met die drade gevroetel. Sy was kwaad vir haarself want dit was een van die redes waarom sy uit Suid-Afrika geepad het, die stereotiepe rolle waarin haar skoolmaats verval het kort na skool en universiteit ondanks al die praatjies oor gender en feminisme in die lesingsale.

Sy kom Paternoster laatmiddag binne en is dadelik afgestoot deur die tipes wat voor die hotel rondhang. Al die pette en T-hemde, die donkerbrille op die koppe opgeskuif en die boeretone in sandale. Die Bermuda-broeke wat laag op die agterente sit. Sakkie-sakkie-musiek donder. Sy ry verby die wolwefluite en selfingenome geselligheid.

In Bekbaai het sy via Paternoster Properties 'n klein vissershuisie gehuur. Daar was 'n storie op Nuus24 dat 'n kreefinspekteur hier uitgespoel het en sy't ook gehoor van die tikkoppe en het vooraf uitgevra: Het die huisie 'n alarmstelsel?

Nadat sy haar rugsak by die trap opgekry het, sit sy oor die serwituutveld en uitkyk see toe en dink aan Londen. Sy't die aand op die verhoog haar ritme verloor op die laaste. Dit het haar die kampioenskap gekos.

Hier is iets narkoties aan die geluid van die see en die wit mure van die huise. Sy gaan stap oor die veldjie en Bekbaai maak voor haar oop. Na links sien sy Cape Columbine se vuurtoring en groot ronde rotse en na regs is dit reeds skemer, daar is platter rotse en 'n draadheining en 'n ry ligte wat nou aangaan. Die son sak en by 'n gastehuis sien sy mense met geel glase wyn op 'n stoep staan en een van hulle neem die sonsondergang af.

Sy kyk na die meeue en draai dan om om haar gereed te maak. Sy't vooraf noukeurig haar huiswerk gedoen. Sy weet waar hy bly en sy sal hom wel in 'n kroeg raakloop. Dit is glo sy gewoonte om saans te gaan drink.

As hy reg lyk en as hy nog wakker is, wil sy hom saamvat na haar act in Amsterdam in Februarie in die klub digby die Leidseplein. Die idee vir die gig is dat jy nie solo speel nie maar dat jy vir jou act iemand uit die ou dae inbring. Sy hoor een speler gaan 'n gypsy bring wat in die ou dae in 'n yo-yo-fabriek in Spanje gewerk het en 'n ander het 'n dwerg opgespoor wat baie dekades gelede 'n yo-yo-triek in 'n sirkus gehad het. Een het glo 'n ou champ in Peru opgespoor en bring hom saam. Van Kenia kom 'n jong gooier uit Nairobi wat 'n Masai in 'n rooi gewaad met 'n spies het wat heeltyd op die agtergrond gaan op en af spring. Cool.

Dit gaan 'n groot ding wees en die borgskap is goed. Heelwat brands skuif agter die ding in en daar is 'n gerug dat die wenners na die *David Letterman Show* gaan. Sy is opgewonde en die gevoel is reg, so met die sonsondergang en die skoon lug en die huisie met die wit lakens. Die voorkamer het 'n rietplafon, daar is 'n uitsigterras en 'n hangmat waarin sy heen en weer tiep met dieselfde ritme waarmee sy haar yo-yo speel of liefde maak met hom wat sy nou gesien weggaan het agter die simpel Poolse meisie aan. Dis die einde van drie goeie jare in Londen en sy sal sy lag nooit vergeet nie en sy onbeholpenheid met die spinballetjie.

Y.o.y.o. het hy op die laaste aan haar ge-sms. *You're on your own.* Die bliksem. Dis verby.

Maar sy onthou die opwinding van die swoel weke toe sy saam met hom in Kaïro was. Sy moes langer bly as wat sy beplan het. Sy kon nie by die lughawe uitkom nie. Of dalk sou sy kon as hulle langer probeer het. Maar daar was die vlae en baniere. Traangas en 'n groot kommando jongmense wat dig opmekaar gepak op en af bons met vuiste in die lug.

Hulle het opruiende sokkerliedere gesing terwyl die soldate naderkom. Om en om die gemaal in die stadsplein met Kaïro wat groot en breed en ontstig om hulle lê en die Nyl blink en geduldig. Hy wou haar nie na sy ouers se huis neem nie. As bewonderaar van 'n sokkerklub wie se lede deur die jare geleer het hoe om in die groot sokkergevegte met die polisie te baklei was hy en sy vriende die kern van die jongmense wat opstandig in die groot plein vergader het tydens die Arabiese lente. Hul sokkerliedere was die liedere van die rewolusie. Hulle was dapper en eendragtig.

Sy was daar saam met hulle in die nagte en deur die geheen-en-weer-storm en toe die man op die woestynkameel die skare injaag en die mense looi met 'n sambok. Sy was daar toe die polisie skiet en hy't haar gegryp en hulle het in die nou straatjies weggevlug, verby 'n museum wat aan die brand was met 'n huilende man wat voor die vlamme gestaan het met iets in sy hand.

'n Tregter mense tussen geboue en dit was gevaarlik. Agterna, in hul kamer, het hulle liefde gemaak, sweterig en vol stof en met die dringendheid van rewolusie en groot verandering in hul lywe.

Toe sy weg is, uiteindelik, en min van hom hoor en vir lank nie, het sy gedag hy is in die moeilikheid. Maar miskien het hy net van haar vergeet. Of dalk was hy kwaad vir haar want sy't nie alles verstaan nie.

Dalk was dit bloot die yo-yo. Want hy't niks daarvan gehou nie en dit haar obsessie genoem. "Silly toy." Dat mens in 'n tyd dat daar sóveel is wat in die wêreld moet verander, gigs gooi met 'n klimtol!

Van alle dinge.

Sy't probeer verduidelik dat haar generasie sat is van politiek. "Vir ons daar in Suid-Afrika is politiek verby," het sy verduidelik. "Ons wil net chill en lewe."

"But a silly sport." In daardie aksent wat sy nie kon weerstaan nie. Sy twee swart wenkbroue wat op sy neusbrug vergroei.

Sy kon nie eens sy taal praat nie. Sy't nie die woorde van die sokkerliedjies begryp nie. Hy't nooit weer teruggekeer na Londen nie.

*

Sy staan voor die spieël en sit bloedrooi lipstiffie aan. Hier 'n touch en daar 'n touch. Of die oë aksentueer of die mond, jy moet kies. Nooit al twee nie. Vanaand: die mond. En dan is sy reg om die plek te gaan wow, sy moet net diep asemhaal en kalm bly en vir haarself sê: Dis nie jy nie maar jou act.

Dis haar ouma wat haar ná haar "Liefdesteleurstelling in Londen" (met hoofletters) soos haar ouma dit noem aangemoedig het om terug te kom na Suid-Afrika. Haar ouma het nie geweet van haar vier weke in Kaïro nie. Dit sou haar te veel ontstel het.

En toe haar ouma nou hoor van die kompetisie in Holland en die double-act-idee om iets van die geskiedenis van die yo-yo te vier, was haar ouma vuur en vlam dat sy terugkeer:

Maar sussie, ek het in die ou tyd 'n kampioen van Coca-Cola geken en hy was wonderbaarlik met sy yo-yo, hy is nog hier iewers, jy moet huis toe kom, dit lyk tog of daar baie stemme in die ANC is wat anti-Julius Malema is.

En toe sy kort na aankoms eers die flyer sien by haar ouma en toe 'n dag later toevallig hoor van die dronk ou man aan die Weskus, het sy vir haar ouma gesê: "Ek hoef nie te soek nie, ek dink dis die man waaroor Ouma praat. Dis goed ek't teruggekom en dankie dat Ouma die kaartjie help betaal het, ek het my ritme verloor en het 'n break nodig."

Eers het haar ouma haar stip aangekyk. Dit het gelyk of sy iets wou sê. Dalk het haar oë selfs vol trane geskiet, dink Doris agterna. Die oumense raak mos maar sentimenteel. Maar toe bedink haar ouma haar, swaai die rolstoel om en roei weg kamer toe. Sy't teruggekom met 'n plat boks op haar skoot. Dit was vergrote foto's, A4-grootte uit die dae toe haar ouma nog fotograaf was en graag op die platteland rondgery het om interessante dinge af te neem.

Die foto's had 'n sixties-geur. Haar ouma was 'n fantastiese fotograaf – is dit seker nog – en buitendien kon sy sien dat haar ouma, wat alewig voor die rekenaar sit, die goed gemanipuleer het met

Photoshop en dit daarna laat druk het. Dit was great stuff. Daar was die een foto na die ander van Ludo Loeloeraai die klimtol-kampioen.

Sy't gebewe, die ou vintage-gevoel en die energie. Die plaas-implemente en strooibale en die stroewe mense op die bale. Die skoolkinders met hul Brylcreem-beeslekkuiwe. Die amazing man met sy energie. Sy act was fantasties, hier kon sy Rockin' the cradle sien en daar was hy besig met die Chicago loop en wraggies, in daardie jare het die Volcano al bestaan.

"Maar Ouma, dis goud werd, 'n magazine in Londen sal groot geld betaal vir hierdie foto's van Ouma."

Haar ouma het lank na haar gekyk en gesê: "Die magazine kan my nie my bene teruggee nie. Nog minder daardie jare."

En later, voor sy gery het, het haar ouma haar vertel dat sy die ou man in 'n yo-yo chat room opgespoor het en dat hulle soms gesels. Maar hy is skaam en terughoudend en wil nie juis mense uit die ou dae ontmoet nie.

Haar ouma het weggekyk: "Ek en hy het baie om oor te gesels, oor die ou dae." Toe kyk sy skielik vir Doris. "Moet hom nie vertel jy's my kleindogter nie en moenie reguit na sy huis gaan nie. Hy weet nie ek weet hy bly op Paternoster nie en hy is baie stroef. Loop hom toevallig raak. Neem jou tyd.

"Iets moes met hom gebeur het, want die Ludo wat ek geken het, was heel anders." Haar ouma knipoog. "Kyk net na daardie foto's."

Sy vat die Beetle en ry eers by Voorstrandt-restaurant verby. Toe verby die hotel, en daarna verby The Noisy Oyster, waar karre al saamdrom. Sy weet nie of sy kans sien om alleen 'n tafel te vat nie. Die kroeg kan sy nog hanteer maar om vrou-alleen by 'n tafel in 'n restaurant te sit terwyl mense om jou kuier, veral op 'n plek soos hierdie, en dit nog aan die Weskus – dis iets wat sy nog nooit gedoen het nie. Sy kry nou spyt oor die outfit en die skoene en oorbelle en die rooi lipstick.

Maar sy kan haarself nie verander nie en sy gaan sit eers by 'n tafel by Voorstrandt, op die stoep. Sy eet 'n slaai en bestel 'n glas wyn. Dit gee haar moed.

Sy vra aan 'n kelnerin wat jonger as sy lyk: "Sorry, maar bly hier op Paternoster 'n ou oom wat die yo-yo speel?"

Die meisie kyk haar skewekop aan en antwoord: "Maar dis mos oom Ludo, daar sit sy huisie mos, daar oorkant."

Hiervandaan kan sy die huisie teen die bult bo Voorstrand sien en dis of die huisie na haar kyk.

"Hy's mos saans in die hotel se kroeg, maar as mevrou 'n joernalis is, weet ek nie of hy met mevrou sal praat nie."

"Toemaar, moenie worry nie, ek kuier net."

Haastig maak sy klaar en ry hotel toe. Sy gaan sit in die kroeg en maak of sy TV kyk. Sy wag, maar daar is geen teken van so 'n man nie. Sy bestel nog 'n glas wyn en vermy die oë van die mans. Sy het ver gekom en sy moet deurdruk. In haar handsak het sy die CD met die lekker rap wat sy as die kans daar is, wil opsit om ritme te gee. En dan wil sy hom nooi om saam te gig as toets, om te kyk of hy nog die slag het en of hy kan jel met haar en of daar 'n moontlikheid is om na die Leidseplein te gaan. Daarna wag Zürich en die opvolg-gig in Bad Reichenhall in die Beierse Alpe waar die yo-yo-crazies van Duitsland en Oostenryk glo een keer 'n jaar saamkom. Dis naby Adolf Hitler se Eagle's Nest, het sy gelees, en Hitler het nooit yo-yo gespeel nie en dis waarom hulle dit daar hou. Dis dit.

Dinge gebeur met 'n flow en sy't geleer jy moenie te veel vrae vra nie. Daar's ritme in die gig wat die lewe is en sy is maar nog versigtig.

Busk net. Busk net, sê sy vir haarself. Maar sy dink dit sal mettertyd beter gaan noudat sy uit die op en af van die verhouding met die Egiptenaar is en net toe kom hy in.

Hy't 'n blou hemp aan. Sy sien die wit bos hare en die kierie. In die hand wat hy toegeklem hou sit die beroemde yo-yo, die eerste Coca-Cola issue, een van daardie ou yo-yo's waaraan 'n champ deesdae nie sal vat nie want hulle's stadiger as stadig. Jy sal uit

hom geen behoorlike gooi kry soos wat jy uit deesdae se silikoon-
klimtolle kry nie, al is jy hoe goed, sy spintyd is net gewoon nie
lank genoeg nie.

Sy bly sit met haar hart wat in haar keel klop. Hy is spot-on vir
die act, hy is oud maar lyk goed. Hy's sonbruin gebrand en met
die regte outfit sal die ou glans weer daar wees, die vintage en die
ratsheid waarmee hy sy lyf op die kroegstoel kry. Dan is daar sy
stem. Diep, rasperig en tog helder.

Sy wag totdat hy sy tweede glas wyn bestel het. Dan skuif sy
nader.

"Oom."

Hy draai na haar en sy skrik vir die helderblou oë en wat sy sien.
Sy dink sy sien 'n soort vrees en 'n versigtigheid. Maar ook energie.
So sal 'n profeet of 'n genius se oë lyk, dink sy.

"Oom, hallo. Oom, ek sien jy't 'n yo-yo daar."

Sy sien die vingers toeklamp. Haar vriend het vertel hy hoor die
ou man vertel graag oor die geskiedenis van die yo-yo maar hier
sien sy 'n soort skaamte nou. Hy's versigtig.

"Ek het hom maar eers gister teruggekry."

"Hoe meen oom?"

"Hy's gevat en nou's hy terug ek moet hom nog behoorlik
groet."

"Oom my naam is Doris Steyn en in Londen is ek Dipping Doris.
Ek is 'n yo-yo-gooier."

Hy kyk na haar en sê niks en neem 'n sluk wyn. Dan draai hy
weg en sy sien hoe krom sit hy nou. Dan swaai hy weer om en ver-
sit eers die kierie, wat blink en hard is, dit lyk na 'n soort vernis.

Hy sien sy kyk na die kierie. "Jy lê so 'n kierie nadat jy hom
gesny en uitgedroog het vir vier maande in 'n pisvoortjie in 'n
melkstal en dan pak die soute en die urienkristal hom so toe dat
hy naderhand so hard soos klip is en so glad soos glas," sê hy.
Wanneer sy net verstom na hom kyk, vra hy met sy blitsblou oë:
"Is jy goed?"

Sy sien die vonkel in sy oog en sy vat die uitdaging.

"Dink oom die kroegman sal daai boeremusiek afhaal en 'n ander CD opsit?"

En terwyl rap dawer en die kroegdrinkers almal plek maak en eenkant staan en 'n groot sirkel vorm, begin Dipping Doris en Ludo Loeloeraai een van die grootste en wonderbaarlikste vertonings wat die lieflike geskiedenis van die yo-yo ooit aan die Weskus gesien het.

Hul skaduwees beweeg met dieselfde ritme teen die mure, die bonkige ou man met sy grys, hoppende hare wat eers liefdevol die yo-yo tol met sy groot hande soos die kloue van 'n krap en die tenger meisie met haar rokkie en haar vreemde helder skoentjies en die anderste haarstyl beweeg ratser en fyner. Maar hulle kierang mekaar en die een wil die ander troef. Later loop die plek vol en dawer die toeskouers met elke wonderbaarlike uitswaai en nuwe, verrassende triek.

*

Saans wanneer die dorp stil is en niemand sien haar nie, gaan sit Snaartjie Windvogel op die grond teen die muur aan die visfabriek se kant van Ludo se huisie. Sy sit onder sy slaapkamervenster en luister na die CD's wat hy draai. Soms is dit 'n mooi warm aand en dan hoor sy die gaste by Blikkie gesels.

Sy weet hulle het almal kleingeld in hul beursies maar sy't lank terug besluit: Jy sal nie bedel nie.

As jy bedel, bedel met jou lyf. Nie bakhand nie.

Sy ruik die pizzas en dink: Daardie pizza wat hulle nou uitbring, het anchovies in. Of: dit ruik na salami en olywe.

In Parow se suikerhuis het een van die lang manne soms onverwags uitgegaan en dan met 'n stapel pizzabokse teruggekom. Dan het hulle gulsig geëet maar gewag dat sy bui weer swaai en hy teen hulle uitvaar.

Wanneer mis opkom, kan dit hier teen die muur koud word. Dan sit sy en bewe en later moet sy die nat lagie oor haar arms en

onderbene warm vryf. Dis wanneer sy aan haar nagte in die stad
se strate dink, aan hoe dit partykeer gereën het. Hoe daar geen
genade was nie. Die volgende oggend, wanneer jy wakker word,
onthou jy net die klap van kardeure agter jou soos jy hulle vies
toeslaan, hoeveel kere 'n nag, en weer moet jy in die reën uitstap.

Ludo luister musiek wat sy onthou uit haar Matjiesfonteindae.
Sy't die name van die werke vergeet, maar sy onthou nog die kom-
poniste. Beethoven, Mozart, sulke groot, ryk name, sy sien in haar
verbeelding 'n groot huis met lig wat na buite straal en 'n man met
'n wit pruik op sy kop voor 'n vleuelklavier.

Die vensters het swaar gordyne en die man speel uit sy kop uit.
Die wonderlikste musiek wat niemand nog gehoor het nie. Dis ook
die eerste keer dat hy dit self hoor. Dis die musiek se geboorte op
aarde. Die man hoef nie te dink nie, vertel Miss Edelweiss. Hy sit
net daar en sy vingers hoor die klanke wat hulle speel. "Sy vingers
het ore." Hy's in 'n droom. So kom die musiek aarde toe en hy
moet dit vinnig neerskrywe voordat hy dit weer vergeet en dit ver-
lore raak vir die mensdom. "Genie," het Miss Edelweiss geprewel.
Mozart. Beethoven. Dit was die twee name.

"Weet jy waarvandaan kom dié musiek, Snaartjie?" het Miss
Edelweiss haar eendag gevra. En toe sy haar kop skud, het Miss
Edelweiss wat die Groot Oorlog oorleef het maar alles verloor
het, geantwoord: "Dit kom van die groot goedheid, Snaartjie, uit
'n plek waar alles moontlik is. Nie almal het toegang tot daardie
plek nie, maar hierdie manne, al was hulle bietjie mal, gee ons 'n
kykie in hoe dit daar lyk. Hulle het die deur na daardie plek ge-
vind, Snaartjie. Hulle praat nie onsin soos die pastore en dominees
wat woorde probeer gee aan die goedheid nie maar nie náástenby
digby kom nie, hierdie komponiste maak bloot die deur vir ons
oop en ons kyk na binne. Wat ook al met jou in jou lewe gebeur,
en met almal van ons gebeur verskriklike dinge, dit is soos die lewe
jou insout en brei, wat ook al gebeur, onthou: dit is daar, dit gaan
nie weg nie. Luister net.

"Die groot goedheid."

En Snaartjie luister.

Laatnag gaan kry sy in die vullisblik agter Blikkie stukke afgevrete pizza. Sommige aande eet sy net die topping af, die kaas en die olywe en pynappelstukkies en vlokkies snoek. Een van die waiters daar is Dick Malgas se dogter. Haar naam is Faiza en sy doen soms moeite om al die leftovers in een boks heel bo in die vullisblik neer te sit, netjies en reg vir Snaartjie Windvogel. Partykeer met so 'n dun koevertjie sout. Bedags maak sy of sy Snaartjie nie raaksien nie maar saans sit sy die kos uit.

En Eenslie Maree se ma sit by haar agterdeur ook vir haar boksies goed uit: 'n Handvol afgesmelte koekies seep wat sy in die gastehuis waar sy werk, gekry het. Of 'n toiletrol en eenkeer 'n naelvyl. Disprins. En 'n pakkie meisiegoed wat jy nodig het as die maand draai, maar Snaartjie grinnik net en gooi dit by Tietiesbaai se hek in die asdrom. Ook 'n blikbeker en cup-a-soup. Vaseline.

Oom Ludo bring die bliktrommeltjie met kos na die klip toe en baie keer vra die manne haar na Ludo Loeloeraai en wat hy by haar gaan maak en sy skud haar kop.

"Jintoe!" roep die kinders na haar.

"Hei, Klimtol!" skree die messelaars en handlangers as die boulorries by Die laaste kreef by haar verbydreun waar sy skulpies sit en vleg voor Oep ve Koep. Sy ryg hulle op 'n draad wat in die vorm van 'n hart gebuig is en verkoop dit aan die Kapenaars. Sy kan sommer vooraf sien wie tien rand sal uithaal vir so 'n skulpieshart: besoekers met 'n dromerige vakansieglimlag. In hul oë sien sy: seevoëls en vissershuisies en bootjies in allerhande kleure. Sonsondergange en strandsambrele en vissershuisies en bokkoms.

"Jintoe!" hoor sy in haar ore.

"Klimtol!"

*

Wanneer 'n groot nuwe ding met hom gebeur, is dit altyd so en hy dink nou: Ek sal haar moet sê voordat ek hierdie ding kan laat gebeur en ek sal uiteindelik met alles op die lappe moet kom, die ding sit in my bors soos die pit in 'n taaipitperske.

As ek bieg, sal dit my bevry. Ek weet van geen ander offer om te bring nie.

Hulle het hard gespeel in die hotelkroeg en wanneer hy moeg geraak het, het sy hom aangemoedig met "Gooi hom, oom!" en die gehoor was luidrugtig en later kon sy gestel nie meer byhou nie. Onder applous wat soos 'n lafenis ná jare oor hom gekom het. Nes reën oor die vlakte kom dit waar hy op sy kroegstoeltjie sit en hyg en hulle bring 'n gemakliker stoel nader ("Oom Ludo moet nóg verder stap elke dag!"). Hy sit daar in saligheid, hy onthou dit uit sy konsertdae, die agternagevoel en die loom van sukses en die warmte van verhoogligte en die rustigheid wat in hom sit en hy't altyd geweet sy lyf waardeer dit want dis medisyne, dit lawe hom.

So het hy altyd gevoel ná 'n konsert, want vooraf was daar altyd die onsekerheid wat vreet. Of hy ooit weer 'n konsert sal kan opsit. Of dat hy dalk die tou gaan laat knoop of sy enkel gaan verswik. En wie weet, op die dorp wat wag is daar dalk mense wat die neus vir hom optrek en hy sal moet uithaal en wys.

Elke aand opnuut 'n debuut.

En as als goedgaan: die naspeelkalmte.

Die man op die plakkaat en in die tydskriffoto's was ook nie hy nie en hy't laterhand die man begin volg en hy moes byhou by daardie man en net so blink gesny wees uit prestasie en charisma soos daardie man, sy ewebeeld moes hy word en bly: Ludo Loeloe-raai die klimtolkampioen sal hy wees en sal hy moet bly.

Nooit die moordenaar nie.

Maar in die Opeltjie tussen dorpe was dit net hy en soms wanneer hy stilhou om te pis dan het hy met sy vuis op sy kar se dak staan en hamer terwyl die miere naderhol na sy plas en eenkeer het hy so in die pis omgeswaai, die kardeur toegeskop en 'n geel straal bo-oor die Coca-Cola-logo getrek sodat die pie oor die kardeur afmaan en toe't hy beter gevoel en verder gery.

Maar totdat die twyfel begin insypel, kon hy baai in die gloed van sukses en het hy spoggerig ná 'n konsert in die dorpskroeg uitgehang en 'n ietsie uit die wit koevert gedeel met wie ook al daar was en hulle selfs met 'n paar trieks vergas.

Of hy is na 'n huis se voorkamer en dalk later na die dorpsweduwee se slaapkamer en vroegoggend sukkel die Opeltjie om te vat, want dit ryp in daardie wêreld en dan is hy vort, hy is geen glyjakkals nie en betaal by aankoms maar tog voel hy spyt en skuldig wanneer hy by die stil hotel uitstap en dis nog net 'n bediende wat met 'n besem die straat voor die kroeg skoonvee en die Ontvangs is nog nie eens oop nie.

Hy skud die stof van sy voete af en weet: Sy talent is die ding wat mense die meeste bedreig het. Dit is waarvoor hulle die kwaadste was, veral die stugge mans wat in vergaderings piele vleg en die eenuurnuus luister en die lug dophou vir weer wat dalk opsteek en hul gesinne onder die tafelgebed bestraffend dophou. En ook die vroue. Want agterna, ná 'n konsert, ry hy die dorp uit en hulle moet agterbly en hulle lees net van hom in die tydskrifte.

Hy't soms gedink hy's nes die sheriff in die cowboyflieks wat die dorpie binnery, sy perd voor die dorpskroeg vasmaak, ingaan en melk bestel. Die kwaad moes die dorp uit en hy was die man wat daarvoor gekom het, die kwaad was die kwelling oor werk en die stugheid en die verbeeldingloosheid en die jaloerse verkramptheid en die geskinder en die benoud van pligte en arbeid – en in die skoolsaal daardie aand is hy die sheriff wat skote van die heup af vuur, uit sy silwer rewolwer spoeg koeëls wat die kroeks in hul spore laat neersak en dis hy wat die donkerte en die benoud wegspeel.

Eers baie jare later, hier op sy stoepie, het die gedagte opgekom: Wie wás hy, daardie man?

Hoe kón hy?

Toe wou die gedagte hom nie los nie.

En toe het hy met die merlot begin.

*

Vanoggend sit Ludo met 'n seer lyf op sy stoepie en onthou die vo-rige aand net in repe: Doris het hom stoel toe gehelp en later was daar 'n sagter stoel en mense het sy hand kom skud en hy onthou ook nou, ja, hy onthou wat hom die meeste aangehits het en die speel deur sy are laat straal het.

Dit was die woede waarmee sy speel, die totale minagting vir swaartekrag en hy't geweet sy is 'n kampioen in murg en been want hy't 'n muskeljaatkat se gryns in haar geel oë gesien en hy't gedink: Moenie jou laat flous deur die fyn ou skoentjies en die gir-lie fifties style nie, hier is 'n muskeljaatkat en sy's vasgekeer.

Dis net wanneer sy speel dat sy kan uitkom. Dan kom sy met 'n slim en knap en gedissiplineerde woede uit en jy sal miskien nie kan byhou nie. Sy is dalk 'n groter kampioen as wat jy ooit was, jy sal dalk agterlangs talm terwyl sy die een triek na die ander afvuur en geen einde ken nie en agterna haar rooi lipstiffie aansit en jou liefderyk in die Volksie laai en jou help terwyl jy prewel "Ek moe-nie my kierie vergeet nie" want jy het al weer te veel gedrink. Sy sal jou help tot by jou voordeur en sorg dat jy in is en reg is en belowe: "Vroeg môre is ek weer hier, oom, dan vertel ek oom iets."

En net voordat sy weg is, nog die omdraai, dit onthou hy nou en die reguit blik in die geel oë: "O, oom, by the way, ons praat nie meer van speel nie, nou praat ons van gooi. Ek is in Londen 'n *thrower*."

En toe hy nie gou genoeg reageer nie: "Jy *gooi* hom, oom."

Hy't by die rekenaar gaan sit nadat sy weg is:

Hallo.

Oombliklik bars die dolfyn uit asof sy gesit en wag het op 'n teken.

Is jy daar? Ek het gedag ek hoor nooit weer van jou nie?

Lyk my jy speel wegkruipertjie met my. Ek onthou goed hoedat jy sku was voor jou vertonings in daardie klein stofdorpies. Dalk is jy nog dieselfde man. So vol stories partykeer en jy sou my ruk

soos 'n wind 'n boom ruk en ander kere weer so stil. Jy sou dan die
grond onder my wortels uitpluk. Ek sou Laingsburg se hotel bel
en vra: Wanneer tree Loeloeraai Ludo weer op julle dorp op? Dan
antwoord die ontvangsdame met soveel respekte in haar stem: Me-
neer Ludo het toevallig hier aangekom maar hy mag nie gesteur
word nie, hy tree vanaand op en ons mag nie eens met hom praat
nie, net die bestuurder mag . . .

Ja, jy was toe al knorrig en inkennig en bedonnerd, miskien raak
jy nou net meer jouself. En ek hou van bedonnerde mans, jy weet
mos.

Wat ek ook onthou, Ludo, is wanneer ek later bel en jou kry op
die hotelfoon en jou sê dat ek reeds op pad is en van 'n buurdorp
se tiekieboks bel, dan onthou ek die elektrisiteit in jou stem en die
weerlig tussen ons en die storm wat ons nie kon keer nie.

Só 'n liefde soek 'n mens nie, Ludo, hy soek jóú.

Ek weet nie, Ludo, wat met jou gebeur het in die jare tussen toe
en nou nie, maar ek kan sien jy't daardie selfde wegkruipding wat
jy voor 'n konsert gehad het. Watter konsert beplan jy? Is dit 'n
grote?

Terwyl ek aan die gang is, mag ek iets byvoeg? Ek is wel spyt,
baie spyt, dat ons destyds besluit het – dit was op my aandrang, ek
weet – om mekaar nie in te vra oor waarvandaan en waarheen nie,
maar om net in die moment te lewe en ons winddrinkery te geniet,
om net twee springbokke te wees in daardie wye en vry vlakte. Om
nes die bokke niks van gister te weet nie en nie te besef dat môre
bestaan nie.

Ek sal jou nog vertel hoekom ek daarop aangedring het, as jy
my eendag sal toelaat.

Ons dra almal maar swaar aan iets in ons, nie waar nie?

Ludo het lank na haar epistel op die skerm gekyk en gedink:
Jy is steeds die slim vrou wat jy was. Hy't opgestaan en buite die
wind op sy gesig gaan voel. Lank so gestaan en niks gesien nie. Toe
draai hy weer om en gaan skink nog 'n vinger brandewyn. Weer na
buite. Oor sy gesig gevat en gedink: nóú.

So vinnig loop hy terug rekenaar toe dat hy byna gly op die springbokvelletjie op die vloer.

Hy begin tik en terwyl hy dit doen, dink hy hy weet nie wie aan die anderkant van die skerm sit nie maar dis vir die dolfyn wat hy vertel en dit moet nou uit en biedêm die res, daar kom 'n tyd dat jy met jou groot triek moet kom en al dra dit die meeste risiko moet jy daarmee uit en gedaan.

Hy verbeel hom hy's by 'n eisteddfod of by 'n debatskompetisie. Hy moet opstaan en die rympie het hy al oor en oor aan homself opgesê. Hy gebruik net drie sinne om dit aan haar te vertel en hy tik die sinne stadig. Maar agter die sinne dam die hele verhaal op en in sy gemoed bars die damwal nou en laat die modderwaters deur.

*

Hy het haar ná Tweefontein op ys gesit, hy het bietjie gesoek dan en wan en uitgevra maar nie met die vuur in hom wat hy normaalweg sou hê nie, sy was deel van daardie verskriklike nag, die lafaard wat wegjaag, die bloed aan sy hande.

Tot sy skielik weer by een van sy konserte uitgeslaan het en toe was daar geen keer aan hulle nie.

Hul ontmoetings en die vuur van sy kant was 'n soort skoonbrand, hy het haar en daardie dooie seuntjie op een plek in sy kop gehad.

Met elke ontmoeting was dit asof hy die kind wou terugbring. Asof hy skoonmaak. Wégbrand.

Deel van hoe hy moes boet, was om haar nooit aktief op te soek nie, en toe sy eendag voorstel dat hulle buite om hul ontmoetings nie verder in mekaar se lewe krap nie, het hy ingestem. Hulle sou vry soos die wildsbokke wees, hy en sy. Sy wat twee vloeke oor hom gebring het: die wete van 'n liefde gemis, en die dooie kind.

*

Hy wag, maar sy antwoord nie op sy drie kort sinne nie. Hy gooi die brandewyn af (wyn is te lig vir hom vanaand) en staan op en skink nog een. Drank bring hom by verskeie bestemmings uit, maar nou is hy in wat hy die "narkotiese stilte" noem, dis 'n kalm plek en hy voel nie aangeklam nie maar gefokus en deeglik. Hy voel metodies en hy is reg om sy eende in 'n ry te kry.

Hy tik: *Is jy daar? Wil jy nou nog met my praat nadat jy dit als gehoor het?*

Die antwoord is vinnig nou:

My huwelik het my vasgedruk, my man was 'n prokureur. Ek moes wegkom. Hy was een van daardie mans wat als moet beheer. Ek moes byspeler wees. So subtiel het hy my versmoor. So deeglik. Met die kamera kon ek wegbreek, dit was my ekskuus om die Land Rover te vat en weg te ry en hom te los vir rukke, dan breek ek weg, ek het dit nodig gehad, die man het my stadig doodgewurg. Dit was my storie toe en jy moet ook weet: ek het net een kind gehad. Toe skei ons. Ja, toe ek en jy op die koppies en in die sandslote bok-bok gespeel het, liewe Ludo, was ek 'n getroude vrou uit 'n stigtelike gemeente, met 'n man wat 'n diaken was, en 'n gholfspeler, en hy was op pad Broederbond toe. Als bietjie van 'n cliché, inderdaad. Maar so was dit.

Hy antwoord: *Ek is jammer om dit te hoor*, en hy dink: Hier ontbloot ek my aartsonde en jy kom met jou huwelikstories, kon jy nie hoor wat ek vir jou sê nie? Maar hy is gefokus en wag, hy het 'n triek gegooi en moet nou kyk wat die reaksie is.

Toe ek weer op so 'n fotografie-ekspedisie was toe maak ek en my dogter die ongeluk en sy is dood en my rug was af en van toe af sit ek in 'n rolstoel en ek dink vir daardie seuntjie se dood het ek geboet, dit tref my nou soos 'n hamerhou, en my dogter het daarvoor geboet, terwyl jy hier getik het toe dink ek: My God, you took the fall, woman. Jy en jou dogter. Ek was all over the place en ek wou net speel en die wêreld was my oester en ek sy pêrel en ek het geen grense geken nie.

Ludo sit lank en kyk na die skerm en weet nie wat om te antwoord nie. Hy is kalm en anderkant uit, hy weet nie hoe hy voel nie, maar hy weet hy sal die volgende oggend uitstap op die sandplaat en in die louwatertjies op sy rug gaan lê en die branders oor hom voel skuif en terugtrek, dis soos die vel van 'n geliefde wat oor sy lyf skuif en dan sal die son die sout op hom droogbak en dalk sny die sand hom wanneer die wind met die terugstap opkom en op sy stoepie sal hy 'n koue bier oopmaak en dan eers, daar in die skaduwee, sal hy weet wat gebeur het en hoe hy voel.

Daar gebeur niks meer op die skerm nie en hy raak so skuins in die stoel aan die slaap en dis waar hy homself kom kry die volgende oggend.

Nou sit hy op sy stoepie en hou die skuite dop en wag op die gooier uit Londen om te kom soos sy belowe het.

My talent was my grootste vyand dink hy. Ek het roekeloos gelewe.

*

"Dis mooi en als, maar watter doel dien dit?" het sy pa oor sy klimtolspelery gesê.

"Pa, speel is vir speel en dis anders as werk by Arbeidsake of Justisie of Waterwese. Daar werk jy vir geld."

"Vir ander goed ook. Om vir jou vrou en kinders te sorg. Om by te dra tot jou mense. Om by te dra tot die Republiek."

Hy't afgekyk na sy hande. "Pa . . ."

"En spelery lei tot onverantwoordelikheid. Jy weet hoe verlei die reisigers wat so die dorpe deurkom die skooljuffrouens en die nursies."

"Ag, Pa. Wat het dit tog met die saak te doen?"

"Wag maar. Jy sal sien. My raad aan jou: Gaan na die mier."

*

Sy daag teen tienuur op met die son wat reeds hoog sit en hy hoor die Beetle se enjintjie van ver af stotter. Wanneer sy by hom kom, is sy die ene besigheid.

Sy haal 'n koffertjie uit wat hom laat dink aan 'n trompetspeler se tas vir sy trompet en sy aanvaar sy aanbod van 'n koue bier sonder om te glimlag vir sy verwysing na "Goed vir die babelaas" en sy maak die kissie oop. Daar lê vyf klimtolle in allerlei kleure en groottes, sulke klimtolle het hy nog nooit gesien nie.

Sy kyk na hom en hy merk weer die geel oë op. "Ek het gister-aand 'n ou yo-yo gebring want ek wou oom nie scare nie. Maar ons gooi nie meer met hulle nie. Oom se act is great en die yo-yo is moerse vintage maar ek wil hê oom moet hierdie nommers pro-beer. Hulle is heeltemal anders gemaak. Hulle werk ook anders. Daar is honderde nuwe moves wat jy nie op 'n ou yo-yo sal kan gooi nie. Het oom al só ene gesien?"

Hy kyk en besef sy't haar die vorige aand beteuel en nie al haar trieks gewys nie en hy weet sy't hom gespeel en sy sal hom nóg gooi en hy antwoord: "Nog nooit nie."

"Het oom nie op die Internet gekyk na die YouTube clips van throws nie? En al die kompetisies oor die hele wêreld nie?"

"Kompetisies?"

"Kyk oom ooit na yo-yo sites?"

"My rekenaar is oud en stadig." Hy vee oor sy gesig. "Partykeer praat hulle oor die Coca-Cola-jare."

Sy leun na hom oor: "My oom, ek vat jou Londen toe, en Am-sterdam toe, en Baden, ek wys jou wat rêrig geword het van daai lieflike geskiedenis van die yo-yo waarvan jy praat."

Op die tafel lê haar pers yo-yo langs sy ou rooi-en-wit Coca-Cola-model.

"Maar kind," antwoord hy en voel duiselig, "dis soos 'n bok-kom wat langs 'n blink galjoen lê."

*

Dit was 'n somer wat lank en bitter was, en droog, en hulle het op die plaas garingbome en aalwynblare opgekerf met hamermeule en molasse bygegooi. Die dik swart stroop was soet en vee kon die opgekerfde vesel vreet want daar was niks anders nie.

Die skape het in die skaduwees gestaan en hyg.

Gronddamme waarin vloedwater nog draai met die krag waarmee dit die sloot afgekom het en takke wat in skuim opbondel by sluise en snags paddas en krieke wat so 'n vol dam omskep tot 'n raserny waarby jy kan staan en opkyk na die sterre en dankbaar wees vir die reën, dit het nie bestaan nie.

Iewers in daardie tyd het die staatspresident die dorp besoek. Ludo was een van die volksdansers wat op die rugbyveld voor die pawiljoen in groot kringe en netjies uitgetof in volksdansonderbaadjies en nekdoeke die staatspresident, wat in die pawiljoen onderdak in die skemer bewegingloos en met onsigbare gesig gesit het, vermaak het.

Daar was die kleintjies in wit hempies en purper rokkies wat onder die wakende oog van 'n meneer en 'n juffrou onbeholpe met mekaar getiekiedraai het en soms ritme verloor het en daarna die laerskoolgroepe en toe die hoërskoollaer en oplaas, die dorp se jongmanne en vroue, die jong boere en polisiemanne en verpleegsters en onderwyseresse: met sterk rûe en bruingebrande gesigte het hulle volkspele uitgevoer op maat van deuntjies wat almal geken het, liedjies oor koffie in die kan en rooies wat moet aanstap.

Agter die staatspresident was die pawiljoen gepak met mans in hoede en geklee in pakke. Sober, ernstige gesigte: boere en die amptenary en die kerkraad en landdroste. Vroue had hul kerkhoede op en dit was plegtig en dit was 'n Republiek in Afrika.

Die swart gemeenskap het daardie dag stil en buite die oog gewag, iewers in 'n kombuis, met afdroogdoek oor die voorarm, of in 'n tuin geleun oor 'n graaf, in 'n agterplaas, met die twee stange van 'n kruiwa in die hande.

Dit was net voordat hy die rooi baadjie aangetrek het en dis hierdie besoek van die staatspresident en al die praatjies van die Statebond en die Skema en die swart gevaar en die swart predikante wat op dikwielfietse met stowwerige aktetasse van plaas na plaas ry wat sy pa opgesweep het oor werk en speel, oor plig en stroefheid. Oor die vroom maar, wat Ludo later besef het, die wrede lewe van die boerdery.

Wanneer die waters uitgesak het, kan hy nie onthou nie, maar daar was 'n nag waarin sy pa met sy ou krag die huis uit is bakkie toe met Druppel wat opgewonde agterna hol. Sy pa het die water-lantern gehad en sy registerboek onder die arm en nie lank nie of Ludo en sy ma het op die voorstoep gestaan en soos vuurvliegies het die hele vallei gekrioel van waterlanterns wat deur die landery beweeg soos die sluise oopgegaan en die water gegly het oor die hardgebakte grond.

Dit was 'n wonder en hy onthou nie presies nie en dit is so dat die geheue van mense van sy ouderdom vol droogtes en sprinkane is en die jeug kan maar daarmee spot maar dit was die tyd toe die sprinkaanswerms asof van nêrens opgestaan het. In vlae het die sprinkane oor die vlaktes aangekom. Hy't die klimtol in sy gatsak gesit en aangesluit by die spanne jongmanne wat tussen skool en 'n eerste werk vir kwaadgeld tuis gesit het of diegene wat geloot is Weermag toe maar nog gewag het om te hoor by watter basis hulle moet aansluit. Hierdie jongmans het die sprinkaanvegters geword en hulle het in weermagtente gekamp en verskuif van distrik na distrik.

Dit was 'n groot offensief maar dis beplan nes 'n militêre ope-rasie en soms het jy in die duister wolk gestaan as daardie swerm oor jou toesak en dit was swart om jou en kniediep het hy soms in die sprinkane gestaan.

Saans het hulle voor die tente vuur gemaak en het hy sy klim-tol uitgehaal en sy maters vermaak. Hulle het op die dorpe waar-deur hulle beweeg het by die jongmeisies gekuier, by die verpleeg-sterstehuise neffens hospitale, waar die verpleegsters met netjiese toerygskoene in hostelle met blinkgevryfde vloere en stiltes tuisge-gaan het. Die nursies, soos hulle hul genoem het, het nie omgegee

dat die jongmans ruik na sprinkane en DDT nie, hulle was als
gewoond weens hul werk. Jy kon daar nie raas nie, want helfte van
die vensters se gordyne was toe soos die nagskof geslaap het en in
die gedempte stilte het die vryery des te meer opwindend geraak,
jy kon haar bloed hier by die keelvel hoor suis.

Maar hy het verlief geraak op 'n bankklerk met volgens sy ma
te veel maskara wat in die arm deel van die dorp gewoon het, in
'n klein skakelhuisie in die straat wat loop tussen die dorpsplein
en die semi-industriële gebied net voor jy die lokasie kry. Daar het
die pensioenarisse gebly en die armblankes en sy het by haar ouers
gewoon in 'n huis vol mense net langs die Chinese familie Tam,
velhandelaars. Die Chinese had 'n klein winkel in die lokasie en
hulle was aan die verkeerde kant van Apartheid.

Haar naam was Marlene. Dit was aanvaar dat as jy by die ska-
kelhuisie kom jy nie oor die lae muurtjie kyk na die Chinese kant
nie. Hulle het stil en bedees gelewe en daar het selde 'n geluid ge-
kom uit hul huis – "so stil soos geel muise" het Marlene se pa gesê –
hulle het hard gewerk en is verduur want hul voorsaat het 'n eeu
terug al op die dorp aangekom en velle begin koop op die plase en
met arbeid volgehou, so was dit geslag na geslag met die Chinese
familie Tam.

Sy ouers was nie tevrede met die meisie wat langs die Chinese
bly nie want sy het sigarette gerook en ook 'n bier gedrink en sy
was waarskynlik "maklik" (sy ma se term), sy het soet parfuum
gedra en dit het later jare altyd by hom opgekom wanneer hy vlieë-
gif ruik in hotelvoorportale wanneer hy inboek, die parfuum van
Marlene, die bankklerk, wat inderdaad, nes sy ma gevrees het,
maklik was.

Hy was gewoond aan die gedempte aanstaltes wat jy moes maak
met die onderwyseresse en verpleegsters en boeredogters en ja, hy
was 'n haan onder die henne met sy mooi kuif en sy blou oë en
stadig en asof jy tydsaam redeneer moes jy hulle vry en dalk kon jy
op 'n keer aan 'n tepel raak al is dit liggies met jou vingerpunt en
net vir 'n aks van 'n sekond.

Maar Marlene het met die uitbundigheid van die armes wat die lewe leer leef het en sy genade kon neem en eet, soos sy dit gestel het, in sy arms beland en hy moes agterna vir haar klimtol speel, sy kon nooit genoeg daarvan kry nie, die boeiende yo-yo en sy was al een wat hom ooit aangemoedig het, ernstig en byna asof dit sy plig was, om naas die bekende toertjies soos Around the globe en Walking the dog ook ander toertjies uit te werk. "Daar moet tog ander kombinasies ook wees, Ludo, jou hande is so slim."

Sy was slim vir 'n bankklerk en het die woord "repertoire" gebruik vir sy lysie trieks en sy't hom gevra om 'n splinternuwe ene uit te dink en dit "Marlene" te noem, iets wat hy gedoen het.

Dit was juis die "Marlene"-triek wat hom sy rooibaadjie-aanstelling laat kry het en hulle was baie beïndruk met hom en die langpad het voor hom oopgegaan. Marlene het by 'n stoker op die SAS en H swanger geraak en getrou en dit was die eerste van 'n string kinders waar sy in die spoorwegkamp gaan woon het. Haar lyf het uitgesak en sy het moeg geraak en hy het haar jare later in 'n winkel raakgeloop en haar asem het na brandewyn geruik en daar was 'n desperate blik in haar oë toe sy sê: "Ek het van jou in die koerant gelees."

Hy het onbeholpe by haar gestaan. Toe vra sy: "Speel jy nog die Marlene?"

"Elke vertoning," het hy beaam, en gesê hy vertel hulle van sy verlore nooientjie in 'n verre dorpie op die haaivlakte. Hy vertel hulle sy het hom hierdie triek laat uitdink en dat sy verdwyn het terwyl hy teen die sprinkane geveg het. En toe hy terugkom nadat die aarde kaalgevreet was, was haar huis leeg waar sy en haar gesin langs die Chinese familie Tam gewoon het. En hy vertel hulle die verlange na haar verlaat hom nooit nie, haar naam was Marlene en hier is die toertjie: Die Marlene.

Dis die moeilikste toertjie van almal. Dis 'n toertjie vir almal wat 'n geliefde verloor het. Dis onverwags, en hy sluit sy konserte altyd daarmee af.

Sy het hom verstom aangekyk en wat als in haar oë beweeg het daardie dag in die winkel met die naam Verbruikers kon hy nie begryp nie maar sy't net omgedraai met die twee kinders wat aan haar rok rem en hy't ontsteld weggery.

TRIEK SES
Die Miervlieg ("Man on the flying trapeze")

Moeilike een, maar nie bo jóú vuurmaakplek nie! Gooi, maar steek dan die voorvinger van jou linkerhand teen die klimtoltou wat opswaai. Die yo-yo swaai oor jou voorvinger en beland op die tou. Nou het jy hom waar jy hom wil hê. Hy spin en hy loop heen en weer op die tou soos jy jou vinger hierdie of daardie kant toe beweeg. Knik albei hande vinnig boontoe en vat jou vinger weg en jy't hom vas in jou palm. Nie vir beginners nie. Jy's mos nou 'n kampioen!

Dis die eerste keer sedert Snaartjie op Paternoster opgedaag het dat Ludo nie vir haar kos by die klip los nie. Sy sit stuurs op die duin en kyk uit oor die see.

Die eerste somer op hierdie nuwe plek is harder as wat sy verwag het. Die seewind is straf en die sout vreet haar gesig en haar elmboë en hakskene. Haar voetsole is dik en wit van die klouter oor die rotse. Sy weet by tye stink sy want seewater kan nie als wegwas nie.

Sy en die see begin mekaar verstaan en sy begin haar swemhale oefen. Sy voel skoner wanneer sy uitloop en die blink water van haar afdrup.

Snags kom die mis op. Wat sy altyd op die draadloos gehoor het van 'n koue front word hier waar, jy sit nog in die somerloute van die aand en dan skielik soos 'n muur is die koue en mis daar. Binne 'n oogwink begin jy klappertand.

Sy het goed in die toring gebly en daar nesgeskrop deur 'n ou seil oor die vloer uit te gooi. Die vloer onder haar het op mistige aande vibreer van die mishoring se geloei. Sy't stukkies lap met vaseline ingesmeer, oorproppies gemaak en dan kon sy slaap.

Bo-oor die seil het sy elke dag skoon ou koerante uitgesprei. Sy steel hulle snags by die gastehuise se vullisblikke en sy pak patrone met skulpe. 'n Stuk rooi seewier staan in 'n hoek.

Mooi uitgespoelde hout bring sy in, maak dit skoon, en vryf die krulle in met vaseline totdat dit blink. Sy bring ook stukkies glas in en enigiets wat blink of kleur het, al is dit net 'n ou lappie of 'n lemoensakkie, sy kry daarvoor 'n plek.

Tarentaalvere met wit spikkels staan in 'n geroeste konfytblikkie.

Dit het haar nes geword en sy is daarmee tevrede.

Maar toe skielik verskyn die skaam man met die blou oë wat hier werk en hy groet nie eens nie. Hy sê net: "Ek het jou nou lank genoeg hier laat bly, netnou begin die mense vingers na my wys. Jy sal moet weg."

Sy was oorbluf, sy't nie geweet hy weet van haar nie. Sy hande was dik met eelte en sy kon die snye sien wat snoeklyne gemaak het, diep riwwe op die aangepakte vel en sy't geweet hy gaan met snoekbote uit en hy's 'n lynvisser wanneer hy nie hier oppas nie.

Dis hoekom hy so skaam lyk, hy is 'n man van die oop see en die wag op die deining tot die vis byt.

Toe hy haar gesig sien, gaan hy voort: "Nog een nag, dan is jy weg."

Nou slaap sy snags in die waghokkie by Tietiesbaai se ingang want Ankervoet sluit dit meestal nie. Een aand vergeet hy kontant in die laai. Sy vat dit en toe lê sy oor by Tietiesbaai agter die duin vir drie hele dae sonder om 'n jump te gaan soek. Sy het blikkieskos en 'n oopmaker by die winkeltjie gaan koop en daar uitgestap soos 'n koningin.

Sy vleg skulpies en verkoop die stringe by Die laaste kreef. Maar meeste kere beduie mense hulle het al ene wat in hul huise hang en sit sy net daar die hele dag in die son. Een keer kom drie opgeskote kinders van Hopland verby en begin haar met klippe gooi. Nie een grootmens wat naby is doen iets nie, hulle staan net en kyk. Sy moes weghol en vir twee dae het sy nie weer daar gaan sit nie maar die nag vensters gaan stukkend gooi by Voorstrand. Sy't weer tuinkrane oopgedraai en honde losgemaak en met 'n spyker drie karre by Die Opstal se deure gaan bekrap, fok hulle almal.

Al is sy tam, vat sy soms die taxi Vredenburg toe. Sy sit heel agter in die bussie in 'n hoek en is bang die mense ruik haar of begin vrae vra. Sy sien hulle kyk haar aan terwyl hulle saam met haar daar oorkant die Paternoster-kafee wag op die minibus. Maar hulle los haar meestal uit en sy sit en kyk hoe die landskap verbyskuif en hoe die wind warrels stoot. Hier is kraaie wat op telefoonpale sit en neersak by 'n dooie stuk dier wat deur 'n kar op die teerpad doodgetrap is en nou al platgery is.

Sy is al een wat in die bussie omkyk deur die agterruit na hoe die kraaie weer op die dooie ding neersak en begin vreet nadat hulle verbygery het. Toe sy weer vorentoe kyk, klop haar hart en voel sy dronk in haar kop.

"Dooiding, dooiding," herhaal haar kop. "Dooiding," maal dit.

Maar gou leer sy die routes ken. Sy sien die een tussen Vredenburg en Saldanha is bedrywig en sy is nie al een wat soggens daardie pad werk nie. Daar is ander meisies ook maar sy hou haar eenkant. Wanneer hulle naderkom of as 'n gangsterkar se basdreuning kom, dan hol sy weg die wit woonbuurt in. Want sy weet wie se pad is hierdie ene. Niemand het vir haar hierdie pad oopgemaak vir jumps nie, sy moet dit alleen doen. Sy moet alles op haar neem.

Sy is katvoet en bly weer 'n paar dae weg. Netnou kom die lang manne haar wegraap. Sy sorg dat hulle eers vergeet van haar voor sy weer die taxi invat Vredenburg toe en daar gaan staan waar jy al die baai van Saldanha kan sien. Daar staan sy en probeer mans in karre se oog vang.

Vanoggend is haar kop seer en sy is honger. Die Jeep kom nie uit nie. Hy het van haar vergeet. Sy is niks vir hom nie.

Ook Eenslie Maree het nie weer vir haar kom soek nie. Luste-

loos het sy die vorige dag sonder woede of krag die messelaar afge-
trek agter die bietoubos. Agterna spoeg sy langs sy saaddruppels.
Hy merk dit op en hy lag, toe klap hy haar 'n haal en maak sy gulp
toe en stap weg.

Laatmiddae by die kafee gooi sy duim vir die lorries wanneer
hulle die bouspanne terugvat Vredenburg toe. In haar gemoed is
elkeen van daardie mans agterop die laaibak se vertrekte gesigte
wanneer hulle kom, weggebêre. Maar hulle maak of hulle haar nie
sien nie. Hulle kyk dwarsdeur haar en sê vir mekaar niks. Sy is net
'n jintoe en sy stink na hulle almal saam. Sy is die ding, weet sy,
wat hulle een maak. Sy is die een teef in die trop reuns. Haar reuk
is die reuk wat hulle bind maar hulle meen dis die huis waaraan
hulle bou wat hulle bymekaarhou as span maar sy weet dis sy, dis
haar lyf en haar mond. Dis hoe sy suig en trek en hulle piele laat
spoeg. Elkeen van hulle ken sy. Elkeen kan sy met 'n klip dood-
slaan as sy net die kans kry.

Die meeue laat haar aan Matjiesfontein se duiwe dink. Sy ont-
hou hoe sy viool gespeel het by haar pa se duiwehok, voordat als
gebeur het. Sy onthou die benoude pootjies wat die sink krap wan-
neer die swerm op die huis se dak onrustig raak. Hoedat hulle dan
skielik opklapper en oopwaaier in die lug. Ook wanneer sy en haar
pa met die mandjies uitgery het, hoe hulle uitgeborrel het wanneer
hy die deksels oopmaak. Hoe kon hulle nie ná 'n draai of twee
skielik koers kies en op die wind reguit huis toe seil nie.

Sy sal nooit weer teruggaan nie, dis verby. Sy moet hier planne
maak, sy moet hier oorleef en 'n dak oor haar kop kry.

Sy hou die dolfyne dop wat sommige dae te siene is in die baai.
Hulle duik en speel. Hul lywe is blink en dit lyk of hulle lag met hul
lywe. Sy't gehoor hulle is mensvriendelik. Sy droom sy swem uit tot
by hulle en speel tussen hulle en dat dit haar gesond maak want sy
weet sy is sielsiek. Party dae sit sy in die warm son en bewe.

Haar lyf vergeet nie. Al is haar verstand leeg, weet sy haar lyf
onthou elke man wat haar seks. Elke ene is in haar en snags voor
sy slaap voel sy piele ruk in haar handpalm of pomp in haar kieste.

Sy word wakker in die nag waar sy lê en uitspoeg aan die saad wat sy in haar mond proe. Hande-viervoet staan sy in die nag op die duin. Sy spoeg die saad uit wat opdam in haar lyf. Sy is naar en sy hardloop na die sloep en in die see in. Dis koud, dit laaf haar.

"Ma, ek is onteer," sê Snaartjie op haar eie in Tietiesbaai, laat-nag as daar geen kampeerders naby is nie en dis net 'n bok wat haar reuk kry en snuif en verskrik deur die bietou weghol.

"Onteer."

*

Die kreefinspekteur ginnegaap lank met Ankervoet by die reser-vaathek. Dan begin hy die kuslyn van 'n kant af fynkam. Van Ab-dolsbaai af werk hy verby die vuurtoring na Tietiesbaai se kant toe.

Sy weet hy is agter haar want soos ander oggende swaai sy ver-kyker nie net seelangs of al met die plate af nie maar ook binne-land toe. Sy sien die son blits op die lense.

Alhoewel sy weet hy soek besigheid en hy soek dit sterk en drin-gend, het sy 'n paar dinge in die strate van Kaapstad geleer. Die belangrikste drie: Eerste ene – vat heel eerste jou geld voor jy besig-heid begin doen. Tweede ene – klim nooit in 'n kar waarin meer as een mens sit nie. En die derde ene – doen nooit besigheid met iemand in 'n uniform nie.

Sy weet nie mooi hoe om 'n kreefinspekteur op te vat nie. Is hy 'n polisieman of is hy soos 'n verkeerskonstabel of soos 'n parkeer-wag of wildwagter, hoe moet sy hom eien?

En omdat sy nie weet nie, vermy sy hom. Sy vee haar spore dood en hou agter die duine tot hy weg is.

Maar vanoggend is hy tydsaam en vasberade. Hy begin stadig die sloepe deurwerk. Hy beweeg naderhand binneland toe. Later is dit al middagete en die bakkie waarmee hy ry, versit kort-kort. Dan wip hy uit en blits die verkykerlense voor sy gesig.

Sy is honger. Dit raak laat en haar water is op.

Sy voel die viool wat sy in musieklesse by Miss Edelweiss op Matjiesfontein geleer speel het hier in die waai van haar nek tril. Sy hoor die lieflikheid daarvan en sy hoor die wind en dink: Hierdie wind is deur Mozart gekomponeer, net 'n groot komponis kan so 'n wind komponeer.

Die melodie sit in haar. Dis in die gebeente van haar skedel en die trilling sit in haar bloed. Sy is weer in Hochschule in die stil sitkamer van Miss Edelweiss se huis. Die ou vroutjie met die pienk knieë sit op die sofa en tyd hou terwyl Snaartjie speel. Oplaas sê Miss Edelweiss: "Maar kindjie, jy is 'n perfórmer!"

Sy het hier op Paternoster niks om haar hand besig te hou nie. Op Matjiesfontein het sy alewig die viool in haar hand gehad maar wanneer sy nou kyk, is daar niks. Sy wens sy't 'n klimtol gehad soos oom Ludo.

En dis hoekom sy karre se deure krap en honde loslaat. Sy wil ook 'n stuk veld brandsteek, daaroor droom sy hier op haar eie tussen die duine, sy is net bang die wind draai en die vlamme kom op haar af.

Só kom kry die kreefinspekteur haar maar sy gee hom nie kans nie, nee geen full house met my nie, beduie sy, net 'n tug. Mozart dawer in haar kop wanneer die man wegsteier. Sy skop die streep stysel in die sand toe en draai om met die twintigrandnoot wat brand in haar hand.

Dit is haar eerste uniform ooit.

Terwyl sy met hom besig was, het hy staan en ruk op sy bene en heeltyd gevra: "Weet jy waar is die donnerse smokkelaars, hu? Weet jy waar kom die bliksems se skuite in, hu?"

Sy het niks geantwoord nie en gewieg met Mozart en toe hy weg is, het sy by 'n sloep uitgeswem. Alhoewel haar swemmery by die dag sterker raak, het die stroom aan haar geruk en haar byna uitgevat diepsee toe. Sy moes hard baklei en het dwars geswem om uit hom te kom. Uiteindelik het sy druipnat en uitasem by 'n ander sloep uitgekruip met 'n bloedskraap aan haar onderbeen en die gedagte: Die dolfyne sien my nog.

En ook: Ek hou daarvan dat jy rof met my werk, Meneer See, ek hou daarvan dat ek nie weet wat jou bui is nie. Ek wil nóg met jou speel. Ek wil hê jy moet my seermaak. Jy kan bloed trek as jy wil. As die dag kom, kan jy my vat. Jy kan my déúrnaai. Jy kan my doodmaak.

Niemand sal Snaartjie Windvogel die jintoe mis nie.

Hierdie wind waai binne 'n uur alle spore weg.

*

Ludo weet nie of die tye so sterk by hom verbygegaan het dat hy sy triek heeltemal verloor het nie.

Is dit hoe dit is om oud te word, wonder hy, as jou droom ge-steel word deur 'n nuwe generasie wat nie eens jou droom verder droom nie maar heeltemal 'n ánder droom staan en droom daar op die presiese plek waar jy jou triek staan en speel het?

Hierdie jongmense speel nie meer nie, hulle góói. In sy voor-huisie sit Doris Steyn by hom en vandag is sy kaalvoet en hy sien 'n skerpioen getatoeëer aan die binnekant van haar linkervoet en haar oë is goudgeel vanoggend en sy sê: "Oom, yo-ing het ekstreem geword, dis 'n sportsoort nes daardie mense wat op skateboards so in die lug bollemakiesie, het oom al gesien?

"Of het oom gesien die extreme snowboarders, oom moet weet om te gooi is in daardie liga, ons is almal adrenalien-junkies en oom moet net die social networks check dan weet oom hoe groot gooi raak en oom moet weet ek oefen vyf tot ses uur per dag."

Sy wys hom haar vinger met die dik klont vel: "Ek praat reguit met oom want ek sien oom is skrikkerig en oom is stuck op oom se ou yo-yo."

Hy kyk na die vinger en dink dis nes die nylongroewe op 'n lyn-visser se hand.

Sy praat met dieselfde ritme waarmee sy gooi en tussenin skep sy met 'n beweging van haar lyf asem voor sy 'n volgende sin sê.

"Maar as oom wil move met die tye moet oom probeer vergeet

van die dae van Coca-Cola en die sixties. Oom moet weet die een-
en-twintigste eeu skop gat en ons kan hom gaan gooi van Berlyn
tot Zürich."

Asem en swaai.

"Oom moet net met 'n wil inkom en oom moet bereid wees om
te oefen en te commit – ons kan 'n double act doen en selfs vier
yo-yo's sal mos cool wees, ek die jong chickie en lieflike ou oom
die ou champ wat skrik vir niks."

Hy kyk lank na haar: " 'n Bier?"

Sy huiwer maar vaar voort: "Oom, die drinkery bedonner akku-
raatheid en spoed. Oom het dit tog anderaand in die hotel self so
vir my gesê toe oom oor die lieflike geskiedenis begin praat het."

"Ek gaan tóg 'n koue skink, en luister, destyds met die Opel . . ."

"Ag, my donner, oom, se moer met die Opel, ek en oom het hier
'n wonderlike act as oom net kan focus!"

Hy draal in die kombuis en kies 'n yskoue bottel, maak dit
oop en gooi die bier in 'n glas. Hy staan 'n oomblik en leun met
sy voorkop teen die kombuiskas: Tweefontein. Gewoonlik drink
hy uit die bottel maar om vir tyd te speel skink hy nou en neem
'n eerste sluk en hy dink aan die smoking jacket en die juigende
skoolkinders, die stugge onderwysers en die sagte geklink van
koekvurkies teen porselein in gedempte voorkamers met 'n vlieg
op die doilie.

Hulle het nooit geweet nie en sál nooit weet nie.

Hy hoor die stilte van die veld om hom en hy staan en pis by die
Opel en dis nag om hom en die vlieding kom ingesuis maar dis ook
nie 'n suis wat jy met jou ore hoor nie, dis 'n geluid wat jy met jou
sesde sintuig voel of dalk hoor jy hom met jou oë en sien jy hom
met jou neus, hy weet nie, maar dan is die vlieding daar en word
hy geslaan tot ridder van die spel.

"Speel," staan hy by sy bier en prewel, sy voorkop geleun teen
die kombuiskas.

"Góói!" is sy hier by hom en dan troos sy saggies: "Oom het 'n
break nodig, oom sit hier en obsess oor dinge wat verby is. Oom

het nou die kans om weg te breek. Kom ek kyk of 'n Filipino Twister of 'n Bandelore lekker in oom se hand sit.

"En dan begin ons vandag daar en werk op na die heel nuutste spinners waarmee ek werk. Kom, oom."

"Ek het 'n verskriklike gewig op my," sê hy sag, maar sy lei hom na die sitkamer en daar is 'n tweede breë houtdoos met nog klimtolle in wat sy oopslaan en sy pak hulle uit en klets: "Daardie gooiers wat so bymekaarkom by ons groot gigs, oom, hulle is maar almal spinners wat nêrens inpas nie.

"Daar waar hulle vandaan kom is hulle ook outsiders nes ek en oom, ek kan op Centraalstation in Amsterdam of in New York se Central Park 'n spinner uitken aan hoe hy sy lyf dra en sy manier van loop en kyk na ander mense. Yo-ers is skaam mense, oom, en baie van hulle het seergekry of weet nie hoe om in die real world op te tree nie.

"Maar gee hulle 'n nuwe triek om te try of 'n challenging roetine of gee hulle 'n verhoog en lekker musiek en die spanning van 'n gig en kompetisie. Dan gooi hulle hom asof hulle on top of the world is, oom."

Sy laat hom sit en begin saggies speel. "En oom sal nie die uitsondering wees nie, oom, ek ook, ek dra ook swaar maar die yo-yo maak my lig, ek kan dans en ek kan fight, ek kan met hom baklei en met hom magic maak of droom. Oom, jy kan ook, kom! Kóm!"

Wat kan ek jou leer? dink hy. Jy wat so slim is. Is daar dan niks wat ek met my saamdra wat slimgeid het nie, was alles verniet en is my ervaring in hierdie nuwe wêreld dan niks?

Maar hy neem die klimtol op wat sy oor die tafel na hom skuif en met die eerste gooi is hy verras hoe die klimtol onder aan die tou bly sit en spin en hy staan daar, uitgeboul, want die tol spin en spin en dit gee jou kans, besef hy.

Die feit dat die yo-yo daar onder bly gee jou kans om elke moontlike triek uit te haal, want jy't tyd en jy't balans.

Sy sien hy merk dit verbaas op en vertel: "Die tou sit anders vas as in oom se ou yo-yo. Hierdie nuwes het koeëllaers om die as en dit het die hele triek verander so hy spin nou so lekker, voel oom? Sien oom?

"Sien!"

En hulle begin oefen, vier ure daardie eerste dag. Teen middagete stoot hy 'n vars plaat hardertjies oor die kole en beduie aan haar: "Ek koop hulle vir 'n rand een by die skuit hier onder" en hy maak aartappels en slaai en sy knik vir 'n bier en hulle sit naderhand op die stoepie en kyk uit oor die see.

Dan wil hy gaan stap, op sy eie, want hy is nie gewoond aan iemand so lank by hom nie. Hy het gedagtes wat die gewoonte het om soos meeue die wind te ry sonder dat daar onderbreking is.

Sy sien 'n soort benoudheid in sy blou oë en 'n vrees en sy weet sy moet gaan.

By The Lodge gaan parkeer sy die Beetle en bestel sodawater en sien hom naderhand met sy kierie by sy huisie uitkom, die blou deur versigtig sluit en dan stadiger as wat sy sou verwag die paadjie af strand toe sigsag. Dan gaan staan hy met sy rug na die dorp teen een van die groot ronde klippe met die graffiti op en slaan water af. Dit laat haar glimlag. Hy begin noordoos oor die kaal strand stap.

Die skuite is uit en die strand verlate en eers loop hy stram maar dan sien sy hoe hy spoed optel en wanneer hy net 'n spikkeltjie is, weet sy dat hy flink marsjeer. Sy weet dat sy hom die grootste triek van sy lewe kan gee al dink hy iets anders is sy grootste triek.

Sy gaan terug na haar huisie en trek die luike dig. In die lou middagskemerte raak sy op 'n wit laken aan die slaap. Toe sy wakker word, het die gety ver teruggetrek. Sy ruik seewier en die son is besig om met rosige strepe onder te gaan.

"Fokken romanties," dink Doris Steyn en trek haar foon nader om te sms, net daar's niemand aan wie sy nou kan dink om 'n sms aan te stuur nie. Nie eens 'n Facebook update kom by haar op nie want sy is hier en nou en dis niemand se besigheid nie. Hierdie romantiese hartseer is ook goed, want 'n harde jaar van gooi lê voor. Sy kan nou maar bietjie laat gaan met hierdie pap gevoelens, want later in die jaar as die gigs begin, sal sy hard en sterk moet wees. Hulle noem haar immers "The Yellow-eyed Lioness of Africa" wanneer sy hulle kafdraf in kompetisies op ritme van Kaapse rap en Die Antwoord.

En hierdie oubasie: He will get with the programme. Hy moet net sy old-style guilt trip los en aanbeweeg.

*

Al werk waarvoor hy kans gesien het toe sy rooibaadjiejare verby was, was 'n werk waarin hy nie in 'n kantoor vasgekluister sou sit nie.

Toe hy die rooi baadjie die laaste keer uitgetrek het, het hy met sy gemoed swaar van die kind wat hy doodgery het sy Opel probeer verkoop en dit sou wees soos om 'n vriend af te staan. Die praterige mannetjie wat by die dorp se sentrale gewerk het, het kletserig al om die kar kom loop waar dit op die plaas in die bloekomboom se koelte gestaan het. Die kêrel het onder die enjin ingeskuif en het allerlei te sê gehad terwyl hy diep onder die enjinkap inbuig. Oor wat vervang moes word en wat verwaarloos was en verkeerd ingestel is. Hy't teen die bande geskop-skop en gevra: "Daardie naat links voor by die koplamp: was die Opel ooit in 'n ongeluk?"

Ludo het yskoud geword en gestamel oor 'n koedoe en die kêrel het lank daar gebuk en sy oog gelyk met die bakwerk gebring terwyl hy hurk en dan weer onder in die modderskerm gevoel en hy't gevra: "Hoe's jou wielbalansering? Kyk hoe lyk daai een tyre se rimkant. Lyk my jou kar trek skeef en dis van die koedoe."

"Ek ry met 'n klomp sente in die kar se asbakkie en sodra hulle begin ratel, weet ek ek moet my wiele laat balanseer."

"En die kleingeld was stil na die koedoe?"

Op die ou end was die man te agterdogtig en het hy nie die Opel gekoop nie. Ludo se pa het hom gehelp om die Opel te behou en gesê: "Solank jy net 'n werk kry wat jou gaan help om die kar aan te hou. Hy kan solank onder die seil staan, gaan trek die seil van die Massey Ferguson af en kry hom oor jou kar. Tot jy werk, moet die Opel staan. Daar is nie nou geld vir 'n ekstra kar op die werf nie."

Sy pa was geïrriteerd dat Ludo, 'n uitgegroeide man, weer by sy ouers kom bly het en daardie jare was dit 'n skande. Jy los een werk en vat dadelik 'n ander en soomloos loop jy by een plek uit en by 'n ander plek in, dit was ondenkbaar dat jy selfs vir 'n week of twee tussen werke op jou hande sit, jy kan vakansie hou, ja, maar net as dit werksvakansie is en jy is nie 'n man as jy nie vasstaan in 'n werksplek nie. Ook spring Ludo van werk na werk en dis 'n slegte teken, dis nie standvastig nie.

Hy't ses weke op die plaas rondgesit en stilletjies in die rivier met die klimtol gaan oefen, sy pa het hom nie ronduit verbied om die klimtol te gebruik nie, maar Ludo het besef die spinbal is iets wat hy eerder moes wegsteek. Dis toe dat die vlieënde piering 'n paar keer verskyn het, silwer en dun het dit soms snags bokant die donker veld gehang maar hy't niemand daarvan vertel nie. Daar was 'n yl geluid wat met die verskynings gepaard gegaan het, soos 'n as wat geolie moet word.

Naderhand het sy pa vir hom werk gekry in die Kaap en hy het by die balju begin werk en die Opel het hom goed gedra tot in Bellville, waar hy 'n kamer in 'n agterplaas gehuur en sy tyd as assistent vir die adjunk-balju begin het.

Dit was 'n eenvoudige werk. Hy moes help om dokumente van die Hooggeregshof af te lewer en die rede waarom hy die werk gekry het, is omdat sy pa oor die foon gesê het die kind het goeie maniere en is gewoond aan konserte want hy't moes optree en jy kom nie laat vir jou eie konsert nie. Hy sal die dokumente betyds afgelewer kry solank hy verstaan die Hooggeregshof werk met sperdatums en hy het ook 'n sin vir rigting, hy moes sy weg oral oor die platteland vind en hy sal nie verdwaal daar in die Kaapse lokasies nie, gee hom net 'n kaart en hy het sy eie kar, 'n betroubare Opel Kadett.

Die seun is beleefd want hy't met mense gewerk en die klimtol-spelery was nou wel nie behoorlike werk nie, maar hy was ook 'n ruk by Arbeid en daar het hy met papiere leer werk, en ja, die klim-tolspelery het hom sekerlik 'n soort dissipline geleer, Coca-Cola was baie gelukkig met hom en het hom 'n rooi horlosie gegee toe hy uittree. Hy moes altyd 'n baadjie dra tydens vertonings, en 'n das.

Ja, hy was 'n kampioen en nee, dit het nooit na sy kop gegaan nie.

En o ja, hy was ook sprinkaanbeampte in die tyd van die groot veldtogte en hy het daar met eer uit die stryd getree.

Nee, hy is nie 'n ligsinnige kind nie en gee hom tog net 'n kans, sweer hom in en gee hom 'n kans. Hy's stil en praat nie baie nie, hy's sy ma se kind.

Sheriff was sy titel in Engels en eintlik was dit *Assistant Deputy Sheriff* maar gou het die storie geloop dat hy Sheriff geword het in die Kaap en sy pa was trots. Sy pa se kontak was 'n afgetrede polisiesersant wat in die Bellville-distrik Deputy Sheriff was en hy't iemand nodig gehad omdat die dagvaardings so baie raak, en ook die bevele nisi en die egskeidingsdagvaardings en die reël 43-stuk-ke, en die beslagleggings en als waarmee 'n sheriff hom besig hou op bevel van die hof.

Belhar, Elsiesrivier en Bellville-Suid. Die mense was arm en Ludo het die Opel versigtig deur die nou straatjies gestuur. Sommige mense het gebly in wat niks meer as hokke was nie, in agterplase met stofgetrapte sand en 'n maer hond wat nie na hom blaf nie maar bewe aan 'n ketting.

Binne 'n hok op 'n matras en met geen ander meubels nie be-halwe plastiekemmers en klere aan spykers het 'n vrou gesit met 'n baba wat soog. Haar tepel was die grootste tepel wat Ludo ooit gesien het, dit het by hom gespook in die dae daarna. Hy't onthou hoe sy met 'n stip kyk in haar oë en terwyl die baba met 'n nat mond die tepel gryp en los en gryp en los die dokumente by hom geneem het. Sy wou met haar blik iets vir hom sê, wou sy hom uitlok? Wou sy hulp hê?

Hy't weer eendag soontoe gery en die plek gaan opsoek maar die matras was leeg en 'n vrou wat teen die huisie se agtermuur op 'n ou stoel gesit het, het aan hom gesê die jong vrou was hospitaal toe, die kind het koors gekry en gesterwe en nou is die ma ondernemer toe om te gaan uitvind wat 'n kissie kos.

Al die mans op die erf is werkloos, het die vrou op die stoel gesê en hom verwytend aangekyk: hy was van die Hof.

Dit het hom alles sleg getref en ook die ander huise wat hy moes in om die karige meubels op te skryf: die hoëtroustelletjie en die draradio, die Lewis Stores-meubels en die tweeplaatstofie en al die roerende goed moes hy in 'n lys opskryf in sy boek en dan die afskrif onder die blou koolpapier hou maar die oorspronklike dokument met sy handtekening en die perseel se adres op gee aan die persoon op die perseel.

Hy moes op die treinstasie gaan keer dat 'n kind weggeneem word en terwyl 'n man met hom stoei moes hy beslag lê op 'n Ranchero-bakkie en die man het terwyl Ludo hortend met die bakkie begin wegry langs die voertuig gehol, die deur oopgepluk en gereedskap wat agter die sitplek was gegryp en dit op die teer uitgegooi. Dit was soos die mense was; dalk het daardie man sy brood verdien met die gereedskap en was dit sy lewensmiddele.

Ludo het begin besef dat mense hul lewe verknoop het in skuld wat hulle nooit sou afwerk nie en hy moes verbete en netjies boekhou van alles wat hy gedoen het, ook die myle wat die Opel aflê en hy's vergoed per myl.

Saans het hy in sy kamertjie gelê en luister na die dowwe klank van die televisie in die hoofhuis en hy was dankbaar dat hy daardie dag niemand omgery het nie want die mense het dig opmekaar gelewe en hulle was die werkersklas en heeltyd op straat. Die huise was oorbevolk en die dakke sonder plafon sodat die kamers soos oonde gebak het.

Ludo het snags sy yo-yo uitgehaal en kaalbolyf gestaan en oefen in sy agterkamertjie en sy skaduwee teen die muur dopgehou. Hy was dankbaar dat hy nooit gevang is vir sy tref-en-trap-ongeluk nie maar hy't 'n klop aan die deur verwag, altyd, want hy't gesien hoe tydsaam maar meedoënloos die gereg sy gang gaan en hy't geweet iewers lê daar 'n lêer met besonderhede oor daardie kind se ongeluk. Dit lê by iemand se elmboog.

Wanneer hy so dink, het hy die geloei van die vliepiering gehoor en dis in daardie dae dat hy begin drink het.

So nou en dan het hy iemand raakgeloop wat hom herken het, iemand wat dalk 'n skoolkind was in 'n saal waar hy opgetree het, of 'n onderwyser van 'n skool wat hom genooi het, en daar was die bewondering en ook 'n soort verwondering: dat Ludo Loeloeraai werklik bestaan en 'n gewone man met 'n gewone werk is.

Een en almal het gebieg: Hulle bêre nou nog hul Coca-Cola-klimtol.

Hy't ook gewerk teen skuldbult uit en in Durbanville, in die gegoede woonbuurte. Daar was dit grootgeld-hofbevele en egskei-dingsdagvaardings en dikwels vroue wat op skei gestaan het en desperaat was en daar was 'n soort spanning tussen hul lywe en Ludo s'n wanneer hulle die deur oopmaak en hy die blyplek moes in sodat hy hul handtekening kon kry wat bevestig dat hy die do-kumente op hulle bestel het.

Dit was asof die vroue op wraak uit was, of dalk was dit selfs vertroosting, en een het hom soet koeldrank aangebied en hom vertel sy's 'n model wat poseer in onderklere-advertensies en hy't die gevoel gehad dis nie waar nie. Hy't die vuur van begeerte in sy onderlyf voel brand en dit was in sy keel en sy stem was hees. Sy was ouer as hy. Haar lyf het na poeier geruik en hy't nie daarvan gehou nie en sy was raserig op die opgemaakte bed in die huis se gastekamer in 'n woonbuurt met die naam Welgemoed.

Die huis had 'n doodsheid en stilte en was pynlik netjies en sy't haar man uitgeskop, het sy vertel, en die kinders woon tydelik by hom, en sy is nou alleen hier en hy is welkom om gereeld te kom kuier.

Haar gesig was strak toe sy na hom wuif toe hy terug in die Opel was en sy op die stoep staan by die malvas.

Hy't seks begin soek in die huise waar hy dokumente moes aflewer en hy't maniere gekry om homself tot in die voorkamers te praat en sy werk was nou nie meer net die aflewering van dokumente nie maar die voortdurende jagsheid na vroue.

By 'n huis in 'n groot jaart waar vier karre geparkeer was en ook 'n boot onder 'n seil op 'n treiler moes hy dikwels dokumente aflewer. Dit was asof die man wat daar gewoon het se hele lewe in howe gelei word en Ludo het by die sersant wat die adjunk-balju was gehoor die man dagvaar net so dikwels as wat hy gedagvaar word.

Die man het swart, geoliede hare gehad, sigare gerook en die sitkamer van die huis was omskep tot 'n kantoor, met 'n groot lessenaar en swierige leerstoele vir besoekers wat oorkant die lessenaar teenoor die man moes stelling inneem. Groot glasasbakke het oral rondgestaan want die man het graag beweeg terwyl hy praat en het oral as afgeslaan. In die hoek was 'n tuisakwarium met verrassend groot visse wat aandagtig in die water gehang het.

Eenkeer het die man as 'n grap sigaaras bo die water afgeslaan en gelag toe 'n vis daaraan hap en wegdeins.

"Bekverbrand," het hy gelag.

Die man was goed ingelig en tydens Ludo se derde besoek het hy blyke gegee daarvan dat hy Ludo se geskiedenis ken – dalk het die sersant hom ingelig – en die man het vertel hy't fabrieke en hy is onder meer (die "onder meer" is met smaak geuiter) 'n vervaardiger.

Sy naam was Sarel en Ludo het die term Bellville Mafia by die sersant gehoor maar toe die man hom vertel hy wil speelgoed vervaardig en ook klimtolle en boemerangs, het Ludo se hart 'n sprong gegee.

Hier was 'n man wat hom sou kon help om werk en speel te kombineer en die man se naam was Sarel Swiegers en hy was tuis met litigasie.

En met risiko – só het hy Ludo joviaal meegedeel.

*

Eenslie Maree, in civvies, beland langs Dick Malgas in die visser-
manskroeg op Saldanha.

"Boykie."

"Oom."

Dis 'n somersaand, buite is die aand louwarm en selfs daar waar
die straatligte nie kom nie blink die karre want die maan is vol.
Saldanhabaai gloei in die maanlig. Die vroumense dra helder kleu-
re en blink oorbelle en soet parfuum en is in 'n goeie bui. Die bier
en Savannas vloei en die bote is in met 'n goeie vangs. Dick Malgas
sit met die konsentrasie van 'n aangeklamde en die dik vingers
speel-speel met die whiskyglas.

Eenslie weet nie hoe hy hier langs die bootkaptein beland het
nie, maar die kroeg is vol en daar is 'n gedruk en voor hy hom
kom kry, skuif hy langs die man in met wie sy ouers jare lank al 'n
moeilike verhouding het.

Dick Malgas kyk na hom. "Ek kan daardie charge teen jou laat
weggaan, weet jy, boykie."

Eenslie antwoord nie. Hy't 'n bierbottel voor hom op die toon-
bank en voel hoe dit warm word onder sy hand. Hy twyfel nie dat
Dick Malgas dit sal kan regkry nie. Dick is ANC en hy's vet van die
vislisensies en Dick koop sy pad deur die lewe oop. Dis 'n ope geheim
op Kliprug. Dick se twee oudste dogters studeer in die Kaap en soms
kom hulle naweke Paternoster toe met boyfriends met Ray-Bans en
blink karre en hulle sit by The Lodge en strooi papiergeld rond.

"Jy's officer material," grom Dick Malgas voorts en Eenslie sien
die nat kolle onder die kaptein se arms, "en dis nie worthwhile
vir jou om te gaan sit vir 'n kakprater se dood nie." Dick steek 'n
sigaret aan en eers daarna hou hy die pakkie na Eenslie uit. Toe
Eenslie sy kop skud, sien hy die spot in Dick se oë. Die kaptein se
ooglede is soos sy hande vlesig en dik.

"Buitendien, boykie, jy is mooi en jou lyf is glad. Die pappas in
Pollsmoor gaan jou hol vir jou vaseline."

Eenslie skud sy kop en probeer lag. "Ek sal onskuldig bevind word, oom. Dit was 'n ongeluk."

"Ons sal maar sien," grom Dick Malgas. "As die case teen jou draai, kom sien jy jou oom Dick Malgas. Ek het 'n cousin hoog in die Vloot." En hy voeg by, met 'n grynslag. "Hy's wit maar hy kyk nog uit vir hierdie ou Weskusklong."

"Het hy rang, oom?"

"Hy dra goud op sy skouers soos wat jy nog nie gesien het nie, Eenslie Maree. Onthou jy dit."

"Ek onthou dit, oom."

Dan moet Eenslie wegdraai want 'n hand skuif om sy blaaie van agter en op teen sy maag en weer af. Hy ruik haar parfuum en sien haar gladde vel en hy het genoeg geld op hom en Dick Malgas knipoog na hom.

Dis die knipoog wat Eenslie wakker ruk. Hy het nog nooit vir 'n lyf betaal nie en hy sal ook nie vannag nie.

Hy draai hom los uit haar elmboog en dis toe dat Dick Malgas sê: "Het jy gesien wie's ook hier vannag?"

"Wie?"

"Kyk daar in die hoek, by die Men's se deur." Eenslie korrel deur die rook en lywe. "Jou oom Ludo se jintoe. Die klimtol." Dan sien Eenslie haar waggel op hoëhakskoene. Lang oorbelle biggel aan haar ore en sy het swaar lipstiffie en maskara aan. Hy stap na buite en moet stoei om uit te kom. Die musiek begin nou harder pomp. Buite gaan hy met sy rug teen 'n kar staan. Hy neem 'n sluk warm bier uit die bottel wat hy nog by hom het, en nog 'n sluk. Hy drink die bottel leeg en gooi dit oor die karre na 'n oop stuk veld. Hy kyk op na die maan. Hy onthou die warm damp van haar piskol in Tietiesbaai se sand. Dit slaan op uit die grond, vas teen sy handpalm.

*

Sy't hom ook gesien en probeer wegkoes maar dan weet sy hy weet sy's daar, want sy kyk in Dick Malgas se oë vas en langs hom staan

Eenslie Maree op van sy stoel en druk met albei arms iemand uit sy pad en begin sy weg na buite baan.

Sy vat 'n kans om hier te wees want die kroeg is vol jintoes en hierdie plek is uitgesit deur dieselfde bende wat die pad by Vredenburg oopgemaak het. Ook die straatjies om Vredenburg se taxi rank.

Hulle sal weet sy is van Paternoster, want op pad na die Men's het 'n boulorriedrywer wat sy ken by haar verbygeskuur. Daar sit ook twee vissermanne van Vredenburg wat soggens hul boot by Abdolsbaai die see instoot. Twee meisies wat sy al in Vredenburg op die sypaadjie naby die Spur gesien het, hang aan hulle. Hulle werk altyd die stuk teer tussen die Chinees se winkel en Standard Bank.

En dan is hulle daar: twee lang manne. Skielik is hulle in die deur en sy is nie al een wat hulle sien nie. Sy koes weg en terwyl koppe na die mans draai, begin sy wegduik-wegduik deur toe koes. Hulle is hier op 'n plek wat nie hulle s'n is nie. Hulle het dus Vredenburg toe gekom. Hulle maak paaie oop binneland toe. Sy't dit al in Parow gehoor. Hulle wil die Weskus en die Karoo oopmaak vir besigheid.

Sy is by die deur en buite en sorg dat haar skoene in haar hand is. Sy nael teen die stuk veld af en dan afdraand dorp se kant toe. Die geel ligte van die seiljaghawe skuif agter haar in. Hier is dit nou net sy en haar sterk bene wat gewoond geraak het aan die ent pad na Tietiesbaai, as jy van die Bekbaai-teerstraat afry en die klipperigheid en dan die sanderigheid begin soos die pad eers afsak en dan opswenk die bultjie op na die vuurtoring en verder die bult oor na Tietiesbaai.

Snaartjie hol. Haar hart klop in haar keel. Sy gaan nooit weer terug na die suikerhuis nie. Sy het dit agter haar gesit. Sy het wild kom raak hier teen die see. Sy is haar eie mens. Sy is maer en sy raak seningrig van die karig lewe en die swemmery al nader aan die dolfyne, al dieper die koue water in wat haar skoonvreet. Sy raak gewoond aan die deining en die gevoel van diepwater onder haar lyf.

Haar vel raak al donkerder van die son en onder haar voete is 'n dik laag vel, sodat sy terwyl sy hardloop nie die klipperige sypaadjie onder haar voel nie, net die dun goue rokkie teen haar bobene en die wind in haar gesig. Sy weet die straatligte skyn teen haar rok maar sy kan niks daaraan doen nie. Uitasem hou sy soos 'n straathond wat laatnag kos soek al in die skaduwees en die donker kolle en sy sorg dat sy agterstrate neem tot by die oopte waar die eerste robot is op die pad wat na Vredenburg lei.

Dis alles agter haar. Die lang, reënerige nagte in die Kaap se strate. Die suf oggende as die kar jou kom optel. Die lang man agter die stuur wat nooit tevrede is met die geld nie. Die rubbersambokke waarmee hulle die meisies se agterente looi wanneer hulle vermoed die meisies het 'n wegsteekplek van hul eie vir geld. Die sambokke word gesny uit kar-tyres en by robotte verkoop. Wanneer die lang man hulle terugvat suikerhuis toe, gee hy die soetgoed aan na agter in die kar en partykeer moet van die meisies gedra word bed toe en hul koppe is pap op hul lywe, nes asof hulle dood is.

Haar lyf was verkoop en dit was nie soos nou nie, nou is sy vry en sy wag in die skaduwee van 'n steeg tot sy seker is die kar wat aankom is vol jongmense en dis nie die lang manne nie. Sy tree vinnig die lig in. Dis al na een en hulle sal weet sy soek nie besigheid nie maar is op pad Vredenburg toe ná die nag se besigheid. Hulle hou stil. Die kar se agterdeur gaan oop. Sy sien pienk sandale en iemand gooi 'n leë bierbottel by haar verby. Die glasskerwe bars oor die sypaadjie. Sy klim in en die kar ruk. Stol. Hulle gil en lag en die drywer probeer weer. Snork weg. Hulle praat so baie sonder om mekaar te hoor en die musiek is so hard en almal is so gekuier dat niemand haar invra nie. Hulle gooi haar uit by die groot stopstraat in die middel van Vredenburg en sy vat die agterste straat na die onderpunt van die dorp waar jy uitry Paternoster toe.

Later is sy uit die straatligte uit en die donker pad is voor en sy is moeg. Sy gee nie meer om nie. Haar kragte is op.

As die lang manne hier besigheid kom uitsit, is dit verby met haar.

*

Eenslie Maree, in die passasiersitplek van 'n ou Monza met mag-
wiele, sien die blink rok ver voor. Die kar se ligte tel die skynsel
vroeg op, want die pad na Paternoster is donker en hier is niks
anders nie, net die saailande weerskante en lae bossies teen die
draad.

"Stop as jy eers verby haar is."

Hulle spot hom altyd, maar vannag is almal te suf en moeg.
Hulle het hard gekuier en daar was byna 'n skoorsoekery en hulle
wil nou net slaap. Die goue rok flits verby sy venster en wanneer
die kar stilhou, klim hy uit. Sy gloei in die rooi remligte. Die aand
is skielik koud om hom. Hy wink na haar en stap na haar.

Sy gaan staan. Die rok sit skeef en aan haar hand hang die san-
dale. Een oorbel is weg. Sy lyk maerder as wat hy onthou.

"Kom."

Sy skud haar kop. "Kóm!" sê hy vererg.

Sy buk en tel 'n klip op. Hy koes en wanneer sy nog een gooi,
besef hy sy mik na die kar. Die bestuurder roep benoud dat Eenslie
moet inklim. Hulle jaag weg voordat sy die kar raak gooi en toe
hy omkyk terwyl hulle die bult vat, sien hy ver agter hulle 'n blink
beweging teen die agtergrond van die donker veld.

"Sy't kop verloor," sê die bestuurder. "Sy gaan lank loop Tieties-
baai toe."

*

Hy kom uit die era van die landbouskou.

Dikwels dink hy dat die landbouskoue hom gevorm het soos
min ander dinge.

Hy onthou hoe die vaal en windverwaaide skougronde wat an-
dersins ongebruik lê tydens skoudag omgetower is tot spektakel
– op sy pa se bakkie al die oggend vroeg dorp toe was die wind in
sy hare waar hy agterop gestaan en die reling vasgehou het.

Sy ma het voor langs sy pa gesit en sy't haar melktertinskrywing waarmee sy elke jaar tweede gekom het op haar skoot vasgehou. Sy't jaar na jaar bly hoop op die wenroset.

Sy pa had die behoedsaamheid van die waterfiskaal in sy oë, want hy was 'n man met baie vyande (meestal by sluise gemaak) en nes in Ludo se dae as klimtolkampioen het sy pa nooit geweet of mense hom as fiskaal eer en of hulle hom as mens eien nie, so was dit met Ludo ook op die langpad.

Van ver af al kon hulle die vlae sien wapper in die kom tussen die klipkoppie en die draai in die rivier en hulle kon 'n gedruis hoor en Ludo het gewonder wie daardie jaar die saalperditem sou wen en wie tydens die gimkana van sy perd gaan afval en watter vreemde nuwe uitvindsels weer uitgestal sal word in die skemerte van tente.

Dit was die een dag van die jaar waarop die Karoomense skaamteloos uitgehang het. Waar hulle gewoonlik stil en teruggetrokke geleef het, kon hulle op hierdie dag uitgaan en wys wat hulle vermag het: van die grootste radys uit die groentetuin van die plaas met die kruitwater tot die spoggerigste merinoram van die boerdery met die lusernlande en die nuwe John Deere, van die soetste koeksister tot die knapste gehekelde deken tot die mooiste tekening of waterverfskildery tot die beste ruiter en saalperd.

Tussen die uitstalruimtes het hy hom oopmond verlustig aan die fudge en die spookasem wat wonderbaarlik uit 'n raserige masjien opgetower is. Ballonne vol helium het oral gedraai en selfs die plaaswerkers wat dinge moes reghou en tussen die tente beweeg het, was vroliker en had 'n soort gewaagde uitbundigheid.

By tye was daar narre maar dit was die handskrifmasjien wat jou skrif kon ontleed en die kaleidoskoop en die jogaman wat rustig en teen die dominee se wil in die beginsels van sy gebuk en gedraai op sy mat verduidelik het aan wie ook al dapper genoeg was om te luister.

Die aankondiger se stem het almal herken, want elke jaar was dit dieselfde stem en item na item het hom afgespeel: blink en trippelende perde wat hoog trap, rye en rye varkbere, stoetramme en

Leghorn-henne het verbygekom, 'n eindelose stoet spoggerigheid en prestasie en teen jaloesie in en met baie gepaardgaande skinder is die wenners toegejuig.

Die skaapsweepkampioene het hul voorslae laat klap sodat die eggo's van die pawiljoen gedonder het en die skyfskieters het die teikens vol gate geskiet. Kinders se gesigte was besmeer met roomys en sjokolade en in die kunstent het die wonderbaarlikste afbeeldings gehang.

En dan onthou hy die terugry plaas toe, as die landskap agterna tam en leeg lyk, as die skou verby is, as alles oor is, en as jy terug-gaan na die stil huis waar daar die volgende oggend geen teken is van die skou van die vorige dag nie – dit was asof dit nooit was nie; 'n soort oortreding, 'n momentele vergryp, 'n anderpadkyk.

Sy ma se roset (weer tweede) het vergete op die sideboard gelê.

*

Dis vroeg en die skuite se sterte lê laag in die water soos hulle skuimspore trek see in.

Ludo maak sy blou voordeur agter hom toe. Hy wil vroeg ry voordat die gooier weer hier by hom aankom. Hy wil dit agter die rug kry, uit en gedaan.

Die vorige nag het die piering hier teen sy voordeur kom hang. Waar hy op die stoepie gesit het, kon hy net na die staanplek loop, die tien tree waar die grond afsak strand toe, daar waar die kurktrekkerpaadjie afduik ondertoe, hy kon daar gaan staan en hy sou by die deur van die piering kon inloop, die skynsel in.

Wat hom gekeer het, weet hy nie. Maar die silwer deurtjie het hom gelok soos 'n afgrond jou partykeer lok wanneer jy daarin afkyk.

Dit sou maklik wees om op te staan en die stoeptreetjie af te loop en dan oor die stukkie gras te stap en dan die eerste sanderige tree te gee en dan is jy katvoet oor die piering se vlerk en in by die deurtjie.

Maar hy't bly sit want hy het so vasgegroei aan sy stoep en dis waar hy sit, dagin en daguit. Nou trek hy babelaas en duiselig sy blou voordeur agter hom toe en gee die bedrywigheid daar onder op die plaat een kyk. Hy stap haastig tot by sy Jeep: uit en gedaan.

Hy jaag die dorp uit en hy sien koppe swaai en hy weet mense wonder waarheen is oom Ludo vanoggend so vinnig op pad.

'n Paar kreefverkopers staan met plastiekemmers op straat en roep na hom: "Vars kreef, Pa?"

Hulle wikkel die pap krewe uit die vorige dag se vangs só dat dit lyk of die dooie pote kriewel.

Hy skud sy kop en waai.

Hy hou skaars stil by Die laaste kreef. Op die kafee se stoep staan mense na die kleingeld in hul palms en staar en hy kyk anderpad vir die trossie wat by Hopland op die minibustaxi wag. Hy is nie vanoggend lus vir geselskap nie.

Daar is swart kolle op die teerpad nes jy die dorp uitry en voor jy die eerste bult vat. Hy't gehoor dis van die swart inkommers wat daar by Hopland hul shacks opsit en hulle't betoog oor die munisipaliteit en hul reg op grond.

Hy steur hom nie aan hierdie dinge nie maar hy weet dat die swart inkommers fluks besig is om van die bietjie werk wat daar op Paternoster is, weg te raap van Hopland en Kliprug se mense. Hulle kom uit die Kongo en Zimbabwe en bloed sal nog vloei.

'n Trekker hardloop stowwerig voor 'n ploeg uit nadat hy die eerste leegte na die bult deur is en hy kyk. Ja, stip hang die valkies om te kyk of 'n muis uitspring. Kaap se kant toe dryf ligte wolkies – dalk is dit nog oggendmis en nie wolke nie.

Die dag is helder en die lig hinderlik en hy sit sy donkerbril op. Hy draai die Jeep se ruit af en die wind blaas by sy kortmouhemp se mou in en die son sit op die wit vleis van sy boarm.

Hy't alles by hom: sy voordeursleutels en kontant en sy identiteitsboekie en 'n lys telefoonnommers. Hy ry Vredenburg binne en die dorp is reeds bedrywig. Voor sy kontantwinkel is die Chinees die sypaadjie aan't skoonvee. Hulle sê hy's die man wat honde in die winkel se agterplaas opkook maar Ludo meen dis net 'n storie.

By die polisiekantoor is hy oorhaastig. Hy moet gou speel voor sy moed hom versaak. Hy vat als in sy een hand vas nadat hy die klimtol afgehaal en onder die voorste sitplek ingeskuif het. Waar die lussie gesit het, is 'n wit keep soos by iemand wat sy trouring afhaal. Hy klim uit en sluit die Jeep en steek die straat so haastig oor dat 'n lorrie hom byna omry en toeterend verder jaag.

Hy storm uitasem die aanklagkantoor binne en sien die flikkering van herkenning in die oë van die konstabel wat agter die toonbank sit en skryf. Ludo voel duiselig en stap vorentoe en die man kyk op en daar is nou iets soos spot in sy oë. Dan voel dit of Ludo gaan flou word en hy laat sy ID-boekie val en buk en vat dit mis en tel dit uiteindelik op, maar by hom nou is 'n ouer polisieman wat sy arm om Ludo se skouers slaan en saggies met hom praat. Versigtig draai die polisieman hom om en Ludo ruik naskeermiddel en deodorant wat te soet is.

Hy voel naar toe die polisieman hom saggies deur toe lei tot daar waar die warm son begin en aan hom sê: "Toe nou maar, oom Ludo, gaan nou huis toe. Gaan nou."

TRIEK SEWE
Laat wiel ("Looping the loop")

Hierdie triek sorg daarvoor dat jou klimtol vorentoe en ag-
tertoe beweeg eerder as boontoe en ondertoe. Begin so: die
handpalm na onder, effe na agter gebuig, die vuis gebal óm
die klimtol. Skep asem. Beweeg jou arm nou terug en skiet jou
hand dan vinnig vorentoe terwyl jy die tol vrylaat. As hy te-
rugkom, gebruik jy jou polsbeweging om hom te laat omdraai
en weer uit te swaai. Jy vang hom gewoon as jy jou wiele of
"loops" voltooi het. Probeer aanvanklik twee of drie uitvoer.
Werk net hard en jy kry hom blitsig onder die knie!

Sy bel haar ouma.

"Ouma, wat het presies tussen Ouma en oom Ludo gebeur?"

Haar ouma antwoord onmiddellik. Daaruit lei Doris af dat sy die vraag verwag het en vooraf besluit het om dit op hierdie manier te doen: "Ek bel jou oor 'n kwartier. Ek is net gou besig."

Dit word 'n halfuur.

Haar ouma se stem is sag en vreemd.

"Ek gaan jou eerder 'n e-pos stuur. Is dit reg so?"

"Dis reg, Ouma, maar dis ook nie nodig nie."

"Jy's mos 'n groot meisie, jy kom self uit 'n teleurstelling uit . . ."

"Ag, Ouma. Don't talk down to me."

"Goed, ekskuus, ek het vergeet ek mag nie daarna verwys nie. Ek e-pos jou nou-nou."

Die e-pos wat sy op haar sel lees, kom gouer deur as wat sy verwag het:

Liewe Doris

Jy moet probeer glo dat iemand soos ek ook in my fleur was, lank terug.

Ek het warm bloed in my are gehad.

Dit was ander tye. Dit was voor televisie en voor die Internet en voor selfone.

Die mense was konserwatief. En Ludo was so anders, dit was asof mens wanneer jy by hom is net die hele wêreld anders kon sien.

Hy't realiteit gebuig, as jy verstaan wat ek bedoel.

Daar was geen struktuur nie en geen reëls nie, net speel.

Só het ek eers gedag.

Maar later besef dat hy streng struktuur het in sy spelery. Dat speel eintlik nét om struktuur gaan. Sien, hy't 'n wêreld van sy eie gebou langs die vaal wêreld van daardie jare. 'n Parallelle wêreld.

En hy kon my soontoe vat, in 'n oogknip. Vir my as vrou van 'n man wat al die régte dinge gedoen het en wat van gholf en rugby en die Nasionale Party en die kerk aanmekaar gesit was, vir my was Ludo soos 'n . . . 'n karnaval, 'n sirkus. Teater. Konsert. Als ineen.

Kunstigheid wat ordentlik deur 'n vrou soos ek bedryf kon word, is daardie jare as doiliemaak of blommetjies-skilder gesien, sulke toeristestalletjie-goed doen, jy weet mos, plattelandse kunstigheid met frilletjies en kleure en hekelwerkies en so.

Maar as jy 'n groter doek neem en 'n figuur skilder!

Dan was jy vreemd en ja, gevaarlik, dit is hoe erg dit was.

Ek het dus maar foto's in die Karoo gaan neem.

Maar Ludo het my voete onder my uitgeslaan. Doris, ek het jou oupa verneuk, ja dis die woord, verneuk, ek is jammer dat ek dit aan my kleindogter moet sê. Jou mamma het dit geweet. Ek het haar al vroeg in haar lewe gesê.

Dis nie al nie, maar ek gaan wag totdat ek jou persoonlik sien om jou nog iets te vertel.

*Eintlik het die ding tussen my en Ludo net 'n kort rukkie ge-
duur, net so 'n blink ding wat gebeur het, byna soos 'n fliek wat jy
kyk en jy loop uit en jy is weer hier, in die ou lewe.*

*Maar dit wat tussen my en Ludo gebeur het beïnvloed als in my
lewe, tot vandag toe. Ek hoop om hom dit eendag te vertel.*

Is hy darem steeds gaaf met jou?

Ouma xx

Sy e-pos terug:

*Ek kan nie so lekker 'n lang e-pos op my sel skrywe nie. Ek is
o.k. daarmee. Ek is cool. Ek is lief vir jou oumatjie. Xx*

*

Jare gelede het 'n onderwyseres op Carnarvon aan hom uit die
werk van Eugène Marais voorgelees – oor die vlug van die mier-
koningin.

"Vlieg moet hulle," het sy gelees, "anders is die grootste doel
van hul lewe verydel."

Dit neem maande vir die vlerke om te groei.

Lank wag die koningin. Miskien wag só 'n gevlerkte koningin
jare lank ondergronds op die regte moment.

Geduldig.

En dan het die oomblik aangebreek: "Vir 'n tydperk van drie
sekondes en 'n afstand van miskien drie tree, het sy die verruklike
heerlikheid van vlieg geniet en daarmee is die doel van die groot
werk bereik, en die fabelagtige vlerke word weggegooi soos die
mens 'n ou afgeleë baadjie . . ."

Ludo het die moeisame voorbereiding en die wag in die donkerte
bedink. En dan die ou afstandjie, net 'n paar tree en die oogknip
wat dit duur – en oplaas die weggooi van die baadjie.

Is dit nie die verhaal van alle triekers nie?

*

Hy't meer as 'n bottel agter die blad. Ludo sit laataand in Voorstrandt se kroegie en in die klein ruimte tussen sy sitplek en die toonbank staan drie jongmanne uit die stad. Hulle is lus vir kuier.

Hy voel opgekeil: Tweefontein en die polisieman wat hom soos 'n seniele ou man in sy spore laat omdraai en terugstuur huis toe en dan nog Elsabé wat op pad sal wees die een of ander tyd. Doris ken geen genade nie: gooi, gooi, *gooi.*

Bêre daai ou klimtol, sy tyd is verby.

Hy't hier gesit en stadig ontdooi terwyl hulle aanvanklik grappies maak en aan hom torring. Die merlot bring hom tot die oortuiging dat hy nou, vanaand, sy nuutste konsertstorie moet toets – die een wat hom dalk kan uitvat feesverhoog toe.

Hy skuif reg. Sy kierie staan daar in die hoek. Regterhand op die kroegtoonbank. Die klimtol sweet onder sy palm. Die een jongman staan en wieg op sy hakskene, drankie in die hand.

"Luister, hier's 'n matroosstorie. Die Heilige Gees het kort voordat Eenslie Maree Vloot toe is teen die Weskus opgedaag.

"Vuvuzelas en saxofone. Luidsprekers so groot soos yskaste jaag mense op. Die musiek bring trane in die oë."

"Sê oom nou vir ons." Die een op die hakskene. Die kroegman leun vorentoe, op sy elmboë.

"Verwyte oor sonde en die heerlikheid van die Here waai oor die Weskus en op Lambertsbaai val hulle in die Gees neer.

"Op Hondeklipbaai staan nie een nie maar twee profete op en gooi die drankbottel vir ewig oor die skouer en hulle begin wit hemde dra, koop donkerbrille, en slaan die kitaar op die groot herlewingsfeeste wat versit van Hondeklipbaai tot Hopefield en nog verder.

"Velddrif se mense, altyd glad van bek, is die allerbeste met spreek in tale. Dit vloei soos water. Die tale van engele oorval ook die jong matrose van SAS Saldanha en dis hier waar Eenslie Maree sy hart aan die Here gee."

"Wie is dit?" Die enetjie met die vinnige bewegings en die kredietkaart.

"O, o ek dag jy weet."

"Nee, julle mense op hierdie klein strandplekkies dink mos almal ken almal. Ek kom uit die stad, my oom. Is hierdie 'n matroosstorie?"

"Dis 'n matroosstorie."

"Nou maar skink eers, dan vertel oom verder. Fokkit, maar julle het darem stóries hier aan die Weskus!"

Ludo skuif reg. "Dit gebeur eendag tydens 'n opleidingskursus in hondehantering, lank voor Eenslie uitgekies is vir die offisierstriek.

"Agter hom was die harde duikkursus. Helikopters gooi die jong duikers diep die see in en dan moet hulle sien kom klaar.

"Daar op my stoepie waar ek bly," – en hy beduie vaagweg in sy huis se rigting – "het hy my een oggend kom vertel hy't nooit voorheen in sy lewe so alleen gevoel soos daar in die deining nie.

"Onmoontlik ver, vertel Eenslie Maree my, sit die wit strepie branders en daaragter die bruin aarde."

Van die wiegende hakskene: "En die water is kóúd hierlangs!"

Ludo knik, neem nog 'n sluk en vertel verder:

"Hy't aan wal gekom nes sy voorvader eeue gelede hier uitgeboender is op die golwe toe die golf daardie Portugese matroos op die rotse uitgooi net om hom weer in te trek en weer uit te gooi, net so sukkel Eenslie om vashouplek te kry.

"Miskien is dit hierdie dinge wat Eenslie Maree sag gemaak het vir die Here se aanraking, mens weet nie. Want toe pastoor Leke, soos die geweste die man met die blink baadjie en die filmstergewoontes noem, in konvooi die vlootbasis binnery met heel voor in die konvooi die lorrie met die orkesgoeters en daarna sy gevolg wat soos wafferse sterre uitklim, hul donkerbrille opsit en hul vere regskud, toe hy die drilsaal binnestap, toe sit die jong rekrute verdwaas deur min slaap en harde oefening en wag."

Met smaak vat Ludo nog 'n sluk en kyk na die kelnerin. "Nog 'n bottel vir my en die menere sal nie skade doen nie." Hy ignoreer haar skeptiese blik. "En, menere, dis Eenslie wat eerste opstaan uit die geledere van die rowe met hul poensgeskeerde koppe en hy stap vorentoe en in 'n dwaal voel hy die hand van pastoor Leke op sy kop.

"Die hand sidder . . ."

"Haai! Sonde!" roep die kelnerin toe sy dit hoor en die bottel neersit.

"Wag nou, wag, luister. Pastoor Leke se kop is hier teenaan syne en Eenslie ruik aftershave en dalk ook cane spirits maar die ligte flits en die tromslaner roffel en slaat sy simbaal en 'n elektriese kitaar huil en die trane rol oor Eenslie se wange."

"Nou weet Eenslie self van al hierdie stories?" roep die kelnerin en kyk Ludo skeef aan. Sy staan met 'n skinkbord in haar hande en sy wieg ook.

"Is jy dan sy suster of wat?" snou Ludo en draai weer na die manne uit die Kaap.

"Menere, hy is niks, hy is 'n sondaar, hy is 'n kind van die Ewige Here.

"Hy ontvang die energie uit pastoor Leke se handpalm en iets soos 'n elektriese skok stuur hom planke toe, hy sneuwel in die Gees want hierdie herlewing word gedryf deur dramatiese woorde. Sneuwel, in hierdie geval. Jy hoor ook soms tiep of neersyg of in-eensak."

"Fokkit," fluister een van Ludo se drinkebroers.

"Doodgewone jongmanne wat normaalweg bakarm in die menasie rondstap, kantel om soos Nuwejaarsvierders in die vroeë ure van 'n nuwe jaar en word 'n minuut of drie later wedergebore wakker, staan dronkerig op en word deur pastoor Leke se assistente gestut net om weer saggies maar ferm op die knieë afgedruk te word, aangrypend in 'n halfmaan versprei op die verhoog.

" 'Die knielende adelborste,' soos pastoor Leke later spog toe Eenslie en vier van sy makkers bevorder word. 'My diakens.' "

"Is dit wat hy hulle noem?"

"Net so. Nog 'n dop?"

"Asseblief, ek skink sommer self." Dit lyk of die bottel nie die glas dadelik kan vind nie.

"Is jy o.k. daarmee?"

"Ek is o.k." Ludo vee met die agterkant van sy hand die wyn-druppeltjies op die toonbank weg.

"Ewenwel, ligte het geflits en dit was een van die aande met die beste opbrengs ooit in daardie herlewingsjaar van onse Here, daar-die aand toe Eenslie Maree tot bekering gekom het.

"En ongeskik geboei geraak het deur Snaartjie Windvogel – ek gebruik maar terme wat ek hoor wanneer ek so rondloop met die kierie en staan en luister wat die mense skinder."

"Snaartjie wie?"

"Windvogel."

"En wie's sy dan nou? Die female lead hierso?" Die kêreltjie voel-voel kort-kort oor sy hempsak of die kredietkaart nog daar sit.

"Sy's die jintoe van Tietiesbaai," gooi die kelnerin in waar sy weer by die kroeg is om 'n bestelling af te haal.

"Die watseding?"

"Daai klimtol uit die Kaap. Vertel jy vir hom, oom Ludo," smaal sy en woerts weg.

"Ag, ag, sy's sommer 'n meisiekind wat hier kom verdwaal het . . ."

Die man uit die Kaap knipoog. "Klink interessant . . ."

Ludo sit regop. Hy sug. Hy wil hom vervies. Satire is 'n vorm van twyfel. Sentiment 'n vorm van vrees.

As hy konsert wil hou, wie gaan hom keer?

Die dooie kreefinspekteur?

"Kan jy sê die see het só 'n kind uitgegooi?" vra hy dus.

"Nee, donner, ek weet nie, oom."

Hulle dawer van die lag.

"Hulle noem haar die meermin."

"Wragtag."

"Ja, sy't hier aangekom en die mense hier troertel, ek bedoel, toettel . . ." Hy vee met die rugkant van sy hand oor sy mond en probeer weer, afgemete hierdie keer: "Tróétel die gedagte dat die see haar uitgegooi het om die dorp te toets."

"Ja?" moedig sy toehoorder aan.

"Want die kreefinspekteur, meneer, lê in die lykshuis met sy oë uitgevreet deur seeslakke en krewe en sy geskiedenis van arrestasies is helder in iedereen se geheue. Einste Eenslie se pa moes aanhoudend in die hof gaan staan met daardie kreefinspekteur as kroongetuie wat die vinger na hom wys.

"Ondermaatkreef en kreef buite seisoen en 'n spul snoeke bo kwota uitgetrek en daarby nog ook twee stoppe dagga in die skuit, onder 'n olieseil.

"Meneer: Watter vissersfamilie het nie al daardie inspekteur hoor klop aan hul voordeur nie?

"En terwyl ek in die bui vir vrae is: Hoe lank dwaal Snaartjie Windvogel nie al deur hierdie strate nie? En die dorp se mense ry net verby."

Die derde toehoorder, wat tot dusver net glimlaggend gestaan het, vroetel in sy sakke. "Luister," onderbreek hy, "luister, dit raak tyd vir my om te gaan. Môre wag 'n dag se werk."

Die bestuurder agter Ludo: "Ja, oom Ludo, dit raak laat . . ."

Ludo swaai om. "Ag, fok jou ook, Adriaan." Agter hom swem Adriaan weg. Hy draai terug na sy luisteraars. "Wag net 'n wyle. Kom, kom ek wurg hierdie storie tot die harde waarheid uitkom."

"Nee, nee, ekskuus tog, maar ek moet gaan. Regtig. Kyk waar staan die tyd al."

En skielik is die man weg, en toe sy twee maters en die kroegie is leeg, en Adriaan by hom. "Kan ek oom 'n lift gee?"

Dan is Doris daar. Hoe kom sy hier? Wie't háár genooi?

"Oom Ludo." Sy lyk besorg.

"Nee," skud hy sy kop.

"Ek vat oom huis toe."

"Nee."

"My kar staan net hier buite."

"Ek loop self," grom hy. "Lyk ek vir jou lam of wat?"

As hy buite is en die oop nag slaan hom, prewel hy haar naam net een maal.

"Elsabé."

Dan buk hy teen die wind in, kierie in die een hand, yo-yo in die ander.

*

Hy ruik die wreedheid van tyd aan sy vel wanneer hy sy besluit moet neem en Doris se geel oë se blaasvlam brand hom en hy vind geen genade in haar jeug nie. Vir hom het sy vandag 'n Yomega Fireball in die hand gestop en gesê: "Met so ene het Takumi Nagase in 1999 champ geword, dink oom oom sal hom kan handle?"

Sy neem 'n Duncan Freehand op en daar gaat hulle. Sy lyf is nog seer van die vorige keer en alhoewel die uitmarsjeer oor die sand-plaat van die laaste ruk help en ook die bewegings wat hy soos 'n knorrige ou seeskilpad in die louwater begin doen het waar dit vlak is en die sand hard, weet hy sy gestel is swak van jare se hard lewe.

Die suur van te veel drink klont as kristalle in sy gewrigte en sy rug is stram en verkalk en sy verstand swaar van die las van Tweefontein, terwyl sy ligvoets en rats is en helder soos 'n skoen-lapper. Sy dryf hom en later kom hy in die ritme en 'n keer is daar 'n glimlag wat flits oor haar mond maar dan hou die geel oë hom weer vas en hy moet als uithaal totdat hy poegaai gaan sit en roep: " 'n Bier!"

"Wanneer ons klaar is," beloof sy en draai eers vir hom terwyl hy rus 'n nommer van Die Antwoord sodat hy aan die ruigheid van die ritme gewoond kan raak en die meedoënloosheid en sy sê: "Ek dink ons moet oom Ludo se hare afskeer en oom moet 'n blink kaalkop hê maar met die baard en 'n ring in die oor en dalk gee oom nie om vir 'n cool tattoo op oom se voorkop nie."

"Jy spot, kind," hyg hy.

Maar sy gaan voort: "Hoe ver is oom bereid om die ding te neem?"

"Ek kan nie eens hierdie donnerse Japannese tol onder die knie kry nie en jy gee al modeadvies . . ."

"Oom doen goed, dis maar oom se tweede dag met die nuwe ene en oom spin hom al soos baie pro's nie kan nie."

Hy is gretig en iets spring in hom, "Jy dink regtig so?"

"Oom. Luister."

Asem, hinkstappie en buiginkie. Senuweetrek.

"Oom, oom is 'n champ en oom weet dit tog. Kom, kom ek vat gou 'n video clip van oom dan laai ek hom op my laptop dan wys ek oom. Oom weet van energy to camera! Al daardie jare se myle wys in oom se timing en ritme. Oom se hande is baie slim. Oom kan met die voete ook genius moves maak."

Asem, swikstappie: "Oom, ons kan dit doen. Ek het gisteraand geskype met die promotor van die eerste van drie Honour the Champs shows in Amsterdam, die tweede is in Zürich en dan die laaste in daardie Duitse dorpie in die Beierse Alpe.

"Ek wil hom hierdie video clip mail wat ek nou gaan neem as oom daarmee reg is. Ek wed oom hy gaan mal gaan oor ons gig want selfs op die nuwe yo-yo gooi oom met 'n baie spesifieke styl."

Hikasem, knikkie. "Ek sukkel nog om dit naam te gee. Maar ek dink ons kan dit Westcoast Karoo noem as oom se brand. Ons moet net spesifieke moves inwerk in die act wat net oom s'n is. Tipies van oom se styl.

"Ek kom in met die urban style van Londen. Dis wat ek doen. Dan kan ons jam en ek dink dit gaan massive wees, oom?"

Sy smeek nou. Sy haal die iPhone uit en vroetel daarmee en hy sien sy het hom nodig en hy dink: Jy wat vir soveel jare ingespeel het teen soveel dinge, net omdat die taal om die yo-yo verander het en hulle nou praat van *gooi* in plaas van *speel* en net omdat hulle hierdie skel musiek gebruik vir ritme en net omdat die klimtolle meganies verbeter is, is nie genoeg rede om 'n lafaard te wees nie.

Speel jou nonsens weg, Ludo, komaan, dink aan wie jy was voor als gebeur het. Dis jou comeback hierdie. Jy is die miervlieg. Gaan, gaan saam met haar.

Hy staan op. "Jy kan met my doen wat jy wil, Doris, vat my oorsee en gee my 'n kans."

En sy wys weer wat van haar 'n kampioen maak want sy ver-
roer nie 'n spier in haar gesig nie en val hom nie om die hals nie. Sy
beveel net: "Vat die Fireball en gee dit oom se beste."

Paniek. "Kan ek eers my hare kam?"

"Die clip loop al, oom, gee die hond wind."

Hy gooi so wat hy kan en hy tol en daar is nuwe grasie in sy ou
bene en hy is op sy tone, hy voel die krag van die sandplaat en sy
skouers werk oor die tol en sy hande is instinktief en vinnig. Hy
verloor hom weer soos van ouds en hy weet hy is 'n kampioen
want hy voel dit in sy are en diep in sy gebeente.

Eers toe hy klaar is, sien hy trane drup van haar gesig af oor
haar moue.

"Got dis wonderbaarlik die ou champ, long live oom Ludo, long
live . . ." fluister sy.

*

Sy laai hom in die Beetle en hy laat hom meeneem. Hy het sy be-
sluit geneem en hy glo die tekens was almal in sy guns.

By Die laaste kreef sit Snaartjie Windvogel en skulpies ryg en dit
tref hom soos 'n klap teen sy kop en hy roep: "Hou stil!"

Doris moet rem trap en hier is 'n opdamming van motors want
hulle koek daar voor Oep ve Koep en by die pottebakker is daar
'n nuwe reeks potte uitgestal en dan is daar ook twee Klipruggers
met Checkers-plastieksakke wat ontvriesde krewe behendig uit die
plastiek laat loer terwyl hulle die knypers met hul hande werk.

"Kyk hulle triek!" spot Doris laggend met sy geliefkoosde woord
terwyl Ludo sy venster afdraai en Snaartjie naderwink en sy traag
opstaan. Hy hou 'n noot na haar uit en vat 'n string skulpies en sy
kyk hom nie in die oë nie sodat Doris met die wegry opmerk: "Sy't
iets strange aan haar, het oom nie te veel betaal nie?"

"Dis 'n geskenk vir jou."

Hy dink: Ek het heeltemal vergeet om vir die kind kos te gaan
uitsit daar in Tietiesbaai. En dan tref dit hom: Elsabé is so stil

want hy't haar nie uitgevra na haar ongeluk en haar verlamming nie.

Hy't verleer om om te gee vir ander en waarskynlik kon hy nooit nie en is dit waarom hy die Opel-man was, alleen op die paaie. En later was hy die speelgoedfabriekbestuurder alleen in sy kantoor met die kartonman en almal in die fabriek wat tjoepstil raak en onderlangs vir mekaar kyk wanneer hy uit sy kantoor kom en die vloer deurstap.

Hy het tot hier gekom en verknoop om homself en dalk is hierdie Doris gestuur om hom te help, en dalk is dit ook Elsabé wat hom gaan uithelp uit die put.

Hulle ry sonder om te praat verder en toe hulle deur Vredenburg ry, wys hy haar die Chinese snuisterywinkel waar 'n man onlangs helder oordag 'n hond gekook het in 'n pot en vertel haar hoe groot die drama was toe 'n klant gesê het dat hy dit gesien het.

"Grillerig!" en "Cool!" kom in een asem van Doris.

Hulle lag en swenk regs uit Saldanha se kant toe en sy por: "Daardie meisietjie by die stopstraat met die skulpies, what's with her?"

"Haar naam is Snaartjie Windvogel en hulle noem haar die meermin."

"Wel, sy's vies vir oom."

"Ek het my ritme verloor daar," is al wat hy sê.

Wat hy nie verduidelik nie is dat die kreefinspekteur se dood en Doris se koms hom heeltemal onkant gevang het. Dit was groot gebeurtenisse vir hom en daarom het die vliepiering weer 'n visitasie gebring. Kos uitvat en teen die klip los vir Snaartjie was die laaste ding waaraan hy gedink het.

Ieder geval was hy nog nooit goed met roetine nie en hy sal dit weer moet begin doen want sy't gehawend gelyk en jy kry daardie ding by mense in hierdie wêreld as hulle van elders kom en vir 'n lang ruk aan die son en die soutwind blootgestel word, hulle lyk of hulle jou iets moet vra maar hulle kan nie. Want die wind maak jou winddroog en die son bederf jou vel en die alleenheid van die kus maak jou hondsdol.

Sy lewe hard onder die elemente daar in die oopte en sy eet nie gesond nie. Sy't maer geraak en ouer.

Daar is iets seunsagtigs en hy dink sy's seker fiks en gehard want sy moet ver sukkel vir kos en dalk swem sy uit.

*

Hulle ry by die groot staalfabriek verby wat vreemd op die oop vlakte lê en die donkerpienk fabriek lê soos 'n slapende ding en dit boei hom op 'n vreemde manier.

Hy dink aan die vliepiering en dink dis nie twee dinge wat vreemd aan mekaar is nie, daardie vliepiering en hierdie vreemde fabriek hier op die vlakte. Die fabriek is gemoeid met die verwerking van ystererts wat in van die langste treine ter wêreld van die myne in die noorde hier ingeskuif kom, jy kan langs so 'n trein ry as die pad parallel met die spoor loop en jy ry en ry en die trokke ken geen einde nie want die vlakte is plat. Wanneer die trein eers rol, moet die loko net por.

Só vertel hy aan Doris Steyn.

"Cool!" sê sy en sy's altyd maar besig met die iPhone en sy twiet, vertel sy hom, sy het honderde volgelinge en buitendien moet sy kort-kort e-pos aflaai om tred te hou met wat gebeur met gooi oral in die wêreld. "Hulle gooi juis nou in Moskou."

Op Langebaan neem sy hom by 'n gleuf tussen geboue in en hy sien sy't haar werk vooraf gedoen. Dis anders hier as op Paternoster en alhoewel daar op Paternoster ook begin vlaggies hang en te veel skreeuborde verrys, is Langebaan baie meer kommersieel en dit sit teen die lagune en daar is 'n paar strepe winkels en restaurante, iets Amerikaans en hy hou nie daarvan nie.

Maar hier in die gleuf is die klein tatoeëerbesigheidjie en die jongman is intens en buk ernstig oor Ludo se ontblote arm en Ludo dink: Laat maar begaan, laat hulle aan my werk en kom ons kyk wat anderkant uitkom.

Hulle vra sy advies en sonder huiwering antwoord hy: " 'n

Groot kreef oor die deltoïed van my gooiarm, kan jy dit doen? Groot, gemene knypers. Mean buggers. En op die linkerdeltoïed 'n miervlieg."

Toe hulle na hom kyk, verduidelik hy: " 'n Gewone mier maar met vlerke aan." Hy dink weer: "Hy moet net nie soos 'n tor lyk nie. 'n Miervlieg het tog iets speels en iets elegants."

"Aitsa!" roep Doris.

Hy lê en terwyl Doris en die kêrel wat aan hom die maniertjies van 'n mediese spesialis het klets oor Dropbox en Clouds, begin die man aan sy arm werk en Ludo raak duiselig. Oor die verande-ringe wat hy toelaat en die gevoel dat hy beheer laat gaan. Hy is in 'n seestroom en hy weet jy swem nie teen so 'n stroom nie. Jy laat jou gaan en jy kyk waar die stroom jou uitgooi.

Hy moet laat begaan en naderhand stap Doris uit en sy gaan die winkeltjies naloop en sy wil kyk hoe lyk die lagune. Dit neem langer as wat hy gedink het en die pyn kan hy vat want hy was nog nooit eina-eina nie, behalwe met die dinge van die gees sedert-dien.

Sedertdien: Terwyl hy so op sy rug lê en die jongman intens be-sig is, dink hy: As julle maar weet.

Toe als klaar is, staan Ludo voor die spieël en kyk na die kreef wat oor sy regterskouer kruip en dis goed gedoen en lyk vir hom aaklig en die miervlieg is fyner en gereed vir vlieg. Hy dink: Nou is jy tussen die kreef en die miervlieg gevange en jy sal jou lewe nou só uitleef en die groot vis huis toe bring maar Doris is opgewonde en sy betaal kontant en hulle skud die kêrel se hand en daar gaan hulle.

"In my dae het net matrose tatoeëermerke gehad."

Sy ignoreer sy opmerking en by die haarkapper 'n ent verder af vreet die knipper deur sy hare en hy kyk hoe sy lokke val. Hy sit later toeoog en vermy die spieël. Hy stap daar uit terwyl Doris en die haarkapper giggel omdat hy weier om na sy beeld te kyk.

"Kyk hoe blink daai kop."

Hy is onherkenbaar, vertel sy, nadat hulle 'n oor-stud laat inskiet en sy vir hom gehelp het by 'n klerewinkel wat digby die strand-meer lê.

Toe hulle die pad uit Vredenburg na Paternoster vat en die land-skap karig en oop raak en sy oë soek vir 'n stip valk sodat hy kan bedaar, klets Doris vrolik: "Dis dan tickets met Ludo Loeloeraai en die begin van oom se nuwe career. Oom gaan nou die magic circle join."

By Die laaste kreef toe hulle links draai, maak Snaartjie met hom oogkontak. Sy besef nie dis hy nie want sy kop is blinkgeskeer en hy't 'n stud in sy oor en 'n swart top aan en vir die eerste keer ervaar hy hoedat sy vir mans kyk: Daar is iets geks in haar blik.

Haar oë boor uitdagend in syne en daar is geen twyfel oor die geilheid van haar uitlokking nie.

"Daai een is vir jou 'n nommer, hoor," is Doris Steyn se opmer-king.

By sy huis vra sy: "Gaan oom Ludo dan glad nie in die spieël kyk nie?"

"Ek moet myself nou leer ken en jy moet daardie Antwoord uit-haal en draai en jou foon vat en gee my die heel nuutste yo-yo met die beste tegnologie en jy neem my af terwyl ek gooi, vat 'n video clip en dan kyk ek daarna op jou rekenaar."

Sy kyk skewekop na hom en lag, "Gaan oom freestyle, ja?"

"Toe, doen dit nou."

Twintig minute later kyk hulle na die man met die blink kop en die grys baard en die aggressiewe kreef op sy boarm en hulle kyk hoe hy dans en beweeg en sy sê: "Ons sal oom se beenhare ook skeer."

"Ek is 'n miervlieg," antwoord hy. "My tyd het gekom."

Haar geel oë boei hom en sy kom sit by hom. Sy fluister, met haar kop dig teen syne: "The Flying Ant," fluister sy, "dis oom se nuwe gooinaam en triek."

"Ek moet die vis huis toe bring."

"Hoe sê oom Ludo nou?"

*

Die oggend is Ludo weer na die kanodokter en hy sit op die bed met die kraakskoon lakens en die dokter sit in sy stoel voor Ludo met Ludo se speelhand in albei syne.

"Was die speurders al by oom?" vra hy saggies terwyl hy 'n vars pleister oor die tatoeëermerk plak. Dis duidelik hy vra iets wat hy nie wil vra nie maar moet.

Ludo skud sy kop en hy dink: Versigtig nou. Hulle praat nie verder nie. Oplaas sê hy net: "Mens kan enigiets te wagte wees."

Die kanodokter knik. Saggies werk hy die vingerlitte deur, beginnende by die vingerpunte en dan die kneukels en deur die palm met sy lewenslyne na die bult by die duim se wortel, en dan die pols.

"Soos ek al gesê het, die hand is 'n komplekse ding," sê die dokter en hy weet nie Ludo dink: Jy weet wat so 'n hand als kan doen, dokter, en jy weet so 'n hand is in staat tot moord en so 'n hand kan in 'n oogwink sy taal verander. Elke taal wat jy jou kan bedink, kan so 'n hand praat.

Die dokter gesels saggies terwyl hy Ludo se speelhand ondersoek. "As jy maar net dink aan die vingerpunte, met al hul sensitiwiteit, en dan bring jy die spiere en hand- en vingerbene en kraakbene by, en naels en are en senuwees, dan het jy 'n baie komplekse instrument."

"En vir my om 'n triek te gooi," grom Ludo, "moet my hand slim wees en hy moet kapabel wees en hy moet nie huiwer soos nou nie."

Die dokter kyk op en soos gewoonlik vind hy nie veel fout met Ludo se hand nie. "Hy is nog slim," sê die dokter, "en daardie tinteling wat oom jou verbeel jy voel in jou vingers, is nie die eerste waarskuwings van 'n hartaanval wat kom nie, dit sal jy eerder in jou linkerhand voel. Jy is net besig met jou hand in jou kop en ek dink oom kan dalk twee keer 'n dag uitstap op die plaat, dalk help dit vir die senuwees."

"Daar is niks fout met my senuwees nie," brom Ludo, "hulle is so sterk soos staaldraad en my potensie is nog so sterk soos 'n koevoet."

Maar wanneer hy terugstap na sy huisie toe, weet hy dat hy stip sal moet lewe en versigtiger moet drink want sy regterhand voel verdag en hy't geen verklaring daarvoor nie en die dokter het nou verduidelik hoe ingewikkeld die hand is, meer so as 'n kar se masjien, net slimmer en ratser en met 'n geheue van sy eie.

Dis dinge wat Ludo weet en hy weet ook sy vingerpunte het afdrukke en lewenslyne loop oor sy palm en die hand hang daar aan sy arm en voel medepligtig.

Dis 'n hand wat te swaar vir sy arm geraak het en dis 'n hand wat roep na meer as bloed.

Dis 'n hand wat te veel onthou en as ek murg in my pype had, dink Ludo, druk ek hom by 'n vleismeul in en draai hom in die lemme vas en ek raak so ontslae van hom, hierdie hand van my, hierdie ding aan my pols wat met my praat asof hy 'n mond het en my wakker maak in die nanag en dan hou ek hom onder die koue kraan en ek masseer vaseline in hom in tot hy blink en dan sit ek voor my huis tot die son opkom en ek wag dat my hand bedaar en dan gaan ek na binne, om in die skemer te wag op iets om te gebeur.

Ek het gedink die fontein gaan hom heel en ek het verlang daarna om my hand in die koel water in te druk maar toe ek hom uittrek was hy so gestroop. Die ene vleis nes daardie weir-hond jare terug, die dag met Pa en Druppel die foksterriër.

*

Toe hy by sy huis kom, sit Eenslie op die stoep en wag.

"Oom se kop! Oom lyk nes 'n gangster!"

"Koffie of tee?" vra Ludo en hy raak besig in die kombuis en is bly daar is 'n asem op sy voorstoep, want die dag is oortrokke en die see 'n naar vaalsilwer en dis altyd iets wat op hom werk, hy glo die soort lig wat oor die water kaats en waarin hy vaskyk van hier waar hy woon het 'n invloed op hom en dalk sal die kanodokter dit eendag kan verklaar.

Eers kyk hy gou of daar 'n e-pos is van Elsabé, maar daar is niks.

Hulle sit oor die trieste baai en uitkyk en die seevoëls hang in die lug soos verlepte blare.

Jare al kom Eenslie hier by hom sit. Partykeer praat hulle en ander kere nie. Terwyl Ludo dink die ander kinders van Kliprug is skrikkerig vir hom want hy raas as hulle papiere voor sy huis mors of bottels stukkend gooi daar onder teen die klippe, het Eenslie Maree net eendag hier kom sit en gekyk hoe hy die klimtol speel.

Daarna het hy telkens weer gekom en Ludo kon hom volg deur sy skooljare en deur sy vlootopleiding en by hom hoor van sy pa die lynvisser en sy ma die gastehuisbediende. Soms het Ludo gedink: Hy is al familie wat ek het. En wanneer die dop hom vat en hy dink oor sy eie eindigheid, sit hy sy testament en formuleer: *Aan Jongeheer Vlootadelbors Eenslie Maree bemaak ek my huis en my klimtol en alles wat ek besit . . .*

Wanneer Eenslie op naweekpas uit die Vloot gekom het die laaste jare, het hulle dikwels net na die see gesit en kyk.

"Jy't jou oog nog steeds op die jintoe," sê Ludo nou want hulle is manne saam en manne hoef nie doekies om te draai nie. Hy verstaan die dinge van die lyf en hy kan sien dat Eenslie iets op die hart het en hy weet wat dit is.

Eenslie knik sonder om sy oë van die baai af te neem. "Ek wil haar hê, vandat ek haar die eerste keer gesien het, daar onder by die skuite. Maar ek gaan nie betaal daarvoor nie."

"Dis reg so, haar lyf moet joue vra."

Hulle sit 'n ruk en teug aan hul koffie. "Jy sal sterk moet wees, adelbors Maree, want haar kop raas en soos ek kan jy dit sien. Vir so 'n meisiekind moet 'n man duidelikheid hê."

Eenslie knik en vra opeens: "Maar oom Ludo het nooit duidelikheid vir een vrou gehad nie, nooit nie?"

Ludo antwoord nie en hy dink aan gordyne wat voor vensters roer wanneer hy verbyry en hy onthou hoedat sy al een was wat hom oor die jare as hy terugdink werklik geboei het al het hy haar nooit weer gesien nie, in sy gedagtes het sy hom bly boei, en wat die ander betref moes hy meer as een tegelykertyd hê. Hy is ieder geval van die geloof dat nes jy vir meer as een kind in jou huis lief kan wees, kan jy ook vir meer as een vrou tegelykertyd lief wees.

Maar dis dinge wat hy nie nou vir Eenslie sal sê nie want die jongman het die stip begeerte van die jeug in sy lyf en hy weet nie dat die liefde baie lywe het en dat dit 'n pad met baie vurke is nie.

"Daar was dalk éne," sê Ludo, "maar sy . . ."

Eenslie kyk te skielik na hom, en Ludo byt die sin af en voeg by: "Maar ek." Hy haal sy skouers op en draai weg. "My hand pla," gooi hy oor sy skouer. "My hand keil my op."

"Oom moet boegoetee drink," lag Eenslie. "Dit sal help vir die eensaamheid."

"Jagsheid," brom Ludo.

*

Eenslie Maree se verduideliking is eenvoudig: pastoor Leke het 'n gesig gesien en hy't geglo dis van die Gees.

Hy sit sy kant van die storie vir Ludo en vertel.

"Dis van die Gees?" vra Ludo.

Ja, knik Eenslie.

Die pastoor het die gift of prophecy. Hy sien. Hy sien by die skeepswrak daar by die punt dat die sand geskuif het en die see het die skat oopgespoel. Die wrak lê al vanaf die sewentienhonderds daar en was vol goud toe hy gesink het.

Die pastoor redeneer nou dat die Benguela baie goedgesind was om die goud oop te spoel. Die kerk kan baie baat by fondse. Die pastoor kom sien Eenslie een Sondagoggend in die derde ry van voor ná 'n revival service met kitare en heelwat fruits of the Spirit:

Elf mense het in die Gees neergeslaan en een het na vore gekom met die gawe van uitleg en daar was vier bekeerlinge.

"Prys die Heer."

Pastoor Leke praat mooi met Eenslie terwyl die tent leegloop want Eenslie is die adelbors. Hy's in die Vloot en hulle sal die dieptes moet in.

In die droom was als duidelik.

Eenslie Maree luister pastoor Leke uit. Hulle doen saam 'n gebed. By die vlootbasis gesels Eenslie met vier ander adelborste wat hy vertrou. Hy verseker hulle van die pastoor se calling en die egtheid van sy prophecy.

"Die goud lê en wag vir ons."

"Die divers duik al jarre daar en die wrak is goed explore en daar's boggherol."

"Ons kan nie 'n rubberduck vat nie, ons sal detensie toe en hulle vat ons range terug."

"Hoekom wil die dominee saamduik, hy't geen opleiding nie en sê nou daar kom 'n fokop?"

"Mens kan nie sommer goed uit wrakke vat nie. Daar's procedures en die law."

"Die Here het gespreek en buitendien dit sal guts vat."

Met hierdie laaste antwoord van Eenslie Maree het die ander adelborste hul maar-maars verloor. Want as jy nou nog protesteer dan het jy nie guts nie. En jy't nie geloof nie.

Hulle moet die pastoor by die hekwag verbysmokkel een Sondagoggend vroeg. Hulle help hom om 'n duikpak aan te trek. Die rubberduck kry hulle deur op die roof van die vlootpolisie wat daar wagstaan by die duikers se rubberducks toe te sak. Die seun weet hulle is adelborste en salueer lomp en gee die rubberduck want hulle sê dis nie nodig vir papierwerk nie, dis 'n buitengewone oefening en boonop undercover.

Hulle kom by hom verby. Hy kyk suur en onkant gevang hoe die rubberduck sy neus lig toe hulle by die hawehoof mik diepsee toe.

Dis 'n mooi oggend. Pastoor Leke jubel in die Heer. Sy dik pens is sigbaar in die duikpak. Eenslie besef dat hy die maag gewoonlik mooi wegsteek in sy spesiaal genaaide priestergewade waarsonder hy deesdae eintlik nooit meer gesien word nie.

Hulle weet waar die wrak lê en trek peil op die kuslyn. Hier begin Eenslie Maree sweet want hy weet dis waar hy sy offisiersrang verloor, op hierdie punt waar hulle stry met pastoor Leke dat hy in die boot moet bly want hy't geen duikopleiding nie en daar's nie nou tyd vir basiese instruksies nie.

Maar die pastoor dring aan en hulle wys hom dié, daai en die ander en neem hom af.

Die wrak lê nie so diep soos wat mens verwag nie. Dis 'n kaalgestroopte geraamte en daar is nie eens die skole vis en wiere wat mens sou verwag nie, net die ontblote skaamte van 'n gesinkte skip.

Die water is nie so helder nie. Hier onder ruk dit meer al was dit so kalm op die oppervlak.

Hulle swem op en af en klouter. Die gety druk hulle en Eenslie het die pastoor aan sy hand. Hy sukkel want die man is lomp en dryf nes 'n padda.

En toe, en hier laat sak Eenslie Maree sy kop, "toe pluk die pastoor aan my en hy wys na sy pens. Ek sien agter die duikbril sy oë is groot en wit asof hy geskrik het en toe ruk hy en toe word hy pap en hy dryf net."

"Wat bedoel jy?" Ludo sit vorentoe.

"Hy't gedood daar aan my hand?"

Dit sê Eenslie as vraag want hy weet self nie wat gebeur het nie. Hy meen die oorvrete pastoor het 'n hartaanval gehad van die opwinding en die inspanning en die benoudheid van die duikpak, hy weet nie. Maar dis 'n lyk en geen goud nie wat hulle boontoe bring. Hulle spoeg seewater toe hulle al drywend om die rubberduck hul maskers afhaal en na mekaar skrou en die pastoor se liggaam in die boot probeer kry.

Die wind het opgekom. Daar onder het die waters geroer en die bodem was vaal en sonder die skittering van goud, iets wat hulle met die uitjaag uit die vlootbasis se hawe in hul verbeeldings gesien het met die jubelende pastoor in die boot se neus en die wind in sy gesig.

Ons het onder mekaar baklei, vertel Eenslie. Ons was báng. Dit het rof geraak want ons het nie geweet wat ons aan land sou verduidelik nie. Ons het oorboord geraak want ons was jong adelborste. Ons wou nie ons range verloor nie.

"Ons het hom nie doodgemaak nie, ons was net dom en rof en ons het hom laat gaan."

"Hoe bedoel jy, adelbors, laat gaan?"

"Ons het die gety hom laat vat maar ons het eers sy duikpak uitgetrek en ons het hom gelos vir die see." Hy kyk na sy hande. "Ek is jammer." Plegtig voeg hy by: "Ons het 'n gebed gedoen voor ons weggevaar het."

*

Lank sit Ludo en Eenslie so nadat Eenslie sy verhaal vertel het.

"Jy moet hierdie ding nou in die oë kyk," praat Ludo oplaas. "Jy kan hom ontwyk en dis op die korttermyn dalk die maklikste, maar op die langtermyn word hy 'n klont op jou bors en dan word jy soos ek."

Eenslie kyk vinnig na Ludo: "Hoe bedoel oom, soos oom?"

"Poegaai." Ludo gee die klimtol een gooi.

Sjoe-wap!

"Laat dit nou daar," grom hy. "Wag net hier."

Hy stap na binne en tik 'n e-pos. *As jy langer stilbly, hoor jy nooit weer van my nie. Uit en gedaan.* Hy slaan die stuurknoppie met sy wysvinger en kom weer na buite.

Maar Eenslie Maree het geloop en Ludo weet dat daar vir die adelbors 'n bloedkol in die pad lê en hy weet wat dit beteken en hy hou sy hart vas vir die jongman wat soms soos sy eie seun vir hom voel. "Eenslie!" roep hy, maar niemand hoor hom nie, want die wind het opgekom en dis so sterk dat sy broek om sy bene wapper.

"Fokken flying ant . . ." prewel Ludo. As hy maar geweet het

wat Elsabé se van was, kon hy navrae gebel het. Hoe vind jy ie-
mand as jy niks van haar weet nie, net dat sy in 'n rolstoel sit, en
al wat jy onthou is haar lyf wat gloei en haar blink oë en haar
uitroepe wat oor die vlaktes dawer?

*

Hy slaap goed want hy word fikser en doen sy oefeninge. Dis nie
hy in die spieël nie, dis 'n wése wat na hom uitstaar met oë wat
blouer is as wat hy onthou en hy skrik vir die video clips wat sy
neem. Wanneer hy vir die kamera kyk, sien hy in sy oë dit wat hy
in hare sien, syne is net die blou soos oë raak wat lank vir die see
sit en kyk het met 'n soort skrik in hulle want op die Tweefontein-
pad daardie nag het hy geskrik en van toe af lewe hy in skrik en die
skrik sal hom nooit verlaat nie.

Daarom oefen hy soos 'n besetene en dis iets wat sy verstaan,
hierdie totale toewyding en fokus is 'n alfabet wat hulle deel. Hy
verloor gewig en vat nooit meer aan sy kierie nie maar hou sy oog
op die spinbal en raak gek oor die nuwe yo-yo's en als wat hulle
kan doen. Die nuwe tegnologie laat die klimtol spin aan die punt
van die tou en dit het áls moontlik gemaak, dis vir hom 'n nuwe
wêreld wat oopgaan en sy leer hom deur die lere gaan waar jy
met 'n eenvoudige triek begin en dan ál ingewikkelder gooie doen
totdat die tyd verby is en jy kry punte vir die hele roetine en die
toets is of jy al die trieks kon gooi in die voorgeskrewe tyd en dit
behoorlik rég kon doen.

Hy sweet en swets en gee nie gewonne nie en later freestyle hy
want dan kan jy regtig laat waai en saans in sy bed dink hy aan sy
Walking the dog op skoolsale se plankverhoë en hy hoor die hol
skuur van sy yo-yo wat tol teen die skoolsaal se plankvloer en hy
dink: Die wêreld het verander en my triek het verander en ek is
nou The Flying Ant. Die Miervlieg.

Ek het 'n naam wat sy op die Internet kan verkoop en sy twiet
my reeds uit en mense is nuuskierig oor my, vertel sy, ek lyk na iets

tussen 'n Mafiabaas en 'n rofstoeier en 'n siener of rocker of dalk 'n nagklub-bouncer of 'n gedrog uit 'n video van Die Antwoord maar goed, ek góói hom en hierdie kind het na my gekom en sy is vreemd en ligvoets en dis nes asof sy uit 'n vliepiering gestap het, want soms het sy daardie vreemde trek op haar gesig en daar's die geel, onnatuurlike oë en die spits, dun oortjies wat met 'n punt boontoe loop. Gestel sy is 'n alien en sy het gekom om met my te werk as deel van 'n eksperiment?

Hy skud sy kop waar hy in die donker lê en raak aan die slaap en die volgende oggend is sy weer daar: "My ouma Elsabé het besluit om vir my te kom kuier en sy wil oom Ludo sien, is dit o.k. so?"

"Dis reg so." Iets registreer, maar dis asof sy kop dit nie wil snap nie.

"Sy is 'n fotograaf en sy't jare terug voordat sy in die rolstoel beland het een aand van oom die shots geneem op Tweefontein Twee, waar dit ook al is."

Hy kyk lank na Doris Steyn voordat hy antwoord en wanneer hy antwoord is dit vanuit 'n moegheid wat in hom opdam en hy oefen so hardkoppig en dit gaan nooit regtig weg nie al dink hy soms so: "Jou ouma het van my foto's geneem op Tweefontein Twee."

"Ja, oom."

Hy bly na haar kyk en die geel van haar oë verander en hy weet sy oë word ook donkerblou en hy sê: "Haar naam is Elsabé."

"Sy is Elsabé, oom."

"En sy is jou ouma."

"My ma se ma."

Hy voel duiselig en sy het hom nie op e-pos geantwoord nie want sy het presies elke dag by Doris kon hoor hoe dit met hom gaan en wat hy doen. Sy het hom opgespoor en dis soos hy haar onthou, sy laat nie los nie en sy gee nie gewonne nie.

"My God," sê hy. Na 'n ruk vra hy: "Wys my jou gooihand se pinkie."

Hy kyk na die hand wat sy met oopgespreide vingers voor hom hou.

Dan sê hy, afgemete: "Hierdie pinkie van jou wat so effens skeef sit."

"Ja, oom?" Sy draai haar kop skuins, en wanneer hy huiwer: "Wat van my pinkie, oom?"

"Dis my pa se pinkie. Hy't dit van sy ouma geërf. Dit loop in die familie. Partykeers spring hy oor generasies. Ek het hom nie. My pa het altyd gesê sy ouma se sêding was: 'Ons pinkies staan vir niks verkeerd nie.' "

"My ouma sê altyd my ma se pinkie het krom gestaan."

Dan besef sy.

TRIEK AGT

Die Karooklong ("The Texas cowboy")

Jy's mos 'n ou hand met die Spinner. Maar nou moet jy 'n ratse Karooklong wees! Want die Spinner is maar net die begin van hierdie triek. Laat jou klimtol eers horisontaal so 'n vyftien sentimeter van die grond in 'n sirkel om jou beweeg. Nogal moeilik. Tel jou linkerbeen op sodat die tou kan verbykom en dan die regterbeen sodat hy die sirkel kan voltooi. As jy sover kon kom, gee 'n ligte plukkie om jou klimtol weer in die hand te kry. Kyk nou hoe klap die nooientjies vir jou hande!

"Die dag dat ons skuldig voel dat ons nie genoeg speel nie, sal dit beter met ons land gaan."

Sy pa die fiskaal met die skewe pinkie het hom in sy kantoor by die speelgoedfabriek kom besoek.

Sy pa was al te moeg en te oud om teen Ludo se woorde te protesteer. Hy't 'n komieklike boepmagie gehad en Ludo se ma het gekla sy pa draai 'n kraan oop en stap weg en vergeet om dit weer toe te maak. Vieruur soggens begin hy al op die plaas dwaal en soms kry hy nie sy pad terug na die opstal nie. Sy ouers was in die Kaap om sy pa by 'n spesialis te kry en Ludo het die fiskaal in sy kantoor ontvang.

Hulle het eers in sy blink kantoor tee gedrink. Dit het bo die fabrieksvloer gesit en deur eenrigtingglas kon jy afkyk op die werkers voor die draaibanke. Die glasmuur was klankdig en Ludo kon neerkyk op die bedrywigheid. Sy pa het met nikssiende oë na als gestaar. Sy kragte was gedaan en die koppie het in sy hand gebewe sodat die teelepel in die piering tril.

Toe het hy sy pa afgeneem die vloer in en hulle het stadig beweeg deur die fases van die produksieproses, tot by die einde van die tafels, waar die speelgoed blink en kleurvol in bokse verpak is.

Ludo het 'n vrolike front voorgehou en nie aan die fiskaal verklap dat hy daar bo in sy kantoor soos 'n vis in Sarel Swiegers se akwarium voel nie. Jy kan net 'n entjie só swem, en dan weer 'n entjie só.

Jou mond maak elke dag dieselfde bewegings. Jy eet elke dag dieselfde kos. Hy't gedroom van vryheid, van 'n huisie teen die see. Van die lieflike wydheid van wind en sand en golwe.

*

Elsabé het na hul eerste ontmoeting weer met hom kontak gemaak. Dit het die patroon geword. Dit was sy wat hom telkens sou opsoek, nie hy vir haar nie. Sy was die jagter.

'n Dorpie tussen heuwels. Messelvore het water na tuine gelei en verrassend geil boorde vir daardie deel van die wêreld het in agtertuine gestaan. Die tuine het ook groente gedra, en pampoenranke met blomme en lang drade met rankdruiwe vol trosse met spreeus met geen vrees meer vir voëlverskrikkers nie wat aan die trosse pik.

Die bloed was nog vars op sy hande maar wat hom die meeste ontstel het, was dat hy na die moord op die kind (ja, hy weet wat nalatig is en wat opset is en wat die verskil is tussen 'n ongeluk en moord maar hy kon nie anders nie, vir hom was dit moord) so goed soos nooit tevore nie gespeel het.

'n Nuwe sekerheid het in sy hand kom sit, 'n vuur wat hy nie eens vermoed het hy had nie. Dit was dalk 'n woede, het hy jare later gedink, teenoor die groot Gooier, wat 'n triek met hom gegooi het daardie nag by Tweefontein waarvan hy nooit sou herstel nie.

Wat doen jy as jy so 'n ding in jou het? wou hy weet van iemand, enigiemand wat hy kon vertrou, en dalk was sy die een om te vra. In daardie jare kon jy nie na 'n dominee gaan met so iets nie, die dominees was om dit vleiend te stel verbeeldingloos en Broederbonders en hy weet só 'n leraar kon gewoon die dorp se staatsaanklaer bel en daarmee basta.

Hy was 'n keer by 'n algemene praktisyn op Laingsburg en dié het sugtend pilletjies voorgeskryf vir sy senuwees wat so rafel voor die aandoptredes in die skool- en landbousale. Maar wat Ludo mettertyd sy gelukspilletjies genoem het, het hom voëltjies laat hoor fluit wat hy geweet het nie in die Karoo of Namakwaland bestaan nie. Die Opel se voorruit het vaag geraak en hy het 'n keer op 'n grondpad in die Bergkaroo agter die stuurwiel aan die slaap geraak en die Opel het holderstebolder op Ouberg anderkant Graaff-Reinet oor 'n skutwal gedonner en in die veld tot stilstand gekom, gelukkig sonder skade aan die bakwerk of enjin. God het hom uitgespaar vir nog 'n jaar van verwyt, het hy gedink en die pilletjies in die toilet afgespoel, nooit weer nie.

Sy't hom in 'n hotel opgespoor en hy was op pad na die dorpie tussen rantjies met boorde in agtertuine en voorstoepbanke waarop ou mense sit en kopknik in die laatmiddag.

Hy't die vorige aand die saal in 'n buurdorp op hul voete gehad en hy't die bloedkol uit hom gespeel en diep in hom was die onrustige geheim wat hom van die mense afgeskei het. Op 'n vreemde manier kon hy ná die ongeluk met groter sekerheid die idee van speel bring aan die stugge gemeenskappie tussen kliprantjies.

Agterna het hy baie nagedink: Speel het vir hom iets anders geword, nie iets wat ligtelik mee omgegaan moes word nie en speel het dodelike erns geword en speel was al manier om patroon en orde te gee aan die bloedkol op die teerpad by Tweefontein.

Dit was 'n belangrike ding om te besef en toe hy dit besef, het dit die vrug se pit geword en dit was wat Ludo Loeloeraai grootkampioen gemaak het met die magiese klimtol en die smokkelstories oor speel deur die eeue.

"Ek het 'n donker hart," het hy aan haar gesê toe hy haar teëkom waar sy hom ingewag het op 'n tweespoorpaadjie wat van die teerpad afswenk en na 'n windpomp en dammetjie lei.

"Ek hou van manne met skaduwees, cowboy," het sy geant-woord en voor hom uitgeloop. "Ek hou van donkerte." Sy't hom getart met die wieg van haar lyf en die lens van haar kamera. "Ek hou nie van lig nie. Lig verblind. Donkerte vra dat jy skerper kyk. Jou pupille gaan oop."

Sy was speels en ligvoets en daar was geen ander vrou soos sy in die Karoo nie. Elsabé was lank van lyf met hoë heupe en as hy iets onthou hier op sy stoepie dan is dit die brute krag van haar tong wat sy tande oopdwing toe hy nog suinig en onseker was oor wat sy van hom wil hê.

Hy wou haar vertel daar in die stilte van die veld wat hom oor-gekom het en hy wou sy speelhand oopmaak en die palm aan haar wys maar sy was te haastig vir liefde en die plesiere van die lyf en sy wou kaalgat in die dam swem en het hom daar ingekry in die dammetjie met die binnewande groen van slym maar die water so helder soos daglig en die kop van die windpomp het gedein op die spieëlvlak.

Sy wou 'n foto van hom neem waar hy kaal by 'n swart stuk doleriet staan maar hy het geweier en sy't gelag en ver weg kon hulle karre op die grootpad hoor verbysing.

Hy't besluit dat sy nie die een was om mee te praat nie, en die ge-heim van die bloedkol by Tweefontein het dieper getrek. Hy moes dink aan die ou mense se geloof dat as jy 'n pendoring in jou voet kry en hy breek af en jy grou hom nie uit met 'n naald waarvan jy die punt eers oor 'n kersvlam skoongebrand het nie, dan trek die hart daardie doringpunt aan en die doringpunt kruip oor jare heen stadig deur jou lyf en hy gaan sit in jou hart waar hy sweer.

Maar sy het hom laat vergeet. Sy het hom in water laat duik en sy het hom verfris en sy het hom skoongespoel. Veral omdat sy nie die soort vrou was wat gewag het dat hy haar soek en kry nie, sy het hom agternagesit, sy was meedoënloos.

*

Hy wil nooit voor middagete verby is by 'n nuwe hotel aankom
nie, hy talm en ry die veld in waar 'n hek oop vergeet is en hou
stil by 'n windpomp met sementdam en trek hom uit en swem in
die koel water en om hom is net die kale vlakte en die horison wat
sidder in die hittegolwe.

Agterna lê hy en slaap onder die peperboom langs die dam se
skaduwee en as dit winter is hou hy uit die skraal wind stil by 'n
rivierbedding en op die sand bou hy 'n vuur van droë takke wat hy
gebreek het en soms het hy wors of twee tjops by hom en hy braai
dit en dit is goed want dit is sy lewe en dis net hy.

Dit is waar hy op sy gelukkigste was.

Vaal is die voëltjies wat in die doringbome wip en 'n skilpad
se moeisame geritsel laat hom opkyk en hy kyk hoe die pootjies
grawe, hy vat 'n klip wat lekker in sy palm lê en dop die skilpad
om en met een swaai is die dop pap en die skilpad roei nog 'n keer
maar hy is reeds in die vuur en braai onderstebo in sy eie sop.

Jy kan van die veld ook lewe en hy het geweet wat om te pluk
en wat om te los en hy't homself nie kwalik geneem nie want hy
het op 'n plaas grootgeword en hy't geweet hoe jy kan lewe van
die veld.

In die hotel die aand kon hy behaaglik bad voor sy konsert maar
hier in die veld het hy 'n kortbroek aangetrek en later jare 'n punt-
twee-tweetjie agter sy sitplek ingeskuif en wanneer 'n haas hop
het hy hom geklits en dan spaar dit aandete koop op die volgende
dorpie. Die haasvleis was soet en 'n keer of wat was hy gelukkig
met 'n steenbokkie teen die serwituutdraad.

Jy kon so lewe en omdat hy uit die veld geëet het en nie mense
gehad het om voor te sorg nie kon hy 'n gawe deel van sy Coca-
Cola-salaris spaar elke maand, by die poskantoor van die dorpie
waar hy toevallig was, het hy die tjekkie gaan inbetaal en gesien
hoe die posklerk sy spaarboekie stempel en elke keer was daar
meer, die rente het tydsaam maar beslis opgeloop en hy't geweet

dis iets wat opbou en wag vir 'n tyd wat kom, dalk kry hy eendag 'n plan.

Dit was sy eenvoudige roetine en daar was nie veel vurke in sy pad in daardie eerste jare van die geskiedenis van die yo-yo nie totdat sy gekom het en 'n vurk voor hom gesit het en hy kon nie kies nie.

Sy't hom agtervolg deur sentrales op dorpe te bel en te vra of hulle weet of Ludo Loeloeraai dalk eendag daar 'n konsert kom gee en indien wel wanneer. Hy't haar verbied om weer sy konserte by te woon en met haar kamera 'n spektakel te maak maar hy't haar oproep al begin verwag wanneer hy by 'n hotel ingeboek het, hy was skaars in die kamer of die foon by die bed trienkel en sy sê sy is naby en as hy uitry terug soos hy ingekom het by die tweede brug, die een oor die sandsloot, daar by die brug is 'n hek wat hy kan oopstoot, die paadjie is stamperig maar die Opel sal dit maak en hy moet die tweespoorpaadjie volg tot by die koppie waar hy nie meer verder kan nie, hy sal sien dis doleriet want die klippe is swart, asof vuur die klippe swart gebrand het.

Sy't geweet hoe om suggesties te maak en hy kon hom nie be-teuel nie maar met vuur in sy lende het hy uitgery en die hek oop-gestoot en seker gemaak niks kom aan nie en dis net hy en die oop pad weerskante toe en die kale veld, en daar was haar Land Rover se spore al en by die hek haar voetspore, sy was kaalvoet het hy gesien en aan die hekpaal het haar sakdoek gehang.

Toe hy stilhou by die brokke doleriet wat gestrooi lê by die lae koppie, kon hy die kledingstukke volg, eers die hemp en toe 'n ent verder oor 'n bos gedruip die bra en toe die langbroek en 'n ent verder op teen die rantjie wapper haar broekie aan 'n kriedoring-bos.

Sy't kaalgat gewag en geruik na afwagting en die langpad en die veld en haar vleis was koud van die windjie en haar sweet wat koudwaai maar sy was warm en hy was onkant gevang want niks kon haar blus nie en geen stuk veld was vir haar rug en haar boude en haar elmboë en knieë te hard nie, sy wou paar in die oop veld

en agterna dreun die Land Rover brullend weg en dit laat hom ver-
wese agter en hy moet eers in die Opel sit en LM aandraai en wag
vir als om te bedaar want hy moet fokus, hy moet die speelritme
regkry en sy het gesê: "Jy naai soos 'n yo-yo, Loeloeraai."

Hy moet in die hotel terugkom en hy moet dalk eers bad en hy
moet dan 'n plek kry om hom in te studeer, hy weet wat wag en dis
nooit maklik nie, en hy weet die konsert is voor hom, dis soos 'n
groot toets en dit is dalk 'n teregstelling.

Maar wanneer hy op die verhoog kom, is dit sy wat in sy lyf is
en hy speel met brute krag en hy weet wanneer om terug te hou en
wanneer om skiet te gee, hy speel met die aandag van die liefde en
hy speel met die stuwing en die breekwal, hy is die kampioen en
hy is Ludo Loeloeraai en niemand sal weet van die dolerietkoppie
nie, dis net hy en sy in hul karre iewers op die oop paaie en in hul
gemoedere die oplaaiende herinnering.

Onweer wat opbou, was hoe hy aan haar gedink het en wanneer
hy ry was sy die cumulus wat opgepak het op die horison en dik
en donker het dit uitgeblom en dit was iets wat sou moes uitreën,
daar was geen ander uitweg nie. Maar nes die reënbui het sy ver
voor gebly en was sy nooit agter hom nie, maar soos dit in hierdie
wêreld is, was die reënwolke 'n saak van die horison en die hoop
en was dit iets wat jou gelok het eerder as omring het.

En toe kom die tyd toe hy gevoel het sy lei hom af van sy triek.

Sy triek was altyd vir hom alles, so verbete was hy in sy roetine
en so deel van hom was sy eensaamheid, hy het die hekke wat jy
kon oopstoot en die streep klere in die veld oor klippe en bossies
begin vrees maar dit het terselfdertyd ál geraak waarvoor hy ge-
leef het.

*

Toe het dit opgehou daardie dag toe hy met die kartonman voor
hom na haar gestap het (hoe kon hy haar kwalik neem?) en hy het
nooit haar adres gehad nie en oor haar van was hy onseker en die

Kaap was groot en buitendien het dit hom kans gegee om asem te haal en weer metodies die dorpies in te palm.

Hy't die Groot-Karoo deurgewerk met 'n nuwe roetine en die Opel het hom goed gedra. Dan en wan 'n papwiel met 'n spyker of oorverhitting op die grondpadpasse as die gruis baie los is en net een keer moes die Opel 'n week met oop enjinkap in 'n werkswinkel op Beaufort-Wes staan en daardie week het hy in die hotelletjie teen die teerpad nes jy die dorp uitry Kaap toe oorgelê en als deurdink.

Hy moes haar uit sy gestel uit dink want sy was weg en hy't nie geweet waar om haar op te spoor nie. Hy't niks van haar geweet nie en hy het tyd nodig gehad om stelselmatig te onthou en dan te vergeet, 'n daad van die wil, 'n dissipline.

Memorie, aflegging en nekomdraai.

Dis verby.

Dit was 'n reisigershotel en daar was baie mans soos hy, elk uit op besigheid, reisigers met 'n tas vol handwaaiertjies wat met twee flitsbatterye werk, of oulike kombuisgoed vir die moderne kombuis, of 'n nuwe soort vuurhoutjie waarvan die brandtyd wonderbaarlik lank was sodat jy jou pyp met een vuurhoutjie kan brandsteek, of 'n nuwe muskietweermiddel uit Argentinië wat nie giftig vir die vel was nie.

Mans met karre en hoede en 'n nooi op elke dorp en 'n sportsbaadjie wat teen die agterruit aan die hakie hang. Mans met 'n onmiddellike eiegeid wat jou in die hotelkroegie oorval, 'n broederskap van die langpad.

Hy het hierdie gesellighede vermy en gewag dat die Opel herstel word en elke dag gaan hoor by die werkswinkel of die onderdeel al van die Kaap gekom het.

Hy wou met niemand praat nie want vars in hom was die onlangse vraag van 'n dorpsprokureur, 'n selfversekerde man wat hom van fleurige taal bedien en noukeurig en met klein inasempies aan een koue bier teug: "Nou watter doel dien die gespelery, meneer?"

Ludo het al sy derde brandewyn voor hom gehad: "Juis omdat

die risiko so groot is en die uitkoms niks." Toe die man onbegry-
pend na hom kyk, het Ludo voortgegaan: "Dis soos met die domi-
nee se vrou: jy wed op die duiwel en vat wat kom."

Hy't nie bygevoeg nie, want dit was te privaat: "Dis soos die in-
jaag die nag in met jou kopligte af en jy doen dit omdat jy kan."

"My bedryf maak staat op die logika." Peuseltjie bier.

"Logika wil wees, speel is." Ludo het opgestaan en uitgestap, hy
was jonk en op sy slimste.

Maar dit was 'n goeie tydjie daar in die laaste kamer in die ry,
daar by die doringboom en met die lang stoep voor die rye ka-
mers af en hy't 'n stoepbank tot naas sy deur gesleep en dan sit hy
daar en kyk hoe die karre op die snelweg vetgee sodra hulle by die
bloubaadjiesone uit is en dan hoor jy soms ver 'n suising en dis 'n
Boeing wat oorvlieg.

Hy het geweet dit sal nie hou nie, nie hierdie lus met die kamera-
vrou nie en hy kry haar nooit stil vir praat nie, sy wil net vry en
weer ry. Later jare het hy geweet hy't dit verkeerd takseer, maar
daar op die stoep het hy gedink dit kon nêrens heen lei nie, hy was
'n man met konsentrasie en hy het sy bevele uit die Kaap ontvang
en die promosieveldtog was straf en hy moes syfers indien en die
klimtol uitgeplaas sien sodat elke kind in die Karoo en Nama-
kwaland soggens die huis uitgaan skool toe met 'n yo-yo aan die
vinger, dit was die doel.

Hy't haar drif vlak gekyk en hy kon die vurk in die pad nie neem
nie.

Hy't daar op die groen stoepbank by sy kamerdeur gesit en teen
tienuur die oggend het al die kamerdeure oopgelê en die reisigers
met hul tasse was weg, skoongeskeer en met dasse aan en hoed
op die kop op pad na hul volgende dorp en dit was dan net hy die
heeldag daar terwyl die Opel op blokke wag en die bediendes die
lakens kom aftrek en onder mekaar skinder oor wat hulle kry in
die kamers.

Hy kon daar sit van vroeg elke oggend tot die middag vyfuur
wanneer die volgende klomp reisigers beswete en tam inkom en

na hom knik terwyl hulle hul koffers indra en hy't die dakwaaiers hoor aangaan en hoe badkrane loop en daar was ook families en soms 'n vrou wat alleen was en met behoedsame oë na hom gekyk het.

Hy kon baie dink en hy was tot stilstand forseer en iets in hom het aangevoel dat die weer gaan draai, dit was sy talent in daardie jare, hy kon voor die tyd dinge hoor, sy gestel was instinktief en hy't geweet iets gaan kom en hy sal die kontant uit die poskantoor moet trek en 'n ander lewe maak.

Op 'n vreemde manier was sy altyd met hom en by elke dorpie het sy oë gesoek na 'n hek wat jy sou kon oopmaak en deurry en daar in die verte dalk 'n dolerietkoppie of 'n streep bome waar 'n sandsloot lê en hy was nooit sonder haar nie. Sy lyf het haar leer liefkry en sy was altyd op die langpad saam met hom, sy wat haar aan geen konvensie gesteur het nie en sy wat uit die niet gekom het en weer in die niet verdwyn het maar haar geur en haar pragtige oë sal hy nooit vergeet nie.

Eers agterna het hy besef: Jy het haar meer liefgehad as wat jy besef het.

*

Die speurders daag op by die huisie met die blou deur. Die dorp is reeds vol stories oor die geeloogmeisie wat by oom Ludo kuier. Oom Ludo lyk deesdae nes een van daardie bikers wat Sondagoggende op breakfast runs op Harley-Davidsons van die Kaap af opkom en by die hotel bacon and eggs bestel en 'n bier drink en dan weer uitbrul en knetter by Die laaste kreef verby.

Soos een van hulle lyk oom Ludo deesdae en elke dag ry hy boonop uit Tietiesbaai toe na die meerminjintoe en dit moet hom baie twintigrande kos, daardie ekspedisie elke oggend en dis 'n wonder, maar dit lyk nie of die geeloogkind met die magic yo-yo vir hom genoeg is nie, oom Ludo is oor sy menopause.

Met al hierdie stories in hul ore kom die twee kalm speurders en tas hom af. Hulle sit op die stoepie voor sy huis en het elk 'n koue bier aanvaar alhoewel hulle aan diens is.

Die een is dik met die nek van 'n voorryman en hy sit en maak sy naels met 'n vuurhoutjie skoon. Hy't die kreefinspekteur uit die vlakwater gesleep. Die ander is maer en stil en hy is die intelligente een, sien Ludo, sy oë loop soos miertjies oor Ludo se voete en oor die stoep en die huis in, skarrel-skarrel, onrustig van die fynkyk.

Hulle werk aan baie sake hier rond en op Vredenburg en daar is nie genoeg voertuie nie en te veel sake en hulle wil heel eerste by hom weet: Het hy sy hare uit boetedoening afgeskeer en hoekom die swart hemp, keer hy nou die rug op die Here?

"Boetedoening? Is julle nou ook lekepredikers?"

Hy gooi wal en die tweede vraag is: "Wanneer laas het oom 'n vliepiering gesien?"

"Toets julle of ek gek is?" vra hy grommerig en hulle kyk na mekaar en hy gaan maak vir hom 'n tweede bier oop maar bied hulle nie nog aan nie en wanneer hy weer kom sit, sê hy: "Daar is mense wat vertel dis nie een mens wat agter die dood van die kreefinspekteur sit nie. Maar as julle reg is dat dit 'n hou teen die kop was, het een mens die kierie vasgehou en is hy die skuldige."

Hulle kyk hom met spits oë aan: "Of met 'n klip geslaan," sê die een met die dik dye wat kwaad die lyk uitgesleep het weg van die water en die krewe.

"Presies."

"Waar was oom die dag voor die lyk uitgespoel het?"

"Ek is elke dag net hier."

Hy wil byvoeg: "Wanneer ek nie op Tweefontein is nie." Maar hy bedink hom. Hy moet hulle uit die huis kry. Vandag is nie die dag vir Tweefontein nie.

"Ons hoor oom gaan oorsee?"

"Sy't my gesê hulle wil hê ek moet oorkom Amsterdam toe, ja, en ek sal gaan sodra ons vliegkaartjies kry en ek moet 'n noodpaspoort kry ook."

"Oom ken mos vir die jong Eenslie Maree, die een wat die Vloot nou ondersoek vir die dood van pastoor Leke?"

Hy kyk af en haal diep asem. Nog 'n teug bier. Ha-nou, Ludo, ha-nou.

"Ja, ek ken die goeie seun. Julle't baie lyke op hande."

"En oom lyk soos 'n man wat die Weskus ver agter hom gaan sit." Dis die maeretjie en dis 'n direkte vraag.

"Jy bedoel ek vat my paspoort en ek is landuit?"

"Ja, oom lyk nog anderster ook, oom het 'n nuwe lyf."

"Luister, julle is sommer nog twee seuns en laat ek julle vertel, as die gety 'n man teen die klippe gooi, kan jou kop ook so lyk, watse oortuigdheid is dit dat daardie man doodgeslaan is?"

"Ons weet nie, oom, en dis hoekom ons rondvra. Die man het baie vyande gehad."

"Lyk ek soos die vyand van 'n kreefinspekteur?"

"Ja, maar oom gaan elke dag daar na die meerminjintoe by Tietiesbaai en die kreefinspekteur was ook spuls vir haar. Dis twee manne agter dieselfde meisie."

Hy staan op en bulder: "Maar my goeie donner, julle fokkers! Ek vat vir die kind kos en ek het nie my hande aan haar gesit nie!"

Hulle skrik en staan op. "Die mense in die dorp praat anders," sê die maeretjie en Ludo dink: O, jy's die een wat die gif moet in-skiet, jou klein slang.

"Fokof van my stoep af."

Hulle ry weg en lyk verbasend kalm, selfs vriendelik. Hulle wuif na hom deur die afgedraaide motorvenster. "Good luck in die oor-see, oom Ludo!" roep die dikke.

*

Ontstig sluit hy die deur agter hom en swik amper sy enkel by sy stoepie, swets en vat die kurktrekkerpaadjie af plaat toe. Verby die rotse het bote al ingekom en hulle is uitgesleep. Die kreef vroetel in mandjies en emmers. 'n Besoeker staan en stry met 'n plastieksak in die een hand en 'n vyftigrandnoot in die ander. Hy wil 'n kreef met 'n groot stert hê. Seevoëls hang laag en mak oor die bedrywigheid, stryk neer op die skuite se rande, op die sand. Vlieg op toe Ludo verbystryk na Dick Malgas wat by die sandwalletjie net bokant die plaat teen sy bakkie leun.

"Die speurders praat stront," stoom Ludo en loop Dick Malgas by asof hy seker is dis Dick se skuld. "Hulle het die vinger op Eenslie Maree."

Dick steek 'n sigaret op. Hy draai sy rug na die ligte windjie en lig sy ken met die eerste teug, sodat hy die rokies die luggie in loods. Sy dik hande lyk soos die vet pote van 'n boerboel, dink Ludo, deesdae is daar 'n robynring aan die pinkie en 'n goue ketting by die moesies van die keelvel.

"Ek het daai midshipman'tjie gesê ek kan die dossier laat toemaak." Dick vryf oor sy maag terwyl hy 'n diep teug aan die sigaret neem. "Maar hy's net so kerklik soos daai antie sy ma wat die guesthouses uitvee. Hy wil niks weet nie." Ludo draai sy kop skeef. "My nefie in Simonstad."

"O." Ludo weet van Malgas se neef, wat jy soms op TV sien in insetsels oor vlootparades. 'n Lang, maer man wat glad nie trek op die dik Malgasse met hul boomstompbene wat boonop bak staan nie. "Met sulke bene staan jy vas op dek, dit kom van die Portugese mariners," spog Dick Malgas graag en vryf oor sy onderbene, waar die spatare bo die omkrulsokkies bult.

Ludo is nie vanoggend lus vir Dick Malgas se vernaamdoenery nie. Hy't sleg geslaap en rondgerol oor die dogter wat hy nooit geken het nie en wat voor hom gesterf het. Hy moes eintlik eerste gegaan het en dis 'n wet van die natuur: Jy sterwe voor jou kinders. 'n Hartseer wat hy nie geweet het uit sy bors sal kom nie, het van nêrens opgestoot en die wind het aan sy huis se dak geruk. Hy't gevoel hy staan met leë hande voor die dogter van die dogter van wie hy nog nooit eens 'n foto gesien het nie. Hierdie ernstige kind met die geel oë. Sy het met bewende onderlip voor hom gesit toe sy iets sien van haar eie bloed en sy't die pinkie van Ludo se pa die fiskaal.

Hy onthou hoe sy hom bitterlik vasgehou het en hoe hy nie die gevoel geken het wat hy gevoel het nie. Is dit hoe mens oor 'n kind voel? Die woord *oupa* het vreemd ongesê tussen hulle gehang en vir hom was dit 'n woord uit 'n vreemde taal en 'n woord wat hy nie sou kon opneem in sy mond en met homself in verband bring nie.

Ek gaan die woord verbied, het hy gedink, en opgestaan en koffie gemaak al was dit nog in die nanagure. Dit was te winderig om die deur oop te maak en die luike oop te gooi. Die nag was stief en dit het lank gevat voor die dag gebreek en die wind gaan lê het.

Doris was die kind van haar ouma en sy had geen ander familie nie. Haar pa is dood toe sy jonk was en sy onthou nie veel nie, het sy aan Ludo vertel. Wat mense van eie bloed betref, was daar net haar ouma en die stiltes wat haar ouma nooit gevul het nie, 'n boks vol foto's en 'n stapeltjie briewe en sy kom hier en sy kry hom en dis asof sy haar skuit hier uitgesleep het ná 'n lang vaart.

Net so het sy gesê.

Sy't te lank gebly en hy wou haar die huis uit hê, hy moes homself eers posisioneer en dalk 'n triek gooi in die toe huis en sy eie skaduwee dophou en dink oor hoe hy hom nou gaan inrig, waar is hy nou en wat is hierdie nuwe ding? Sy ore het gesuis toe sy uiteindelik wegry en hy't geweet sy is teleurgesteld oor sy stugheid maar hy't nie geweet hoe om die warmte op te diep en watter taal om nou met hierdie kind te praat nie, of dalk was sy 'n jong vrou. Hy kon sy oë nie van haar pinkie afhou nie en dit het hom ook geknou want hier was vlees van sy vlees en tog was haar lyf vreemd en hoeveel van hom was in haar?

Die trieker en die fokus op die spinbal, maar wat nog?

Nou kyk hy na Dick Malgas: "Praat dan met jou neef, ek sal geld uithaal as dit moet om hierdie ding uit Eenslie Maree se lewe te laat weggaan."

"En wat sê hulle vir oom oor die kreefinspekteur? Die manne sê my vaneffe hulle was vroegmôre daar by oom en harde woorde het geval."

"Hulle dink ek is agter die meisie aan maar ek vat net kos uit

na haar elke dag." Hy korrigeer homself, "of die dae dat ek ont-
hou."

Dick Malgas kyk hom skepties aan en druk sy stompie teen die
skuit dood.

"Daar's te veel manne wat al by daai jintoe gelê het. Hulle wil
vir hul vrouens vertel: Kyk, dis nie ek wat die meermin maintain
het nie, dis daai oom Walking the Dog."

Ludo haal sy skouers op. "Ek is nie hier om oor myself te praat
nie, ek is hier vir Eenslie."

Dick Malgas kyk oor die see uit. Sy oë is grys en hy het die kyk
van 'n kaptein wat al baie oor water uitgekyk het. "Die law se
wiel draai stadig. Die speurders is oorwerk. Die spannetjie is klein.
Kyk wanneer kom hulle nou eers by oom uit. Weke nou al. Daai
inspector is al ou bene."

Ludo skud sy kop om die duiseligheid weg te kry.

"Wie dink oom het die man doodgemaak?"

"Ek het geen idee nie."

"Miskien moet hulle die jintoe vra. Ankervoet sê hy't haar met
sy verkyker geëet." Dick Malgas gryns, "as oom verstaan wat ek
sê."

"Helfte van Ankervoet se brein is dood." Nou moet ek versigtig
wees, dink Ludo.

"Dis met daai lewendige helfte dat hy nes oom in vliepierings
glo."

Nou het die seekaptein te ver gegaan. "Luister, kaptein Dick ..."
Maar Ludo skud sy kop, hy is verby sy beste en waar was sy dae
toe hy kon opstaan teen hierdie siniese man wat oor die lewe uitkyk
soos oor 'n see waarvoor sy boot nie skrik nie? Als wat gebeur het,
dink Ludo nou weer, het my ontkrag. My lewe het teen homself
gedraai.

Hy stap terug en sukkel die kurktrekker uit. Hy sluit sy voor-
deur oop. Sy huis stuit hom teen die bors. Dis skielik nie meer sy
huis nie. Of dalk is hy nie meer hy nie.

Het hy te veel gedrink die aand toe hy Elsabé vertel het van die doodry van die seun, hy kan nie onthou nie, en toe dit eers uit was en by haar het sy gemoed nie ligter gevoel nie, hy was te skuldig om deur bieg verligting te kry.

Te veel ander sondes ook.

Op 'n stadium in sy lewe het hy homself graag aan plattelandse weduwees of oujongnooiens as 'n godsoeker voorgestel. God was in sy yo-yo want daarin kon hy die speelsheid van die skepping uitlewe.

Dit was ook 'n rympie wat hy moes uitskryf en uit sy kop leer. 'n Triek.

"Het u al ooit 'n skoenlapper in die veld dopgehou. Het u gesien ná 'n bui reën wanneer die son uitkom hoedat 'n swerm miervlieë oor die veld trek? So . . . silwer."

Só het hy die weduwees benader. "Mevrou, dis nie die Skepper se idee dat ons in 'n swart pak en met 'n stropdas op 'n kansel klim nie, nee, ek dien God in ydelheid. Ek spéél!"

Terugskouend was sy selfbeskrywing as godsoeker maar 'n triek om die vroue in die bed te kry, hy was soos een drinkebroer dit aan hom in 'n kroeg gestel het "karnallie maar geen katkisant nie". Hy't nooit behoorlik leer bid nie en hy het oor die jongste jare die hemel leeg gestaar hier van sy stoepie af en selfs in sy vreeslikste momente het Jesus Christus nie op die water aange-loop gekom nie.

Dit was sy eie demone en hulle vlieg in pierinkies en hy kan altyd verstandsverbystering pleit; iemand soos hy kan tog nie aandadig wees nie?

Hy stap na sy rekenaar en skakel dit aan. Hy moet lank wag op die ou stelsel om op te warm en hy e-pos aan haar.

Kom nou dan maar hiernatoe.

Hy stuur 'n tweede e-pos.

Moenie veel verwag nie.

*

In daardie jare was speel opstand. Wat sou Doris nou dink oor daardie tyd toe hy en Elsabé als wou doen om weg te breek uit die benoudheid, sal sy iets daarvan begryp?

Sal sy die twee jongmense verstaan wat hulself probeer vry speel en liefde maak het?

Maar was hy regtig vry? Het hy hom dit nie maar verbeel nie?

Hy moes die rooi baadjie dra en agterna moes hy die skinkbord met klimtolle ronddra en die yo-yo's verkwansel en hy was deel van 'n groot bemarkingstrategie en hy moes 'n nuwe geslag yo-yo-spelers oplei en die vak van speel leer.

Hy was anders, ja, maar jy kan jou anders hou en jou eenkant hou maar as jy 'n geldskieter agter jou het, het jy 'n buiging wat jy moet maak en 'n hand wat jy moet soen.

Net kinders speel onverantwoordelik.

Wys hom 'n lyf wat vry is; dit weet hy nou na al die jare.

'n Ou man wat ter verdediging Weskusiaans praat in die kroeë ruik soms sy eie lyf. Skielik is daar 'n geur wat opstyg terwyl jy so sit en dis 'n aanmaning dat die lyf aan die meegee is.

O, hoe onthou hy nie nog die perske en boegoe van 'n jongmeisie se liggaam nie! En sy eie sterk reuk, vroue het gesê hy ruik na buskruit, ja, na daardie cowboys en crooks guncaps se rook en hy ruik soos 'n hingsperd en hy ruik soos die oop pad en die haelstorm oor die sandveld.

Ja, God, nou sit hy hier en uit sy uitgesakte ou lyf stoom die eerste komposgeur op.

Ludo.

Ludo is u woning, Heer. Die liggaam as tempel van God.

Ook hierdie huis sal vergaan.

*

Eenslie sit met 'n beker koffie by sy ma se kombuistafel.

Dis soos hy aan hierdie tafel dink – sy ma se tafel.

Wanneer hy hier kom sit, word hy altyd weer 'n klein seuntjie.

Sy bring bruinsuiker, sy hou dit in 'n spesiale blikkie in die koskas vir hom. Eenslie se blikkie. Noudat hy grootword en uitgaan, sê sy baie keer deesdae, vat daardie suiker lank om te sak. Hoe stadiger dit opraak, hoe beter verstaan sy: hy word nou 'n grootman, sy moet laat gaan.

Sy kyk nou onderlangs na hom en hy weet sy is bekommerd oor wat die Vloot met hom gaan doen – en dalk die polisie ook. Dis vroegoggend, sy't haar doek op en haar hande het daardie haastige regvat-gevoel aan hulle. Die gastehuis se omgedolwe beddens en vuil badkamers wag. Teen tienuur moet so 'n kamer lyk of niemand al ooit daarin gebly het nie.

Sy pa is douvoordag al uit, stamperig en hoeserig, knorrig met die hond. Die buiteboordenjins daar onder in die baai het al begin knetter toe sukkel hy nog om die onderdeur se skuifslot oop te kry, hy was so deur die slaap gewees.

"Dick Malgas vlek jou pastoorstorie soos 'n snoek, hy bly net sny en sny."

"Ek is jammer, Ma." Eenslie kyk na die knoppe in haar vinger-litte. Sy het nog kort voor die gemors met die pastoor sy pa laat verstaan dat sy nie meer lank skropvrou vir die vyfsterplek kan wees nie, die jig trek nou te diep. Veral in die wintermaande wat kom, het sy gewaarsku, gaan sy nie meer haar hande om 'n besem kan kry nie, sy sien dit al kom.

"Jy't mos 'n offisierskind," het sy pa gesê. "Daar lê hy in sy bed. Eenslie sal provide."

Nou sit hy hier en suig-suig aan die dik, soet koffie.

"Wat is dit met oom Dick, Ma."

Dis nie 'n vraag nie, hy wil haar net sê: hy weet ook nie hoe met al die stories nie.

"Hy sal jou pa bly ry tot jou pa in die graf is."

"Maar hoekom, Ma?"

Sy kyk lank na hom. Knoop haar doek weer los, haal dit af en speel met die blink materiaal in haar hande op die tafelblad. "Jy's oud genoeg om te weet. Toe jou pa 'n jongetjie was, het ons saam in die koor gesing. Saam met Dick Malgas, hy was toe 'n mooi jongman." Sy knipoog. "Maar jou pa was mooier."

"So sê Ma."

Sy kyk skerp op. Gaan na 'n rukkie voort. "Jou pa was nie so glad van bek soos Dick Malgas met sy wit lyf nie. Maar dis vir jou pa dat ek gekyk het."

"Hoe bedoel Ma?"

"Dick wou my hê."

"Hy wou Ma trou?"

"Nee, hy't gesê: 'Magdalena, met jou gáán ek trou.' So't hy daarvan 'n klaar saak gemaak."

"En Ma wou nie?"

Sy kyk na hom en begin weer haar kopdoek knoop. Sit haar regterhand se middelvinger voor haar mond en blaas warm asem oor die lit. Hy dink: Kyk op watter lounge suite sit Dick Malgas se vrou, Ant Upstairs, soos hulle haar noem. Prente van vissersbootjies in goue rame teen die sitkamermuur daar, hy't 'n keer gesien toe hy een skoolvakansie odd jobbies gedoen het as handlanger en moes help om 'n geut te gaan regmaak by die Malgasse.

As jy eers by die voorstoep wat stink na ou vis verby is, is jy in die Malgasse se blink sitkamer.

Sou sy ma nie nou daar gesit het nie?

Sy staan op en kry haar handsak, steek haar voete in die skoene wat by die kombuisdeur staan.

"Vat vir jou beskuit," sê sy. "Ek steek dit in daai kas weg, ek kan nie voorbly as jy by die huis is nie."

"Ma, wag."

"Ja?"

"Kom sit eers, Ma."

Sy sit, op die puntjie van die stoel, haar handsak voor haar op die tafel.

Hy sukkel om dit uit te kry.

"Ja, Eenslie?"

"Oom Dick sê hy kan die klag wegvat, Ma."

Sy kyk hom skerp aan. "Gaan hy jou uithaal uit daai rubber-duck?" vra sy skerp.

"Hy't die neef, Ma."

"Die een in Simonstad wat altyd op die TV is."

"Ja, Ma."

Sy ma lyk bitter. "Hy bly daar in Vishoek teen die berg met sy wit vrou. Gregory. Deesdae Greg." Sy begin weer haar kopdoek knoop asof sy die saak as afgehandel sien. "Niemand weet hy't saam met ons op bokkoms en brood grootgeword nie. Hy't getry for white en hy's vort Kaap toe."

"Ek weet, ja, Ma."

"En nou wil Dick jou loslieg?"

"Ja, Ma." En hy wil byvoeg: hy dink hy verstaan nou hoekom Dick Malgas hom wil help.

Noudat hy haar vertel het, weet hy klaar wat sy eie antwoord sal wees.

Nés hare: "Eenslie, die Marees sal uit die see vat al sê die government wát want die see was altyd ons s'n en dis onse brood. Maar corrupt is ons nie."

Hy dink hy sien ook wat sy sien: Dick Malgas koop hom los en vorentoe, op straat, loop sy ma Dick raak. Wat gaan Dick dan vir háár sê? En as sy pa sou uitvind?

Sy skud haar kop en staan op.

Sy sit haar hand op sy hare voor sy uitstap. "Ek weet Eenslie het nie vir hom ja gesê nie."

Hy hoor haar hakke oor die sementpaadjie en dan oor die straat, af Bekbaai toe.

Lank sit hy so. Dan staan hy op, gaan trek aan en stap na buite. Sy moet iewers wees. Daar moet 'n manier wees om met haar te sit en haar in die oë te kyk en met haar te praat. Maar wat sê jy vir so iemand? Sy't wild geraak, wilder as die bokke in die sandveld van die reservaat.

Dalk moet hy net sê: Jy moenie dink jy's slegter as enigeen van ons nie.

Ja, iets in hom sê dis wat sy moet hoor.

Dis wat hy vir haar gaan sê wanneer hy naby haar kan kom.

*

Op die dag van haar koms is hy in die nanag al wawyd wakker. Dit is windstil en hy gooi sy deur oop al waarsku mense dat die tikkoppe juis vroegoggend ronddwaal soos honde op soek na aas. Hy maak vuur en skuif die keteltjie vol duike oor die kole. Dis deel van sy lewe hier aan die kus, om sy water só warm te maak. Alleen in die huis word die vuur 'n ander lyf. Dan kyk hy sy voorkamer deur, daar is niks om netjies te maak nie, maar as daar was, sou hy.

Hy neem die klimtol en vryf dit met die klam waslap skoon en maak dit mooi droog en met die knipmes sorg hy dat sy naels skoon is. Dan gaan staan hy op sy drumpel met sy skouer teen die kosyn en sy hart klop asof hy reeds te veel koffie in het.

Ek voel soos 'n onseker jongman, dink hy, ek voel of ek getoets gaan word, deurgekyk gaan word. Miskien is ek een groot teleurstelling vir haar. Kyk wat het Doris van my gemaak; ek lyk asof ek opgetooi is vir 'n rol in 'n seerowerfliek.

Dit word lig en hy kyk hoe die see se bui verander. Daar ver sien hy Snaartjie stap, maar hy probeer nie haar aandag trek nie. Sy loop sku met haar skouers hoog opgetrek teen die koue en hy wonder waarheen sy gaan en of sy maar net rondloop omdat sy nie kan slaap nie of omdat haar lêplek koud is.

Hy gooi nog koffie en toe hy weer uitgaan, is die see silwer soos kwik en is die baai in afwagting en hy vat sy ou yo-yo en sonder dat iemand hom sien, gaan hy deur sy roetine en dis 'n vertroude klimtol en dis deel van sy lyf.

*

Wat gaan sy dink van sy huis? Hy't dit versigtig gerestoureer en voldoen aan die dorp se boureëls, hy was nie een van daardie skatrykes wat Paternoster se bouregulasies oortree en lag-lag agterna die boete betaal net om 'n ekstra voet of wat plafonhoogte te kry nie.

Nee, hy wou die dorp en sy boustyl eer en hy wou 'n huisie hê wat onopsigtelik is tussen die vissershuise waar 'n hond aan 'n ketting staan, 'n kind op 'n driewiel draai op die stukkie skoon-geveede grond voor die drumpel of 'n skottel waswater uitgeskiet word in 'n bietoubos.

Sy huis is met net die nodigste toegerus. Hy kyk met 'n besoeker se oog. Elsabé. Die kombuis is basies, met 'n groot herd, 'n een-voudige tweeplaatstoof met 'n oondjie daarby en 'n houttafel met twee stoele. Naas die herd is hout gepak en die plafon is van riet. Daarvan sal sy hou, hy is seker.

Daar is 'n braairooster en 'n driepootpot, en plat bakke vir die oondjie wat die pottebakker vir hom gemaak het, vir vis en groen-te, en lamsvleis. Teen die mure hang twee skilderye van die skilder wat anderkant Oep ve Koep woon. Vroue of skulpe, mens weet nie mooi nie.

Hy gebruik saans olielampe en kerse en dun wit gordyne hang voor die vensters. Die vloer is van ou planke met swart oë en hulle is verweer en deurgetrap.

Die hele huis stink na vuur, want elke dag maak hy twee maal vuur, dit is 'n beginsel. Hy kook soggens sy koffiewater in 'n blik-ketel op die kole, en sy naels is deur die dag dikwels vuil met roet en dan haal hy sy knipmes uit en skraap hulle skoon.

Soggens word hy wakker met die reuk van die vorige aand se vuur nog in sy neus en dis goed so, dis byna so vertroostend soos die reuk van 'n geliefde wat saam met jou wakker word, en as hy die kole oopkrap is daar nog warmte en dis hoe hy in die oggend ontdooi, met sy hande bo ou kole waarop hy breekhoutjies pak en buk en blaas en duiselig van die vorige aand se drinkery orent kom. Hy dink eers oor die dag voordat hy die luike oopgooi en die deur oopstoot vir die geur van die see wat binnetoe slaan en hom altyd verras.

In sy slaapkamer is 'n eenvoudige bed en 'n bruin laaikas met 'n spieël. Daar is 'n paar klein geraamde portrette teen sy mure, en sy klere hang aan spykers of is in oop rakke ingevou. Daar is 'n boekrak met nie baie boeke nie en hy hou van 'n groot, goedkoop wekker wat hoorbaar tik en wat hy jare gelede in OK Bazaars in Kaapstad gekoop het.

Hy kan nie eenvoudiger lewe nie en dit is al wat hy nodig het – net dit en dan nog die hoëtroustel en die rekenaar en die CD's.

Hy't hiernatoe gekom destyds en gedink hy kom bly in 'n plek sonder verantwoordelikheid. Dis die gevoel waarmee hy Paternoster toe gekom het nadat hy die fabriek se deure toegemaak en die skuldeisers en Sarel Swiegers van hom afgeskud het.

Hy wou net die klein verantwoordelikheid hê van elke oggend opstaan en sy baard skeer (of dit laat groei) en sy toilet doen en sy liggaam skoon hou en sy basiese voorrade koop.

Hy wou sover moontlik eet uit die see en uit die veld en landerye naaste aan hom, binne stapafstand.

Hy wou woon in 'n huis wat so karig is dat jy nie eens die inhoud hoef te verseker nie. Hy wou ontslae raak, afgooi, weggooi, wegdoen, wegmaak, ontslae raak.

Hy wou soggens die bodeur oopstoot en na die see kyk en hoor hoe die vissers roep en hoe die skuite se enjins stotter soos hulle brandgetrek word en dan die skuimspore oor die blink see.

'n Eenvoudige ontbyt.

Jy kan lees en jy kan stap.

Dis mos hoe mense kusdorpies sien. Asiel.

En kyk hoe lyk hy nou.

*

Hy't baie tyd om presies te kyk hoe sy na al die jare lyk.

Die Beetle hou tydsaam stil asof Doris Steyn hierdie nuwe ding onseker ingaan. Hy wag en eers gebeur niks nie. Hy kan nie meer hardloop nie. Hier is dit nou.

Sy hart klop hoog in sy bors en die klimtol sit sweterig in sy palm. 'n Triek wat ek nie kan gooi nie, dink hy.

Maar dan, asof sy 'n besluit geneem het, wip Doris Steyn haastig uit. Sy trek haar hoedjie styf oor haar kop en maak met albei hande seker dat haar een oorbel stewig sit. Hy ken haar reeds goed genoeg om te weet dis hoe sy lyk wanneer sy onseker is.

Toe fladder sy 'n skaam handjie na hom waar hy binne sy slaapkamer staan en uitkyk buitentoe na waar die bloedrooi kar nou agter die Beetle stilhou, hy ken nie eens die model nie maar sien dis nuut. Hy wag want die son kaats op die ruit en die deur gaan oop terwyl Doris ongeduldig by die rooi kar trippel. Dan word 'n kontrepsie uitgestoot en hy sien dofweg deur die karvensters hoedat die rolstoel uitswaai en Doris haar ouma help om haar sit te kry.

Die lang lyf is daar. Die bene, los, en Doris moet hulle regskuif. Niks grys nie. Ja, sy sal dáárvoor sorg. Maar haar gesig, elektrisiteit skiet deur hom. Hoe sy haar kop hou.

Hy raak duiselig en hy dink aan daardie een dag toe hy haar stilgesit kon kry en hulle het net gesit en iets het daar gevorm tussen hulle, hy het geen ander woord vir wat gebeur het nie. 'n Bewolkte dag. Dit was by 'n dam wat blink teen die vlakte se vaalte gelê het. 'n Soort "ons" het gevorm. Hy en sy. Ludo en Elsabé.

En toe begin dit reën. Sy moes ry.

Sy gesin. Soort van. Die Steyns. Doris het hom vertel sy't na haar ma se dood haar ouma se van aangeneem. Dis al familie wat sy gehad het. Sy kop loei.

Hy stap om voorstoepie toe en loop by die spieël verby en kyk vir die eerste keer vandat Doris hom oorgedoen het soos sy dit stel na die man wat daar staan.

Hy sien onaangenaamheid, hy sien 'n lafaard en hy sien 'n blink, ongeskikte kop. Hy trek sy maag in, vat die klimtol vas en stap na buite. Sy eerste woorde aan die mooi vrou wat aangeroei kom is: "Ek het beter gelyk tot jou kleindogter my beetgehad het."

Die kamera is op haar skoot en terwyl een hand werk, skiet sy met die ander 'n reeks vinnige skote af soos sy naderry.

"Loeloeraai," roep sy.

"Nee, dis die Miervlieg." Hy haal sy skouers verleë op want hy's vol tatoeëermerke en dra 'n ou frokkie en hy kniel by haar en soen haar hande. Die ou geur is daar en in sy gemoed proe hy haar en hy voel haar jong, sterk lyf weer onder hom en dis asof die jare wegval en dan is hy terug by die nou en hoe hy stram opstaan en haar oë in syne soek na wat hy ook al mag dink.

Doris staan en trippel van verleentheid en plesier en Ludo kyk na die sterk hande wat hy vashou en die mooi kop en die goeie arms waarmee sy die rolstoel voortdryf, en hy kyk na haar oë en sien waar Doris haar oë vandaan kry. Hy kyk na die mond en die jare wat gegaan het en hy sê:

"Elsabé."

*

Dit is in sy gemoed soos 'n witdoodhaai wat in 'n skool robbe in-seil maar hy help haar die huisie in.

"Rolstoelvriendelik," sê Doris.

Die haai ruk rond en hap links en regs en slinger skreeuende robbe uit oor die see en naderhand dryf halfgevrete diere en die haai swem verveeld weg van die donkerrooi plas in die water.

Dit is hoe die ongeluk met die seun by Tweefontein is terwyl hy haar stoel reg draai sodat sy sy huis kan sien. Sy weet meer van hom as hy van haar en dis nooit 'n goeie posisie om in te wees nie.

Hy het vroeër 'n ketel oor die herd se kole geskuif en dit begin stoom. Die wyn is koel en op die stoepie is daar net genoeg plek vir die witgeverfde tafel van gevlegte riet en stoele vir hom en Doris en staanplek vir die rolstoel.

Die krewe is net voorgereg en in die kleipannetjies wat die potte-bakker spesiaal vir hom gemaak het, lê lamsvleis en groente en pampoen, net reg vir die inskuif in die oondjie in. Hy't olywe uit-gesit en die mat opgerol sodat die rolstoel maklik kan loop. Die badkamer ruik vars en daar is 'n rooi malvablom in 'n vaas.

Kerse staan op die vensterbanke in lang, eenvoudige staanders en hul vet drup op die kalk. Wanneer een van hulle drie beweeg, flikker die vlammetjies.

Dit raak 'n volmaakte Paternoster-aand en 'n maan hang laag oor die baai. Geluid trek ver. Onder dwaal mense op die strand rond en ver weg hoor hulle die huishoudelike geluide van Kliprug se inwoners: 'n ma wat na haar kind roep, 'n hond wat blaf, skottelgoed in 'n wasbak en tussendeur die binnensmondse dreuning van 'n TV-stel. Op die grassie oorkant die skooltjie sit 'n klompie meeue almal in een rigting en kyk, ongestoord wanneer 'n fiets verbyry.

Die lug is silwer en dan ligroos en Elsabé se oë blink. Sy sit op daardie rolstoel asof dit 'n troon is, dink Ludo, sy is nog net so lieflik soos altyd. Hy kan hom verkyk aan wat intussen van haar geword het, hoe haar vel nou is, en haar hande. Deurleefdheid en sjarme. 'n Groter kalmte. Die jare se winste. Hoe trek haar mond en die manier waarop sy haar hare wegstoot. Die twee voete wat roerloos daar sit en hy onthou hoe hulle kon dans en die lang, gretige hale wat sy oor die veld kon gee. En tog is hulle nie stil nie. Hulle praat soos hulle daar sit met die houding van die balletdanser. Hy onthou haar vertellinge oor haar balletdae.

Op 'n stukkie papier toe Doris nie kyk nie, skryf hy vinnig: "Jy is liefliker as ooit." Hy rol dit op en gee dit stilletjies in Elsabé se hand en toe Doris weer eenkant is, lees sy dit vinnig. Sy vat aan haar gesig en draai die rolstoel weg en toe Doris se aandag weer terug is by hulle, sê sy: "Is dit nie 'n pragtige aand nie?"

Toe hy die krewe in die pot kookwater inlaai met sy gryptang en hulle baklei om uit te kom, sê hy aan Doris: "Ons ore hoor hulle nie skrou nie. Maar ek het al honde sien wegdraai en 'n huis uitloop wanneer die krewe die pot ingaan." Doris gril maar hou die gesprek aan die gang en sy is tussen hulle soos 'n energieke klimtol – sy gooi draaie hierdie kant toe en daardie kant toe en vertel hulle van *planking* en Tibet waar sy was en haar besoek by haar oudminnaar langs die Nyl en deurentyd twiet sy en kort-kort verander sy die musiek. Sy't haar iPhone by sy hoëtroustel ingeprop en hy's stomverbaas oor die honderde liedjies en toe oplaas sê Elsabé: "Doris, moenie so senuweeagtig wees nie, ek en Ludo is gemaklik en niks gaan hier skeefloop nie. Relax."

Doris kyk na haar ouma en dis asof 'n gewig van haar skouers val. Sy gaan sit en sug: "Nou sal ek ook iets drink. Het jy iets sterks?"

Sy "oom" my nie meer nie, merk hy op. Maar dank vader ook nie "oupa" nie.

Hulle bespreek wat Ludo noem hul "uittog" Malmesbury toe vir sy noodpaspoort en Doris noem dit 'n oefenlopie vir sy "wêreld-toer" en toe die vuur hoog lek en die kreefdoppe oral lê en hul vingers stink van die lekker vreet, trek hy die stomende pannetjies lamsvleis uit die oond en stort die merlot in vet bolglase.

"Op die yo-yolympics!" skep Doris 'n term en stel die heildronk in.

"En Ouma gaan saam!" roep Doris, waarop Ludo se hart 'n sprong gee en hy knik en die maan skitter oor die water.

"Ek is spanbestuurder," besluit Elsabé.

Dit klink of iemand die deur na Blikkie se kant wil oopskop. Houe dawer daarteen. Ludo vlieg op en sy wynglas tuimel om en hy dink "huisroof!" en rooi loop die merlot oor die wit tafeldoek en dan is hy by die deur en ruk dit oop. Agter hom, in die voor-kamer, hoor hy Elsabé uitroep, "Nee, bly hier, Doris!"

Maar Doris is by hom met een gebalde vuis en 'n kombuismes in die ander.

Hy ruk die deur oop en hy ruik haar eers voor hy besef wie dit is. Snaartjie val na binne en hou haar kop vas.

"Snaartjie!"

"Hulle . . ."

Maar sy praat nie verder nie en toe hy haar vang, voel hy hoe maer en benerig sy is en sy ruik na ou sweet en seewier en die oop son en hy dink: Ons kyk almal anderpad, wat word van hierdie kind hier voor ons oë.

Hy sleepdra haar na die voorkamer en Doris sit die musiek af en Elsabé roei met 'n uitroep nader. Snaartjie steun en prewel: "Te swaar vir my hand, uit my hand geval, ek . . ."

En Ludo skrik en maak haar stil: "Toe, los maar nou, word nou kalm, Snaartjie, toe . . ."

Maar toe sy die kleipannetjie met die oorskiet-lamsvleis sien, ruk sy van hom los en gryp die kleipan en hy is verras dat dit nie haar hande brand nie en met haar oë wat waarsku dat hulle moet wegstaan, eet sy – nee, vreet sy soos 'n honger hond – die pannetjie leeg en vet drup van haar hand en smeer oor haar gesig as sy haar mond afvee.

Dan vat sy 'n leë wynglas en kyk na Ludo en gooi dit teen die grond stukkend. Sy storm by die deur uit en los hulle met die geur van verskrikking.

Ludo bewe en sê: "Ek het vergeet om vir haar kos uit te sit. Ek het heeltemal nagelaat . . ."

Buite op die teerstraat hoor hulle die klapper van haar voet-stappe en toe hulle al drie op die stoepie uitkom en die nag inkyk, is daar net die donker strand, die some van golwe, die geloei van 'n skielike nagwind in die telefoondrade.

*

Dit was 'n fout om te gaan werk op 'n straat in Vredenburg wat nie vir haar deur die bende uitgesit is nie. Sy't net een jump gehad toe is hulle op haar. Sy moes hardloop, bultop. Die gangsterkar met sy swart ruite het van straatblok tot straatblok gery soos hulle haar gesoek het. Die bas-boom het weergalm. Uiteindelik het sy in die hospitaaljaart agter 'n ambulans onder 'n afdakkie gaan weg-kruip.

'n Week later het sy duimgegooi tot in Saldanha en opgedress die kroeg ingegaan. Toe kry sy Eenslie Maree daar, en Dick Mal-gas, en met die koms van die lang manne het sy gedag dit wat sy in die Kaap moes deurgaan, gaan van voor af begin.

Sy't hier kom werk in Vredenburg want dit het klein geraak op Paternoster. Die mense het haar ál skewer aangekyk en sy was honger. Haar lyf voel verrinneweer. Sy moes haar nes in die vuurtoring verlaat. Sy het 'n laaste keer probeer en op die vuurtoringjaart gaan soek na die man met die skoon, blou oë. Sy't hom gekry waar hy besig was om 'n kraan reg te maak. Toe sy by hom kom, het sy aangebied: "Ek kan jou verniet besigheid gee." Maar hy het haar net aangekyk en toe in sy sak gevoel en 'n tienrandnoot uitgehaal.

"Bly weg van hierdie plek."

Sy't Paternoster uitgeloop verby Hopland se platdakhuisies op pad Vredenburg toe en by die begraafplaas links geswaai. Met die grondpaadjie na Velddrif het sy gestap met die see links en ploeglande om haar totdat sy die groot klip gesien het wat vreemd uit die vlakte opstaan, 'n ent weg van die pad af in die rigting van die see.

Die klip was nie soos die vuurtoring mensgemaak nie. Maar hy't daar gestaan nes 'n toring en sy't dit die bidklip genoem. Van ver het dit gelyk of daar bosse is wat om die klip groei. Dalk was dit skuiling. Sy't deur die draad geklim en oor die oop land gestap. Sy moes deur nog drade sukkel en toe is sy op die plek wat haar rillings teen die ruggraat gegee het. Die reuseklip het spokerig uit die grond opgestaan op die kale, plat vlakte. Rondom hom was groot ronde rotse met inhamme. In die een vou in die klip was 'n grotjie en jare gelede het iemand daar 'n klein skuilmuurtjie gebou en 'n deur en dakkie ingebou. Dit was agter 'n bos versteek.

Toe sy die deur ooptrek het 'n uil skielik uitgebars en teen haar verbygeswiep. Sy't gegril vir sy sterk penvere teen haar gesig en die oë wat haar aangekyk het asof hy 'n vloek uitspreek.

Sy't verder rondgekyk, versigtig nou, en 'n murasie gesien maar dit was so toegegroei met doringbosse dat sy dit nie eens kon bereik nie. Dit was seker 'n ou stal. Daar was 'n sementdammetjie met onder op die droë bodem die geraamte van 'n bok of skaap, sy't nie geweet nie, daar tussen die leë blikke.

Die dammetjie was in die grond versink en jy sou oor die muurtjie kon klim om af te spring maar binne-in was dit diep. Jy sou nooit sonder hulp weer kon uitkom nie. Sy't daar gestaan en dink: Nie eens 'n lang man sal van hier binne kan uitkom nie, al spring hy hoe hoog.

Sy kon die veld lees en het die gleuwe gesien waar 'n slang ge-woond was om te seil. Sy't haar grot versigtig skoongemaak en hom uitgevee met 'n besem wat sy van takke gemaak het. Sy kon die deur toetrek en dit was klein en beknop. Dit het geruik na voëlmis en die pis van diere en reuke wat sy nie ken nie. Maar dit was skuiling en dit het gelyk of 'n menslike voet in jare nie daar neergesit is nie.

Sy't geweet die voormense het hier aanbid. Hoekom sy so seker was daarvan, weet sy nie. Dalk omdat die klip jou laat opkyk. Hy staan so skielik orent op die kale vlakte en hy het 'n stil iets aan hom. Maar sy weet ook iets verskrikliks het hier verkeerd gegaan. Mense het hier gesterwe, die voormense en mense daarna. Want dit was 'n plek van geraamtes: nie net die ding in die leë dam nie maar oral het muisgrate gelê – fyn, wit beentjies – en ook 'n slang se geraamte, pragtig kronkelend wit en uitgestal op die kaal klip, met die twee giftande soos sabels langs die kop, skoongevreet deur die son en die wind.

Dit was nie 'n goeie plek nie. Maar dit was skuiling en dit was die plek waar sy was.

Bidklip is my huis. My huis is Bidklip. Bidklip.

Sy't daar geslaap en vir twee nagte gebly. Op die derde dag is sy die aand Paternoster toe om in die strate te werk. Naby die winkel het hulle haar voorgelê en haar rondgestamp en hulle was drie. Vanaand wil hulle my rape en dan vind hulle als van my uit, het sy gedink, en baklei met al die krag in haar. Een het haar met sy mes se hef teen die kop gekap en hulle't gestoei daar by die bosse agter die winkel. Hulle't haar rondgepluk, maar hulle wou haar gelukkig nie met die mes steek nie. Sy was dankbaar, en sy het los-geruk. Hulle het haar probeer vang en agternagesit. Hulle was van Vredenburg en sy het nie geweet wat hulle die aand op Paternoster kom soek het nie. Dalk vir haar. Dalk het die bende hulle gestuur.

"Fokken jintoe! Hóér!" het hulle geskree maar sy was op vaart en te vinnig vir hulle. Toe sy Blikkie sien en Ludo se huis, kon sy nie meer nie. Sy het teen sy agterdeur geval wat straat se kant toe wys, al was daar twee karre voor sy huis. Sy't die knop gedraai en gehamer teen die deur. Sy was bang sy sterwe op dié aand.

Sy het niks meer gehad om te verloor nie behalwe haar lewe. Sy't gedink daar in die grot by Bidklip met die reuk van uildrolle en dooie insekte dat haar lewe niks meer werd is nie. In hierdie plek is daar minder genade as in die Kaap. Daar was hulle 'n klomp in die gevangenis van die lang manne wat bygestaan is deur die security patrols, die omgekoopte polisiemanne en die mans in blink karre. Maar hulle't uitgekyk vir mekaar en toe die een meisie gif drink, het hulle hul vingers in haar keel gesteek en gesorg dat sy dit weer opgooi. Wie sal so iets vir haar doen hier?

In Parow in die woonstel saam met haar waar hulle op vloer-matrasse gebly het was drie Zimbabwiese meisies wat 'n kar gegee is om jongmans op te laai en hulle dan te oorval en hulle Viagra in te forseer. Dan het hulle die mans vasgebind en 'n kondoom aan-gesit en hulle geseks. Agterna bind hulle die kondoom af en bring dit na die yskas in die woonstel. Een maal in 'n week het die man met die donkerbril gekom om dit te kollekteer. Dan is die saad vort Harare toe waar dit vir groot geld as muti verkoop is.

Sy het als gesien. Ook hoedat mense ander mense oes en als uit hulle kry wat hulle maar kan. En sy't gedink vir my het julle leeg-gepluk, ek het niks meer te gee nie, ek dra niks nie, ek het niks nie, my lyf is leeg en ek is leeg, los my net uit.

Toe gaan die deur oop en Ludo staan daar. Agter hom brand kerse op die vensterbanke en van verder terug loer die twee vrou-ens na haar. Die een het 'n mes in die hand. Sy ruik die kos, en sy dink aan die dae toe sy by die klip gaan kyk het en daar was geen trommeltjie kos van hom nie, hoe lank nou al. Sy't binne sy huis die skotteltjie vleis gevat soos wat háár vleis afgevat is. Sy vreet dit soos wat hulle haar gevreet het tot sy net 'n smeersel was.

TRIEK NEGE
Rondomtalie ("Around the globe")

Gooi 'n Vorentoe aangee ("Forward pass") maar moenie die klimtol terugpluk nie. Hou jou hand stil by jou en die klimtol bly aan die einde van die tou terwyl jy dit in 'n groot sirkel om jou laat vlieg. 'n Kopskuif is nodig, en vinnige voetwerk. Reis is nooit maklik nie. Net 'n plukkie en hy is terug tuis, in jou handpalm!

Dis een van die swaarste sneeuvalle in vyftien jaar in Europa wanneer die Airbus by Schiphol insak en die vliegtuig met die gaan sit effe gly. Aan homself het hy heelnag oor en oor sit en prewel uit die brosjure wat hy jare gelede op die pad by hom gehad het:

"Die Spinner is die eerste triek.

"Jou elmboog is gebuig en jou gooihand wag gereed en digby jou skouer. Die rugkant van jou hand is buitentoe gedraai.

"Gooi nou vinnig met die hand wat aan die pols skarnier in 'n tuimelaksie.

"Gewoonlik draai jy daarna jou hand pols na onder vir wanneer die yo-yo terugkom maar met die Spinner hou jy jou hand stil en die klimtol spin aan die tou.

"Gee 'n plukkie wanneer jy hom terug in jou palm wil hê."

Dit is die Spinner en dis die letter A in sy alfabet en hulle sal dink hy's gek dat hy met iets só basies in sy kop sit, maar dit fokus hom en dis 'n beginpunt. Hy weet op watter dun ys hy loop en hy noem dit sy "Hail Mary" want hy herhaal dit en dit gee stilte.

Hy het 'n vreemde gevoel dat dit nie hy, Ludo, is wat op reis is nie maar iemand anders. Hy skrik wanneer hy homself in die spieël sien by die lughawetoilette: die kaal kop en die tatoeëermerke. Die nuwe klere. Hy dink aan hoe hy op klein dorpies vooraf in die veld gaan oefen het. "Fokus," fluister hy aan homself.

"So wat is die geheim van 'n klimtolkampioen?" het Elsabé gevra iewers in die middel van die nag terwyl die Boeing voortsuis.

Hy hoef nie te dink nie. Dis asof hy die vraag verwag het. "Om jou triek reg te kry moet jy blind raak vir wat buite jou drumpel gebeur."

"Jy mag nie sien nie," beaam Doris vinnig en gee die skouerbeweging wat sy altyd gee wanneer sy iets beklemtoon.

"En jy word minder mens," sê hy.

Doris knik. "Jy gooi met selfsug en konsentrasie."

Nou kry hul gesprek ritme en Elsabé sit en luister en glimlag. "Ek kan sien julle't dieselfde bloed."

Ludo geniet dit: "Jy kyk nie links nie en jy kyk nie regs nie want jy moet jou oog op die spinbal hou."

Doris se geel oë flits. "Niks mag jou aflei nie."

"Stip soos die rooivalkie wat bo die vlakte so op een plek hang, net voor hy op die muis afduik."

Elsabé glimlag. "Dit klink gevaarlik."

"Cheers!" het Doris geroep en haar glas gelig.

Hy was ongemaklik met die geselligheid wat deurbreek en hy is nie gewoond aan mense so pal om hom nie. Boonop lê soveel dinge tussen hulle. Die jare wat agter hulle is, wag vorentoe soos 'n ongeploegde land en hy sien nie kans nie.

Aan hom moet hulle nie begin torring nie.

Hulle het nie verder gepraat nie.

Maar in die vroeë ure toe Doris haar vliegtuigkombers bo-oor haar kop getrek het, het hy sy hand oor Elsabé se knie geskuif en hoër op oor haar dy. Hy kon voel hoe dun die vleis geraak het en het gewonder wat sy kan voel. Sy't haar gesig na hom gedraai en die donker kajuit was om hulle. 'n Ent vorentoe het 'n slapelose sy leesliggie aangehad. Elsabé het haar gesig nadergebring en in die

skemerte was daar geen jare tussen Elsabé toe en Elsabé nou nie.
Hy't die ou roering gevoel en haar saggies gesoen. Hy kon haar
asem voel skuif oor sy wang en hy't geweet die ou drif is nog in
haar en hy sal daarmee kan speel soos in die ou dae toe die wêreld
nie grense gehad het nie. Hulle sit gedemp en vry en haar bors
dein op en af tot iemand agter hulle kug en sy laggend haar kop
wegdraai.

In die ou dae, het hy agterna gesit en dink, het speel die stiksie-
nighede van die dag ondermyn en hy kan nou nog 'n saak daar-
voor uitmaak dat dit destyds 'n noodsaaklike rol gespeel het. Maar
deesdae?

Teen wat triek hy in, of triek hy en Doris net vir hulself?

Die wêreld het reeds so speels geraak dat speel nie meer spring
deur 'n vuurhoepel is nie, speel is nie meer gevaarlik nie, speel is
nou iets anders, dalk, as wat die vliepiering wou hê?

Hy was ontstig deur wat met Snaartjie gebeur het en het gedink:
Watter sin het speel of gooi wanneer sulke dinge digby jou gebeur
en jy al die tyd wat jy het, insit om jou triek te vervolmaak?

Doris het heelpad met haar yo-yo-kissie van leer op haar skoot
gesit met die twee waardevolste klimtolle in en Elsabé op haar
beurt met haar kamera op haar skoot want hulle't by hul besluit
gebly om haar vir die avontuur saam te bring as spanbestuurder en
amptelike fotograaf. En hy't daar tussen die romp en die stoel sy
olienhoutkierie kon inpas want hy't oplaas besluit hy't iets uit die
outyd nodig om hom by te staan en so gly hulle drie een yskoue
wintersoggend met die termometer op minus tien by Schiphol in.

Die gewig van my herkoms is op my, dink Ludo toe hy sy pas-
poort aan die beampte in die hokkie gee, maar hy skud sy kop
want hy is gewoond daaraan om dinge te dink wat hy vermoed by
niemand anders opkom nie en dis wat hom so ry.

Hy voel soos 'n ou jakkals wanneer hy Elsabé versigtig help en
terugdink aan hoe sy hom teruggesoen het – nes iemand wat in
jare nie gehad het wat hy aan haar kon gee nie. Hy geniet nou die
aankoms en die skielike roering onder die passasiers, die aanblits

van selfone en die blieps soos boodskappe daarna deurkom na mense se hande.

Daar is geen rede om aan sy eie hande te twyfel nie, het hy in die nag aan homself gesê terwyl beide Doris en Elsabé liggies gesnork het, ingebuig onder hul vliegtuigkombersies, en sy oog is nog vinnig veral omdat hy drasties minder drink en 'n nuwe helderheid gevolglik oor hom kom.

Hy kon nie slaap nie want alles het so vinnig gebeur, van die oomblik dat Doris die video clip van hom afgestuur het met sy kop pas blinkgeskeer en sy tatoeëermerke nog seer en dit was net 'n dag toe kom die uitnodiging deur na 'n gig in Amsterdam. Die borg het agter hulle gestaan en Doris het Vredenburg toe gery en dokumente is gefaks en geteken en als was in kanne en kruike.

Die dagreis na Malmesbury se Binnelandse Sake en die volgende keer om sy tydelike paspoort te gaan afhaal, was vrolike oefenlopies en alhoewel sy gemoed nie heeltemal agtermekaar was nie, aanvaar hy dit as gegewe, so het hy vir homself gesê toe hulle stram by die vliegtuig uitbeweeg, heel laaste weens Elsabé se rolstoel en die lugwaardinne kyk hulle tam en leepoog agterna as hulle in Schiphol se aankomssaal instap.

"Ons is hier," sug Doris opgewonde en tik haar ouma op die kop en hulle beland uiteindelik buite. Die varsheid en koue slaan sy wind uit, hy is so gewoond aan son en 'n heel ander geur. Hier is die nat reuk van modder en plante iets wat deurentyd onder als swewe, hy kon dit al in die aankomssaal ruik, die reuk van moeras en water wat dryf, sy neus is sensitief hiervoor want vir jare al ruik hy net stof en son en die harde wind en in die nag die sout misbanke.

*

Hulle bly in 'n goedkoop hotel en sy kamer is net 'n gleuf en laat daardie nag stap hy met sy olienhoutkierie uit en staan by 'n brug oor 'n grag en kyk hoe 'n plat boot stadig in die grag afbeweeg en sy werk doen. Ysplate breek voor die skuit se boeg oop en hy stoot die silwer plate voor sy neus uit die grag op. Eende op die stukke ys begin versit en vlieg oplaas weg. Die boot druk deur en Ludo staan en kyk hoe goue lig weerkaats.

Jy sal jou regterhand moet warm hou en oppas dat die koue nie barsies maak in jou vingers nie, jy moet handskoene koop en jy moet jou nie laat verlei deur die toeristiese nie, jy moet gefokus bly. Jy is nou in 'n ander kontrei en hou jou oë oop want die trieks is hier anders en jy weet nooit uit watter hoek dit gaan kom nie.

Wees waaksaam.

Hy haal die nuwe yo-yo wat Doris Steyn wil hê hy moet gebruik uit sy sak en om hom is dit doodstil. Dit is dalk al die nanag, hy weet nie, en die ysbreker is verby en tussen die silwer stukke ys loop 'n donker spoor deur die grag.

Die wêreld lê wit en skitter in die slope sneeu en dan is daar die donker relings by trappe en die groot ou geboue wat na hom oorhel. Geen mens roer hier nie. Die stad gloei teen die wolke en hy gooi en beweeg en hou sy skaduwee dop waar hy in die middel van die brug oor die grag staan en hy gooi sy hart uit en beweeg en gaan deur sy freestyle, hy is soos 'n dolfyn wat buidel in die water en sy lyf die skittering ingooi.

Te laat sien hy teen 'n donker gebou in 'n gleuf skaduwee die rolstoel staan met Elsabé wat daarin sit en hy sien die blink oog van die lens en hy weet sy het foto's van hom gesit en neem en dit sal sy beweging wees en die klimtol wat silwer strepe trek want haar sluiterspoed sonder flits moes stadig wees maar sy weet wat sy doen.

Hy staan en kyk hoe sy nou met die kamera stil op haar skoot sit en dan stap hy nader: "Party dae dink ek daardie kleindogter van jou met haar geel oë en spits oortjies is 'n alien, kyk tot waar het sy my gebring."

Sy glimlag en hy sien sy bewe liggies, sy is wit om die mondhoeke en hy vra: "Hoe het jy tot hier gekom?"

"Ag," haal sy haar skouers op, "die hotel is rolstoelvriendelik, daarvoor het Doris gesorg, en in die nag is dit die beste vir my om so uit te gaan want die strate is stil en ek kan op my eie regkom. In die dagtyd is dit onmoontlik."

Sy kyk na hom: "Jy doen fantasties, jy's beweeglik en rats en jy't gravitas."

Hy antwoord nie en dink aan die nag op die vliegtuig en hoop dat sy daarna sal verwys. Maar sy kyk weg: "Ek het jare terug 'n oordeelsfout begaan en kyk hoe sit ek nou vasgekluister en ek kan nie op nie, ek vat hier en los daar en dan is ek opgewonde hieroor en dan is ek opgewonde daaroor maar ek kan nie óp nie, ek sit."

"En ek het gedag ek moet Tweefontein beveg maar vannag op die vliegtuig het ek besef ek het Tweefontein geword en ek is hy."

Hulle kyk na mekaar en hy haal sy skouers op en hy neem die rolstoel se handvatsels en stadig beweeg hulle deur die stil strate, miswolkies voor hul monde.

Hy dink dat Elsabé ook sekerlik nog die oomblikke op die vliegtuig onthou nes hy maar nes hy ook weet sy dat die uitbundige vry sonder omhaal van die Karoojare vir hulle verby is, nou is daar te veel om verby te breek.

Asof sy dit beaam: "Verder kan ons nie van die Karoo wees nie."

"Nee, en van Namakwaland of die Weskus ook nie."

Diep die nag in bereik hulle weer die hotel waar Doris met blitsende geel oë wag. "Waar wás julle? En julle selfone was af!"

"Ons het net bietjie gaan rondkyk," paai Elsabé.

Bestraffend kyk Doris na Ludo. "Ons is hier om te gooi, ons moet fokus, ons is nie toeriste nie."

"Maar Doris . . ." protesteer Elsabé. "Jy kan ons nie soos kinders . . ."

"Kom, Ouma." Doris gryp die rolstoel se handvatsels en Ludo antwoord:

"Jy't die storie natuurlik uitgetwiet die hele wêreld oor."

Sy gee hom 'n vuil kyk en dan gaan die hyserdeure agter hulle toe.

*

Vies sit Doris in haar hotelkamertjie. Hy is in Londen en sy is hier. Hy is ou nuus maar hulle was 'n keer kort ná Kaïro saam in Amsterdam en nou kom alles na haar terug. Sy sit met hierdie twee ou vryers en dit gril haar om aan hulle as verliefdes te dink en hy wat haar oupa is maak asof niks gebeur het nie. Sy is vir hom bloot 'n meisiekind wat die klimtol speel en hom kan help. En haar ouma is soms ingedagte en soms so vrolik dat sy byna soos 'n tiener lyk. Sy't daar op die vliegtuig sit en straal.

Doris gaan uit en dwaal deur die strate. As ek op hierdie sneeu-plate gly en my seermaak, is als verby, dink sy. Dan gaan ons, motley crew wat ons is, net so terug. Versigtig stap sy in die donker straatjies af. Die stad slaap en net hier en daar loop troppies giggelende jongmense, duidelik op pad huis toe van een of ander drinkplek. Gly-gly. Mekaar aan die rondstamp. 'n Sneeubal vlieg en plof teen 'n muur. Wit strooi die sneeu grond toe.

Van haar ma onthou sy byna niks. 'n Gevoel ja, 'n soort skaduwee wat om die woord hang. Vir haar is *Ma* 'n behoefte. Sy probeer haar uitgóói uit daardie behoefte uit. Sy is skaam om die woord *Ma* te sê voor haar ouma en nou hierdie ou man wat haar oupa moet wees. Ook hulle rep niks oor die vrou wat tussen haar en haar ouma lê nie.

Ma word weggedink, tob Doris. Verraad is dit. Hoe kan mens so lewe? Met iemand wat so belangrik was wat nou verswyg word asof sy nooit daar was nie?

Jy kan mos nie bo-oor so 'n iemand se kop triek nie?

Hoe kan Ouma dit doen? En Ludo, hy doen mee.

*

Die virgin jintoe, noem hulle haar nou.

Eenslie Maree se maters vertel hom hulle hoor sy gee nie full house nie. Sy gee tug en oral. Net voorlangs. Verder gaan dit nie.

"Verder is die winkel toe."

By die kafee loop hy hom vas in Dick Malgas, wat vier cream sodas onder sy arm vasknyp.

"Eenslie Maree!" roep Dick Malgas. Hy vat Eenslie aan die elmboog en lei hom eenkant toe. Hulle staan by die petrolpompe by die dampe en oliekolle in die droë sand. Dick praat in 'n lae stem. Eie met Eenslie. "Onthou om vir Uncle Dick te sê as jy gehelp wil word."

Eenslie skud sy kop. Hy kyk weg. Hy wil nie saam met Dick Malgas gesien word nie. "Dis reg, oom Dick." Dick het 'n koue sigaret in sy mond, want hy durf dit nie hier by die pompe aansteek nie.

"Luister, Eenslie," sê hy. "My cousintjie in die offisiersmenasie in Simonstad. Hy breek nie die rules nie, hy buig hulle net 'n bietjie."

Eenslie skud sy kop. "Dankie, oom. Nee dankie, oom."

"Jy wil jou pak soos 'n man vat, boykie. Lyk dit vir my."

"Ek dink so, oom Dick."

"Dis net jy gaan ook geslaat word vir iets wat jou nie toekom nie."

"Hoe bedoel oom?"

"Hulle gaan jou looi vir die inspector."

Eenslie word koud. Die petrolwalms wat uit die stof opslaan maak hom naar. Hy wil opbring. "Hoe bedoel oom?" Dick Malgas haal net sy skouers op en stap na sy bakkie waaragter die boot en treiler gehaak is. "Pressure op die speurders," sê Dick oor sy skouer.

Agterop die bakkie sit drie vissers. "Waar is jou jintoe?" roep een spottend toe hulle wegry.

"Gaan vra vir Ankervoet!" lag Dick Malgas oor sy bruin elmboog met die koper bangle.

Eenslie stap huis toe. Die wêreld draai. Hy kry die fiets uit die hok agter die huis en ry so gou hy kan Tietiesbaai se kant toe.

Ankervoet sit by die reservaat se hek en dut in die klein geboutjie waar hy sy dae deurbring. 'n Keps sit laag oor sy oë.

Dis stil hier, net sonbesies en die reuk van stof. Daar eenkant staan bote op treilers maar daar is geen beweging nie. Ver tussen die rotse dein die seebamboes tydsaam.

"Wat de fok!" roep Eenslie en ruk die deur oop. Vervaard steier Ankervoet orent, sukkel met sy balans want sy lam voet gee eers mee, maar dan hou hy aan die tafel vas en kom orent.

"Dick Malgas sê my ek moet by jou kom hoor wat ek te make het met die inspekteur se dood!"

Eenslie is woedend, die opgekropte woede en frustrasie maak hom briesend. Ankervoet gee dadelik in. Sy onderlip begin bibber. "Oom Eenslie, nee, ek . . ."

"Watse gefokken oom is dit, ek is so oud soos jy, jy't my nog nooit in jou lewe ge-oom nie!"

Eenslie slaat op die tafel en die ludostelletjie hop en kletter op die grond. Ankervoet buk om die stukke op te tel maar Eenslie skree: "Los die fokken dices en sê my wat jy gesê het!"

"Hy't die jintoe gejaag! Hy't die jintoe gejaag!"

"Die wie?"

"Die inspekteur-oom!"

Ankervoet gaan sit en sak sy kop op sy arms en begin die rug-kante van sy hande nathuil. Hy huil sy voorarms ook nat en 'n lel drup by sy neus uit toe hy sy gesig lig en snuif. Hoe sou hy nie nou gelyk het as hy nie so lank onder water was nie, dink Eenslie, as sy brein nie versmoor is nie. Gestel hy was nog 'n mooi, gesonde jongman?

Vies draai hy om, maar voor hy uitloop, snou hy Ankervoet toe: "Ophou kak praat! Anders *moer* ek jou!"

Eenslie loop weg, spyt. Wil omdraai om die jongman in die wag-huisie te gaan troos. Los dit eerder. Klim op sy fiets en ry swaar die stofbultjie op.

Fokkers. Fokkers, fokkers.

*

"Dis vreemd hoe mens op so 'n verhouding terugkyk," sê Elsabé in-gedagte. Hulle het Doris gevra of sy sal omgee as hulle alleen gaan eet en sy't nukkerig ingestem en gewaarsku dat nie te veel gedrink moet word nie. Ludo moet sy hand sekuur hou vir die konsert.

Elsabé sit oorkant Ludo. Hulle eet rystafel en voor hulle is die bakkies met allerlei kossoorte uitgepak. Sommige bakke staan op 'n staander met 'n vlammetjie daaronder. "Onthou jy die goeters wat mens in daardie dae by landbouskoue by 'n stalletjie gekry het? Amper soos 'n verkyker. Jy kyk daarin en daar is 'n prentjie in 3D. Dan trek jy die hefboompie en dan gly nog 'n prentjie in."

Hy knik."Ons het dit scopes genoem, dink ek."

Sy knik. "Deur die jare het my terugdinkery aan ons verhouding só 'n scope geraak. Ek dink mos in prentjies. Doris sê altyd: Ouma onthou in shots. Dit is so. So onthou ek ons tye." Sy kyk weg en dan weer na hom. "Een dag kyk jy en jy sien 'n mooi prentjie. 'n Dag in die veld, by 'n dam. Dit was heerlike dae."

Sy kyk 'n oomblik af. "Dan, die volgende dag, trek jy die hef-boompie en jy sien 'n lelike prentjie."

Hy leun vorentoe.

"Wat sien jy?"

"Ek sien veral vir jou die dag toe jy met die kartonman na my aangeloop gekom het. Ek het eers gedink dis 'n grap. Ek het ag-terna verskriklik verneder gevoel." Hy kyk af. "Dis die prentjie wat ek die meeste sien."

"Ek is jammer." Maar hy kan nie verder nie. Gedagtes bondel in hom. Sy groot vrees: dat die klimtol se tou kan knoop tydens 'n konsert.

Dis waar jy haar verloor het, dink hy. Wat het daardie dag in jou gevaar? Was jou vrees dat die speurders haar oor Tweefontein uitgevra het nie iets wat jy kon onderdruk nie?

Die kartonman was eerder skans as wat dit 'n beskuldiging was.

Wat het in jou kop gebeur, Ludo?

Sy draai haar kop skeef. "Wat het gebeur?" vra sy dieselfde vraag. "Hoekom was jy so?"

Hy skud sy kop. "Ek is . . ."

"Ja, Ludo?"

"Ek is net nie . . ."

Sy skud haar kop gefrustreerd. "Toemaar, los maar." Sy beduie met die hand. Hy ken die gebaar. Bitter. 'n Skeppie opgehoopte asem plof by haar mond uit. Hy sien nou eers hoe bleek sy lyk. Gitswart haar oë.

Hy kan nie praat nie. Dis asof als in hom so diep pitgetrek het dat hy dit nie kan deel nie. Hy was te lank alleen. Hy het nie die woordeskat om te verduidelik nie. Waar sal hy begin? Hy sal moet begin by die begin, en waar was dit?

Hy dink aan die weir en die water wat uitspu.

Die eerste vliepiering, glansend in die donker vallei.

Hy dink aan die dag toe hy sy hemp uitgetrek het en sy das oor die draad gehang het en die bultjie uitgehol het en hom voorgeneem het om nooit weer 'n strop om sy nek te sit nie.

Hy dink aan die seuntjie in die pad, met sy een been wat komieklik skeef op die teer lê en 'n ent weg die skoen.

Hy skud sy kop.

"Toemaar." Sy sit haar hand op syne. "Doris meen jy't 'n soort locked-in syndrome."

Hy kyk skerp op. "Dis onnodig," sê hy. "Dis wreed."

Hy sien skielik die swart oë blits.

"Sy weet van Tweefontein se ongeluk. Ek het haar vertel." Elsabé kyk weg. "Ek is jammer as dit wreed klink. Maar dis die probleem. Jy was nooit 'n man met wie ek kon praat nie. Eers hét ek probeer. Ek wou ons verhouding woorde gee. Mens wil mos verstaan wat gebeur tussen jou en iemand anders."

Sy soek na 'n verduideliking. "Elke verhouding het sy storie, Ludo. Mens moet saam besluit wat die storie is. Dit en dit het gebeur. Dis hoe ons begin het. Dis wat nou gebeur. Dis ons verhaal."

Sy vat sy hand en pluk dit heen en weer op die tafeldoek. "Julle moet ooreenkom en saamstem."

Hy antwoord nie en neem 'n sluk wyn.

"Dis hoekom ek dit later gehou het by net die lyf." Hy skud sy kop en probeer iets formuleer. "Seks. Ja, dit het jy verstaan."

Sy byt haar lip. "Jy was mos 'n cowboy."

Wanneer hy nie antwoord nie: "Nou ja, dan was dit dan dit." Elsabé sit haar hand op haar rolstoel en hy keer vinnig.

"Ek het gedag jy wil trou," kry hy dit uit.

Die frase klink vlak. Goedkoop.

Sy versteen en kyk na hom. "Ek wou jou sê dat ek ons kind verwag." Haar stem word so koud soos die sneeu buite. "En terloops, haar naam was Anna. Jy het nog nooit gevra nie."

"Anna."

Sy kyk stip na hom. "Anna, Ludo."

Hy kyk na sy hand op die tafel. Anna, dink hy.

"En ek onthou die presiese oomblik toe sy my te binne geskiet het." Hy kyk op en besef toe eers waarna sy verwys. Sy neem nou sy hand. " 'n Pragtige meisie. Vrou. Was sy. Dapper en sterk."

Anna.

Die woord lê tussen hulle en die woord word nie vir hom mens nie.

Hy sit en dink: Watter soort man is jy, Ludo?

"Ek dink ons moet teruggaan. Jy weet hoe Anna se dogter is."

Dis 'n beskuldiging, 'n sweepslag.

Hy kyk op: "Sy lewe nes ek. Die yo-yo is nie 'n speelding nie. Dis 'n handwapen. Sy keer. Heeltyd. Doris keer aanvalle af nog voordat iemand 'n aanval bedink het."

Elsabé kyk na hom. "As jy maar oor die liefde kan praat met dieselfde gladde bek waarmee jy oor die klimtol praat." Sy kyk na hom. "Snért praat."

En hy dink: Jy is selfs 'n te groot lafaard om haar reguit te vertel dat jy daardie dag die kartonman by jou gehad het om een hoofrede: Jy was skytbang vir die speurders.

*

Digby die Leidseplein, waar een eensame busker met vier polisie-
beamptes onderhandel en sy kop skud en liggies die bome feestelik
tooi, word die gig in 'n klub gegooi.

Dis 'n dag van bevrore gragte en hy het lank gestaan en kyk hoe
die uitbundige Hollanders op die ys ronddraai. Sommige was los
van voet en het met skaterlag op hul skaatse gewankel en neerge-
slaat. Oor die grag van brug na brug strek die wit ys. Die skaatsers
draai en dan en wan blits 'n pro deur en sny 'n lyn deur die suk-
kelaars, dit vang die oog en dis soos 'n valk wat uit die lug val of 'n
vis wat uitspring aan 'n lyn – sekuur en oop voor en hy onthou dit
wanneer hulle tienuur die aand die saal met die swart mure instap
nadat hulle deur die samedromming gestoot het.

Hy voel ongemaklik en lomp en by hom kom die koerantfoto op
wat by hom spook. Die jong bobbejaanmannetjies teen Tafelberg
is deur die eeue uitgestoot uit hul troppe sodra hulle 'n bedrei-
ging geraak het vir die tropleier. Dan het hulle die lang tog oor
die Kaapse Vlakte afgelê na die Hottentots-Hollandberge, sestig
kilometer anderkant die plat vlakte, om daar 'n nuwe trop te gaan
begin. Dit was die pad wat die jong bobbejaan wat die lewe moes
in, moes loop.

Maar toe die stad aan die voet van Tafelberg groei en plate be-
sighede en huise ál verder oor die vlakte strek, het die bobbejane
wat bergaf beweeg het hulle in mense vasgeloop. Die koerantberig
was juis oor so 'n jong mannetjie: vervaard in die middel van
Hoofweg in Rondebosch, tussen die motors. Sy genetiese kompas
het hom op die oerroete gedwing en hier beland hy opeens in 'n
besige stadstraat, met mense wat dink hy's 'n mal bobbejaan wat
bergaf gekom het.

Soos daardie verdwaalde bobbejaan voel Ludo nou: lomp tussen
die jong, vietse lywe en die geklets oor dinge waarvan hy niks weet
nie. Baie van die gooiers ken mekaar klaarblyklik en Ludo kyk na
die maer, knap Japannese, die skaam Engelse tieners, effe oorge-
wig en nerdy, en die kras Amerikaners wat blink klimtolle gooi en
handelsname vergelyk en in binnestadsklere arriveer.

Hy voel gelukkig effe beskerm agter Elsabé se rolstoel en stoot haar voor hom uit as 'n skans en hoop niemand raai hy's ook 'n deelnemer nie. Elsabé het kennelik besluit om hom te vergewe of bloot om hom te aanvaar nes hy is.

Dalk het sy glad nie meer hoop vir hom nie. Dalk sien sy hom vir wat hy is. Hy weet nie.

Sy't haar kamera by haar en soms weet hy nie of haar geesdrif aangeplak of eg is nie. Sy neem onafgebroke foto's. Hy ken homself al. Sy lyf reageer op haar. Hoe minder sy woorde is, hoe meer praat sy lyf. Dit was al die jare met haar so. Sy was net te slim vir hom. Te rats met haar vrae en antwoorde. Dan het sy lyf sy taal geword. Só kon hy haar antwoord. En nou gebeur dit weer.

Na hul ete het hy in die hotelkamer gelê en hy wou na haar gaan. Hy wou haar hê, soos in die ou dae, uitbundig en sonder omhaal. Hy't oor sy ou lyf gevryf en die los maagvel gevoel en gedink aan die louwater in die vlaktes van Voorstrand.

Hy't haar naam gefluister en hy't nooit van sentiment gehou nie. Dis 'n vorm van verdediging. Maar haar naam het bly maal in sy kop, die nag deur. Haar naam was geskryf in sy bloed.

*

Doris vaar die massas in en val mense om die hals en Ludo weet sy's die ene besigheid.

Ek is te sku hiervoor, dink hy. My triek was die triek van die alleenreisiger. Dit was stil en dit was altyd net ek en vir hierdie kinders is dit een groot partytjie. Dit was nie vir my nodig om met enigiemand te praat as ek nie wou nie. Ek was solo.

Maar hy't die afgelope tyd vinnig geleer en Walking the dog en Rockin' the cradle – sy name vir hierdie twee trieks was altyd "Kom, Wagter!" en "Siembamba" – ver agter hom gelaat en nou weet hy dat die klimtol nuwe hoogtes ingeskiet het toe die slapende yo-yo met die verminderde friksie tussen tou en as en 'n uitwaartse verplasing van gewig tegnies vervolmaak is. Van 'n paar

honderd trieks het die gooikuns nou ontwikkel na duisende moont-
like trieks en die klimtol is nou giroskoop en vliepiering tegelyk.
Fisici breek hul koppe oor die komplekse fisika van die spinbal,
hoor hy 'n Nederlander hier digby hom aan 'n leek verduidelik.

Maar hy leer meer ken van die ingewikkelde verhouding tussen
die twee Steyns en ondanks haar een opmerking oor hoe sy ge-
kluister sit laat die nag op die grag, handhaaf Elsabé 'n opgewekte
en ironiserende toon wat haar kleindogter Doris dikwels irriteer.
Vandag lyk Doris met haar geel oë nes 'n leeuwyfie met kwispe-
lende stert.

Doris maak geen lang praatjies nie, maar stel die Miervlieg aan
die nodige mense voor terwyl hulle wag op hul beurt om verhoog
toe te gaan. "The Flying Ant!" En: "I found him in a lonely seaside
village! Lots of detective work!" Sy hou hom op langarmlengte:
"Just look at him. Vintage!"

"Cool!"

Uit 'n koevert wat Elsabé op haar skoot moet hou, trek Doris
die kleurfoto, groot in A4-vorm afgedruk, van Ludo Loeloeraai op
die verhoog in die jare sestig en wys dit aan iedereen wat in hul act
geïnteresseerd is. Die jong kampioene lag en kraai en wys na Ludo
se ou yo-yo op die foto en kyk met bewondering na hom.

Hy moet hom bedwing, hy wil op vlug slaan. Die sandplaat,
die uitstap die oopte in waar wit sand en vlak branders en lug een
kleurgleuf word en hom insluk, hy is sout en see en 'n dun wind.

Ludo se kop draai van die polsende musiek en hy klem Elsabé
se rolstoelhandvatsels styf vas. Sy hande sweet. Dan begin die be-
wegings en die hele kamer beweeg saam met die eerste spelers, wat
deur triek-lere gaan en meestal jonger en onervare is.

Dan is dit die Loopers se beurt, wat nie ingewikkelde trieks met
die tou uithaal nie, maar lang ellipse gooi en swaai en dan kom die
Freestylers aan die beurt en daar is elektrisiteit in die lug. Ludo en
Elsabé het hulle op die rand, teen die een symuur, staangemaak.
Die rolstoel is so gedraai dat sy skote kan skiet deur die gaping
voor hulle. Die klub se mure is swart en die ruimte te klein vir die

klankstelsel. Die hele gebou vibreer en Ludo begin liggies van die heupe af bons en voel Doris se goedkeurende oë op hom en hy sien die glimlaggie op haar mond.

Die eerste vintage duo is die ou champ uit Suid-Amerika wat soos 'n Indiaan met baie jagvelde agter hom lyk. Hy't swart hare wat styf oor sy kop gekam is. Dit hang in 'n poniestert oor sy rug en sy gesigsvel is geplooi by die swart, metodiese oë. Hy't versigtige bewegings waarmee hy verhoog toe stap agter die jong, fikse Switser met die T-hemp aan wat hierdie ou man iewers op die rand van die Amasone gaan opspoor het.

Die musiek is Brasiliaanse rock en die ou Indiaan skiet soos 'n koperkapel tot lewe en die gebou druis van die applous, die jong kinders met hul pette en seilskoene bons op hul hakke en van die ouer deelnemers tol op hul asse.

Die vaartbelynde Switser gooi netjies en sekuur maar dis die Indiaan wat boei met sy konsentrasie en ritme en die manier waarop sy lyf saam met sy spinbal freestyle en Ludo wil na buite vlug en kyk om en sien dat Elsabé hom dophou en haar duim lig en sy't 'n slim uitdrukking in haar oë en hy weet sy lees hom en sy vrees. Sy sien die ver pad van die Landbousaaltjie op Tweefontein tussen die plaasimplemente tot hier in hierdie Amsterdamse swart, bonsende klub met sy narkotiese ritmes.

Maar eers moet hy na buite en hy beur uit en voor die klub is dit ook 'n samedromming en dit lyk of daar nog meer mense daarbuite is as daarbinne, maar dan sien hy dat daar ook 'n klub oorkant die straat is. 'n Lang nag lê vir hierdie jongmense voor, kan hy sien, en hulle is vir hul eie konsert aangetrek. Klein mispoffies staan voor Ludo se mond en hy probeer op die ritme van sy asem konsentreer en dit in sy hand voel. Later kom haal Doris hom. Saggies maar ferm vat sy hom aan die boarm en trek hom deur die mense na binne.

Hy moet nou wys wat hy het en nadat die grys sigeunerdwerg en 'n Hollandse meisie met bloedrooi fluoresserende hare hul act begin het met melankoliese sigeunermusiek wat opbou na 'n Oos-

Europese rockdesperaatheid en Ludo oorbuk na Doris wat in sy
oor skree "Kan jy Berlyn hoor in daai musiek!", is dit hul beurt.
Die dwerg het 'n waardigheid aan hom en hy is duidelik ook 'n ou
champ wat hom ingewerk het in die nuwe era in, maar die Hol-
landse meisie troef hom en steel die vertoning.

Elsabé rol nou heen en weer met haar kamera en hy sien haar
oë blink.

Dan is dit Ludo en Doris se beurt en die uitpomp van Die Ant-
woord se eerste lirieke is hier nie so ontstellend soos wat hy dit in
sy huisie met die blou deur ervaar het nie maar dis die taal van sy
tuiste en dis vertroostend en woedend en steier deur die vertrek.
Doris se geel oë hou hom eers vas in die eerste paar sekondes en
dan los sy hom en mik sy weg na haar blitssnelle bewegings en hy
sien ver agter in die saal hoe roei Elsabé nader om beter te sien
en dan gebeur dit wat Doris automatic writing noem, hy weet nie
meer wat hy doen nie want sy lyf het oorgeneem en sy triek is soos
die biologie van sy liggaam, dis 'n diktaat, dis daar en dit gaan aan
en dit stoot energie deur sy are en hy kan dit nie stop nie.

Hy gaan die droomtyd van speel in en word eers weer stadig
bewus van flitsende kameras en hulle is al byna in die voorportaal
toe hy mooi by is en joernaliste is besig met Doris en hy moet by
Elsabé staan waar sy met 'n pers sjaal in haar rystoel sit. Hulle po-
seer teen 'n swart muur en Doris is by en hy hoor haar iets aan die
fotograaf sê oor hoe hy haar oë nog geler moet photoshop en die
sjaal se bling moet uitlig en sorg dat die Vlieënde Mier op Ludo se
deltoïed gehighlight is.

Hy is buite en die ligte is skitterwit op die sneeu en die trems
klingel en raas verby en hy druk deur die mense en later die aand
hoor hy by Doris wat met Elsabé daar aankom dat hulle gewen
het. Waar was hy dan vir die ontvangs van die medalje en die
foto's en het hy te veel gedrink, na watter drinkplek het Ludo
gevlug?

Dit is Elsabé se oë wat verwytend op hom is waar hy in die klein
eetkamertjie van die hotel by 'n blink tafeltjie van kunshout sit en

na die onderbene van verbygangers staar want die hotel se ont-vangsarea is onder straatvlak.

Hulle kom staan 'n oomblik by hom en hy weet hulle skrik oor hoe aangeklam hy is maar hy kan dit nie verhelp nie en snou Elsabé toe: "Ek weet nie hoekom ons uit die kolonies altyd met ons trieks Europa toe moet kom nie, asof ons trieks nie trieks is as hulle net in Afrika gegooi word nie."

Sy wil iets terugsê, maar beteuel haar en hulle laat hom met die gevoel wat hy uit 'n televisiedokumentêr onthou: die Black Hole wat inplof tot een git punt, kleiner as wat die oog kan sien, en daardie git suig als na hom in en dit suis met die suising van 'n heelal wat verdwyn.

Maar Doris kom mettertyd weer met die hyser na benede en staan versoenend by hom. "Ludo, nou Zürich en dan die Duitsers en dan hét ons hom!"

Oupa vir jou, dink hy in sy dronkenskap maar gelukkig en dank vader, dink hy agterna, sê hy dit nie hardop nie.

Die volgende oggend kom sy met *Het Parool* na sy kamer waar hy slordig en babelaas lê en wonder en sy hamer aan sy deur en daar is hulle op die voorblad van die koerant, Queen Ant, noem die koerant hom en sy kop blink en sy stewels lyk soos cowboy boots en die stud in die oor skitter, en inderdaad is Doris se oë 'n aks geler as in die egte lewe en sit Elsabé daar as balans stip in haar stoel.

Die laatmiddag sit hy en Doris in die hotel se klein voorportaal-tjie waar 'n Wi-Fi-sone is en sy is besig om vir hom wat sy noem die "bottom line" te doen en dit is die oopmaak van 'n Facebook page vir hom. Haar ouma het die foto uit die trekkerskuur op Tweefontein Twee verskaf en dis die dwars foto heel bo en dis energiek en tog vintage en Doris lag van oor tot oor.

"Amazing," sê sy en dan kom nog foto's: Van waar hy op sy huisie se stoep staan met sy kierie en die klimtol en die baai van Voorstrand lê voor hom oop. Waar hy staan en gooi in die san-derige veld met 'n ent agter hom en met haar rug effe gekeer, ook

Doris wat 'n triek gooi. Sy ou klimtol uit die jare sestig wat op 'n tafel lê en daarnaas sy knipmes en 'n bokkom.

Die skakels wat besoekers aan sy profiel neem na die gigs wat hulle gaan speel, is ook daar. Hy dink: Dis soos die slagysters wat die Kliprugkinders stel daar in die stukkie sandveld vir die hase en die bokkies, dis vangplekke en dis vir mense om hul voete in te sit.

Oplaas pryk hy daar en Doris rits like-uitnodigings af en beloof hom dat sy sy bladsy in stand sal hou en sy groep se opdaterings sal behartig. Van eie boodskappe op sy bladsy wil hy niks weet nie en hy sê sy moet begaan en hy weet dit sal wees soos die groot kartonbeeld van Ludo Loeloeraai wat destyds saam met hom rondgereis het, die beeld wat mensgrootte was.

Hy't geweet dit sal nou weer wees soos toe en mense het hom destyds gegroet asof hulle daardie uitgesnyde kartondun man groet en dit was asof hulle nie met hom, Ludo, praat toe hulle met hom gepraat het nie. Hulle het met die uitsnyman gepraat en wat hulle gedink het die man is en hy wat Ludo is was nooit deel van die gesprek nie. Hy was dun soos karton en dit was al wat hy vir hulle was.

Nou gaan hy weer so 'n prentjie word en iets in hom is die rats tobie van Abdolsbaai en die rotse se skaamste voëlsoort is sku en ontwyk jou altyd en lei jou vlie-vlie weg van sy nes en dis hy, nou, as hy dink aan hierdie Facebookbladsy en sy foto's wat in honderde mense se rekenaars gaan sit daar neffens al die ander dinge waarmee hulle besig is. Hy weet dis nie hy nie maar die uitgeknipte karton maar hy wil wyk en op die rots gaan sit met die wind wat aan hom vat en hom skoonwaai en dis net hy en hy is verantwoordbaar aan niemand nie en hy hoef homself nie op te dateer asof hy geen bestaan sal hê as hulle nie gereeld iets nuuts kan aflees in die dun karton nie.

Hy onthou hoe hy ná konserte met die kartonman onder die arm teruggestap het hotel toe en hoe hy die stywe man agterin die Opel moes inpas en hoedat hy dan in die truspieël die langpad agter hom kon sien maar ook die starre glimlag van die man wat mense ken as Ludo Loeloeraai.

Hy onthou hoedat toe sy Opel die seun op die fiets tref, Ludo Loeloeraai se glimlaggende gesig hier langs hom in die Opel beland het, van die impak het hy oorgeskuif en die vurige, jolige triekgesig was hier by hom en dit was hy en niemand anders nie en dit het hy geword.

Daar is baie triekers weet hy wie se persoonlikheid groter as hul talent is en hy is verras oor hoe ver hulle dit in hul leeftyd kan bring en hoe die publiek dit vir soetkoek kan opeet. Vir 'n ruk het hy gewonder of die boemerangkoning so 'n iemand sal wees, want sy bek was groot en sy gebaar veel boeiender as die vlie van sy vurk.

Oor homself het hy altyd gevrees sy talent is groter as sy persoonlikheid en dis hoekom die piering op hom invlie wanneer hy nie op sy hoede is nie.

*

Dick Malgas hou by haar stil. Op hierdie stuk vlakte groei net bietou en rooikransbosse en die veld is opgekerf in straatblokke met sandwalle wat oor die teer sny soos die wind deur die For sale-bordjies stoot.

Net sy en die Kliprug- of Hoplandhonde kom hier. Verder die karre van mense wat erf soek en op en af deur die droewigheid van verlate erwe ry. Daar by die een punt van hierdie dooie stuk dorp gaan 'n paar huise op maar sommige stol heuphoogte en dan daag die bouers of die eienaar nie weer op nie. Jy kan wegkruip in so 'n halfgeboude huis. Mettertyd word hy murasie en naaiplek vir die kinders. Die hoop gruis word uitgetrap deur wie ook al daar speel of honde wat pis en agterna met hul agterpote skop.

Dick het 'n cream soda in sy hand. Hy kyk na haar deur skrefiesoë. Hy waai 'n vlieg weg voor die koeldrankblikkie se bek. Sy weet hy doen nie besigheid nie want sy't hom hierlangs en in die kroeg op Saldanha dopgehou. Dalk is hy 'n steamer, een van daardie ou mans wat nooit 'n jump gee nie maar op en af verby die meisies ry en sit en stoom in hul karre. Sy haat hulle want hulle doen window shopping. Hulle koop nooit. In die Kaap het die lang manne so 'n steamer 'n ruk laat begaan maar as hy nie ophou nie dan reël hulle dat 'n kar kom en hom vasdruk in 'n straat. Hulle spring uit en hy kry 'n gun teen sy oor. Hy word uit sy kar gepluk en grond toe gemoer en geskop of gesteek en hulle hijack sy kar.

Dick staan by haar en sy bakkie se enjin luier. Hittewalmpies staan op die enjinkap en laat verdroogde rolbosse en bottelstukke beef.

"Cream soda?" vra hy en hou 'n blikkie na haar uit. Dis koud. Hy het 'n cool bag langs hom op die sitplek. Sy trek die blikkie oop en drink. Die groen koeldrank drup voor teen haar rok af so dors is sy.

"Hulle sê die manne uit die Kaap soek jou." Toe sy nie antwoord nie, gaan hy voort. "Daar in Saldanha vertel hulle jy't uit die Kaap weggehol en jy loop nie meer saam met die gangsters nie. Jy's nou solo."

Sy skud haar kop. Naar. Sy wil buk en opgooi.

"Daai lang manne was gister hier by die tikhuis en het kom sê jy ken hulle gesigte." Weer skud sy haar kop. "Daar's nie 'n tikkind wat nie met hulle sal co-operate nie. Jy's kroonwild."

Snaartjie gooi die leë blikkie op 'n oop stuk sand. Met een rats haal is sy agterop sy bakkie. "Wat maak jy nou?" roep Dick Malgas verbaas.

Sy gaan sit plat op die bak. Dit brand haar boude. "Vat my weg," antwoord sy.

Hy skreeu agtertoe sonder om te kyk. "Klim af!"

Sy bly sit en sit haar arms om haar bene en haar gesig op haar knieë. Maar met haar een oog loer sy vir hom verby haar trane.

"Af!" Hy klim uit en die rug van sy hemp is nat. "Af!"

Sy bly roerloos sit. "Ek ry met jou cops toe." Hy praat nou sagter. "Ek gee jou aan vir hoereerdery."

Sy bly sit en praat deur haar knieë. "Vat my in polisiestasie toe."

Hy gryns. "Hulle gaan jou vir die gangsters gooi. Die cops kan niks met jou doen nie. Wat moet hulle met 'n jintoe maak?"

Die wind ruk aan die bakkie. Sy kyk op. Hy staan by haar met sy een hand op die reling. "Toe. Af."

Traag klim sy af en hik toe sy die grond tref. Hy klim terug in die bakkie en slaan die deur blikkerig toe. Maar voor hy ry, gee hy haar nog 'n cream soda.

Dan ry hy weg.

Oom Ludo, dink sy. Maar Ludo is weg. Sy huis staan doodstil daar. Die hortjies is getrek en die Kliprugkinders speel karretjies op sy voorstoep. Niemand tel die bierbottelstukke in die paadjie wat afloop see toe op nie. Een hortjie wat hy nie behoorlik vasgemaak het nie, het een nag kort nadat hy weg is in die wind geswaai en die muur met klapgeluide geslaan. Sy het die knip opgesit en daar ge-staan en luister. Net die see en die wind wat huil in die skoorsteen.

Eenslie Maree. Maar hy ken haar nie. Hy weet niks nie. Hy verwag iets van haar wat sy nie kan gee nie. Hy soek nie jump nie. Hy soek vir haar.

Eenslie se ma, dalk. Die antie wat by die gastehuis werk. Maar sy is 'n kerkvrou en netnou trek sy die dominee nader. Nee, nie sy nie.

Dick Malgas is te eie met die gangsters en hy's ook kop in een mus met die polisie en die security-karre en hy't haar die bakkie afgeskreeu.

"Bly weg van hierdie plek," het die vuurtoringman met die blou oë gesê.

Daar by Bidklip lê die sleepsels van 'n pofadder soggens in die sand. Sy weet dis 'n pofadder want die sleepsel maak groot esse maar in die middel van die kinkels loop 'n dun, reguit streep. Dis die punt van sy stert wat so koers hou. Op Matjiesfontein het sy geleer dis hoe jy 'n pofadder se sleepsel herken.

Die uile bly uit haar skuiling. Hulle het eers daar gebly maar nou sit hulle snags bo-op Bidklip en hul geluide laat haar koud voel. Daar is niemand vir haar nie, dalk moet sy in daardie dam waaruit

sy nie sal kan kom nie, spring, dalk moet sy daar by die geraamte
gaan lê.

*

Die volgende oggend wys Doris aan hom hoeveel likes hy al het.
Baie mense gee die goedkeurende duim aan wat daar te sê is. Mens
noem dit "like" sê Doris.

"Maar hulle weet van my geen snars nie."

"Hulle is fans!"

"Hulle was nie by een van my konserte nie," antwoord hy
stug.

"Maar hulle dink jy's cool!"

Vir 'n oomblik wil hy die skootrekenaar wat sy hier voor hom
oopvou, toeklap, maar hy beteuel hom en hy weet dat dit 'n nuwe
tyd is en dat nuwe trieks vra vir nuwe planne en dis duidelik dat
sy planne het en dat sy als agtermekaar kry en dat sy ver met hom
wil beweeg.

"Toemaar," troos Elsabé oor ontbyt. "Dis nie jy daar op Face-
book nie, dis net 'n beeld van jou, dit het eintlik niks met onse
Ludo te doene nie."

"Cardboard cut-out!" lag Doris.

Hy is verras dat Elsabé so gemaklik praat, want hy onthou die
dag in die sandsloot toe hy met die dun man voor hom ingeskuif
by haar gestaan het en hoedat sy van hom weggery het. Het sy
vergeet of ag sy dit nie meer belangrik nie of wil sy juis wys dat sy
steeds bewus is van dinge?

Hy kyk haar ondersoekend aan maar sy laat niks verder blyk
nie.

"Dit word dalk ek," sê hy oplaas om haar te toets, maar steeds
speel haar gesig poker.

"You'll be so lucky," kom dit van Doris se kant af.

*

Hulle sit op 'n vlug na Zürich en hy is tam en leepoog en niemand verwys na sy wegvluggery van nou die aand nie. Maar Elsabé het sedertdien iets versigtigers aan haar wanneer sy met hom praat. Vir kort rukkies lê sy haar hand op syne. Hy voel hoe yskoud is haar vingers.

Zürich versmoor onder die sneeu en dis snerpend koud toe hulle uit die lughawegebou kom. Die stad is waardig en stil en by die Zürichmeer kyk hulle hoe swane uitgly oor die water en dan eet hulle middagete in 'n Italiaanse restaurant digby die Bahnhofstrasse.

Hul gasheer kom ontmoet hulle daar. Hy is 'n impresario en veteraan van hierdie soort kompetisies. Hy het reeds grepe van hul Amsterdam-gig op YouTube gesien en is geesdriftig. Nougeset is sy hande. Die lêer is van kalfsleer, sien Ludo.

"So you're be working many competitions?" vra hy in sy Switserse aksent.

Oor sy koppie koffie grom Ludo: "Ons sal maar sien."

Hul gasheer se blik skuif na Doris. Daar is 'n vraagteken in sy oë. Sy lag dit weg. "We hope to!" antwoord sy.

"Well, it's . . . very, very . . ." Hy soek na 'n woord. "Authentic."

"Thank you," bedank Doris.

"Ek is moeg," sê Ludo. "Vertel hom ek is moeg."

"A nee a, Ludo!" betig Elsabé hom. Sy pomp hom in die ribbe met haar elmboog waar hy op 'n lae bankie langs haar rolstoel sit.

"It's a bit too much like work for him!" lag Doris na die gasheer, wat 'n tuitmond maak. Siestog, sien Ludo. Hy bedwing hom.

"Anything you need?" vra die man. Ludo skud sy kop. Hy het niks nodig nie en hy moet kophou want terug in Suid-Afrika sal hy dit uiteindelik moet doen en hy sien nie daarna uit nie, dis 'n vrywillige teregstelling en dis nie maklik om oopoog daarop af te loop nie maar dit moet. Maar langer kan hy nie meer rondloop met die dinge wat in hom klont nie en dit sal moet uit al is dit weer 'n haai wat by 'n skool robbe inseil en die rondruk van vleis in die water met baie bloed.

Hy sal weer polisiekantoor toe ry en dié slag die woord sê: "Tweefontein".

*

Die kompetisie is klinies en high-tech en die saal is minimalisties en gestroop. Daar is nie die ruie energie en woede van die Amsterdamse gooi nie en tegniek is hier belangriker as siel. Die Japannese uit Tokio kom bo uit want hulle's rats en hul bewegings skoon en hul lyftaal androïed. Hulle is byna soos winkelpoppe wat aangeskakel word en deur verblindende roetines gaan met klimtolle van die heel jongste tegnologie. Hul gesprekke gaan oor die ingewikkeldhede van materiaal en aslengte en gewigsbalans en die giroskopiese aard van hul gooitolle.

Julle kan nie so taal gee aan speel nie, dink hy. Julle praat asof julle ingenieurs is, en as julle by my op Paternoster was, sou ek net gesê het: "Kyk na die dolfyne en word wys."

Ludo sit skouers geboë en dink aan die aardbewingbalk wat sy herd in stand hou en die ry bokkoms wat by die vismark uithang en die geel suringblom by die klip waar hy Snaartjie se kos los. Hy dink aan sy pisplas by die Opel en die oer-oog van die skilpad by die konsertinahek na die Walterse se plaas. Hy onthou die louwater wat oor hom skuif as hy op die plaat op sy rug lê en hy dink: Jy was nooit 'n ware godsoeker nie en jy het nie uitgegaan daarvan dat jy vergifnis verdien nie.

Jy het aanvaar dat jy jou miervlug gehad het een kort tyd ná 'n reënbui in die jare sestig en toe is dit verby en toe het jy om jou pa te plesier ontspoor met die baljuwerk en die speelgoedfabriek en die gesukkel met houtleweransiers en die draaibanke vir klimtolle (en wie wat nugter is maak 'n klimtol uit hout!) en boemerangs en die alewige stakings van die werkersunies en die babelaas werkers.

Toe het jy teen die see gaan sit en die bloute ingestaar en dit het jou gemelk van jou laaste reserwes en hierdie vertonings in die vreemde mag vir Doris Steyn uitstekend wees maar vir jou is dit 'n flousery en dis net oëverblindery, dis die triek binne die triek.

Dit weet jy nou. Jy is vir die oop pad gebou en jy moes destyds uitspeel teen kragte wat nou en hier nie meer bestaan nie, jy is 'n ou kampioen en jou oë is op gister se trofee. Jy was in oortuiging eerder as vermaak, destyds, en nou verwag hulle van jou suiwer vermaak.

Voor die stugge sale was hy eerstens daarop uit om te oortuig dat die vliepiering waar was en speel als.

Met Doris en deesdae is dit anders, die jongmense kan gooi om gooi se onthalwe, maar op die langpad in daardie jare moes jy eers jou pad oopveg vir die blote idee van speel, en dan moes jy mense leer ontspan, en eers dán!

'n Triek, dink hy, kan miskien beter voor vyande as voor vriende gegooi word. Hy't mettertyd begin begryp hy's kunstenaar; hy's ook pastoor van die vlietol.

Nou dink hy: Het ek nie te hoog opgegee nie? Was ek nie maar altyd net 'n traveller nie? En hoekom wil hierdie gedagtes my nie los nie? Op en af soos die op-en-af-tol, nooit is daar rus nie.

Ek slaan my oë op na die berge.

Anna.

*

Hulle kom tweede en hierdie keer gaan hy saam met Doris en buig die nek vir 'n medalje en erken die applous en hy sien die Japannese kyk met ontsag na hom. Hulle is tegnies beter maar Doris fluister hulle sien in hom 'n demoon wat hulle met hul dissipline nooit speelruimte sal gee nie.

Ja, geen duiwel sal in hulle groei nie weet hy en daar is geen foutlyn onder hul voete nie, hulle is skerp en vinnig en hulle verlaat die toneel in noupassende jasse en stywe serpe en hulle kon tydskrifmodelle of ysdansers of balletartieste wees.

Digby die Bahnhofstrasse sit hulle drie in 'n Starbucks en hy is verlig dat die koffie in porselein en nie soos hy verwag het in kartonbekers bedien word nie en hulle sit tam en reissuf daar en hy kyk na hulle en vra: "Wie is die kwaadste vir wie?"

Dis asof 'n veer in Doris losskiet. Hy onthou hoe verbete sy hom kom opsoek het en hul eerste lieflike aand toe hulle die Paternoster-hotel se broekiekroeg aan die brand gespeel het. Maar nou is dit Doris wat uitblaf (hinkhoudinkie tesame met die woorde): "My lewe lank moet ek hoor Ouma voel die ongeluk laat Ouma boet vir iets maar Ouma het nooit geweet wat nie. Nou weet ons dis vir 'n kind wat doodgery is by 'n plek met die naam Tweefontein. Ons weet Ouma het nie eens geweet van die ongeluk en dat Ludo agterna weggejaag het nie. Maar ons weet Ma het geboet daarvoor. En nou is ons hier en ons het die kans om te heal."

Dan sit sy terug en dis asof sy 'n gewig afgegooi het of 'n ingewikkelde nuwe triek gegooi het en dis uit en in die oopte.

Elsabé se skouers sak en dis asof iets wat sy wou sê ook nou uit is en al wat sy uitkry is: "Sjoe, quite a speech." Sy blaas asem uit en voeg by: "Totaal uit die bloute."

"Wat verwag Ouma? Ouma-hulle wil hier 'n vryery op tou sit terwyl ek en die Flying Ant hierdie een kans het om deur te breek na die volgende level."

Sy skud haar kop, gryp haar foon en begin twiet. "En laatnag dwaal julle rond in Amsterdam en Ouma ontstel oom Ludo. Hy gaan aan die suip, sy kop raas soos 'n kroeg vol mense."

Dit lyk of sy histeries raak. "Moet ek julle oppas? Ek is die jong ene hier! Mens sou dink julle skep space vir mý om veilig in te voel, maar nee! Ek moet júlle babysit!"

Haar vingers blits oor die foon.

"Doris! Wat maak jy daar? Jy twiet tog nie wat jy hier sê nie?"

Elsabé probeer die foon gryp.

"Ons het sponsors, Ouma, en hulle wil die twiets sien uitgaan, aanmekaar, hulle wil mileage hê. Is Ouma bang ek twiet oor twee ou mense en hulle gesukkel? Dink Ouma ek het nie 'n lewe nie?"

Hy kug.

Hulle draai na hom waar hy ingeplof op homself sit met sy jas

se kraag hoog om sy ore opgeslaan en hier in die opgewasemde
Starbucks ook sy serp nog om sy keel en sy linkerhand op die tafel
begin tril en die regterhand lê vas en seker langs die koppie.

Hy kan hulle toespreek oor die foutlyn onder sy huisie op Pater-
noster want dis die grot met die bek daar by Gaatjie op Voorstrand
en die grot loop onder sy huis deur en onder Kliprug deur tot by
Tietiesbaai. In die ou dae het MK daar wapens gestoor, het hy ge-
hoor, en agterna was dit die spelonk van die skollies.

Partykeer as hy op sy stoepie sit voel hy die foutlyn onder sy
voete en hy dink aan die aardbewingbalk bo sy herd.

En hy kan hulle vertel van die bloedkol van 'n dooie koedoe op
die teerpad en van die opdrag van die vliepiering om te speel en
bowenal te speel. Hy kan hulle vertel dat John Steinbeck gesê het
elke man moet 'n plek hê en sy plek is daar voor sy huisie.

Maar hy staan op en stap uit en voel soos 'n verslae bobbejaan-
mannetjie as hy deur Zürich se netjiese strate stap en by die meer
gaan hou hy twee swart swane dop wat ver uitswem totdat hulle
later in die mistigheid net stippels is.

*

Terwyl sy pa naderhand niks anders was nie as fiskaal en sy werk
geword het en toe hy sy werk verloor het, net 'n strooiman geword
het, het hy, Ludo, die langpad met die Opel gesien as sy pad na
vryheid. Weg van die alewige gekarring oor miere en werkerbye.

Maar dalk, dink hy hier in Switserland, was sy pa reg. Dalk
was 'n rooibaadjie niks meer as 'n handelsreisiger en smous nie.
'n Swerwer nes die magistrate van die rondgaande hof, die land-
bou-adviseurs wat van plaas na plaas moes reis, die sendelinge,
uitgestuur deur God.

Ludo Loeloeraai, verkneg aan die koeldrankmaatskappy. Wat
hom en ander rooibaadjies soos hy in diens geneem het om die
handelsmerk met speel te verkoop. Hulle is verkneg tot spel. Dit
was die triek van die Amerikaners: vermom werk as speel.

Is dit nie maar wat gebeur het nie?

Triekers, performers. Smouse met die nuutste insekdoder, die jongste evangelie. Daar was oulike apparaatjies, soos 'n flitsbattery-aangedrewe waaiertjie wat jy kan monteer op jou motor se paneelbord vir die rit deur die Karoo. Kersfeesliggies wat aan en af flits, en nuwe opvoubare plastiek-Kersbome vir 'n somer-Kersfees op die platteland.

Hy onthou die koms van die balpuntpen. Monopoly. 'n Skaapskeerder-masjien. Tupperware. Gif teen die vrugtevlieg. Elke produk gedryf deur 'n man met 'n tas, 'n hoed, 'n baadjie, 'n motor en die langpad in sy oë.

Daar was ook Nico Carstens met sy trekklavier, Charles Jacobie met sy kitaar en cowboyhoed, towenaars en hipnotiseurs. Hulle was die voorhoede. Agterna kom die massiewe onderneming van tente en kamele en leeus en hansworse en dwergies en akrobate en bere wat Boswell Wilkie was.

Die land was wyd en groot; snags was daar die gesteun van 'n muil. Die koolrook van stasies. Die asyn aan jou hande nadat jy fish en chips onder 'n bloekomboom teen die pad geëet het.

Soms het hy foto's geneem, en hy moes die rolletjie film per pos stuur na die Kodak-laboratorium in Kaapstad, en na ses weke het jy nege gangbare foto's en drie flops plus jou stelletjie negatiewe in 'n koevertjie teruggekry. Jy kon dit by die apteek se medisynetoonbank gaan afhaal.

Hoe sou daardie foto's nie nou op Doris se Facebook gelyk het nie! 'n Minister in Homburg-hoed wat by 'n windkous by 'n skroefvliegtuig uitbuk, op 'n landingstrook in 'n kaal stuk veld. Daardie foto van 'n konsert met 'n halfkaal meisie wat met 'n luislang dans.

Watter soort lewe was dit? As die laaste toertjie verby is, wat bly oor?

Jy ry verby en strooi stof oor daardie swart man wat "die kafferpredikant" genoem is. Die een met die terughoudende groet wat nie miesies of baas wil sê nie. Die man met die dikwielfiets, die kerkpak en hoed, en die tassie met boeke. Hy't van plaas tot plaas gery en meeste boere het hom toegang tot hul werkershuise geweier want hy was geleerd en 'n opstoker.

Dan moes hy maar weer wegry.

Dikwels kom jy so 'n man teë wanneer jy op die stofpad laat waai. Hy't opgehou trap toe hy die motor hoor aankom het en staan eers eenkant toe. Jy jaag verby en verswelg hom in 'n stofwolk.

Iewers uit daardie dae onthou Ludo 'n motor wat aspris vetgee en die frase: "Vreet stof, kafferpredikant!"

Wie bestuur het en wie se stem dit was, weet hy nie meer nie. Dit kon tog nie hy, Ludo, gewees het nie?

Hy wens hy kon Charles Jacobie op sy oudag oor daardie dae uitvra. Of die bejaarde boemerangkoning weer opspoor. Wat het geword van die baasskeerder, wat met 'n grondseil en skaapskêr en merino-ooi op die skoolsaal se verhoog verskyn en in 'n ommesientjie die skaap dun en wit, blêr-blêr sy wolkombers laat uittrippel het? So 'n transformasie. So rats met die skêr. So 'n verwarde ooi!

"How's tricks?"

Wat doen julle in die stil ure?

Hier binne hom bewe dit. Die foutlyn. Die porselein rinkel asof 'n aardtrilling als saggies skud. Die volgende môre is daar 'n nuwe krakie in die muur.

*

Snaartjie Windvogel lê baie keer in hierdie maande op 'n duin bo Tietiesbaai. Sy hou die kampeerders dop wat om die krom baaitjie saamkoek. Daar lê sy gewoonlik 'n middag en 'n aand lank. Die karavane staan styf teenmekaar en by elkeen span 'n afdak of tent. By elke staanplek is 'n braaiplek. Dis op die grond met klippe uitgepak met 'n wit askol in die middel. Of dis 'n gekoopte ding wat staangemaak word sodat die braaier regop kan staan, bier in die hand, en lekker kan gesels.

Laatmiddag pak die braaiwolke oor die kampplek en teen vroeg-
aand flikker vure terwyl die rook en seemis die verste karavane
laat vervaag. Sy ruik skaapvleis en seesout en die meeue se mis
wat van die rotse afdrup. In die sloep Kaap se kant toe verstrengel
droë seebamboes. Kurt Darren span die kaptein se seile en Theuns
Jordaan sing van die dorp waarheen sy en haar pa soms met duif-
mandjies agterop die bakkie gery het, Beaufort-Wes. Windaf van
die ablusieblok stoom die geur van seep en warm water. Mense tou
met handdoeke oor hul skouers en tandeborsel en tandepasta in die
hand soontoe en terug. Kinders jil in die gleuwe tussen staanplekke
deur, mekaar aan die opjaag. Die vure brand hoog en dis partykeer
baie laat voordat die kamp tot rus kom en sy haar lêplek los.

Hier van skemer af maar ook ná donker kom vry die tieners hier
naby haar in die duin en dan hoor sy hulle giggel en die skuif van
klere en sugte. Sy lê plat met haar wang op haar voorarms en die
daghitte onder haar maag en luister hulle uit. Die outjies fluister
en pleit en die meisies keer en gee soms in, soms nie. Of hulle sit
als skielik stop.

Hierdie mooi gefluisterde woorde en die versigtigheid, die vra
vir die mag en die mag nie – het sy nooit geken nie, vir haar was
dit altyd net ruk en pluk. 'n Verskreeuery en die verrinneweer en
bloedsmaak in die mond. Agterna kak sy slym uit op die naaste
stuk oop grond. Spoeg-spoeg hurk sy daar, broek om die enkels.

Als wil sy afwas en sy't al lankal haar oog op die storte van
Tietiesbaai. Sy het eendag lank terug by die sementblok ingeglip,
toe die kampplek stil was. Sy't haar pantie aangehou want sy was
bang sy word kaal onder die stort gevang en dan sien iemand als,
Ankervoet of die kreefinspekteur of die vuurtoringwagter. Maar
sy't nooit weer teruggegaan nie. Sy't vasgekeer gevoel daar onder
die stort met die water wat deur die leë ablusieblok weergalm en
die ou geyser wat dreun. Haar lyf was te oop en enige oomblik,
het sy gevoel, kan die deur oopbars en dan staan sy daar soos
sy haarself nooit toelaat tydens jumps nie: amper kaalgat, net die
broekie aan.

Maar vandag is die dag. Sy wag tot die kamp bedaar. 'n Laaste gevroetel by party tente. Iemand wat in sy slaap roep. 'n Dronkie wat uit 'n tent kom, mik in een rigting en dan weer onvas op die voete in 'n ander. Later slaan hy sommer teen sy eie karavaan water af. Hy leun met sy voorkop teen die karavaan. Lank nadat sy straal opgehou het, staan hy nog so. Sy dink vir 'n oomblik dat hy dalk met sy kop teen die karavaan en vool in die hand aan die slaap geraak het.

Oplaas is dit stil en net die mis hang tussen die karavane. Die vure smeul en wanneer 'n windjie opkom, gloei hulle tussen die uitgepakte klippe soos oë wat na haar kyk. Wasgoed wat buite vergeet is fladder aan drade. Sy sou klere kon pluk van die drade, maar die volgende dag, weet sy, sal daar gepraat en gesoek word en netnou hoor hulle by Ankervoet sy't hier verbygekom.

Wanneer sy tevrede is, begin sy tussen die tente deursluip. Sy krap in vullisblikke. Mense vreet nie hul tjops skoon nie. Die yskaste is klein en kos word maklik weggegooi. By een braaiplek staan 'n onoopgemaakte bier en sy gooi dit in haar keel af. Die vuur het die bier warm gebak. Dis die eerste keer in haar lewe dat sy 'n hele bier self uitdrink en dit sak lam deur haar. Dit gee haar moed. Terwyl sy die tjopvet van haar vingers aflek, stap sy na die storte en gaan staan vinnig onder die water met 'n koekie seep wat iemand in 'n seepbakkie by 'n wasbak vergeet het.

Warm val die water oor haar uit en sy was haar deeglik. Sy hol uit en vat die pad terug Paternoster toe terwyl die wind wat van die see uitstoot haar droog laat word. Teen Ankervoet se waghuisie raak sy aan die slaap. Hy het die deur gesluit en sy slaap uit die wind, opgekrul op die sand.

Tienuur die oggend, haar gesig skoongewas onder Ankervoet se buitekraan en met haar rokkie gladgetrek om haar lyf, staan sy voor die restaurant. Dis nog nie oop vir besigheid nie en binne hoor sy die geklets van kelnerinne. Besems leun teen die stoepmuur en daar staan 'n emmer met 'n mop in.

'n Kelnerin duik later uit, gryp 'n besem, maar voor Snaartjie iets kan vra, is sy weer binnetoe. Snaartjie stap huiwerig die trappie op en gryp die mop wat in 'n emmer water staan. Sy begin die stoeptrappies skoonvee. Die water trek blink mane oor die sement.

Bedrywig buk sy. Skielik verskyn drie kelnerinne.

"Wat maak jy daar?" vra een.

"Ek mop."

"Jy werk nie hier nie."

En 'n ander een roep na agter. "Kyk wie's hier!"

"Ek . . ."

Nog kelnerinne. Nuuskierig. Sewe van hulle.

"Weg is jy, die manager kom nou."

"Ek soek werk." Dit is uit, verby die skaamte. Sy't dit gesê. Uiteindelik.

"Hy gaan jou wegjaag. Hy gaan die cops bel."

"Ek wil net 'n werkie hê vir kos."

"Maar jy hét mos 'n werk."

"Ek werk nêrens."

"Jy lieg. Jy service die vissermanne!" Hulle lag en leun op hul besems. Hardkoppig buig sy oor haar mop. "Weg is jy!"

"Ek wil met die bestuurder praat."

"Die vrouens is agter jou bloed!"

Haar kop ruk op. Wat bedoel hulle?

"Ja, jy moet weet die nuwe pastoor het jou uitgehang voor die gemeente Sondag!"

"Jintoe!"

"Ek . . ."

"Virgin jintoe!"

Dit dryf haar weg. Sy gooi die mop neer en die emmer met vuil water kantel om en stoot oor die stoep. Sy loop. Sy hardloop.

Hoe het haar pa die draadspanner altyd gesê? "Ek is verkneg." Dit was sy woorde. Nou dink Snaartjie: Ek, Snaartjie Windvogel, ek is verkneg. Verkneg aan piele.

*

Doris reël dat hulle na die kruitbaddens in Baden gaan waar 'n gids hulle ondergronds neem en deur nat tonnels lei na waar ski-sofrene, depressielyers en ander met kwale van die gees eens in kelderkamers vasgegespe en met water bespuit is totdat hulle al proesende by gekte verby gegil het en hulle bedees en gehoorsaam geword het en die kuur-oord kon verlaat.

Ludo raak benoud in die bedompige tonnels en hulle sukkel met Elsabé se rolstoel en sy hart bons in sy bors. Dit ruik swaar na kruitwater en hy hoor dat gewonde Romeinse offisiere in die tyd voor Christus al in hierdie waters kom rehabiliteer het. Die atmos-feer van kwelling en onderdrukte wellus heers ook in die swembad waar 'n helper hom bystaan om Elsabé in te tel in die warm water waaruit stoom opstyg en waarin versteek agter dampe swemmers stadig roei.

Hy voel Elsabé liggies wieg in sy arms. Haar bene is wit en dun en hang ongebruik en swaai soos wier in die stroming. Uit die kante van die swembad rig spuite op verskillende hoogtes water op die swemmers en jy beweeg deur verskillende stasies al langs die rand van die bad af.

Die water masseer jou lyf en by die laagste spuit wat op die on-derbene gerig is, wapper Elsabé se voete soos blomme aan stingels. Sy vra hom om haar stywer vas te hou want sy voel heeltyd of sy wegglip. Doris swem ver en wyd en met gemaklike rughale heen en weer.

Hy hou Elsabé só dat die water op haar maag spuit en dan lig hy haar effe en wag dat sy protesteer, maar sy swyg en hy draai haar mik en hou haar bene uitmekaar sodat die spuit haar reg tref en 'n stoomwolk verhul hulle en hy hou haar terwyl haar kop terugsak op sy skouer en haar vingers in sy arm byt en sy snak na asem en vinniger as wat hy ooit sou verwag, bereik sy haar orgasme en ruk sy in sy arms.

"Jou bliksem," sug sy agterna wanneer hy ledig en loom met haar in sy arms uitswem waar die stoom oopmaak en sy hart in sy bors bons. "Jou ou bliksem, Ludo, niks het ook verander nie."

Hy grom net en sy gaan voort: "En dit hier onder die neuse van die koue Switsers."

"En jou kwaai kleindogter . . ."

Toe hulle later by die kafeteria sprankelwater sit en drink met wit handdoeke om hul skouers, is Doris Steyn se hare nat en styf om haar skedel en haar oë nog meer prominent. Sy het haar gooi-hand lank voor een van die spuite gehou en voer aan dat dit 'n kuur is wat alle yo-ers moet ondergaan.

Ludo sit in die taxi terug hotel toe langs Elsabé en wanneer sy haar hand op sy knie sit, besluit hy om die aand na haar kamer te gaan, wat hy ook doen want Doris het hulle probeer smoor en hulle verhouding het 'n geskiedenis van uitbreek uit beletsels en hulle trek opwinding daaruit en hy doen dit metodies en sonder om veel te praat en skuif by haar in en haar lyf is stil en lam maar warm en soos 'n groot rob steier hy wiegend anderkant uit, verby haar asemstote en haar arms wat nes die dae in die Karoo wild en wakker om haar slaan.

"Ek het jou verloor in die droë Karoo maar jou nou gevind in water," fluister sy agterna.

*

En nou is daar geen keer aan hulle nie.

Ludo voel so opgehits soos hy nooit die laaste dekade gevoel het nie – nie eens toe hy en die skilder met die helder oë die boud-skulpe van die modelle teen die studiomure bespreek het nie.

Al het hy agterna gedink: twee tipiese ou knolperde.

En Elsabé haal haar ou laaie uit. Sy sms hom. *Kom dadelik.* Vroeër, terwyl Doris ingedagte geëet het, het haar oë syne gegryp en gehou en hy kon als aflees in haar blik. Geil sit sy nou daar en dis asof haar lyf uit die rolstoel wil uitbars. Asof sy 'n dier in 'n kou is en sy kan nie langer daar sit nie, sy moet uit.

Hy't haar vroeër, toe hulle saam met Doris was, geruik toe sy hom so sit en boei het met haar oë en hy't gehoop Doris ervaar nie dieselfde nie, maar Doris was diep ingedagte op Facebook besig.

Wanneer Doris uitgaan om met 'n vriend te gaan koffie drink, gaan klop hy aan Elsabé se deur en hy hoor hoe die rolstoel naderkom en dis asof hy vooraf geweet het dat dit so sal wees: sy sit nakend in die rolstoel en haar oë blink en hy weet nie of sy dalk 'n personeellid van die hotel verwag het nie of vir hom.

Maar dit maak nie saak nie. Hier is hy nou. Hy moet eers oor haar staan vir haar warm mond en uiteindelik is hulle op die vloer en hy moet 'n hand oor haar lippe hou om haar stil te hou.

"Jy's 'n ouma," betig hy agterna.

Sy streel oor sy bejaarde, beaarde geslag.

Hy bring haar hand na sy mond en soen dit. Dit ruik na hom; na haar.

"Die kalender het niks hiermee uit te waai nie," sê sy.

TRIEK TIEN
Eina, Wagter! ("The dog bite")

Jy moet langbroek dra, want hier's 'n hond wat die hand – en broek! – byt wat hom voed. Staan effe wydsbeen. Gooi 'n Spinner en laat die klimtol tussen jou bene en net bokant die grond vorentoe en agtertoe swaai. Wanneer die klimtol agter jou is, gee jy 'n plukkie sodat die yo-yo se gleuf jou broekspyp byt!

Die vlootverhoor vind plaas in die militêre basis in Saldanha, een windstil, helder oggend. Jy ry deur die dorp om by die basis uit te kom. Verby 'n hotel en besighede en die baai wat agter die geboue lê, klim die pad verby die seemanskroeg en die seiljaghawe op linkerhand. Regs is 'n stuk veld vol bottelglase en droë bossies. Wanneer jy by die slagboom en die wagte verby is, sak jy af in 'n vlakte met die opleidingsgeboue wat dwars teen 'n hoogtetjie lê.

Die ou rooi Monza wat skote los wanneer hy wegtrek maar op spoed met sy blink mag-wiele mooi lyk, wag vir Eenslie voor sy ouerhuis op Kliprug. *Chick puller* is op sy stert geverf, sommer met die hand. Die vensters is donker en die klankstelsel skrik vir niks. As dit vol oopgetrek word, dawer dit teen jou boude en Eenslie se maats sweer dit werk die vroue op.

Eenslie groet sy ouers by die tafel in die voorhuis. Sy ma het die dag afgevat want sy wil bid vir die uitslag. Sy't haar kommerkrale in die hand. Terwyl baie mense glo die naam Paternoster kom van die uitroepe van drenkelinge, is dit deur haar voorgeslagte aangegee dat die naam kom van die Portugese se bidkrale. Want as jy van Kliprug oor die see uitkyk dan sien jy daar ver, oorkant die baai en na regs, waar die land die see inbuig, 'n ry ronde rotse die see inpunt. Hulle lê dwars oor die horison en lyk nes 'n bidsnoer. As die son reg val en die gety kom in, slaan die waters wit daar teen die rotse en staan die wit perde regop. Sy sal by die huis bly vandag en met haar bidkrale werk, het sy gesê. Sy lyk oud en moeg. Toe hy haar groet en aan haar hande vat, is hy weer onkant gevang deur hoe hard en deurgewerk haar hande is.

Sy pa sit stug by die kombuistafel. Hy't verslaap, die skuit is al uit. Netnou nog het hy met sy beker koffie stuurs op die voorstoepie gestaan en kyk hoe die skuimspore na daardie einste bidkrale trek, vyf haastige skuite. Die skuit waarin hy moes wees, was net 'n stippeltjie in die baai, iewers daar waar see by lig insmelt.

Eenslie se maters gooi die agterste kardeur vir hom oop. Uit respekte vir die oues van dae is die musiek af. Spoggerig in sy uniform en bleek om die kiewe stap hy uit. Wanneer hy inklim, sak die Monza nog laer op die asse en die volgende oomblik, nog voordat hy sy deur kon toeklap, trek hulle met 'n vaart weg en bulder die moedinpraat-musiek in sy ore.

Eers doen hulle wat die drywer 'n *victory run* noem daar voor The Lodge verby, waar die Monza afslack en hulle die ruite oopdraai totdat die kelnerinne oor die balkon afloer na die kommosie. Dan oor die spoedwalletjie verby die groentestalletjie aan die linkerkant, waar oopgesnyde waatlemoene en geelperskes uitgepak lê, langs plate tafeldruiwe en 'n ry bokkoms. By die hotel waai werkers wat met die tafels besig is na hulle en roep ter aanmoediging. Die hele Kliprug, voel Eenslie waar hy met sy pet laag getrek oor sy oë sit en skaam voel, weet van sy verhoor vandag.

"Lieg jou los!" spot 'n kreefsmous by Die laaste kreef en wanneer hulle die bult vat Vredenburg toe en Eenslie die son oor die oop lappe grond sien val, sit sy moed in sy stewels.

By die slagboom by die ingang na die basis klim almal uit en gee hom klappe op die rug. Spottend noem hulle hom "tronkvoël" en "jintoe-admiraal" en dan stap hy die basis in. Hy't lank gelede, voor die hele gemors, klein ysterplaatjies onder sy stewels vasgeslaan en die klank wat sy hakke uit die teer slaan, is hardegat – glad nie hoe hy voel nie. Sy mond is droog en dis te warm vir hom.

Sy hele lewe lank het hy nooit daarvan gehou om aangetree te word nie. Dis asof alle krag uit sy lyf val.

*

Die koerante was vol van die vlieënde piering wat in hul onderste lusernland kom sit het, kort nadat die land stompgesny en die bale uitgery is.

Op een foto het sy pa die fiskaal trots gestaan op die presiese plek waar die piering gaan sit het. In sy kakiehemp se sak is 'n pen en sy tjekboek, wat hy altyd by hom gedra het. Al het hy byna nooit 'n tjek uitgeskryf nie. Sommige mense het beweer dit ruik daar by die landingsplek na iets wat aardbewoners nie ken nie, iets in die buurt van ammoniak, die pis van koeie of dalk swawel met molasse by. 'n Vreemde reuk, ook nes dié van 'n vrou aan jou hand of dis hoe jou vingers ruik nadat jy merinowol geklas het. Nie almal kon dit ruik nie en onderaan die foto het die verslaggewer geskryf: *'n Reuk wat kom en gaan en vreemd is, nes die chemiese stowwe wat jy in 'n laboratorium ruik.*

Sy pa staan in sy kakieklere met Druppel teen sy kuit en sy een arm beduie vir die kamera die groot sirkel wat die vliepiering se buitenste rand gemaak het, sewentig tree só en sewentig tree só. Skewe pinkie duidelik sigbaar. Hierdie kol, hierdie lap lusern, sê sy gebaar, is aangetas deur 'n geheimsinnige ding en dit was besoek uit die buitenste ruimte. Jy moet op jou hurke gaan om te sien die blaartjies van die lusernstingels is binne hierdie sirkel verlep, en jy sien dit ook net as die son vroegoggend of laatmiddag skuins val. "Dan, toevallig, val die lig op sy beste vir kiekies," onthou Ludo nog die koerantfotograaf se woorde.

"Hier is 'n soort damp in die lug," het die joernalis geantwoord, en 'n nota in sy boekie gemaak. Agterna het sy pa beweer die joernalis het sy bes gedoen om skepties te wees, maar die kol het hom aangegryp. Die koerant het sy berig met meer as die helfte gesny. Sy pa het die oorspronklike, uitgetikte verslag gesien voordat dit ingestuur is Keeromstraat toe.

Daardie stuk lusernland het beroemd geraak en dit was een van die merkers in die distrik se geskiedenis. Twee wetenskaplikes het stilletjies ingekom, sy ouers is tot stilte gesweer, die mans had Amerikaanse aksente. Hulle het met 'n Studebaker gekom wat langs die waenhuis in die skaduwee geparkeer is en hulle het vir die vier nagte wat hulle gebly het, in die buitekamer geslaap.

Sy pa was al een wat toegelaat is om met hulle te praat, en Ludo het hom sien staan, skop-skop met sy toon in die sand. Die manne wou als weet, en elke detail is noukeurig opgeteken. Dit was 'n waterleinag toe die vliepiering kom sit het, een van daardie aande met die vuurvlieë wat deur die donker landerye swaai soos die werkers met hul lanterns loop en die geur van aarde wat natgelei word, het bo die grond gehang. Ludo se pa was pas terug van die weir om te kyk of dinge klop. Hy was in sy waterstewels, en die energie van die spuwater was nog in hom toe hy gou by die opstal aandoen vir koffie voordat hy die leivoor op is met Druppel en die bakkie om te kyk of die sluise wat oop moet wees, oop is en dié wat toe moet wees, toe is.

Dan en wan het die foon gelui met hul opstal se luitoon, twee kortes en 'n lange, en sy pa het vinnig en geesdriftig gepraat. "Die weir spoeg manshoogte bo die grond uit en die voor is skaars groot genoeg vir als," het hy vir die onderste buurman gesê. "Lake Arthur is donners vol en ek het lanklaas die water met soveel krag sien afkom. Ek laat twee plase op 'n slag lei vannag. Dis nou my eie beurt, en die Jordaans."

Sy pa het in die kombuis gestaan en sy koffie koudgeblaas en in die piering uitgegooi en geslurp uit die piering terwyl hy oor die koffie na Ludo kyk en knipoog. Sy ma was in haar kamerjas en het geruik na nagroom en hulle kon grawe hoor stamp teen mekaar, daardie blikkerige klank van staal, soos nog werkers hul grawe kom haal het uit die graafkamer.

Toe hoor hulle 'n uitroep buite en hulle het almal uitgehardloop. Daar na die pad se kant toe waar die snelweg ver anderkant die vallei loop en in die donker kom van die aarde het 'n kol lig gegloei.

Later jare sou Ludo sweer daarby, sy ma was by, sy pa was daar, die plaaswerkers het dit gesien: gloeiend het die ligkol in die donker vallei gegroei en dit had 'n onaardse glans, 'n ánder soort lig. Bewegingloos het dit gesit en uitgedy, aan die rande daarvan kon jy die doringbome spokerig sien, daar, aan die rivierwal se kant.

In die middel van die skynsel was dit helder, byna soos 'n spul swawel wat jy brandsteek, 'n blouvlam soos uit 'n sweismasjien. Sy ouers se gesigte het gegloei en die grawe het geblink. Die werkers het uitroepe gegee. Opeens het die lig uitgedoof en 'n geluid soos wanneer iemand oor jou graf loop kon jy hoor, 'n suiging, 'n suisgeluid, *sjoepppp* – en toe was dit verby. Net die reuk soos dié van 'n honger sprinkaanswerm, of 'n miershoop wat jy oopbreek en jy buig oor die brokke met die kronkeltjies en grotjies met eiertjies en miere, of 'n pisvoortjie in die melkstal, het oor als gehang.

"DDT," het een van die Amerikaners aan sy pa voorgestel.

"Dalk 'n klein meteoriet," het sy maat aangevul.

Hulle het gedoen wat hulle kon om verklarings te gee en die verklarings, het die fiskaal aan sy gesin gesê, was oëverblindery, hy is seker die twee mans is van die CIA want hulle het 'n soort kennis aan hulle, 'n selfversekerdheid. Hulle spandeer twee dae en met dik handskoene en kniebeskerming en gaas voor die gesig kruip hulle deur die lusern en teken als op en sit die grond in botteltjies, versigtig, nes die milk recorder meneer Antrobus wat een keer 'n kwartaal kom, in die garage sy botteltjies en buise uitpak en versigtig die jerseymelk toets, druppel vir druppel, vir geskiktheid vir die kaasfabriek.

Sy ma het vir die CIA-manne kos gestuur en soms was hulle so ingedagte dat hulle dit eers geëet het wanneer dit koud was en die vleis wit getrek het van die gestolde vet. Sy ma was beledig. Sy pa het walgegooi en hulle met die verkyker van die voorstoep dopgehou.

Twee dooie springhase is opgetel, digby die rivier, en sy pa het die Amerikaners help reël om die diere gou by Onderstepoort te kry, vir ontleding en 'n verslag. Wat die uitslag was, is nooit aan hulle gesê nie, en die Amerikaners het met amptelike handdrukke vertrek. Ludo en sy ouers het 'n gratis naweek gekry by die hotel in die Baai met 'n uitsig oor die see, daar by die Donkin Memorial, en deel van die reëling was dat sy pa nooit weer met 'n koerant praat oor die kol in die land waar die lusern in die jare daarna 'n ander blaar gehad het nie, iets soos klawer of 'n ander soort gewas. Dit het geruik soos lusern en skaap het dit gevreet. Maar dit was nie meer lusern nie.

*

Hy is by haar en om hulle is die glans van die vliepiering. Die lig skyn groengeel van die restaurant oorkant die hotel se neonligte en kaats van die ys af en dan op teen die hotel se kamermure. Die gordyne is oop, hulle is op die derde verdieping en na genoeg aan die ys en die bome en tog weg en warm in haar bed.

Sy kreun saggies en saam lig hulle van die aarde op en sweef in die skynsel weg, weg van woorde en swaartekrag en hulle is lig, so lig soos toe hulle jonk was en niks hulle kon keer nie. Hul lywe is weer sterk en vrugbaar en hulle is roekeloos. Haar naam is in sy bloed en sy fluister sy naam en hy is weer in sy fleur. Hy vrees niks nie en die dae is oop voor hom, die nagte blink en vol misterie en hy is die uitverkorene vir speel.

Hulle speel en hulle vlie.

Niks wat in die jare tussenin gebeur het, bestaan nie. Niks van die las en die gewig nie. Als val van hulle af soos hulle dit agterlaat. Die vliepiering suis saggies en hulle het 'n taal wat net hulle s'n is en wat niemand anders verstaan nie.

"Anna" is die naam wat hulle bind en dis die naam wat hulle s'n is.

"Dit was soos die dag met Anna," fluister sy die volgende og-

gend aan hom as die dag blou is en die sneeu skitterwit. "Die dag
toe jy Anna aan my gegee het."

*

Die uitspraak val nie soos 'n byl soos wat Eenslie verwag het nie.

Hy en sy maters het desperaat verduidelik: Dit was 'n ongeluk.
Dit neem dae om die getuies te lei, Eenslie is gedaan. Die seeman
wat die dwarslat beman het by die basis se ingang. Die stomme
seeman wat die rubberducks bewaak het, 'n dommerige vlootpo-
lisieman in die eerste week van wagdiens, heeltemal uit sy gemak-
sone uit. Die adelborste, een na die ander.

Eenslie en sy makkers is soggens dikoog en tjoepstil en die
streng offisiere van Simonstad sit voor. 'n Slaperigheid en tege-
lykertyd groot spanning klont in Eenslie se bors. Die aanklaer
pluis elke dingetjie uit. Die adelborste haal als uit om te getuig dat
daar geen keer aan pastoor Leke was nie; dit was 'n ongeluk. Die
ANC-adelbors is die sterkste getuie; terwyl Eenslie met bewerige
stem praat, is sy getuienis helder en duidelik: Hulle is in die geloof
mislei.

Hulle word skuldig bevind aan onregmatige diefstal van 'n rub-
berduck en ander oortredings maar met Gods genade en Eenslie
meen ingryping van iewers besluit die voorsittende offisiere dat
die dood van pastoor Leke 'n fratsongeluk was, ook die mediese
verslae bevestig dit.

Die adelbors wie se pa hoog op in die ANC is, kom tot Eenslie
Maree en sy makkers se redding. Of dalk is dit Dick Malgas se wit
neef in die vloothoofkwartier in Simonstad.

Vonnis word uitgestel en Eenslie-hulle klim in die kar en met
musiek blêrend jaag hulle die basis uit en by die slagboom verby.
Deur Saldanha. Mense spat voor die Monza weg. Dan die reguit
streep vetgee-pad Vredenburg toe.

Hulle begin hul vieringe in Louwville, 'n buurt van Vredenburg.
Dis 'n plaat huise teen 'n bult een kant en 'n laagte aan die ander,

waarnaas plakkershuise opskiet, elk met 'n sonkrag-geyser op die dak, geskenk deur 'n buitelandse stigting.

Musiek bulder in die agterjaart van die huis waar hulle vier. Vroumense. Eenslie sien dinge waarvan hy wegdraai en toe die aand kom, is hy in Vredenburg se Sports Bar, maar hy weet nie hoe hy daar gekom het nie. Hulle drink hardehout en die vroumense Savannas en later is hulle net een oorvol kar wat uitry Paternoster toe. Hulle gaan die jintoe soek vir wie Eenslie die hots het en hy is nie meer homself nie. Hy giggel en beduie, eers hier deur Hopland en dan só om en dan uit, uit Tietiesbaai toe en weer terug na Kliprug, iewers moet sy wees.

"Vanaand naai ek die meerminjintoe!" roep Eenslie onder gejuig en hulle hoor sy slaap steeds in haar nes by die groot klip op pad na Velddrif. Sy's gedaan uitgeswem, hoor hulle op Kliprug, en sy't slaap nodig. Agter die dolfyne aan swem sy en dikwels sáám met hulle. En soms as die kreefvissers hul skuite tussen die rotse deurstoot, is hulle verras om skielik die meerminjintoe te sien opduik tussen die seebamboes, asof sy die koue water nie voel nie. Dan duik sy weer weg en sy kan haar asem bomenslik lank ophou want eers baie later en veel verder kom sy weer op vir asem.

Eenslie-hulle ry uit en net verby die begraafplaas. Hulle hou eers stil en pis met die kar se deure oop. Musiek dawer buitentoe, oor die donker ploegland.

Hulle lag en spot hom. Dis sy aand vanaand. Die manne staan wydsbeen en die meisies hurk in hul eie stoom. Hulle kyk hoe die manne pis in die lig van die ou Monza met die koplampe op hul vole en pisstrale.

Hulle is almal terug in die kar en niemand weet meer wie vry vir wie nie en die meisies is op tik en jags en opgehits. Hulle jaag amper die plaashek uit sy skarniere uit. Toe is hulle op die klein tweespoorpaadjie en die kar hop en hulle raak stil toe die groot rots soos 'n monument voor hulle opdoem en dit lyk soos 'n toring.

Hulle hou stil en gooi die kar se deure oop. Sonder om die koplampe af te sit, stap hulle deur die doringbosse en buk om deur die geroeste draadheining te kom. 'n Ding skrik op en bons weg deur die bosse, dit kan 'n bok of springhaas wees, en ver by die plaashuis waarvan die liggie dof skyn, begin 'n hond blaf.

"Meermin! Meermin!" sing Eenslie en die ander strompel dronk en laggend agterna. "Kom speel met Eenslie!" Dan hoor hulle iets soos sink wat oor sement of klip skraap. 'n Klip vlieg tussen hulle in en vang een van die meisies teen die skouer. Nog 'n klip. Hulle koes want 'n derde klip woer tussen hulle deur.

Bosse druis en iets of iemand hol weg. Voete doef die nag in. Die lyf slaan neer, en hol weer en dan raak die voetval al verder weg. Eenslie roep: "Snaartjie! Wag! Snaartjie!"

Sy makkers om hom proes van die lag en val rond. "Klimtol!" Hy klap na hulle. Hy is skielik nugter. Hy probeer agterna hol en hy vorder maar dan val hy oor iets en slaan neer.

Hy bly lê en wil huil en besef: Ek het als weggegooi, my vuurhoepel en my ma se hoop en my pa se verdriet, en Snaartjie se vertroue en oom Ludo se geduldige, wyse raad. Ek het als weggegooi. Ek is hier met Louwville se roekelose jollers om my. Daardie Monza se battery is te pap om weer te vat. Kyk hoe geel flikker die kopligte, soos flou pis. Ons sit hier en vir my is daar nie 'n pad terug nie. Ek het die uniform van die SA Vloot weggegooi, ek het, soos die voorsittende offisier gesê het, die Vloot in diskrediet gebring en my toekoms weggegooi.

Ek gaan snoek trek met harde hande, die res van my dae, onder die ongenadige son. My hande gaan vol mote wees met rou snye in die vleis wat wys wanneer ek my palm oopmaak. Geen vrou sal wil hê ek moet vat aan haar boude, of aan haar tiete, met sulke harde hande nie.

Jy kan netsowel 'n klip teen haar tiet skuur.

"Jy kan netsowel 'n klip teen haar tiet skuur!" gil hy dit uit en hulle moet na hom kom en hom ophelp en hom kalm kry.

*

Toe hy om die draai kom waar Doris en Elsabé 'n paar oomblikke vantevore verdwyn het, sien hy dat die harde yslaag wat oor die pad lê, hier tot slordige sneeu vermeng is. Elsabé sit skeef in haar rolstoel op die draai, met een wiel ingesak in die sneeumodder, Doris stap 'n ent vorentoe driftig weg. Sy gly 'n keer en val byna, maar bly marsjeer, weg van haar ouma wat skeef bly sit en met een hand probeer roei.

Aan Doris se hand sit 'n woedende rooi yo-yo wat terwyl sy stap uitblits en terugruk, uitblits en terugblits, horisontaal.

Hy sien hoe Elsabé se hand wat met die wiel sukkel vuil is en hoe Doris huilend omkyk en dan is hy, uitasem, by Elsabé.

Hy sien hoe sy toekyk hoe haar kleindogter wegstap en hy weet Doris stap weg van die jare en vir Elsabé sal dit moeilik wees om dit wat pas tussen hulle gesê is te vergeet.

Wanneer hy en Doris nie oefen nie, laai die spanning op. Hy het opgemerk dat die geel oë veral blits wanneer hy sy hand na Elsabé uitsteek. Sy gebruik sy voornaam ook partykeer soos 'n lat waarmee sy hom slaan, en die woord *oupa* hang tussen hulle. Dis soos 'n geheim, maar elkeen weet daarvan, maar nie een wil teenoor die ander toegee dat hy of sy weet nie.

Elsabé het hom vertel dat Doris nou begin het om 'n foto van haar ma in 'n klein raampie langs haar hotelbed uit te stal.

Ons bloed, dink Ludo, is 'n vloek tussen ons. Dis 'n ongemaklikheid. 'n Aanklag.

"Ek het daardie dag bestuur," het Elsabé voortgegaan. "Al was die ongeluk nie my skuld nie. Doris krop op. Sy is ongemaklik met ons twee ou mense. Hier saam met ons kom al die dinge by haar op."

Nou bewe sy een hand. Sy linkerhand. Deesdae in tye van nood begin die hand liggies tril en by tye flap dit teen sy lyf soos die vlerk van 'n meeu wat nie kan opstyg nie en hy dink aan Ankervoet se voetjie op die dokter se motorbuffer die dag toe die lyk uitgespoel het.

Maar sy regterhand daarenteen is stil en sekuur en hy weet dis met daardie hand dat sy linkerbrein praat en dat 'n ander deel van sy brein – die regterdeel wat hom gekluister hou op die stoepie voor sy huis – oorkruis met sy linkerhand raas en dit laat beef.

Elsabé kyk na hom. "Sy is nie soos ons wat eie wortelplek moes soek want ons kon nêrens heen gaan om die benoudheid van die tyd te ontsnap nie. Dit was Apartheid en daar was sanksies en boikotte.

"Sy is van die vrye jonges: Niks bind haar nie want sy moes die ankertou sny, vroeg al, miskien as kind reeds. Weens my. Weens haar pa. Weens jou, Ludo, as ons eerlik is met mekaar. Weens ons ontevredenheid met kerk en staat en party wat aan haar oorgedra is. Die gevolg is dat niks haar bind in Suid-Afrika nie, sy is nie soos ek en jy nie, ons moes 'n lewe daar maak – jy in jou klimtolkonserte en ek met my fotografie. Die hele wêreld is oop vir haar.

"En om hom te sny maak sy haarself wys dat dinge by die huis verskrikliker is as wat hulle is. Om agter te laat, lyk dit my, moet jy eers aversie opbou.

"Lyk my nie sy kry trots uit haar taal nie, lyk my nie sy is trots op haar mense nie. Vir 'n jong Afrikaner, meen sy, is daar nie meer plek in Suid-Afrika nie. Sy moet uit-klimtol. Dis wat sy beweer.

"Ludo, dit was maar lelik en die kind wil vry breek noudat als verby is. Mandela is amper in die graf, die wêreld is haar woning, en wat durf ek in antwoord aan haar sê?

"Wie kan haar kwalik neem?

"Ek kan myself dalk blameer. Ek het haar te min ingebind in die dinge wat my laat wortelskiet. Uit skuld en uit afgryse en uit weerstand het ek geweier om haar in te ent op die loot.

"Sy het met al die moontlike keuses voor haar grootgeword. Sy kon wees wie sy wil.

"En nou is sy so vry dat sy nêrens huis kan vind nie.

"Ek het 'n lat vir my eie gat gepluk.

" 'n Expat-kind.

"Maar dit was al manier om haar eerlik groot te maak: om die koutjie se deurtjie oop te maak.

"As ek meer klem gelê het op wat my gemaak en gebind het aan die landskap wat ons land is, sou sy minder vry gewees het.

"Ek het my kleinkind vryheid gegee maar my kleinkind verloor."

Hy bly stil en hulle kyk oor die kil landskap uit. Wat kan hy byvoeg?

Na 'n ruk praat sy weer: "Sy bewonder jou juis, Ludo, want jy't in die klimtol 'n soort burgerskap gekry. En sy kry dit ook. Dis 'n behoort, anders as my behoort wat sy sê sit in 'n soort boerenostalgie waarvan sy nie ver genoeg kan weghardloop nie. Plaashekke en DKW's en konfyt en doilies en Datsun-bakkies, ek haal haar aan."

Elsabé lig haar hande. "Wat sê mens vir só 'n kind?"

"Jy sê," antwoord hy sag, "dat sy haar triek moet speel en daarin glo wat dit ook al is en iewers sal sy tuiskom. Dis dalk nie jou of my tuiste nie, maar vir haar sal dit skuilte bring."

Hy dink bietjie na. "Sy noem dit 'n gooi. Sê vir haar dit sal die skuilte van 'n gooi gee. Sy sal verstaan."

"Dankie," antwoord Elsabé. "Ek weet: Sy sal nooit weer in Suid-Afrika kom woon nie, sy is van 'n generasie wat vryheid geproe het en ons geskiedenis is nie mooi nie. Nie ons land s'n nie en nie die Afrikaner s'n nie en nie ons gesin s'n nie."

"Jy moet haar laat gaan."

Hy dink aan sy eie lewe, sy gemoed die kaart van die Weskus en Namakwaland en die Groot-Karoo en al die paaie wat hy ken en die driwwe met hul gruisklippers en die moeisame passe met hul blinde draaie en die klam vleie waar die kolganse wei.

Hy onthou die suur wat die lewenslyne van sy handpalm afvreet, sy speelhand en speelarm agterna so rou soos hondevleis.

Hy onthou die oop pleine met die bloukraanvoëls wat soos skaars blomme is en die stip rooivalkie wat sy oog altyd opsoek wanneer hy Vredenburg uitry op pad Paternoster toe en hy dink hoe hy skuilte en behoedsaamheid in die landskap geleer kry het. Hy dink aan sy pa die fiskaal en sy moeder onder die bloekombome op die kikoejoe toe hy een aand 'n kind was en hy in die skemerte iets tussen hulle kon aanvoel: 'n begeerte na mekaar en 'n krag vir die land, 'n moed om hier te bly en die grond te bewerk en die houe te vat en mekaar in te lyf in die warm somernagte, in te lyf in die reuk van hierdie plek met sy onverwagte reën en sprinkane en sy borrelende boorgatwater wat koud in jou handpalm dam.

Hy dink aan die fontein, die stil, helder plek en hoedat wat met die fontein gebeur, hom nie daarvan wegstoot nie maar nog meer bind.

Hy dink aan die vissers wat op die duin hurk en tuur na die see met die hoop dat hulle die troebel water van 'n skool harders gewaar.

Hy dink aan homself en die een dun boek wat hy oor en oor lees, die ritme van die sinne was soos sy gooi en in die swaaimaat daarvan herken hy die ritme van die klimtol en die sekerheid van goed gooi en hy is die ou man in die storie en hy sal die vis inbring hawe toe en hy dink al in daardie ritme.

Al is die vis kaalgevreet by aankoms, hy is daardie ou man en hy bring hom in.

Hy moet aan iets vashou en hieraan kan hy glo. Laat ander in God glo, hy glo in die vlietol en in die vliepiering en in die inbring van die vis.

Hy kyk hoe die sneeupad om die koppie loop en hoe die mistige stad onder die skuinste lê en die blink streep nat karre wat in die hoofweg staan met 'n knipperende rooi robot.

"Laat haar gaan," sê hy, en moeisaam begin hy Elsabé loswikkel uit die moddersneeu. Hy moet die rolstoel heen en weer wikkel en oplaas 'n klip voor die wiel prakseer, dit diep in die modder indruk en dan kry hy haar uit en hy gly byna en dan, versigtig, begin hul die afdraande aftas.

"Dun ys," sê Elsabé.

"Slordige ys," antwoord Ludo.

Hy sien dat Elsabé niks het om in die hand te hou nie behalwe die regterwiel van haar rolstoel. Hy weet wat die yo-yo vir hom beteken en vir Doris, hoe dit die hand stabiliseer en hoe speel patrone trek waarin jy orde vind wat jou verweer teen die chaos en die drukte van dinge.

Hy weet elke triek is 'n spinnerak en binne die spinnerak het elke draad sy funksie en dis 'n sekure web en as jy hom eers onder die knie het, is jy tevrede en vir 'n ruk gaan dit met jou goed want jy kan jou triek oefen en binne-in hom wegkruip asof jy die spinne-kop in hom is en hy's jou hele wêreld.

Maar dan raak dit tyd vir 'n nuwe triek en jy moet daardie nuwe web van bewegings weer spin en leer ken sodat jy skuilplek kan hê vir die ent vorentoe.

Hy verstaan dit en Doris verstaan dit, hy sien dit in haar geel oë en haar woede vir hom dat hy nie wil spin saam met haar die wêreld oor nie, maar Elsabé het nie 'n behoorlike eie triek nie en sy sit in die oopte en haar kamera is nie meer soos in die ou dae vir haar 'n uitkoms nie, dis nie genoeg nie, dis te maklik met die digitale tegnologie. Die Elsabé wat die Karoo platgery het om uit-sonderlike skote te vang is nie meer daar nie.

Hy sal haar probeer help maar hy sien haar kop raas en hy weet nie wat hy aan haar het nie: Is begeerte die droom na iets wat kan wees of is dit net twee lywe wat saam smag teen die dood in?

*

Snaartjie sit met haar rug teen Ludo se huis, aan die seekant. Nie-mand kan haar hier sien sit nie. Ludo is nog weg en die warm songebakte muur teen haar rug laat haar aan hom dink, sy weet nie hoekom nie. Sy't 'n sak skulpies by haar en vleg hulle aan vis-lyn wat sy torring uit seebamboes wat by Abdolsbaai uitspoel. Die beste skulpe kry sy net anderkant die Beach Camp, in 'n inham waar die son warm bak en waar 'n soom veldblomme agter die opgedamde skulp groei.

'n Skaduwee val oor haar. Sy kyk op. "Wat sit jy hier?" vra Eenslie se ma.

Snaartjie pluk die vislyn in, die skulpe sleep oor die grond na haar toe. Sy gryp die sak en wil opstaan om te hol. Maar die stem is nie onvriendelik nie.

"Bly sit."

Nukkerig sit Snaartjie voor haar en uitkyk. Oor haar skurwe voete sien sy die baai lê. Een vissersboot kom in en trek 'n wit spoor oor die water.

Wanneer laas het sy met 'n grootvrou gepraat? Dis net skel en wegja en skewe kyke, dis al wat sy kry. En nou, skielik, die sagte stem van Magdalena Maree – so't sy al gehoor die mense noem die vrou wat partykeer verby Die laaste kreef drafstap, haastig om iets te gaan koop vir die gastehuis waar sy werk.

"Ek het vir jou iets gebring." Snaartjie kyk vinnig op. Die plastieksak word langs haar neergesit. "Dis oorskietkos van die guest-house. Daar's vleis by."

Snaartjie draai haar gesig weg. Die skuit het nou vetgegee en toe is die enjin uit die water getiep en die skuit gly deur die branders in strand toe. Een van die vissermanne spring heupdiep in die water en trek die boot uit tot waar sy kiel in die vlak brandertjies aan die sand vassuig.

"Ek wil vir jou iets sê."

Snaartjie skud haar kop. Wat nou in haar bors opkom weens die sagte stem, moet niemand sien nie. Sy kyk weg; sy kyk af.

'n Hand op haar skouer. "Kind."

Snaartjie se skouers ruk en sy gryp haar sak met skulpies. 'n Spul mors uit en sy skraap hulle bymekaar deur die waas voor haar en stop als terug in die sak.

"Wag!"

Maar sy gryp die sak met kos en die ene met die skulpe en los die halfgerygde snoer daar teen die huis en begin wegloop.

"Ek het jou kom warn!"

Sy draai om na Magdalena. Eenslie se ma staan met een hand na Snaartjie uitgestrek, dan val dit teen haar sy.

"Wat?" sê Snaartjie.

"Die mense praat rof. Daar is baie kwaad opgedam teen jou."

Snaartjie draai haar kop skuins. Kwaad? Dink sy.

"Jy moet . . . miskien terug . . ." Snaartjie gee 'n tree agteruit. ". . . Kaap toe."

Snaartjie skud haar kop. Sy voel die sambokhale op haar boude en ruik die pizzas wat die lang man bring. Sy gooi die kossak neer en skree na Magdalena: "Jou Eenslie naai my!"

Dan hol sy weg. Die skulpiesak slaan teen haar bene.

*

Hy onthou sy ouers en die reuk van klam lusern en hoe sy pa een dag bebloed ná 'n geveg met 'n plaaswerker tuisgekom het en hoe sy ma sy pa versigtig met 'n skottel en louwater afgespons het en die volgende dag het die John Deere met die bymekaarvoorwiele-tjies, die lang snoet en die hoogte gekom, 'n groen-en-geel klop-pende ding waarop Ludo triomfantlik saam met sy pa gesit het en hulle't vetgegee in die tweespoorpaadjie teen die watervoor af, by die sluise verby waar die wit sprinkaanvoëls opgestyg en in die lug opgelos het soos wolkies, so wit was als, so lig en so groen, en in die water by een sluis het 'n waterskilpad in die vlak water geroei.

"Kyk, hy is blind," het sy pa gesê, en toe trek hy weer daardie John Deere oop om te toets of dit waar is dat as jy traksie op die agterwiele sit die bymekaarwieletjies komieklik daar voor onder die lang neus oplig en hy wou kyk of die spul agteroorslaan of nie. Daar was baie skeptici in die distrik oor die John Deere met die bymekaarwieletjies en sy pa wou dit toets.

Maar die trekker het doekvoet bly loop en sy pa het die ver-koopsman met sy John Deere-keps en sy wit, opgerolde moue se hand geskud en die dokumente geteken en saam met die man het sy pa twee glase koue jerseymelk gedrink en toe die man vort is, het sy pa sy hand in sy broeksak gesteek en gesê: "Kyk wat daai man vir jou gelos het, dis 'n yo-yo, kyk, Stian, hy't 'n toutjie en jy knoop hom om jou vinger, só. Jy moet hom oefen en hom gewoond raak soos 'n kitaar of 'n fiets of jou ramkie en jy moenie hom verloor of sommer net laat rondlê soos jy met jou ander speelgoed maak nie. Hierdie ding moet jy mak maak soos 'n klipdas wat jy by jou in die bed wil laat slaap."

Die John Deere was al trekker wat nie gestol het wanneer jy met hom oor die vliepieringkol in die onderste lusernland ry nie.

Dit het sy aankoop noodsaaklik gemaak, het sy pa aan sy ma verduidelik toe sy gevra het of die aankoop van só 'n spoggerige trekker nie oordaad was vir 'n plasie soos hulle s'n nie.

*

Hulle verlaat Zürich met onderdrukte spanning tussen hulle. Doris hou hom en Elsabé agterdogtig dop. Op die reis na die Beierse Alpe lyk Doris geïrriteerd wanneer hulle met die oorklim moet sukkel met die rolstoel en uiteindelik is hulle van Salzburg op 'n boemeltreintjie wat by elke denkbare klein haltetjie met 'n stellasie gepakte vuurmaakhout, melkkanne en 'n paar geparkeerde karre aandoen.

Elsabé neem ononderbroke foto's en haar wange is hoogrooi want die kuurwaters het haar goed gedoen en die liefde natuurlik ook, sy het die buie van sneeu ontdek en beloof die beste foto's ooit van hul laaste kompetisie.

Uit stasiegeboue se skoorstene dwarrel kaggelrook. Die dorpies lê wit en binnensmonds. Hy en Elsabé het nie 'n nuwe liefde gevind nie maar 'n oue bevestig en dis vertroud en dis goed so en hy kyk hoe die sneeuvelde verbyskuif en dink dat 'n lewe op toer nie meer vir hom beskore is nie. Hy het ge-ent daar op die stoepie voor die huis met die blou deur en daar sal hulle hom moet kom haal as die tyd vir sy finale triek gekom het.

Of sy saam met hom daar sal sit en oor die baai uitkyk, twyfel hy. Sy is te onrustig van geaardheid en sy's soos 'n kiewiet op die sandvlakte – hier is sy nou en dan is sy daar. Hy sukkel om haar buie te peil en dink dis waarmee Doris ook te kampe het. Doris laat 'n keer teenoor hom val dat die ongeluk nie net haar ouma se bene verlam het nie maar ook haar vermoë om korrek te spel en gelei het tot 'n gemoed wat vinnig en onvoorspelbaar swaai.

"Toemaar," het hy geantwoord, "ek sien vlieënde pierings en ek is nogtans op my voete."

Die dorpie lê tussen berge en dis gedemp en knus. Hulle woon in 'n ou hotel wat eens 'n bierbrouery was. Die ingangsportaal is een groot drinkarea met vleuels wat uitvloei en 'n lae dak en Ludo meen dis die kelders waar die vate eens geberg was. Nou is daar houttafels uitgeplaas en antieke Beierse kitsch teen die mure en die bier wat bedien word is bruisend. Alhoewel dit buite sneeu en ver benede vriespunt is, pas die koue bier by die warmte en gemoedelikheid binne en by die stomende kalfsvleis en die varkboud en die swaar soppe met brood en dik Duitse wors met suurkool wat aangebied word.

Hy slaap die nag in sy eie kamer want hy meen dit sal Doris laat ontspan. Tydens ontbyt kyk Doris na hom en vra: "Vat hierdie gooiery jou na 'n nuwe plek?"

Dis die vraag wat al vanaf die eerste aand in Amsterdam, toe hy weggevlug en in 'n bruin kroeg gaan sit en suip het, tussen hulle hang en Elsabé sit ook vorentoe want die vraag moet beantwoord word en hy dink: Dis goed sy vra my reguit, ek hou van die vlamoë en die ononderhandelbaarheid in die geel.

Wat hulle ook moet weet is dat dinge nooit vir my klinkklaar is nie; my kop raas en hulle moet my nie vlak kyk nie.

"Jy't my ver gebring en ek wens ek had 'n antwoord vir jou, Doris, maar ek het nie. My hand voel slimmer en ek het 'n ander ritme in my lyf maar dit kan ook die liefde wees."

Hy kyk na Elsabé en glimlag. Doris Steyn se oë vlam op en spuug.

"Ludo, ons is hier vir werk en dis 'n extreme sport."

Wieg en hinkskouer, nes die ritme van haar gooi wanneer sy spoed optel.

"Jy moet soos ek wees as jy wil deurdruk en 'n pro word en weer 'n champ, jy kan dit verder vat as hierdie vintage celebration tour wat ons nou doen. Dis nie skoolkonserte in die Karoo nie. Jy kan . . ."

Hy skuif sy stoel agteruit en staan op. Hy slaan op sy bors. "Hier binne," sê Ludo, "swenk 'n skool harders diékant toe en weer daaikant toe."

Hy staan en sy bors dein op en af en hy voel benoud.

"Haal my van daardie donnerse Facebook af, ek is 'n ingedagte man en ek het geen wens om elke dag als uit te blaker nie.

"En my naam is nie Twiet nie, en ek is nie een of ander Ant Queen nie – 'n mier was ek nog nooit. Ek is Ludo Loeloeraai van die Groot-Karoo."

Elsabé lig haar duim na hom en fluister "Ludo" en hy weet dit sal Doris woedend maak en hy verstaan nie die onderstrominge tussen ouma en dogter nie. Hy kyk na Doris: "Moet nooit jou triek gebruik om wraak te neem nie, jy moet nooit gooi uit kwaadgeid nie, nie vir jouself of vir die lewe nie.

"Nie omdat jy kwaad is vir jou ouma oor die ongeluk waarin jou ma dood is nie. Nie oor jy die moer in is vir my nie.

"Jy moet gooi omdat jy niks anders het nie. Omdat jy dit verstaan en dis al wat jy verstaan. Omdat die res nie vir jou sin maak nie."

Hy staan 'n oomblik met sy vuis op sy bors en stap die gedempte ontbytkamer uit waar die eiers netjies in geruite lappies toegedraai is en deur die venster die sneeu saggies neersif.

"Go, outoppie, go," hoor hy Doris Steyn sarkasties agter hom uitroep.

Hy swaai om: "Jy gaan my nie mak kry nie, ek is Ludo Loe-loeraai!" En met die uitstap blindelings in die sneeuval in besef hy hoe kinderagtig.

Hoe belaglik, eintlik.

*

"Dis die curse van die klimtol."

Ludo kyk verras na Doris. Hulle sit in 'n kroeg en sy't soda voor haar en hy teug teen sy beterwete aan 'n bier. Hier is niemand anders nie. Die man wat soos 'n Italianer lyk hou hulle van die kasregister af dop. Hulle sit langs mekaar en kyk deur die venster na die sneeulandskap buite.

Dis makliker so as om teenoor mekaar te sit. Want dan sou daar geen uitkomkans wees nie. Sy uitbarsting in die ontbytkamer was te fel.

Dis vir hom ongemaklik so digby haar. Hy is haar nog nie so gewoond nie.

Bloedfamilie.

Die feit dat sy van sy bloed is, laat hom nie tot haar aangetrokke voel nie. So voel hy deesdae, hier op toer. Is dit moontlik dat dit hom selfs effe afstoot? Moet hy dit aan homself erken?

Of is hy net bang vir die implikasies?

Ja, dit moet dit wees. Vaderskap, een generasie uitgestel. Waarvan hy nie kon ontsnap nie. Die Noodlot bring dit nou tot hier.

En die afspraak het iets gedwonge daaraan. Hulle het nie spontaan hier ingeval nie. Hulle was in die hotel en Elsabé het berekend na hom en Doris aangeroei gekom.

"Toe," het sy hulle weggejaag. "Toe, gaan julle twee nou. Julle moet op julle eie wees." Sy't geknipoog. "Maar moenie haar áls vertel nie, Ludo!"

Doris het nie van die opmerking gehou nie en haar ouma 'n giftige blik gegee.

"En julle mag nie trieks oefen nie. Dis nie 'n gig nie. Kyk of julle kan praat!"

Elsabé het 'n grap gemaak, maar hy't geweet die stekie is na hom. En na Doris ook.

Soos twee skape ter slagting het hulle van die hotel weggestap, 'n ongemaklike gaping tussen hulle. Toe hy 'n keer teruggekyk het, het hul spore oor die sneeu geloop, ver van mekaar, dan bietjie nader en dan weer verder.

Hulle het hierdie kroeg gevind en stilweg ingekom.

Nou skrik Ludo. Die frase klink so bekend. Asof hy dit al lank ken. Hy proe in sy gedagtes aan die woorde. *Die vloek van die klimtol.* Dan kyk hy na haar. "Wat bedoel jy?"

"Kyk wat het als gebeur. Kyk hoe struggle jy en Ouma." Doris vee met haar voorarm oor haar oë. "Kyk na my."

"Maar jy doen goed. Jy's 'n kampioen!"

Wat kom is vinnig. Hy skrik. Sy skree, en hy sien in haar vertrekte gesig wat als opgekrop is. "Maar ek is nes jy!"

Hier van die kant af val sy in sy arms.

Sy't hom pas vertel dat haar ouma haar haar eerste yo-yo gegee het kort ná haar ma se dood. Doris praat van haar ma as Anna, asof sy die vrou nooit as ma geken het nie.

"Ouma het die curse op my gesit. Toe ek Ouma eendag vra, maar hoekom 'n yo-yo, toe antwoord sy dis al waaraan sy kon dink om my mee besig te hou."

"Was dit 'n ou Russell-model?" probeer hy met 'n glimlag. Onbeholpe.

Sy het net met die skouer beduie. Hink.

Nou sit sy by hom en die miervlieg op sy skouer word nat.

"Doris," fluister Ludo. "Jy's 'n pragtige meisie."

"Ag, fok jou, Ludo!" snou sy hom toe en lig haar nat gesig. "Jy's die original sinner." Hy kyk na die man by die kasregister, wat hulle intens aankyk. "G'n Flying Ant nie. Jy's ook g'n Loeloeraai nie. Ons moes jou dit genoem het: Original Sinner."

En Ludo dink: Dit klink soos iets wat op die vooruit van 'n gangsterkar kan pryk.

*

Hulle speel met 'n nuwe woede. Hier word bier gedrink en sy't vir hom 'n beker witbier met skuim gebring 'n kwartier voor hul beurt. Hy't dit gretig gedrink en geknik en haar oë het syne gevat toe hulle opgaan en daar was eers 'n Duitse oempaorkes in die saal en toe vat Doris se gekose CD oor en toe bring Dipping Doris en The Flying Ant die dak grond toe en die beker huis toe en daardie nag sug Elsabé onder hom. Hy't ontdek dat verlamming en ouderdom niks laat taan nie, ook nie die plesiere van die lyf nie.

Die volgende dag vat 'n kabelkar hulle die berg op teen die yskranse uit en hier en daar sien jy iets groens maar dis yl. Wit staan bevrore spookdenne. Mis dwarrel en hulle hang uitgelewer in die koue lug. Dit voel of die katrol snak en Elsabé bieg dis soos sy voel sonder bene, presies nes hierdie kabelkar, só hang sy oor die niet en wanneer die wolke wegskuif sien hulle daar onder die klein dorpie en die speelgoedkarre en die strate en dan skommel hulle die laaste ent. Hulle meer vas onder die groot, draaiende wiel. Dit kners 'n laaste keer en hulle rol Elsabé uit in die byna verstikkende yswind. Hulle kyk oor die valleie en berge uit en weet nie of hulle dit ooit weer sal kan waag die afdraand in nie.

Hulle drink glühwein en die kruie is swaar op sy tong en hy bestel 'n tweede. Die drank sak moeisaam deur sy lyf, en 'n derde, en Doris en Elsabé laat hom begaan soos hy in sy gemoed die lang pad begin terugroei Paternoster toe want hy weet wat moet gebeur, sal gebeur en hy wag dit af.

Dis die einde van die verhaal wat hom bestraffend afwag, 'n tugtiging waarop sy hele gestel wag soos 'n dier wat sy prooi voorlê.

*

Op Schiphol, terwyl hulle uitgeput wag om aan te sluit by die vlug na die suide, laat val Doris – asof sy lank daarop gewag het – die naam.

"Snaartjie Windvogel," is al wat sy sê.

Sy gooi 'n triek, dink Ludo. Oppas vir die geeloog-leeuin.

"Dit was so intens hier in Europa, en als het so vinnig geloop, nes 'n droom," antwoord Elsabé, "dat ons skoon van daardie mensie vergeet het."

"Wel, ek het nie." Doris vroetel met haar rugsak se gespe. "Ek het elke dag aan haar gedink. En jy, Ludo?"

"Wat het jy gedink, Doris?" gooi hy die vraag terug. En hy dink:

Ons velle is dun. Oppas vir die jong leeuin. Sy en haar ouma sit met baie dinge wat nooit uitgepraat is nie. Sy is jaloers op haar ouma en sy wil jou oral neem as die vliegmier maar jy, Ludo, sien sy nie.

Dink hoe anders sou dit kon wees.

As ek liefliker van gees was, kon ons ons uit ons karige lewe uit-gegooi het na 'n groot wêreld. Maar ons kan nie. Ek kan nie.

"Dis nie 'n land om in te woon nie," antwoord Doris onver-wags. "Daar sit ons en chill in jou huis en ons celebrate die feit dat julle mekaar weer sien en skielik . . . skielik. Soos uit die soort van deep underground van die land kom hierdie verskynsel. Ek bedoel, hierdie energie."

Elsabé: "Sy't gehawend gelyk . . ."

Doris gee nie mee nie. "Daar was 'n destructive ding daar, 'n soort negative energy. Ek het gedag sy gaan als omdop."

Ludo sug. "Sy's verlore en sy's honger."

Doris kyk hom stip aan: "Sy kan jou ver laat val."

"Wat bedoel jy?" skrik Elsabé. Ludo kyk ook vinnig op.

"Ek weet nie," antwoord Doris, "ek is bang vir haar. Sy't die evil eye."

Ludo snuif. "Ek dink nie jy verstaan nie."

"Wat bedoel jy?" Doris kyk skewekop. Hinkbeweging.

"Ek dink dit het by jou verbygegaan."

"Toe, los julle twee nou," keer Elsabé.

"Moenie Ouma nou weer keer nie. Terwyl julle twee in die six-ties daar in die Karoo gejol het, het die land self-destruct en kyk waarmee het julle ons gelos." Doris ruk die rugsak se gespe vas, staan op en swaai die sak op haar skof. Sy buig haar knieë en skud die rugsak tot dit reg sit. "Julle't gespeel asof niks om julle aan die gebeur is nie. En nou moet ek dit home noem. Al wat mense sien as hulle na my kyk, is dit wat Ouma-hulle gedoen het."

"Mense?"

"Die swart mense, Ouma! My peers! Die buitelanders. Oral waar ek kom."

"Mense is mense, my kind!"

Doris gryp haar klimtoltas en met 'n vuil kyk na Ludo marsjeer sy weg.

Daar is 'n paar oomblikke stilte. "My kleinkind is nêrens tuis nie."

"Wie is?"

· "Ek weet nooit wat om vir haar te sê nie. Sy't so baie opgekrop. Sy kan so onverwags van die heup af skiet."

"Sy's 'n gooier," antwoord hy.

"Maar wat is sy nog?" vra Elsabé. "As sy haarself nooit toelaat om enigiets anders te wees nie?"

*

Dae lig en onverantwoordelik, asof hulle jou tart, dis waarvan Eenslie Maree gedroom het.

Dae soos swawels wanneer die miervlieë ná reën uitkom.

Want die dae nadat hy adelbors geword het, was bedoel om glory days te wees. Hy en sy makkers het daarvan gedroom tydens die harde dae van opleiding.

Maklike vroumense sou daar wees, goedkoop wyn en reggae. Sondae kan jy in pastoor Leke se tent vir jou skoonbid.

Hy sal nie ontken dat hulle by geleentheid só gespot het nie.

"Die waters sal ons reinig."

Kyk nou wat hét die waters gedoen. En kyk hoe lyk sy straf nou. Dis 'n slagyster wat in die sandveld wag op sy voet.

Droom het hulle gedroom: Smiddae sou jy spoggerig rondloop in jou vlootuniform met die goue knope.

Uitgevat in die spierwit hemp wat teen jou vel afsteek, met jou hare oliegekam en die goue blitswapen uitgeborduur op die pet.

Saans sal jy uithang in die Sports Bar op Vredenburg – karaoke-aande met gladde tonge en performers met koperbruin velle en helderblink rokke.

Hulle droom van vodka en Breezers en Savannas en viskapteins en diamantduikers vol stories wat in die kroeg hang.

Die afdiens-cops wat moeg gebaklei daar sit en taai knik na die gangsters aan die anderkant van die kroeg.

'n Oorgedoende ou Monza en 'n motorradio met booming bass. Die paaie het nie einde nie en die dae is lank en geduldig. Die sjebeens is altyd oop en die braaivure spring gou-gou hoog.

Van hier noord na Lambertsbaai lê myle en myle oop strand. Jy kan stilhou en uitklim, deur die draad buk en oor die duin loop. Jy is op 'n strand waar geen ander mens dalk was vir 'n jaar nie. Jy kan kaalgat swem of jou girl net daar vry met die son in jou blaaie. Agterna kan julle swem.

Vure op die strand en blink visse wat in die ondergaande son aan lyne dans.

Kan ek my my drome kwalik neem? wonder Eenslie. Hy staan in Kliprug, hande in die sakke, met sy gesig in die miswind. Hy kyk oor die donker see uit.

"Moenie bang wees nie, Snaartjie Windvogel," sê hy. "Ek sal jou kry."

Hy voel sleg oor die dronknes die aand ná die verhoor. Die nagmoles toe hulle uitgery het na die staanklip. Hoe hy agter haar aan geskreeu het toe sy op die vlug slaan. Nou sal sy bang wees, versigtiger as ooit vir hom.

Hy het dalk sy kanse vir goed verspeel.

Snags in sy drome wag sy op die nat rotse by die teruggetrekte gety. Sy sit met haar krom meerminstert en haar ligbruin lyf wat op plekke die kleur van seebamboes is. Haar oë is die vreemde groen van die diepsee, en sy sing die lied van verdrinkte matrose.

Eenslie se oë raak mistig en hy voel romanties.

Sý naam terwyl sy daar sit, is op haar lippe, só droom hy.

"Eenslie . . . Eenslie!" hoor hy op die nagwind terwyl hy alleen ronddwaal. Hy vat handevol sand in sy droom, warm sand, sagte sand, hy strooi dit oor sy kop en vryf dit oor sy lyf. In sy droom wil hy die strand word, die baai, die duin se sagte wang.

"Eenslie . . . Eenslie . . ."

Ja, dit kán nog gebeur.

En hy weet hy sal die Vloot mis as hy uitgeskop word.

Starboard One is wat hul slaapsaal se naam was tydens adelbors-opleiding.

Stapelbeddens met staalgrys kombersies, elke seeman het 'n kas. Alles op sy plek. Elke oggend inspeksie. Jy staan sesuur die oggend by jou bed op aandag in jou Action Working Dress. Jou skoene is so blink gepolish dat die offisier sy gesig daarin kan sien.

Boun noem jy dit en dit neem ure: spoeg en polish, vryf met frommelkoerante en spoeg en polish en vryf. Later word die skoen-punt hard en blink soos glas.

'n Spieël.

Dan, jou uniform, gestysel en gestryk en uitgelê. Jou bed se om-voukombers is met 'n warm strykyster gestryk tot perfeksie. Die laken is spierwit. Niemand slaap op sy kopkussing nie. Jy bêre dit in jou kas vir oggendinspeksies.

Jy slaap op jou elmboog, of op 'n ou sportsak, of op 'n gevoude handdoek. Die kussing lyk soos 'n opgeblaasde, wit droom: perfek en netjies.

Ook uitgestal op jou bed: jou seemansmes, jou visserstou, vol-maak geknoop en spierwit.

Jou vurk en jou lepel.

Silwerblink.

Jy's op aandag en jy kyk reguit voor jou. As die offisier voor jou kom staan, sien jy hom nie. Jy kyk reguit voor jou. Jy kyk deur hom. Jy's nie mens nie. Jy's adelbors-in-opleiding.

"Starboard One, aan-da-á-gg!"

Tjoepstil. Jy kan stoffies wat haastig opgejaag is met die laaste minuut se skoonvee, hoor neerval op die grond. Asof hulle knal wanneer hulle die vloer tref. Jy hoop en bid hulle vorm nie 'n lagie stof nie.

In kom die kommandeur met sy boepens en sy brandewynwan-ge. Hy is 'n ou man uit die vorige bedeling, 'n wit offisier, en met hom die bruin offisier wat Eenslie-hulle oplei, arms styf teen die sye. Die onseker mannetjie sukkel met sy bevele. Hy bewe van senuagtigheid in die geselskap van die senior offisier, die komman-deur wat een van die min duikbote in die Vloot se bevelvoerder was voordat hy hierdie aftreepos gekry het as opleidingshoof van die vlootskool.

Stories lê los rond oor spanninge in hierdie vlootbasis: tussen die ou skool wat nog uit die Apartheidstyd kom, en die nuwe range wat bruin en swart is, jong offisiere wat dinge anders wil doen.

Die kommandeur het wit handskoene aan. Met sy vingerpunte vee hy oor die stapelbeddens se staalrame. Oor die bokante van die kaste, oor die vloere en die pisbakke in die heads. Oral.

Ook oor die galley – die kombuis – se varkpanne en oondplate. Die krane. Hy loop oral. Met sy wit vinger wys hy die geringste skrapie vuil uit.

As sy rondtes klaar is, maak hy weer 'n vinnige draai deur al die barakke, waar die manskappe nog op aandag staan.

Hy stap by hul strak gesigte verby. Sy vinger is beskuldigend in die lug. Daardie wysvinger van die wit handskoen is altyd vuil, en hulle weet elke oggend: Môre móét dit beter.

As hy weg is, blaf die offisiere op hulle en skrou hul frustrasies uit.

Inval, opmars, ooporde mars, regs afmarsjeer, regs rig, verder, op, op, op! Looppas, draf! Lig daardie knieë!

"Seeman, is jy 'n seejuffer of wát!"

Eenslie glimlag wanneer hy hieraan dink en verder: Ek is 'n ge-knoopte tou.

Ek wat tops uitgekom het in die eksamens. Ek wat so knap was met touvleg, ek is self verknoop.

Hulle moes as deel van hul opleiding eksamen aflê in knope. Twaalf knope wat ingewikkelde en ratse bewegings geverg het en as saluut moes dien aan die eeueoue seemansbedryf, van die mees basiese Anchor Bend en Backup Knot tot die meer ingewikkelde Improved Clinch en San Diego Jam Knot.

Hy't dikwels daar by oom Ludo op die stoepie gaan sit. Dan het hy sy knope sit en oefen en Ludo was erg geïnteresseerd in wat hy Eenslie se trieks met die tou genoem het.

Hy't eendag die tou vir die oom aangegee en hy was verras toe die ou man net van Eenslie dophou sewe uit die twaalf knope vinnig ná mekaar knoop.

Eenslie kon daardie dag sien waar Ludo sy slag met yo-yo-trieks vandaan kry.

Maar nou is dit als verby en hy staan hier in die nag en daar is twee lyke op die Weskus se gewete en hy voel die Here van hom wegskuif.

Nes die land wegskuif wanneer jy diepsee toe vaar.

*

Eenslie haat die dooie kreefinspekteur steeds met 'n haat soos die sweisvlam wat hy in die hawe sien wanneer hulle aan die bote werk.

Ankervoet het Eenslie destyds vertel die kreefinspekteur begin op 'n stadium elke dag die reservaat inry want hy't sy oog op die meerminjintoe, maar Ankervoet het gesien sy wyk sodra die bakkie by sy waghuisie verbykom. Dit sou net 'n kwessie van tyd wees, dan doen hulle besigheid, die jintoe en die inspekteur. Ankervoet se oë het geblink. Dit was asof hy self vir Snaartjie Windvogel sou gaan bykom.

Nou is die inspekteur dood maar Eenslie se haat is die haat van jaloesie.

Waarom hy nou aan die man dink, weet hy nie.

Hy sit babelaas by die huis en weet hy sal hom moet vashou, die verhoor het hom laat voel hy torring heeltemal los.

En sy ma kyk hom deesdae net so wanneer hy by die kombuistafel kom sit en wag op sy koffie en beskuit.

Tot vanmôre, toe kom sit sy beslis oorkant hom. Sy pa was uit met die skuit en terwyl hy twee lepels suiker in sy koffie gooi en sy ma sy hande dophou, skiet sy: "Waar was jy gisteraand?"

"Ma, ons het sommer . . ."

"Waar was jy, Eenslie?"

Hy kyk vererg op. "Ek was by Anton, Ma, toe kom die ander en . . ."

"Dis daai wit outjie Anton, ek het dit geweet. Dis hy wat jou pub toe sleep en daar wag die jintoes vir julle. Dis soos anderaand toe julle ná die saak so rof geraak het."

Hy kyk skerp op. "Wat weet Ma . . ."

Sy's vinnig en skerp: "Die mense praat, Eenslie. Hulle skinner."

"Maar Ma . . ."

"Is ek reg, Eenslie?"

"Hoe bedoel Ma nou?"

"Hulle wag vir julle, Eenslie. Die jintoes."

"Maar Ma . . ."

Sy't haar kopdoek losgewoel en hy't opgekyk en gedink: Die saak het aan haar gevat, kyk hoe oud het sy geword.

"Hierdie kind uit die Kaap wat die skulpe sit en vleg daar by die stopstraat, jy doen besigheid met haar."

Hy stamp byna sy koffie om. "Maar Ma."

"Jy hou jou verniet so verbaas." Sy't die stem wat sy gebruik wanneer sy met sy pa baklei.

"Sy sê so vir my."

Hy kyk haar lank aan. "Nee, Ma." Hy skud sy kop. "Nee."

Hulle sit so, dan staan sy op en stap uit. By die deur draai sy om. "Jy gee haar nie eens een kyk nie. Nie één nie." Sy begin wegstap, maar draai om en kom weer in die deur staan. "Jy is al hoop wat hierdie huis het."

Nadat sy Ma weg is werk toe, sit hy nog 'n ruk by die tafel. Dan vat hy die pad klipkatedraal toe. So noem party mense die staan-klip. Wanneer jy by daardie klip staan, is jy oortuig daar is baie gesterwe én gelewe op daardie plek. Mense sê die voormense het daar hul god ontmoet want as jy alleen daar is, gril iets langs jou ruggraat af.

By die sokkerveld draai hy links. Dis goed om hier te loop, in die oopte. Hy buk deur die draad en kom moeg en natgesweet by die bidklip aan. Hy sien Snaartjie in sy verbeelding sit by die Kaapse kobra-geraamtes wat daar lê sodat mense glo dis die plek waar-natoe slange kom om te sterf. Daar is 'n droë put. Eenkeer, toe Eenslie opgeskote was en alhoewel sy bygelowige ma dit verbied het, het hy en sy maters hiernatoe gekom. Katvoet het hulle om die rots geloop en toe was daar in die put die skedel van 'n mens. Hulle het daar gesit en rook en grootdoenerig gespeel.

Hy kom saggies nader en sien die sinkdeur na die skuilplek is oop. Toe hy inkyk, sien hy hoe sy soos 'n klipbok-ooi vir haar hier 'n nes geskrop het. 'n Hopie klippe by die slaapplek op die grond. Dis waarmee sy hulle gegooi het, sy hou dit daar by haar wanneer sy slaap. Daar is niks verder nie, net die neskol en die klippe. Anderkant die ou ingesakte klipskuur, tussen die bietou, sien hy haar drolle lê.

Hy staan daar rond en word onrustig en die plek mors met sy kop. Dan loop hy weg en bid vir krag want dis die dooie kreef-inspekteur en mense soos hy wat haar kop gek gemaak het. Hy, Eenslie Maree, sal nooit helderheid na haar kan bring nie. Sy is soos hierdie plek met die slanggeraamtes. Want wanneer jy die stof en takkies wegkrap, sien jy die twee krom giftande aan die kop van elke geraamte.

By die punt van elke tand sit die gaatjie waardeur die gif kom. Waar die tand kaak word sien jy die holtes vir die gifsakkie, so is sy ook.

*

Snaartjie wag die kreefinspekteur in kort nadat hy die eerste keer by haar was.

Hier is haar uitkykpunt, hier sit sy graag.

Dis ver verby die reservaat se beginpunt, waar Ankervoet in sy hokkie sit en luister na die wind. Soms maak hy of hy Snaartjie nie sien nie wanneer sy met haar skulpiestringe verbykom. Ander kere maak hy geselsies of smaal net na haar.

Maar meestal, wanneer sy verbykom om mooi skulpe te gaan uitkrap in die sloepe, kyk hy anderpad.

Wanneer sy in die wind op die rotse sit en roep na die dolfyne, maak hy of hy haar nie sien nie.

Of sy loop tussen die bietou en roep soos 'n tarentaal, en steeds kyk hy weg.

Sy krys soos 'n meeu en soms in die nag huil sy soos 'n jakkals. Want iewers is 'n taal wat iemand tog sal verstaan. Maar nes al die ander kyk hy weg en speel ludo teen homself.

Klik-klik skud hy die dobbelsteentjies in die plastiekkoppietjie net voor hy gooi.

Sy ken die geluid goed want partykeer, net om naby iemand te wees, sit sy in die skadu van sy waghokkie. Sy sit net daar. Haar bene is bruin van die stof. Haar rok word elke dag toiingriger. Sy sit net daar en hy maak of hy nie van haar bewus is nie.

Tik-tik-tik soos hy die ludoskyfie se spronge uittel oor die bord.

En hy kyk ook anderpad wanneer die kreefinspekteur na haar kom soek. Ankervoet sal weet die man soek vandag nie smokkelaars nie, hy soek die jintoe. Dis op sy gesig geskryf.

Die inspekteur kom in sy bakkie wat vaal gery is oor die Weskus se stofpaaie. Hy staan hande in die sye op die rotse en kyk na die vissersbootjies wat digby die kus dobber en hom koggel.

Sy wag hom in. Hy volg haar. Sy loop ver vooruit, soos 'n heuningvoëltjie in die Karoo. Ligvoets, nooit direk omkyk nie, sy kan nie wys sy weet dat sy gejag word nie.

Sy ken die heuningvoëltjie uit die Karoo. Hy kan nie self die byenes oopbreek om by die heuning uit te kom nie. Nee, hy lok jou soontoe. Hy sorg dat jy hom volg. En by die nes moet jy rook maak en die nes uitrook en die lam bye van jou arms afstroop en slegs dan kan jy die soet koeke uithaal.

En as jy verstand het en weet dat jy dit moet doen, moet jy heuning los vir die heuningvoëltjie.

Anders kom jy nooit weer so 'n geluk oor nie.

So dis nie dat sy nie weet nie.

Van rots tot rots hop sy, al nader aan die heuningnes. 'n Ent agter haar lomp oor die klippe kom die kreefinspekteur. Sy bakkie het al om die punt weggeskuif. Hulle klouter oor klippe. Jy hoor net die twee asems. Hul voete knars oor sloepe breekskulp en plof oor voetpaadjies wat net die kreefsmokkelaars en Snaartjie ken.

Sy hemp se een pant hang uit. Hy vee die sweet van sy voorkop af.

Skielik is hulle in 'n inham. Hier is die see stil. Die skulpiesgruis ritsel wanneer die branders terugtrek. Seebamboese bons blink in die skadu teen die rotse. Wanneer jy mooi kyk want dis laagwater, sien jy die rooi anemone en hoe bedrywig werk die klein vissies tussen die seewier.

Sy gaan staan. Heuningvoëltjie draai om. Hy gaan staan. Daar is iets soos verslaentheid in sy gesig. 'n Desperaatheid.

Sy kyk na die kreefinspekteur. Sy voel die bekende woede in haar opkom. Sy skuif haar blik af na sy gulp. Sy weet hy sien waar sy kyk.

"Jy's nie my meisiekind nie."

Dis wat haar pa Piet Windvogel haar die aand by die duiwehok toegesnou het, net voordat die gediertelorrie haar opgeraap het asof dit 'n bestelling is wat hulle afhaal, nes die melklorrie die melkkanne optel by die plaashekke.

"Jy's nie my meisiekind nie."

Sy't daardie woorde van haar pa vergeet en dit weggebêre agter die groot skrik van die jare. Haar lyf haal dit nou uit noudat sy omdraai en die man wat so aanhoudend hier in die reservaat op haar jag maak daar staan.

Sy onthou hoe haar pa haar aangekyk het toe sy sommer in die staan haar rok gelig het om te pie een aand laat toe sy gedink het niemand sien haar nie agter hulle huis by die duiwehok.

Het hy dan nooit geweet nie en het sy en haar ma dit reggekry om al die jare te smokkel met die groot geheim en het hy nadat hy uitgevind het die Nigeriërs uit die Kaap laat kom om hom die skande te spaar wanneer sy grootword?

Of het hulle hom by die suikerhuisie in De Doorns se plakkers-
kamp waar die seisoenswerkers vir die druiweplase bly vertel dat
hy groot geld in die Kaap vir haar sal kry?

Sy weet nie – maar sy vermoed.

Sy maak haar rok los. Só dat dit net van haar afval, op die sand.
Sy dra niks onderaan nie.

Dit lyk of iemand die kreefinspekteur se wind uitslaan en hy vee
met sy hand, nee met sy hele voorarm, deur sy oop mond. Hy vat
aan sy hare en gooi sy pet neer. Dan buk hy om 'n klip op te tel.

"Maar jy's dan . . .!" skreeu hy.

Die klip kom en sy koes en sy buk en tel haar rok op en sukkel
deur die dik sand om weg te kom maar gelukkig is die kreefinspek-
teur gedaan van die geklouter oor die rotse. Hy sukkel en val 'n
slag op sy een knie, gryp nog 'n klip en slinger dit na haar.

Sy hol, nou met die eerste stuk harder grond wat haar vaart gee.
Sy's 'n sterk hardloper. Klippe doef om haar. Een vang haar, net toe
sy wou omkyk, teen die blad en sy hik haar asem uit.

Maar sy hol en laat hom ver agter, die voëlverskrikker van 'n
man, sy klere slordig aan sy lyf, sy hare asof dit skeefgeslaap is.

Sy hoor nie meer wat hy skreeu nie. Sy is diep die veld in. Dis
net sy en haar musiek en die wind en 'n stem wat uit haar lyf kom
maar wat nie hare is nie.

Die gediertelorrie hou by haar stil. Hulle spring uit, twee groot,
sterk manne. Hulle gryp haar en gooi haar met viool en al die trok
in want sy't daar gesit en speel teen die N1 by die indraai na Mat-
jiesfontein en soms gooi die karre 'n tweerand uit.

Een klim agter by haar in. Toe hulle wegtrek en die enjin swaar-
kry, kyk hy na haar en hy kom na haar. Sy hou haar rok vas maar
hy ruk dit op.

"She-boy!" roep hy uit.

Die trok vat die eerste bult.

TRIEK ELF
Huis toe ("Home run")

*As jy die Kruiper kan doen, moet jy nou jou hand effe kantel
vir Huis toe. As die klimtol aan 't spin is teen 'n geringe hoek
(so 15 grade), laat jy hom versigtig sak sodat hy ligweg gekan-
tel teen die grond draai. Die klimtol sal begin loop voor jou.
Hy stap in 'n halfmaan maar as jy jou storie ken, kan jy hom
reg rondom laat loop, so skuinsweg, en dan roep jy hom met
'n plukkie terug hand toe. Home, sweet home!*

Die groet is daar, en daarmee die vraag: Wat nou vorentoe?

By Kaapstad Internasionaal sukkel hulle met die rolstoel die
vliegtuig uit, heel laaste, met lughawepersoneel wat onhandig help
en Ludo wat hulle iets toesnou sodat Doris vies wegdraai.

In die vliegtuig al het hy aan Elsabé en Doris gesê hy vat 'n bus
of 'n taxi of 'n ding terug Weskus toe, hulle moet hom nou asse-
blief laat begaan, hy is moeg en hy moet dinge oordink en homself
eers weer vind.

Terwyl hulle by die vervoerband op hul tasse wag, kyk Elsabé
verwytend na hom en hy gaan sit op sy hurke by die rolstoel. Hy
skud sy kop. Hy het tyd nodig. Doris kug geïrriteerd en stap weg
en kom weer terug.

Elsabé fluister sag: "So die wind kan nie meer gedrink word nie?"

Hy skud weer sy kop. "Ek weet nie."

"Dan moet jy eers gaan dink, Ludo."

Hy wil opstaan, maar sy trek hom weer af op sy hurke. "Dankie,
jou ou seerower."

"En jy," grom hy.

Toe stap hy weg, draai om en kom weer terug. "My dolfyn," fluister hy in haar oor en hy wou nie want hy haat sentiment en die oomblik is te soet en hy het hom vererg vir homself en vir haar en toe is hy weg sonder om die leeuin te groet, die een wie se bui soos 'n meeu skielik swenk nog voordat die wind draai.

Ver weg sien hy Doris staan, tik-tik op haar slimfoon, die wêreld aan 't inlig, seker, dat die weer by Kaapstad Internasionaal mild is en dat die Mierkoningin reg is vir die volgende triek.

Hy stap na buite en wonder waar kry jy 'n bus en waarheen sal hy loop en hoe kom jy so gou moontlik by jou stoepie en by jou eerste koue bier op jou eentjie, sonder om jou te bekommer oor die jongste bui van 'n Steyn.

*

Die minibus, volgepak met beswete liggame, laai Ludo voor die winkel op Paternoster af. Sy ore tuit van die gospel en gelukkig het hulle op die bussie van Kaapstad na Vredenburg en nadat hy ge-grom het, opgehou zolle rook en hy het telkemale hardop gebrom, "Dis my eerste en laaste rit in 'n donnerse taxi."

Op die laaste skof van Vredenburg na Paternoster het hy langs een van The Lodge se kelnerinne gesit (die een wat hom tot sy arg-waan altyd "Oupatjie Ludo" noem) en daar was twee vissermanne en die Kongolees wat daar by Hopland kom nesskop het met sy vier kinders en daar was ook twee vroue onbekend aan hom, maar sekerlik uit Kliprug of Hopland, kromgetrek met gesigte soos ro-syntjies en knobbelrige hande wat bondels klere of inkopiesakke vashou.

Hulle't van hom weggedeins, die wit man, en dan was hy nog bedonnerd ook. Die bestuurder, wat in 'n huisie digby syne woon, het hom in die truspieël dopgehou en seker gewonder waar hy nou vandaan kom en hoekom hy dit nodig gevind het om van hierdie vervoer gebruik te maak.

Die kelnerin het egter mettertyd die stilte verbreek. "Daardie klein jintoe wat die skulpies vleg is in die moeilikheid."

"Hoe so?" Hy het sy lyf verskuif.

"Groot moeilikheid, Oupatjie Ludo," beaam sy met 'n kopknik. Ludo sien die taxibestuurder hou hulle in die truspieël dop. Loop die storie oor my en Snaartjie nog? wonder Ludo.

"Die mense soek haar bloed."

"Vredenburg se gangsters?"

Sy't haar kop geskud. Bly dat sy nou sy aandag het. Sy't hard gepraat, sodat almal kon hoor. "Almal."

"Hoe bedoel jy, almal?"

"Oupatjie Ludo, sy't ongeskik gemaak. Groot ongeskik."

"En?"

Maar sy skud haar kop en klem haar mond veelbetekenend toe. Sy beduie met haar hand: Ek durf nie sê nie. Dis te vreeslik om oor te praat.

Die landskap anderkant Vredenburg vou vertroud om Ludo oop en nou stap hy van die winkel huis toe en groet niemand nie, want hy't genoeg gehad en hy is bly om by die huis te wees.

Toe hy sy huisie se deur oopstoot, tref die geur van vuurherd en snoek en vyekonfyt en beddegoed hom. Hy gooi sy goed op die vloer neer en stap dadelik yskas toe en haal 'n koue bier uit en gaan staan op sy stoepie.

Die eerste teug sak koel in sy lyf in.

Hy verlang klaar na Elsabé en hy wou niks meer met die Steyns te doen hê nie, maar die geheue van die nuwe klimtol waarmee Doris hom in Duitsland laat speel het, sit in sy arm en hy kan dit nie uit sy mou skud nie. Dis soos 'n nuwe slimte in sy hand. Die sondeval het plaasgevind.

Sjie-joep laat hy sy ou vertroude maat uitskiet en vang die klimtol weer en dink: Hoe gaan ek my gestel suiwer van die Steyns?

So was dit altyd, my lewe lank, met my en die vroumense. Sodra dit ernstig raak, moet ek weg. Nou is dit met Elsabé weer so. Die Opel staan en wag, met die langpad voor.

Hy neem ná sy derde bier sy selfoon op en sms Doris Steyn:

Jy't soos my eie dogter gevoel, pas haar mooi op, liefde Ludo
Loeloeraai

Sy sms blitsig terug:

Gooi hom, Oupa!

Eers later besef hy dis sarkastiese kommentaar op sy drinkge-
woontes. Of is dit nie?

Lank sit hy na die *Oupa* en kyk.

Sy palm my in, dink hy. Sy wil my só vang vir haar triek.

*

Hy kom met sy kano ongesiens van Voorstrand se kant af en rustig
roei hy by Bekbaai verby, Abdolsbaai oor en om die punt by die
toring.

Hy is 'n goeie roeier en gespierd en hy kies sy dae versigtig,
byvoorbeeld 'n dag soos hierdie ene wanneer die see soos 'n blink
plaat lê. Dis so 'n dag dat hy kies. Stadig skuif sy kano teen die
reservaat se kus af, wiegend op die deining.

Sy wag altyd vir hom daar by die afgesproke sloep en agterna
roei hy weer terug en bruingebrand en ontspanne sleep hy sy kano
uit by die ronde rotsblokke onder Ludo se huisie. Hy kyk op en
waai met sy blink, nat arm na Ludo.

Watter haan sal ooit daarna kraai?

Dan stap hy rustig op praktyk toe, 'n man van min woorde. Hy
verklee en sit reg vir die volgende pasiënt.

Dis dinge wat Ludo eers later ontdek, lank na hanekraai.

Sy gevolgtrekking is dat die hele dorp se mense die skulpstringe
wat Snaartjie Windvogel gevleg en by Die laaste kreef verkoop het
gerus maar om hul nekke as galgtoue kon hang. En ja, hy is kwaad
en hy is 'n bitter ou man met fantoomskuld.

*

Hy was op als voorbereid toe hy uit Europa kom maar niks kon hom voorberei op die krag en onvoorspelbaarheid en veral die spoed waarmee die dorp teen Snaartjie Windvogel gedraai het nadat die storie soos 'n veldbrand begin loop het dat sy nie is wat sy voorgee nie. Die kreefinspekteur het voor sy dood iets laat val in 'n kroeg op Saldanha en die storie het sy loop geneem.

Ludo het geweet almal dra swaar aan skuld. Mense het maniere om aandadigheid om te draai na woede. Hulle kan skuld afgee soos die see 'n skip afgee op die rotse. Met verpletterende krag en dit is asof die see die skip van hom afskud en dis verby.

Hy het ook begryp dat baie van die messelaars en bouers en later het hy eers besef hoeveel ander ook van haar as jintoe gebruik gemaak het. Sy't so netjies en so beslis met die mans gewerk net op haar terme dat niemand ooit agter die ware toedrag van sake gekom het nie.

Nou hoor al daardie mans die storie en die verhaal saai uit daar van die winkeltjie se kasregisters en loop deur Hopland en dan na The Lodge se kelnerinne en deur die hotelpersoneel en dan vat Kliprug vlam en Voorstrand en Bekbaai ook.

Die woord is uit dat Snaartjie gejag moet word want sy's hondsdol en as sy byt en selfs as sy jou lek dan kan die hele dorp ondergaan. Dis maar wat mense sê, want hoe bring jy hierdie ding onder woorde en hoe gaan jy daarmee om? Dis wat hulle vir mekaar vertel en hulle sweep mekaar op en daar is geen keer meer nie.

Hy weet nie vir wie die kreefinspekteur die storie vertel het nie en hy is verras oor hoe die dooie inspekteur omgetower word van eers die man sonder ooglede wat gekry het wat hy verdien tot nou 'n tragiese held.

Slagoffer van die meerminjintoe.

Vier karre ry na die slanggeraamteklip op die pad na Velddrif om haar daar te gaan soek maar kom onverrigter sake terug met net die verhaal dat sy daar 'n stink nes het en dat sy die pad gevat het en waarskynlik weer by Abdolsbaai skuil. Net Ankervoet is so dom en onkapabel hy kan nie onthou of sy laas in is reservaat toe of uit is nie, hy sit daar en ludo speel teen homself, tik-tik. En verloor elke keer, so loop die verhaal.

Terwyl dit als om Ludo opbou, begin sy hare as stoppels uitstoot en soggens kyk hy of die stud se gaatjie al toegroei. Hy dra hemde met lang moue en kry op die Internet 'n werf waar getroos word dat tatoeëermerke verwyder kan word. Hy ry eendag met die Jeep Langebaan toe en toe hy by die gleuf kom, is dit toegesper met 'n veiligheidshek en is daar 'n kennisgewing op die deur dat die tatoe-eerbesigheid verhuis na Observatory en dat die Internet dopgehou moet word vir 'n adres.

Dis asof als nooit was nie, dink hy terwyl hy terugry, net my hand is nie meer reg en vriendelik met my ou klimtol nie. Sy laat my nou met leë hande, daardie meisie met die geel oë en die oor-tuigingskrag.

Ek het my op loop laat neem soos 'n ou gek. Konsert gaan hou in die buiteland en 'n sirkus van myself gemaak.

Dit wat ek gehad het is van my weggeneem en my droom is dood om die klimtol uit te neem na feeste aan die Weskus en ek moet my oorgee en dis al wat vir my oorbly.

Wie is hierdie twee vroue wat my so triek?

*

Asof dit so moet wees want iets in hom het dit verwag of dalk daarvoor gehoop, staan hulle skielik een middag voor sy deur.

Hy het die motor nie hoor kom nie en eers toe hy hulle sien, besef hy iets in hom het kennis geneem van die klap van mo-tordeure en die gepiep van die rolstoel se wiele maar hy was te ingedagte.

Hy't ook pas besluit om foon toe te stap en die oproep wat ge-maak moet word te maak. Want aandadigheid is aandadigheid. Maar hier is hulle nou. Elsabé en Doris.

Soos twee stout kinders lyk hulle. Albei het pienk hoede op. Dis groot, lawwe hoede met pap rande en hy besef dis hoede uit die oude doos en hulle het dit opsetlik aangeskaf of iewers uitgegrawe om hom op te stuur en die ys te breek.

Hy kyk na Elsabé en dink dat alhoewel sy in 'n rolstoel sit daar baie vroue is wat hy teëgekom het wat deur omstandighede gekluister word en dis hul mans wat hulle hul beweeglikheid ontneem en daardie vroue sit as 't ware baie meer in 'n rolstoel as hierdie Elsabé met haar skielike vreugdes. Hulle is kreupel want hulle kan nie beweeg nie en die swaartekrag wat hulle keer om op te staan en te loop is die swaartekrag van die manne wat hulle liefhet. Hierdie vroue het hy baie keer in die Karoo sien sit, gekluister, selfs wanneer hulle in duur Plymouths of spoggerige Cadillacs laat waai op die plaaspaaie, selfs dan was hulle onbeweeglik en hulle het dit in hul oë gewys wanneer hy speel en hulle hom dophou, hy kon die sug na vlieg en speel sien.

Selfbewus streel hy oor sy stoppelkop en vat aan sy oor. Hy glimlag van oor tot oor want hy het nie verwag dat hy so bly sou wees om hulle te sien nie. Hy besef hy't verlang na die geel oë van Doris Steyn en die hinktriek in haar manier van praat. Maar veral na die dun, yl bobene van Elsabé. Sedert sy aankoms tuis kom dit by hom op: haar willose bene wat wit en oneffektief wapper in die warm water van die Baden-bron. Hy weet nie watter buitewêreldse fiksasie dit is nie, dit moet iets met mag en submissie te make hê, hy weet nie. Maar hy is jags na haar en hy wil haar weer in sy bed kry.

Die vonkelwyn se prop skiet uit en hulle sit op die stoepie en kyk oor die baai uit. Gewoonlik op so 'n middag as die son so skuins begin sit, kom van Kliprug se kinders af en buidel in die water daar oorkant Gaatjie of die tienervryers kom soek privaatheid agter een van die graffitiklippe. Maar vandag is dit stil en hy weet almal is op trek reservaat toe om daar van Tietiesbaai tot by Ankervoet se hok te vee en haar te jag asof sy 'n jakkalsteef is.

Hulle't hom kom vertel. Twee kinders gestuur deur Dick Malgas: "Die mense gaan die meermin inkeer. Oom Dick sê uit politeness moet oom ingelig word."

Die kinders sê die rympie mooi op en skaterlag en hol weg met die opwinding van ongewone dinge wat gebeur.

Hy wou ry en hy wou in sy kar klim en hy wou gaan keer en waarsku maar hy't gedink gee jou eerder oor. Kry die speurders hier. Oorgee is mos 'n manier van keer en die speurders kan dadelik na die mense ry en verklaar die inspekteur se moordenaar is gevang en hulle moet die heksejag stop.

Hy het foon toe gegaan en eers die praktyk gebel maar die kanodokter was uitgeroep. Ludo het met sy telefoon in sy hand gestaan. Die brandstapel is syne, die skandpaal is vir hom; dis sý kruis wat die lang skaduwee gooi.

Dit vertel hy nou aan die Steyns nadat hulle die eerste glas geniet het. Hy berig ook dat mense begin praat het dis vandat Snaartjie Windvogel in die dorp aangekom het dat die honde snags so losraak en die karre so gekrap word. Die goed wat hier wegraak en daar, die wasgoed van die lyn of iets uit die spens, dit moet ook sy wees. Dalk werk sy vir die tikhuis in Hopland. Hulle is seker sy sit daar by Die laaste kreef en push tik aan die dorp se kinders, sy is 'n jintoe en dis wat jintoes doen, die seksery is net voorlangs.

"Maar Ludo! Hier maak jy sjampanje oop en hulle jaag daardie kind . . .!"

Hy vryf oor sy stoppelkop. Elsabé sit haar glas neer en kyk ongelowig na hom en hy gooi wal: "Ek was juis op pad om die foon op te tel na die speurders op Vredenburg om hulle te sê dat ek die kreefinspekteur vermoor het, toe kom julle hier aan."

Hy't hier gesit en hy't geweet hulle is uit in die veld om Snaartjie te jag en hy moes of gaan keer of hy moes die speurders bel maar sy hand was swaar soos lood en toe hy telkens by die telefoon kom, kon hy sy gooihand nie lig na die telefoon nie en hy't gedink sy sel is dalk ligter maar hy kry nie die regte toetse nie.

Net toe kom hulle aan met hul pienk hoede en sy hart spring van vreugde, hier is hulle nou. In sy besluiteloosheid vang hulle hom en die tyd loop uit en dalk is hulle al op Snaartjie en by die slagaar.

"Wát wil jy vir die speurders vertel?" Elsabé slinger haar pienk hoed die bult af en die wind skep dit en lig dit vir 'n oomblik en hy sê: "En ek wou ook vertel van die kind van Tweefontein, als moet uit," en die hoed draai en vlie asof dit 'n lewe het en duik dan en sweef uit strand toe.

Doris Steyn pluk ook haar hoed af en staan op en met minagting asof dit 'n frisbee is slinger sy dit oor die afgrond en ook hierdie hoed gee 'n boog in die lug en wieg dan af grond toe nadat dit 'n ruk selfaangedrewe gesweef het: "Watter louter kak, Ludo."

Sy kry haar tas en pluk 'n papier uit en druk dit byna in sy gesig waar hy besig is om nog sjampanje te skink en dit oorweeg om die volgende bottel sommer dadelik oop te maak en dit sal die maak van die oproep vergemaklik.

"Lees dit, Ludo, dis van World of Yo in Londen."

"Wat is dit?"

"Clips van ons triek loop in die sosiale media en dis viral en iets amazing is aan die gebeur en hulle nooi ons vir 'n toer na Engeland en dan Amerika." Sy is nou hier by hom op haar knieë by sy stoel en sy smeek: "Oupa, dis die soort ding wat een keer in 'n lewe verbykom en mens kan nie weier nie, dis hoekom ons gekom het. Asseblief, Ludo, ons kan lieflike geskiedenis maak, ek en jy."

"Wil jy nou op water loop?" vra Elsabé en begin wegroei na die afdraande. Hy hou haar dop want hy's bewus van haar buie en hy's bang sy laat wiel die bult af en donner met rystoel en al daar af en ploeg deur die los sand en onkruid en bierbottelstukke wat daar af gesaai lê.

"Wie is hierdie World of Yo?" vra hy om tyd te wen en kyk na Elsabé se stuurs agterkop. Hy weet hulle waaier nou uit oor die vlakte en hulle het selfs van die maer honde by hulle, afstamme-linge van die Khoi se honde, diere wat die veld ken en niks sal hulle ontgaan nie. Snaartjie is nêrens te sien nie maar hulle gaan haar uitrook soos die wit jagters in die ou dae die San uit die splete uitgerook het om die mans te skiet soos meerkatte en die vroue en kinders te verslaaf.

Dis ou geheues en woedes wat inskop en ou metodes en mense

besef dit nie, maar as hy nou maar die een is wat op die water moet loop vir hierdie dorp, dan sal hy.

Hy gee lang hale na die foon nadat hy die leë sjampanjebottel die bult afgeslinger het en dit te pletter geval het met 'n plofslag en toe die rinkeling van glas en Elsabé se kop wat omgeruk het en Doris Steyn wat uitroep: "O, my God!"

Hy't die speurtak op Vredenburg se nommer laatoggend al daar neergeskryf op die notaboekie by die foon en ook die speurder met die dik nek en voorspelerdye wat die kreefinspekteur uitgesleep het se nommer.

Ludo bel hom en sê: "Dis Ludo van Paternoster en wat die kreefinspekteur betref, ek is julle man en jare gelede het ek 'n kind by Tweefontein doodgery en so help my God."

*

Wat werklik gebeur het is wat net hy en die kanodokter en Snaartjie weet en dis wat hy nou aan die Steyns vertel.

Die kreefinspekteur het die dag nadat Snaartjie haar rok laat val het, weer teruggekom reservaat toe en Ankervoet kom pols oor haar en die kreefinspekteur was geboei deur die vreemde verskynsel die meerminjintoe. Hy het teruggekom om haar te jag want hy wou haar hê of sy moes dood, hy't nie geweet nie maar dit was die twee goed in hom en dit het Ankervoet aan die kanodokter vertel en die dokter het dit vir Ludo vertel en hulle't besluit om te swyg.

Want Ludo het 'n slag weer met kos uitgery om dit teen die klip vir Snaartjie neer te sit en hy't homself kwalik geneem dat hy dit nie gereeld doen nie maar hy kook nie elke dag vars nie en soms begewe dinge hom net en kom hy nie weg van sy stoepie af nie.

En dis dieselfde oggend soos die Noodlot of die vliepiering dit wou hê dat die dokter ook uitroei en om die punt en aanhou tot by die reservaat. Soos 'n krokodil gly die kano die sloep in en dis daardie dag dat die vreemde teenstellende gevoelens van moord

aan die een kant en wellus aan die ander die kreefinspekteur op-
jaag en hy die reservaat inry.

By Ankervoet verby sonder om eers te groet maar beslis dat hy
sake op hierdie dag sal afhandel.

Dis een van daardie ongenaakbare warm dae aan die Weskus.

Oor die koue stroom wat opsleur van Antarktika het die wind
die nag gestoot en toe die oggend kom, was die wêreld binnens-
monds en dik van die mis.

Die mis doen iets aan jou vel, het Ludo nog gedink want jy bly
klam, en dit doen iets aan jou gehoor en klank trek snaaks, jy weet
nie of dit moeiliker trek of makliker nie. Als is gedemp. Jy sien net
drie tree voor jou. Jy is byna blind vir die wêreld.

Terwyl die mis teen die kus af lê kan jy op so 'n dag maar jou
motor neem en binneland toe ry en eers is die mis so dik jy moet
voel-voel ry en kort duskant Vredenburg of selfs eers as jy die dorp
deur is, breek jy uit die watte uit en is dit die blouste, oopste dag
denkbaar.

Agter jou, soos 'n hoop skaapwol wat pas afgeskeer is, dam die
misbank en jy kan nie glo dit steek hierdie helder, warm dag weg
nie, hierdie hoogsomer wat byna verblindend is dis so lig en so
oop. So karig is die landskap en so mooi.

Ludo het juis pas in die mis stilgehou digby die klip waar hy
altyd Snaartjie se kos los en toe hoor hy die geskreeu en hy het nie
die stem herken nie. Hy moes oor rotse klouter om nader te kom
en daar was die kreefinspekteur besig om met Snaartjie te stoei.

Ludo het oor die rotse gehink en begin roep ook skreeuend nou
en hy kon sien die ander skrouery kom van die kreefinspekteur en
dat Snaartjie stil aan die stoei was en toe ruk sy los en die kreef-
inspekteur gly en val en sy tel 'n klip op, 'n grote sodat Ludo
verbaas is oor haar krag, en sy lig dit bo haar kop en terwyl die
kreefinspekteur hande-viervoet orent kom, laat val sy en druk met
al haar krag en gooi die klip en dit vang die kreefinspekteur agter
die oor en dit knars neer op sy skedel.

Toe Ludo vir Snaartjie bereik, sien hy 'n beweging uit die hoek van sy oog en hy ruk om met sy kierie gereed en dit was die dokter wat nat soos 'n rob in die sloep uitstap met sy kano aan die hand.

Die dokter het neergesak by die man op die grond en sy hand op sy pols gehou en toe teen sy nek en hom toe probeer bybring. Soos 'n pop hop die kreefinspekteur se bolyf terwyl die dokter op sy hart spring met dubbele hande en al die krag van sy kano-bolyf. Maar hy gee naderhand gewonne en kyk vir Ludo en hy kyk vir Snaartjie en skud sy kop.

Hulle staan daar, die drie van hulle. Die lyk lê soos mense lê wat pas gesterf het: 'n Soort skande, die vernedering van net lyf wees; skeef en onbeholpe in sterfte. Kyk die hand, uitgedraai met palm na bo, vingers wat klaar verkil. Die naels word wit en dan, terwyl hulle kyk, ligblou.

Hulle kyk na mekaar en sonder om te praat smee hulle die pakt.

Elkeen het sy redes, sou Ludo agterna tob: Hy, Ludo, het gedag Snaartjie verdien nie om aandadig gehou te word vir die man se moord nie en miskien is dit 'n oordeelsfout en sien hy in Snaartjie 'n verdubbeling van die seun van Tweefontein, hy weet nie maar dis sy besluit.

En die dokter wat gereeld uitgespaan het na Snaartjie vir ontmoetings wil dit geheim hou en hy speel oop kaarte met Ludo wat hom gerusstel en beduie "Geen mens is sonder sonde nie" terwyl sy staan en kyk. Sonder dat hulle haar ken in die saak, skuif hulle die lyk uit in die sloep en oor die water en por en albei is halflyf in die golwe en hulle voel die stroom pluk en trek en toe is die saak uit hul hande.

Snaartjie het weggehardloop en die eerste keer dat Ludo haar weer gesien het, was die dag daarna toe die kreefinspekteur met die oë yskoud uitrol in Bekbaai se branders, toe Ankervoet opgekyk het na Snaartjie wat teen die bult staan en toe Ludo nie wou hê die ander mense wat daar saamgedrom en so opgehits was moes sien na wie kyk Ankervoet nie.

Elsabé en Doris kyk verstom na hom. Die sjampanje het warm geword in hul hande.

"Sluk," sê Ludo, en beduie na die glase. "Nou het ons krag nodig."

*

Die ure tussen hierdie twee insidente – toe die lyk uitwieg die see in en ingetrek word asof dit só bestem is en reeds geskryf is en toe die lyk uitrol soos 'n rob – het Ludo gedink: Hierdie dood is die tweede dood en dis nes die dood van die fietskind, weer eens, 'n dood sonder opset maar 'n dood met aandadigheid. En 'n versuim wat opsetloosheid laat groei tot skuld en later dink jy: Dis soos jy dit gewil het.

Hy't teruggedink aan sy eerste klimtol en sy pa se bruin hand wat dit uit sy broeksak haal nadat die John Deere-verkoopsman dit gegee het om agterna na Ludo die seuntjie te gaan en hy dink hoe sy hand uitgaan en die yo-yo by sy pa gryp en hoe dit in sy palm lê asof hy daarmee gebore was. Só het 'n lewe, dag Ludo, van onverantwoordelik speel begin, 'n lewe waar triek op triek gevolg het en als met die seëning van die vliepiering en die klein groen duiweltjies.

Dis hulle wat my op die slegte weg verlei het en my die breë weg laat inslaan het met die alte gewillige Opel en die borgskap van Coca-Cola en die opgekropte weduvrouens en die verslawing van konserthou.

Hy weet dat volgens die strafreg sy tref-en-trap by Tweefontein reeds verjaar het en dat hy voor geen hof gebring sal kan word vir die seuntjie se dood nie en daarom moet hy fantoomstraf prakseer en dis wat die Noodlot sal behaag: dat hy die dood van die kreef-inspekteur op hom neem en hierdie dorp só bevry.

Sy grootste sonde is dat sy beste trieks gekom het uit die dood van die kind; daarna het hy getriek soos nooit tevore nie.

"Verstaan julle dit?" pleit hy teenoor die Steyn-vroue.

Elsabé knik haar kop, maar Doris skud haar kop heftig heen en weer. "Néé," sê sy.

"Ja," antwoord haar ouma.

*

Was dit Ankervoet wat die stories oor Snaartjie aangeblaas het, nie uit giftigheid nie maar uit lompheid?

Dalk Dick Malgas, wat hom met als bemoei? Of Magdalena Maree, wat – so hoor Ludo – in die gastehuis se kombuis laat val het sy is bekommerd oor Eenslie en die jintoe?

Ludo dink: Dis Ankervoet. Ek is seker. En ek en die dokter het so mooi met hom gepraat daardie dag van die kreefinspekteur se dood. Stilbly is beter, Ankervoet. Maar Ankervoet is maar 'n ludo-speler en dit beteken dat die dobbelsteentjie vir hom enige kant toe rol.

Was ek verbaas hoe die mense kon omswaai, so moeiteloos en hoe hulle eers die kreefinspekteur as die grootste duiwel beskou het maar toe die wind draai, toe raak hy die arme slagoffer en dis byna of hy een van hulle is? Was ek verbaas?

Nee, ek was nie, want ek weet dat mense hul hande in enige skottel sal was, al is daar bloedwater in die skottel.

Hulle is opgejaag deur goedkoop wyn en dagga en ook natuur-lik weens daardie nuwe muskeljaatkat wat jag in hierdie mense se koppe: tik.

Om die honde op te kommandeer is nie moeilik nie. Dis op die beste van tye maar 'n klomp gefrustreerde diere, vir lang tye en in baie gevalle heeltyd aan kort kettings, in son en wind en sommige is ondervoed en nog meer is haweloos en dwalend.

Kry een voorhond, en laat hom snuif aan iets met die reuk van prooi ('n stringetjie ingerygde skulpe is genoeg, daar waar sy haar voorraad wegsteek, by die draai by The Lodge, in die stormwater-drein) en daar gaat jy.

Vat die hond maar reservaat-in en veldin en vat hom en almal

tros agterna, ernstige grootmense en ook niksnutte en ook die kin-
ders en die gangsters is by, en wie ook al op hierdie dag aan 't
dwale is, uit nuuskierigheid of weens opgekropte woedes en angste
wat nie naam het nie, hulle val in.

Wie ook al 'n prooi nodig het – hulle peul uit die huisies en keer
was daar nie meer nie.

En uit die gegoede gemeenskap ook kom die voorbokke: die gas-
tehuiseienaar wat altyd met sy bure aan 't stoeie is, die bouer met
die bakkie waarvan die uitlaatpyp rook, die afgetredene wat sy dae
verwyl met lees en skinder en lang ente stap na, reg geraai, die vuur-
toring en verder, wanneer niemand kyk nie, Tietiesbaai se duine.

Ludo en die Steyns, nes hy nou ook lamgeslaan, het voor sy
huisie gesit en die speurder afgewag en ver weg kon hulle fluite
hoor en honde wat blaftjank en daar was iets anders in die lug,
'n trilling of 'n stowwerige mistigheid wat van ver die binneland
inwaai. Dalk het hulle geploeg in Malmesbury se rigting, Ludo
weet nie, maar die see het baie buie en al sekerte is dat hy na jou
bly aankom.

Hy het gevra, "Elsabé, hou my hand vas," en gedink dis dalk
weer 'n visitasie want iets groots gaan met hom gebeur en dis on-
afwendbaar dat die vliepiering inkom maar dit was die gemor van
baie stemme wat hy gehoor het, daar uit die bietouwêreld waar
hulle die sandveld aan die fynkam was.

Maar Doris het haar ondervraging weer begin voer: Dink hy nie
hy het deur die jare in sy gemoed genoeg geboet vir die bloedkol
by Tweefontein nie?

Dink hy nou regtig 'n magistraat gaan hom glo dat hy die kind
by Tweefontein aspris doodgery het?

Dink hy 'n magistraat gaan hom glo dat hý van alle mense die
kreefinspekteur doodgeslaan het, dalk met die klimtol of daardie
oumanskierie?

Doris die leeuin op volspoed: "Get a life, Ludo!" roep sy uit.

Ja goed, 'n misdaad, die wegjaag van die ongelukstoneel in die
jare sestig, het teen hierdie jaar van Onse Here verjaar.

"Ja, Doris."

En Elsabé vra: "Nou ek vra jou weer: Wie gaan vir jou glo dat jy die kreefinspekteur doodgeslaan het en waarom tog op Gods aarde?"

"Jy weet hoe ek die mense se kant gevat het teen die viskwotas en hoe kwaad ek was oor die kreefseisoen en die bestaansvissers se desperaatheid en daardie man het als . . ."

"En jy meen dis genoeg rede vir mense om te glo dat jy hom sou vermoor . . .?"

"Ek het my humeur verloor. Meeste moorde kom voort uit 'n soort onwaarskynlikheid. Dis hoekom 'n gesoute speurder kyk daar waar niemand anders sal kyk nie. So 'n speurder glo in die onwaarskynlikheid. Die onwaarskynlike is sy katkisasie."

Doris staan op en snou na hom: "Dit klink of jy daardie sinnetjies uit jou kop geleer het," en gryp die stange van haar ouma se rolstoel en stoot haar ouma heen en weer en met 'n draai en terug, asof sy nie nou sonder haar ouma kan nie en hulle is een, die twee Steyn-vroue, die parmantige energie en die ingevoude verslaentheid nou en niks meer van die Elsabé-bravade nie.

*

Hulle sit, verlam deur wat hulle bespreek het. Later word dit donker en die speurder daag eers laat op. Hy was by 'n opwekkingsdiens en hy is 'n ouderling en 'n gelowige man en soos als is Ludo se arrestasie 'n saak van gebed.

Die twee Steyn-vroue wag die speurder bestraffend in asof hy die kwaaddoener is, maar in die agterhoede staan Ludo en hy het sy ou yo-yo in sy hand maar speel hom nie want die nuwe tye het hom van sy talent beroof en dis sy tyd om te boet.

Sy een misdaad het verjaar en hy moes 'n nuwe misdaad vind.

So help my God.

Om te boet aan die hand van hierdie speurder. Hy is 'n steunende man wat ruik na wederdopertent en bokkoms en die sweet van 'n klein karretjie sonder lugverkoeling. Hy is oorgewig en dra aan hom die geur van dooies en oortredings. Hy het eintlik ál sy arrestasies tesame geword en vandaar sy tydsame skeptisisme, sy byna onbeholpe ondervraging. Hoe hy uitstap met sy selfoon teen die oor om raad te vra terwyl Elsabé nou woedend voor Ludo in haar stoel sit en Doris arms gevou oor die baai uitstaar, nukkerig en bot.

Ludo is lam ter slagting en in sy hand het die klimtol lank reeds gesterf. Hy dra hom in die palm en dis soos 'n laaste handdruk. Hy meen sy regterhand sterf ook en aan sy linkersy tril daardie hand soos 'n vissie wat uitgetrek word en op die skuitbodem ril.

En toe kom die speurder terug. Iets opgelugs aan hom en hy lyk of hy goeie tyding bring. Ludo dag, maar hoor jy nie die gemor daar agter nie. Dis 'n vreemde trilling in die lug en dis asof iets opbou en ek weet hulle sê voor 'n aardbewing kom, weet honde dit en hulle voel dit aan en hulle hoor iets wat nie klank is nie maar hul lywe weet. Dis soos grand mal waar die lyer lank voor die tyd die geur kry en 'n reuk begin uitsweet.

"Hoor jy dit nie?" blits Doris na die speurder. Sy hou haar hand op. Honde blaftjank en daar is die vreemde geluid.

"Ek het met die kantoor gepraat," sê die speurder onverstoord. Hy maak of hy haar nie hoor nie. Dalk is hy so gebrei deur jare op die spoor van misdadigers dat hy nie meer ingestel is op dinge nie. Of dalk kan hy taai van arrestasies staande bly wanneer die aarde begin beef.

"Hulle sê die kanodoktertjie het 'n verklaring kom aflê dat Snaartjie die jintoe hom in sy spreekkamer kom sien het met 'n infeksie wat sy opgetel het. Toe't sy gebieg dis sý wat die kreef-inspekteur doodgeslaan en hom die see ingestoot het."

Die speurder kyk na Ludo, en hy kyk met die blik van 'n man wat tevrede is. Ludo hoor die slag van die kind se lyf en sy fiets teen die Opel en hy hou stil. Bloed vars uit 'n lyf wat oopgebars het weens impak ruik nes 'n slaghuis. Vir dekades al loop hy met die geur van rou vleis in sy neus en dis hoekom hy hier teen die see kom bly het, die soutwind in die sinusse is al wat daardie reuk uit hom uit kan waai, en dis dié dat hy op sy stoepie sit in wind en weer en hy soek die wind op want hy waai waar hy wil en hy waai skoon.

Hy dink natuurlik ook baie aan Eenslie Maree, die dorp se trots, en aan hom wil Ludo sê watter straf die Vloot ook al oplê oor jou rol die dag van pastoor Leke se dood, aandadig sal jy altyd voel en dalk sit jy ook eendag nes ek hier oor die see en tuur en besef: Die spelery is deur één groot ding onderbreek.

Die speurder vee met die rugkant van sy hand die sweet van sy gesig af. "Hulle sê by die kantoor oom Ludo het met die ding begin jare gelede met Ankervoet se ongeluk in Velddrif se hawe toe sy voet gehaak het en hy saam met die ankerketting af is bodem toe en hy asem verloor het. Toe't oom Ludo glo al vorentoe gekom en gesê dis oom se skuld want oom was ook op dek en oom wou boet."

Elsabé swaai haar rolstoel om en Doris kyk met vlamoë na Ludo.

"En toe was die tweede keer nie lank daarna nie die man met die mes in sy rug wat hulle daar gekry het by daardie regopstaanklip waar die slange heen gaan om te sterwe. Toe kom oom Ludo ook totaal deur die wind daar aanmeld by die speurders en sê oom is jammer, oom het sy humeur verloor en voor oom geweet het wat gebeur, lê die man dood daar voor oom. Oom het hom in die sementdammetjie afgestoot daar by die klip."

Die speurder kyk na Ludo en die speurder versit sy gewig na sy ander voet. Ludo se linkerarm is nou lam en dis asof hy net een arm het en dis die een waaraan die regterhand hang met binne-in hom die dooie triekbal.

"Oom se bekentenisse hou nie water nie. Ons het baie van hulle op lêer."

Alles is vir my verby en ek sal nooit vergifnis kry nie en straf ontwyk my en dis die grootste straf denkbaar.

*

Eenslie Maree het sy maters opgekommandeer.

In die Monza met die berookte ruite jaag hulle oor die grondpad na Tietiesbaai. Daar deur die veld sien hulle in die lig van lanterns en flitsligte die soom mense en honde. Hulle vorm 'n linie soos brandslaners of wanneer 'n rooijakkals uitgerook en doodgejag moet word.

Die kar skuur in by die Cape Columbine-vuurtoring se jaart en Eenslie boender almal uit en hy hol die toring op en oral oor die jaart. Uiteindelik kry hy die opsigter wat met verdwaasde blou oë stom na hom staar.

Hulle stamp die opsigter rond, waar is die jintoe, waar is die jintoe, maar die man kan van alleenbly skaars praat. Hulle hoor honde blaftjank. Dan boender hulle weer die kar in en die deure klap. Hulle skuif skuins oor die gruis by die hekke uit en swaai terug in die grondpad Tietiesbaai toe.

Hulle jaag en soms skuif die Monza so kwaai om die draaie dat Eenslie vrees hier kom 'n groot ongeluk. By Tietiesbaai hardloop hulle deur sloepe en tot op die rand van die rotsplate waar die nagsee slaan. Hulle roep maar daar is niks behalwe die donkerte en die skuim van die Benguela nie.

Dan jaag hulle terug en by die voorpunt van die soekgeselskap hou hulle stil. Eenslie spring uit. "Is julle dan mal!" roep hy en hy is verras wie daar almal is, mense van wie hy dit nie sou verwag nie.

"Is julle dan mal!" maar hulle beweeg aan en die honde maal om hom en hy skop na hulle en dan is hy terug in die kar.

'n Ent verder staan Dick Malgas se bakkie. Die Monza swaai tot stilstand sodat gruis teen die bakkie spat. Dick sit bewegingloos en sy polshorlosie blink in die lig.

Eenslie spring uit die kar en hardloop na hom toe.

"Oom Dick!"

Dick Malgas skud sy kop. Sy hand, dik en krom, sit voor sy mond.

"Oom . . ."

Nee, skud Dick Malgas sy kop.

"Here Jesus, kan jy dan niks verhoed nie," bid Eenslie Maree en spring terug in die Monza. Hulle gee vet Abdolsbaai toe waar hulle op die stuk sand waar die bote uitgetrek word in groot sirkels ry sodat die kar se ligte halfmane trek, maar daar is geen teken van Snaartjie Windvogel nie.

Dan vat hy self die stuurwiel.

"Gee vir my."

Toe hulle van die gruispad afklim en die gladde teer by Paternoster se eerste buurt weer onder die kar se maag is, staan die vlootpolisie se bakkie dwars in die pad. Die twee vlootpolisiemanne wag met gevoude arms. Eenslie weet die vonnis is dus gevel en hy't skoon vergeet van die verhoordatum oor die drama rondom Snaartjie en hulle het hom dus kom haal.

Hy hou stil en lê met sy voorkop op die stuurwiel en hy klim uit en hou sy hande in die lug.

Hy stap na hulle en agter hom hoor hy die stem van een van sy makkers: "Kan hy 'n bottel brandy saamvat detensie toe?"

*

Snaartjie lê in haar knus nes onder die hangkrans in die natuurreservaat toe sy die blaftjank van 'n trop honde hoor. Sy verbeel haar sy hoor ook stemme en dan sien sy flitse wat bons oor die donker veld. Iets wat lyk nes 'n fakkel.

Sy hoor haar naam.

Sy weet dit waaroor sy al jare wonder nou vir seker. Sy weet nou dat haar ma dit ook weet. Sy het dit uit hul kort telefoongesprek afgelei – Piet Windvogel het met die smokkelaars van die suikerhuisie by De Doorns se plakkerskamp, Stofland, gaan praat. Hy't haar gaan verkoop. Toe sy teen die pad sit en viool speel het die lang manne presies geweet wat hulle gaan kry.

'n She-boy.

Woodstock toe, Main Road toe, Groenpunt toe, Voortrekker-
weg toe, oral toe.

Haar en haar ma se geheim, so suutjies en sorgvuldig bewaar
sedert haar geboorte. Die vroedvrou is destyds tot stilte gesweer
en sy's al lankal graf toe.

"Jy's tussenin, my kind," het haar ma gesê. En wanneer die
skooldokter kom, was sy soek. Wanneer die ander kinders in die
Bobbejaanspoele gaan swem het, het sy weggedwaal.

Dit was haar geheim, en haar ma se geheim.

Sy sorg dat sy gou by die see kom. Sy strompel deur die vlak-
water waar sy weet die honde nie haar spoor sal vat nie.

Gelukkig smoor die golwe en die wind haar bene se gedruis deur
die water. Daar hang 'n seebamboesreuk in die lug en dit sal die
honde ook verwar.

Sy werk terug Paternoster toe. Die dorp is 'n streep liggies ver
in die nag nes die diamanthalssnoer wat sy onthou Miss Edelweiss
gedra het teen haar swart rok die aand van die eisteddfod.

Sy nael oor Abdolsbaai se ooptes. Alhoewel sy die voetpaadjies
ken en elke rots wat hier dwars lê, trap sy haar voet stukkend maar
sy hou vol.

Op spoed sal min mans haar kan vang. Maar sy vrees die honde
en dalk kom hulle met karre hier in. Dalk jaag hulle haar oor die
sandplaat met daardie jagligte wat die gangsterkarre van Louw-
ville op die bumper dra.

Sy nael deur Bekbaai en kan nie verhelp dat 'n paar vakansie-
gangers wat sit en braai vinnig en verbaas na haar kyk nie. Kort
agter haar hoor sy 'n blaftjank. Sy kyk oor haar skouer. Dis die
Husky, die sleehond met die geel oë. Daar voor digby Blikkie lê die
kraghuisie. Sy oorweeg dit vir 'n oomblik om na Ludo se huis te
gaan, maar sy besluit daarteen. Die hond haal haar in. Sy bereik
die kraghuisie uitasem en sy weet hier binne sal hulle nie soek nie,
miskien binne die omheining maar nie binne-in nie want daar is die
doodsbeendere wat waarsku. Sy kan haar nie nou oor die gevaar
kommer nie want sy hoor karre se enjins rev en hulle kom nader.

Die maan hang oor die silwer see toe sy terugkyk. Sy kruip deur die gat in die draad en die hond blaftjank hier by haar. Sy ruik pie-pie en die tikkinders was weer hier, dis vars pie bo-oor die ou pis en dalk flous dit die honde.

Sy kruip onderdeur die draad, by die doodsbeendere verby.

Sy ruk en pluk aan die deur en skop. Sy kry 'n stuk ysterpaal wat een van die bendelede daar vergeet het en slaan die slot stukkend.

Sy trek die deur oop en in die straatlig vee sy die blink spinne-rakke weg.

Sy gril en kyk na die vreemde drade binne, die snaakse hompe en vorms, iets soos 'n alien, dink sy, 'n gedierte uit die sterrehemel wat kom sit het en nou hier skuil.

Sy wil hier in die donker gleuf wegkruip vir daardie dronk, roe-pende stemme en sy kan nie meer nie en sy is gedaan.

Die hond is op haar. Harerig en kwaai. Sy steek haar hand uit om vashouplek te kry.

*

Dick Malgas se bakkie kom stamperig en raserig sommer oor die randsteen en dan oor die rowwe lap sandveld hier tussen die straat en Kliprug se eerste huise gejaag. Doris het gehoor hierdie stuk veld behoort aan die Klipruggemeenskap en dat sommige van hulle geld kollekteer om daar 'n saaltjie te bou waarin hulle in Afrikaans kan kerk hou omdat die kerkie anderkant die skool sake in Engels doen. Toe Dick se kopligte en die soeklig op die voorbuffer op die samedromming van mense en honde om die Eskom-kraghuisie val, skakel hy sy ligte af.

Binne-in die bakkie hop sy donker vorm soos hy oor die bossies bons. Die inkopiesakke wat in die maanlig spokerig aan die swart bossies klou jaag hy flenters. Toe hy by Doris en haar ouma verby-kom, plof 'n leë bottel stukkend onder die voorwiel.

Doris ken die gesig en die bakkie. Ludo het een middag voor sy huisie net met die vinger gewys en gegrom: "Daar ry Dick Malgas."

Ludo kan 'n kort sin só laai dat jy dadelik als verstaan, of ten minste die ergste vermoed, en sy hét.

Ligloop vir Dick Malgas.

Die manier waarop Dick nou oor die bossies jaag terwyl kinders en honde voor die bakkie wegspat, beaam Ludo se stemtoon.

Doris en Elsabé het met 'n gesukkel oor die randsteen gekom en eers wou sy haar ouma net daar op die teer los maar nou ploeter hulle deur die dik sand. Terwyl Doris die rolstoel voor haar uitstoot en skel op die los sand, hits Elsabé haar aan om nog vinniger te stoot. Haar ouma se asem jaag asof sy self deur die sand moet trap.

Nadat hulle die geraas by die kraghuisie vanuit Ludo se huis gehoor het, het sy en haar ouma met 'n drafstap om die draai van Blikkie tot hier gekom. Die speurder het by hulle verbygehardloop en in sy kar gespring en vooruit gejaag. Ludo se huisie het met oop deur net so bly staan en hy het net sy kierie gegryp en hy is 'n ent vooruit.

Doris sien die maan blink op sy kop en hoedat hy mense wegpluk voor hom en sukkel om te kyk wat almal so laat saamdrom. Doris is bang een van die mal honde wat so maal gaan vir haar ouma maar Elsabé dring daarop aan dat hulle tot by die groot kring mense gaan.

In haar kort tydjie op die dorp het Doris al 'n paar gesigte leer ken. Daar is die vuurtoringoppasser wie se blou oë vanaand swart lyk toe sy en haar ouma by hom verbysukkel. Sy herken hom aan sy krom, skaam skouers. Sy't een middag in Tietiesbaai gaan ry en die man het daar by die vuurtoring weggekoes toe sy deur die hek gekom het. Maar sy was net betyds om sy oë te sien. Nou dra hy 'n dik baadjie met 'n hoodie laag oor sy gesig getrek.

Daar is die speurder en aangebons oor die kalkklippe kom die twee polisiebakkies wat sy vroeër in die dorp sien rondjaag het met hul noodflikkerligte aan. Die gastehuiseienaar met die blink Mercedes. Die kreefverkopers wat sy altyd onder op die plaat by hul skuite sien. Die duur huise se eienaars en selfs die dokter ook.

Sy MG staan daar anderkant binne sig in die straat geparkeer. Die maanlig blink op sy bril.

Kinders wat aan die jagtog meegedoen het staan uitasem en verskrik oor die groot donkerte wat oor die dorp gekom het en die reuk wat hier hang en die stories oor die sproeireën van vonke wat nou reeds van mond tot mond aangegee word.

"Guy Fawkes!" roep 'n seuntjie uit en sy maatjie stamp aan hom.

Die honde ruk aan hul kettings en dié wat los is, maal om die omheining van die kraghuis. Hulle tjankblaf en deur die rook sien Doris hoedat Ludo deur die mense druk. Hy verdwyn buite sig en kom na 'n ruk skreeuend weer uitgestrompel. Hy swaai met sy kierie en begin die mense terugdruk.

Doris dink aan die stadsplein in Kaïro. Dis die fakkels wat mense daaragter vashou wat haar daaraan laat dink. Die brandstink. Hoe gou kan dinge hand uitruk, onthou sy.

Wild swaai Ludo met sy kierie en 'n oomblik verloor hy sy houvas op die yo-yo en dit skiet uit in wat 'n triek kon wees. Die lyn span styf en wit in die donkerte en die klimtol flits ver bo sy kop. Maar hy ruk dit terug na sy hand, draai om en slaan 'n hond oor die blaaie. Sy ken hom nie so nie. Maar hy skreeu almal tru van die draadomheining en trek met sy kierie 'n streep om die kraghuisie.

Komieklik hink hy om die omheining. "Terug! Terug!" skree hy. Selfs die polisiemanne tree agtertoe. Dis te donker om die kierie se streep in die sand te sien, maar Ludo is ontsteld genoeg om almal agter die verbeelde sperstreep te hou.

Dis die reuk wat die donker nog donkerder maak. Bekbaai se huise glim wit in die maanlig. Sonder straatlig en sonder die vuurtoring se soeklig wat vanaf die bult Kaap se kant toe uitswaai, word die huise wit en skyn hul mure. Hier en daar kan jy al kerse op vensterbanke sien aangaan, en oranje braaivure flikker by sommige huise.

Doris kyk na haar ouma in die rolstoel hier voor haar. Haar ouma sit verslae en Ludo staan met sy kierie wat nou hang aan sy hand en almal kyk na die gat in die draadheining en die smeulende deur waarop skedelbeendere was met *Gevaar Ingozi Danger* daarop gestensil. Die deur staan skeef aan sy skarniere en die speurder buk deur die gat.

Mense swyg. Die rook is dik en dit lyk of hy eers staan om asem te skep. Dan loer hy, gebukkend, terwyl selfs die honde stil raak en mense hand voor die gesig staan om die reuk en die skok weg te hou. Hy staan dieper by die kraghuisie se deur in.

Hy draai om en kyk vir Ludo. Lank staan hulle so.

Dan skud die speurder net sy kop en wink na die polisiemanne wat uit die vangwaens geklim het. Die speurder kom deur die draad terug en gaan buk met sy hande op sy knieë en begin in die swart bietoubos voor hom opbring. Die maan vang die eerste blerts wat blink uit sy maag skiet en oor die bos uitval.

Dick Malgas klim terug in sy bakkie. Iemand roep hom nog agterna, maar hy steur hom nie daaraan nie. Die enjin brul verby die kraghuisie, Kliprug se kant toe.

En Doris onthou wat hy in Kaïro aan haar gesê het toe sy een oggend gestaan en oefen het: "The curse of the yo-yo."

*

Soos 'n verrukking kom die piering.

Dit kom sit op die plaat blink see by Voorstrand hier onder sy huis. Dis vaartbelyn en silwer, dit ontleen sy kleur aan die plaat seewater as jy wes kyk, en die Melkweg se skittering en die maan ook, dis uit daardie lig en water dat die tuig gekerf is.

Dis wonderbaarlik en hy het dit volbring.

Kliprug se honde raak stil uit eerbied en kerse gaan dood en die dorp se krag doof uit.

Hy was nooit 'n engel nie en hy het hom as godsoeker voorgedoen. Sommige sal dit as sonde bestempel. Maar vir hom is dit net deel van die rooi skynsel van briekligte op die dinge agter hom, die weduwees se gesigte wanneer hy uitstap en die verslae fabriekswerkers die dag toe hy die deure sluit. Die vleishond wat draai in die weir in die water van Kommandodrif.

Hy is dit alles.

Agter hom lê sy huisie met als wat daarin is, hy los als soos 'n slang wat vervel. Hy moet uit want dis hanekraai vir hom.

Dit het opgehoop tot nou, van sy pa wat die John Deere-verkoopsman se yo-yo uit sy kakiebroek se sak haal, die eisteddfods en sy regterarm wat hy uit die fontein lig en die vel is van sy hand en arm gestroop. Die dag toe hy by Arbeid bedank en die koppie uitgehardloop het, hemploos met die wind in sy blaaie.

Agter hom, als, die baljuwerk en die vrou met die groot, orent tepel by die baba se nat mond en die vistenk in Welgemoed. Die kanodokter se tydsame roeihale, Eenslie Maree en die vuurhoepel, Snaartjie Windvogel wat onder die skuit uitkruip op haar eerste môre. Die sneeumodder van Switserland en die kruitwaters van Baden met Elsabé wat wieg in sy arms en oplaas na haar asem snak.

'n Spekskieter sou dit nie anders vertel het nie. Dit is als daar, ágter hom.

Die kraghuisie het in vonke uitgeslaan daardie nag toe Snaartjie soos 'n dier gejag is en dit was die einde van als.

Die aand was windstil en die see was silwer so glad soos die binnekant van 'n perlemoenskulp.

Hy kon die romantiek daarin sien. Dit was die aard van die omgewing en dis 'n lap grond wat vrygewig is met mites en romantiek. Maar vir hom is sentiment 'n vorm van vrees en hy het dit al gesê en hy sê dit weer.

Die maan streep oor die water en stories loop agterna soos harders en die storie is dat 'n vliet skaduwee by die huisie se draad deur is daar waar die kinders die sif weggebuig het en die gat gemaak het om deur te kruip en te tik. Net daar skuif die skadu deur en toe uitasem tot in die kraghuisie en tóé.

Toe slaan die hoofskakelaar by Langebaan vas en van Saldanha oor die hele plaat aarde tot by Vredenburg en St. Helenabaai en verder noord word dit donker en honde begin blaf en vuurhoutjies skraap om lampe aan te steek.

Mense kom na buite en staan voor hul huise en snuif die aand-lug.

Die gangsters skakel hul karre se base-boomers af en by Gaatjie en by Voorstrandt hoor Ludo later, en ook by The Lodge en The Noisy Oyster en by baie huise waar mense aangesit het vir ete, voel hulle skielik naar.

Dalk was dit die skielike donkerte.

Jy kon brandende hoendervere ruik of dit was soos 'n kers wat in 'n piering platgesmelt het en waarvan die snuf uit is, dit was die reuk wat versprei het en die honde het heelnag bly blaf en dit was hel.

Die geur oor die dorp was die stank van 'n jongmens, skaars 'n kind, wat in vonke opgegaan het en só is uiteindelik besluit toe die soekgeselskap opdam voor die kraghuisie en flitse se ligte bons deur die deuropening op die masjinerie daarbinne. Die flitsligte dans oor die iets wat daar hang nes 'n dooie swart spreeu in 'n vye-boom, so hoor hy agterna.

Toe die rook bedaar: Jy kon nie meer sien dis mens nie.

"Gekruisig hang," is die term wat Ludo agterna gehoor het en dit het niksvermoedend gebeur en dit was 'n maanligaand op Pater-noster.

Mensverbrand is stink verbrand, en as jy dink 'n bokkom oor die kole stink, moes jy die reuk ruik waarmee hierdie verhaal tot 'n einde gekom het, suiker ten spyt.

Later was daar stories dat die nagstuurmanne op skepe wat in die koue Benguela aan 't verbyvaar was gedag het dis 'n groot ont-ploffing, 'n ammunisiefabriek of petrolopslagplek.

Op een passasierskip – dit was die *Atlantic Castle* op die oop see maar nie te ver van die land nie – op daardie drywende lig-kasteel het gaste selfs opgehou dans en uit die danssaal op die dek uitbeweeg in hul pelse en smoking jackets en hul glase gelig na die sproeireën van lig op die Afrikakus.

Hulle kon die sproeivonke op Paternoster van die dek af sien en het "hoera!" geskree.

En die skeepsorkes het weer begin speel.

Toe die omgewing se krag later die nag herstel is, het die Cape Columbine-vuurtoring sy ligstraal oor die donker see en die sand uitgeswaai.

Dit is soos dit was en hoe Ludo als gesien het en hy dink: Hierdie is my getuienis.

Die vuurtoring se ligstraal is 'n vermaning, dis 'n verwyt.

Teenoor 'n dorp so geboei deur sy eie skoonheid dat hy sy eie vuurtoring nie glo nie.

Dis die dorp waarin hy, Ludo, woon. Dis die dorp waarin Elsabé voor hom sit en sê: "Jy kon haar gered het. Dis die derde kind op jou gewete."

"Derde?"

"Anna."

Toe draai sy haar rolstoel om.

En hy't geweet: Dis verby.

*

Hy neem net sy klimtol en kierie saam en die klimtol sit in sy hand, vasgegroei, jy sal 'n mes moet vat as jy die speelding uit sy vel wil lossny.

In die lang kas met die ou visstok en die besems en die dakrak staan, stowwerig en verflenter met sy rug na die muur, die kartonman. Sy gelaat is deels afgeskilfer en daar is happe waar die een voet deur muise gevreet is. Maar die glimlag blink verby spinnerakke en die drolletjies van insekte. Hy kon die man nog nooit weggooi nie, jare lank al karwei hy die dun man met hom saam.

Hy sit hom onder sy arm. Kom mee, dink hy.

Agter hom lê die naamlose kind en die bloed word nou van die teerpad by Tweefontein afgewas. Hy vat sy klimtol en hy neem sy kierie en die dinge is vertroud in sy hande, hy is hy en hy stap uit na die vliepiering met die dun man onder sy vlerk. Hy stap van sy stoepie af oor die stukkie grond en onkruid na die kurktrekkerpaadjie af strand toe.

Hy sak af, steunend oor los sand en onkruid wat by die paadjie ingroei, en dan is hy by die graffitiklippe en by Gaatjie, met eetgaste wat op die stoepie in die donker staan en na hom kyk terwyl hy stadig met sy kierie stap. Hy ruik die see en die Benguela en die vroegaandmis.

Hy loop tot teen die water en hy het geloof en hy is ligvoets. Die biegtery is agter hom en sy voetsole sink net effe in die water. Dis soos 'n sagte tapyt. Bo-op die water loop Ludo Loeloeraai na die silwer vlieskip op die water en voor huise en restaurante staan mense en kyk na die ou man met die silwer kop wat uitstap na die vliepiering.

"Elsabé," sê hy. "Die wind is daar om gedrink te word."

Die deurtjie suis oop en hy bly stap want afstand bestaan nie meer nie en hy weet hy kan vlie en hy kan speel, dit is 'n konsert en jy moet jou laaste triek vooraf metodies beplan. Jy moet die regte tyd afwag want als is tydsberekening en ratsheid en die palm moet op sy slimste wees en dan moet jy hom gooi asof niks anders bestaan nie.

Net dán, en nooit anders nie, is jou gooi die naam *triek* werd.

*

Hulle het sy hare afgeskeer totdat sy kop blink. Sy horlosie en selfoon geneem en sy kleingeld moes hy ook in 'n boksie gooi en teken dat dit sy goed is wat in bewaring gehou word totdat sy detensie verby is.

As hy kon, het hy sy naam en die rang wat hy gehad het en ook Snaartjie Windvogel se naam in die boksie gegooi.

Die sel is klein. Hy staan met sy bors teen die muur en sy neuspunt druk teen die koue baksteen. Hy wil homself mak maak vir die noute. Agter hom die wasbakkie met stomp kraan, die toilet, die bedjie.

'n PO dryf hulle in detensie deur hul oefeninge. Hy noem hulle "rowers". Daglig is die klein stukkie blou bo en jy moet opstote doen en star jumps, jy moet vaartoefeninge doen, jy moet met jou backpack en stewels op een plek looppas vir ure.

"Julle dink mos dis speletjies!" Die PO is kort en fris met 'n anker op sy arm en hy knak sy kneukels terwyl hy praat. Hy maak hulle werk soos 'n masjien.

Daar waar jou staanplek op die sementplaat tussen hoë mure is, wag jou soutkol. As jy aantree, staan jy op jou eie soutkol en bo-op dit sweet jy jou straf weer uit.

Snags gaan die kaal gloeilampie teen die dak nooit af nie. Net een nag was dit skielik donker en toe gryp paniek hom. Hy was nog nooit een vir klein ruimtes nie. Maar hier in die klein sel moet hy teen malheid baklei. Hy moet sy asemhaling probeer beheer en hy wil skree van die vasgedruktheid.

Dis waarom hy nie duikbote toe is nie. Die noutevrees.

En toe die lig die nag afgaan en ook die skynsel teen die detensie-barakmure verdof, het hy geweet dis ver donker. Deeglik donker. Dit was asof hy in 'n gat toegegooi is.

Eenslie kan nie asem kry nie want hy kan sy hand nie voor hom sien nie. Hy't sy hand gebyt tot hy bloed proe om nie te skree nie.

Toe, met 'n groot sug, skop die basis se generator in en kry stadig spoed en ligte flikker eers en blits toe aan.

Die volgende oggend, in die spieël, is hy gehawend en maer. Sy wange is ingevalle.

Uitgevat, en gereed vir die tyding, het hy agterna gedink nadat die PO gewag het net totdat hulle deur die eerste vlaag oefeninge is en hulle besig is met star jumps. Toe skreeu die PO aan hom: "En rower Maree, jy moet maar weet daai jintoetjie van jou van Paternoster is gisteraand deur Eskom uitgehaal. Kaiings!"

Hy sak op sy hurke terwyl die ander met wye arms en bene wyd spring, en weer afgaan op die hurke en weer spring.

Hy kyk na sy soutkol en die vars druppels.

"Kaiings!"

Toe hy bly sit: "Spring! Spring!" By sy oor. Die bulderende PO.

TRIEK TWAALF
Die Marlene

Die Marlene is vir gevorderde spelers. Hou jou rug styf en wees gereed vir die onvoorspelbare. Sorg dat die klimtol se tou baie lig aan jou vinger sit. Hou die klimtol lossies in jou hand, maar darem só dat jy beheer behou. Nou begin jy met die Texas cowboy en jy gee spronge om jou bene uit die tou se pad te hou. Beweeg heen en weer op die verhoog, so vinnig as wat jy kan. Ruk die klimtol boontoe en laat hom by jou hand verbyskiet. Balans is belangrik. Die middelvinger van jou linkerhand skiet vanaf sy duim die tou los van die regterhand se middelvinger nes die klimtol opkom en die momentum neem jou klimtol dak toe. Die toutjie dans agterna. Op en op! Dak toe. Dit sal die gehoor verras. Maar wat hierdie triek anders maak as al die ander, is dat die Marlene nie voorskryf hoe om die klimtol terug in jou hand te kry nie. Y.o.y.o.

Die wind ruk haar wangvleise. Snaartjie Windvogel sit agterop 'n bakkie wat op die N1 noord voortsnel. Die enjin raas en die ou bakkie skud. Sy kyk agtertoe. Sy kyk hoe die Du Toitskloofberge agter die bakkie wegskuif.

Op Paternoster het hulle honde losgemaak om haar te help vang. Van Bekbaai en Voorstrand het honde bygekom. Dis diere wat heeljaar vas staan aan kettings. Hulle het 'n liederlike trop gevorm en 'n voorbok was die Husky van Bekbaai wat in die hitte van Afrika en ingeperk in 'n gastehuis se agterjaart benoud en kwaai geword het.

Sy kon toe sy oor die strand hol met die see wat links van haar druis die honde hoor aankom, aangehits deur die soekgeselskap. Sy't die draadheining om die kragkampie net betyds gehaal voordat die Husky haar skraap. Ver weg kon sy die soekgeselskap se stemme hoor en flitsligte sien bons oor die ronde klippe anderkant Bekbaai. Sy is deur die gat en by die kraghuisie in. Maar die Husky het ook deurgekruip en sy hare en gespierde lyf was grillerig teen haar onderbene en hy't gehap na haar en haar gestamp. Toe sy die kraghuisie instrompel, het hy voor haar beland en die volgende oomblik skiet lig en vonke en 'n blou vlam deur die Husky se lyf.

Sy is agtertoe gegooi, teen die ogiesdraad. Sy was 'n ruk uit, dink sy, maar toe kon sy oor die stuk veld tussen die kraghuisie en Kliprug wegkruip. Agter Blikkie en die skool verby. Die reuk van die verkoolde Husky het die ander honde rasend gemaak en gelok. Sy kon wegkruip terwyl die soekgeselskap skreeuend om die rokende kraghuisie opdam en honde tjankend daar draai. Sy't opgestaan en weggestruikel. Skuins gesny oor die vlakte en gedag sy't weggekom.

Maar opeens val 'n voertuig se ligte op haar. Sy val plat, maar dis te laat. Die lang manne. Hulle's hier! 'n Sterk arm pluk haar van die grond af orent. Maar dis nie die lang manne nie. Dis Dick Malgas.

"Kom, jintoetjie." Sy ruik sweet en whisky.

Hy boender haar by sy bakkie in. Nou neem hy my na die lang manne toe, dink sy. Of terug na die kraghuisie.

"Lê plat. Plát!"

Hulle jaag die dorp uit en toe sy donkerte om hulle sien, sit sy regop. Sy sal hom gee wat hy nodig het. Sy kyk na hom, maar hy kyk nie terug nie. Sy hand is oor sy mond en hulle jaag die bulte oor na Vredenburg.

Digby die dorp druk hy haar weer plat. "Lê."

Sy sien die straatligte bokant haar verbyflits. Kolle lig waardeur hulle ry. Hy hou reguit aan. Deur die dorp.

'n Ent anderkant Vredenburg ry hy stadiger. Hy hou stil. Hier kom dit nou, dink Snaartjie.

"Sit regop. Hier." Hy stop 'n blikkie cream soda in haar hand. Hy kyk op na haar. "So loop die pad. Só." Hy wys vorentoe.

"Reguit," sê Snaartjie.

"Reguit," beaam Dick Malgas.

Dan leun hy oor en maak die deur by haar oop. "Toe."

Sy klim uit en kyk hoe hy die deur weer toetrek, die enjin rev, omdraai en terugjaag Vredenburg toe. Die bakkieligte wip oor die hobbels in die teerpad.

Sy kyk op, kyk na haar hande. Sy ruik aan haar vel. Dit ruik na swawel. Sy stryk oor haar rok. Sy staan by 'n padverlegging met dromme en versperrings en olyfboorde wat tot teen die pad staan.

Sy kyk terug, maar Dick Malgas se bakkie is weg en die nag is stil om haar. Sy kyk vorentoe.

Toe ligte aankom uit Vredenburg se rigting, trek sy haar asem diep in en stoot haar duim uit. Dis 'n swaarvragmotor, wat stadig naderkom en met 'n geblaas en 'n gesuis van remme 'n ent verby haar stilhou.

Toe die drywer vra waarheen sy gaan, sê sy: "Reguit." Sy dut in die stuurkajuit en eers digby die N1 word sy wakker. Waar die pad oor die N1 swaai, laai hy haar af. Hy't geen vrae gevra nie. Niks gepraat nie.

En toe vat sy die lift op die bakkie noord.

"Waarheen?"

"Reguit," het Snaartjie Windvogel aan die bestuurder gesê.

Sy't 'n vyftig rand, klein opgevou, uitgehaal en dit was haar bydrae tot petrolgeld.

Agterop die bakkie sit sy in die son en hulle ry deur die tolhek, waar die bestuurder weer 'n handpalm na agter draai en sy tien rand bydra. Hulle vat die opdraand teen Du Toitskloof op en wanneer hulle die pas deur is en anderkant Worcester verby is, voel sy die wind teen haar gesig en ruik dat die reuk van die aarde verander het.

Later ruik sy rook en by De Doorns en die Hexvallei ry hulle deur plate wingerde wat tot teen die steil blou berge staan. 'n Skuur is aan die brand en sy sien 'n groot skare mense saamdrom by plakkershutte wat in 'n plaat teen die pad lê en die bult uitstrek. Polisie staan langs die pad en 'n oorlog, lyk dit vir haar, breek tussen die polisie en die mense uit.

Vangwaens jaag op en af en 'n verkeersman beduie, hou aan, julle kan nog net-net deur. Ry net vinnig, ons maak die pad nou-nou toe. 'n Groot banier is opgerig by die voetbrug oor die N1 en 'n dansende wal mense kom deur die traanrook pad se kant toe. Vier polisie-gedrogte skuif nader. Dis vreemde voertuie met klein venstertjies en gaasdraad om die glas te beskerm.

Sy hoor skote klap en dan is hulle deur die rook en anderkant uit.

"Reguit."

Hulle jaag die oop Karoo in. Die bakkie se enjin loei en Snaartjie hap na die wind.

Hoekom sal daar nie plek vir my wees op Matjiesfontein nie? Ek het geen ander huis nie. Hulle het my weggevat, en ek bring myself terug. Als wat ek is.

Nes ek is.

Ek gaan huis toe.

Survivor, prewel Snaartjie Windvogel. Dis wat geskryf gestaan het op die voorruit van die gangsterkar wat deur Kliprug gejaag het met sy berookte ruite. Daar was nog iets by, nog 'n woord. Ja, ja, dis wat dit was.

Ultimate Survivor.

ERKENNINGS

Aan die slot van my roman *In stede van die liefde* verdwyn een van die karakters.

"Wat het geword van Snaartjie Windvogel?" is 'n vraag wat baie lesers sedertdien aan my gevra het.

Klimtol is die antwoord op daardie vraag.

Hierdie roman is 'n storie wat op eie bene staan, en dit is nie nodig om eers *In stede van die liefde* te lees voordat jy hierdie verhaal oor 'n moord op Paternoster lees nie.

Maar *In stede van die liefde* met sy duifresies en vioolspeel is nie al voorteks nie. Die Leidense historikus Johann Huizinga se klassieke werk *Homo Ludens* (1938) word steeds siteer in die mees resente studies oor die aard van speel – selfs wat betref die jongste navorsing oor *gaming*, oftewel rekenaarspeletjies.

Sy studie en die daaropvolgende debat wat wêreldwyd gevoer word oor die spelende mens, die aard van speel en die eienskappe van spel het 'n groot invloed gehad op die denke agter hierdie roman.

My dank aan die hoogleraar in Geskiedenis aan die Universiteit van Leiden, Willem Otterspeer, wat sy essay "De speelse mens" of, in Engelse vertaling, "Man the Player – Huizinga's Homo Ludens Revisited", aangestuur het. Dit het in *The Low Countries. Art and Society in Flanders and the Netherlands 2012* verskyn, in 'n onderafdeling met die titel "The Seriousness of Play".

'n Voorstudie van *Klimtol* is my verhaal "Gifkaroo", wat aanvanklik in die Engelse vertaling ("Poison Karoo") van die digter Isobel Dixon in 2012 op my webwerf LitNet gepubliseer is as protes teen hidrobreking.

Daarna het "Poison Karoo" sy weg gevind na die Amerikaanse

webwerf *Words without Borders*, in 'n spesiale uitgawe gewy aan olie- en skaliegasontginning. Die bydraers het geskryf oor gebeure in plekke so ver verwyderd van mekaar as Rusland, Nigerië, Suid-Afrika en Argentinië.

"Poison Karoo" is in pamfletformaat uitgegee tydens die Tweede Karoo-Ontwikkelingskonferensie in Beaufort-Wes (2012), waar hidrobreking ook 'n gesprekspunt was.

"Gifkaroo" is daarna in Nederlands vertaal deur my Nederland-se vertalers Martine Vosmaer en Karina van Santen en het in die Nederlandse literêre joernaal *De Gids* van Maart 2013 verskyn, en daarnaas ook in die Amsterdamse boek *Zo ver en zo dichtbij. Literaire betrekkingen tussen Nederland en Zuid-Afrika*, Peter Lie-bregts, Olf Praamstra en Wium van Zyl (reds.), Amsterdam: Suid-Afrikaanse Instituut, 2013.

In 2013 het die Kaapse uitgewery Houtstraat-Uitgewers die boe-kie *Gifkaroo – Poison Karoo*, wat nie in die handel beskikbaar gestel is nie maar as protes teen hidrobreking gratis aan sleutelspe-lers gestuur is, gepubliseer. Slegs 'n klein nie-kommersiële oplaag is gedruk.

Daarna het *Gifkaroo* uitgegroei tot hierdie roman, maar *Gif-karoo* moet uiteindelik nie as onderdeel van *Klimtol* beskou word nie. Dit is eerder verkennende voorwerk oor die aard en beligga-ming van speel en die besoedeling van die gees.

Terwyl *In stede van die liefde* as verhaal *Klimtol* in die tyd voor-afgaan, is daar in storieterme nie dieselfde verhouding tussen *Gif-karoo* en *Klimtol* nie – laasgenoemde verhouding is eerder speels as wat dit in storieterme oorsaaklik is.

Die gesprek oor toentertyd se klimtolle op p. 55 is gevind op *http://mybroadband.co.za/vb/showthread.php/141660-coca-cola-yoyo-from-the-late-80-s*.

Gepubliseerde navorsing deur my vrou, Kaia, wat as geneesheer praktiseer maar destyds verbonde was aan die MNR-Eenheid vir Sitogenetika aan die Universiteit Stellenbosch se Mediese Skool, moet vermeld word. In April 1985 verskyn haar navorsingsartikel "Genetika en geslagtelike afwykings" in die geakkrediteerde akademiese joernaal *Mediese Genetika / Medical Genetics*. In die artikel rapporteer sy navorsing oor pasiënte wat – en dit was die term wat in daardie jare gebruik is – "met interseks" presenteer.

Die manuskrip van *Klimtol* is gelees deur Kaia en sy het waardevolle wenke tydens die ontwikkelingstadia gegee.

Ook Isobel Dixon, my agent in die Verenigde Koninkryk, vryskutredakteur Hettie Scholtz en NB-Uitgewers se Nèlleke de Jager, Hester Carstens en Etienne Bloemhof het waardevolle advies gegee. Dankie ook aan Linette Viljoen en Liesl Roodt.

Dit is almal mense wat onder groot druk werk aan verskeie projekte en ek is baie dankbaar vir hul aandag en ondersteuning.

Die Universiteit Kaapstad word bedank vir die vergunning van ses maande sabbatsverlof, wat aan my die beweegruimte gegee het vir navorsing, asook die tyd vir die nodige skryfwerk.

In hierdie periode kon ek in Duitsland en Switserland werk, en ek is spesiale dank verskuldig aan Armin en Uta Junghart vir 'n werkstafel met 'n uitsig op die Switserse berglandskap.

Ek het weer in Januarie 2012 verblyf gehad as inwonende skrywer in die Amsterdamse skrywersresidensie aan die Spui as gas van die Stichting Fonds voor de Letteren, die Nederlands Literair Productie en Vertalingenfonds en Boekhandel Athenaeum. Besondere dank aan Fleur van Koppen en die personeel van al hierdie instansies. Dit is 'n buitengewone voorreg om onverstoord te kan werk in so 'n mooi en stimulerende omgewing. In daardie ruimte op die Spui het ek oor die afgelope jare gewerk aan my romans *Asbesmiddag, 30 Nagte in Amsterdam* en *Klimtol*.

Hierdie roman is fiksie en ooreenkomste tussen werklike mense en karakters in die verhaal is bloot deel van die spel.

Etienne van Heerden
Stellenbosch
April 2013

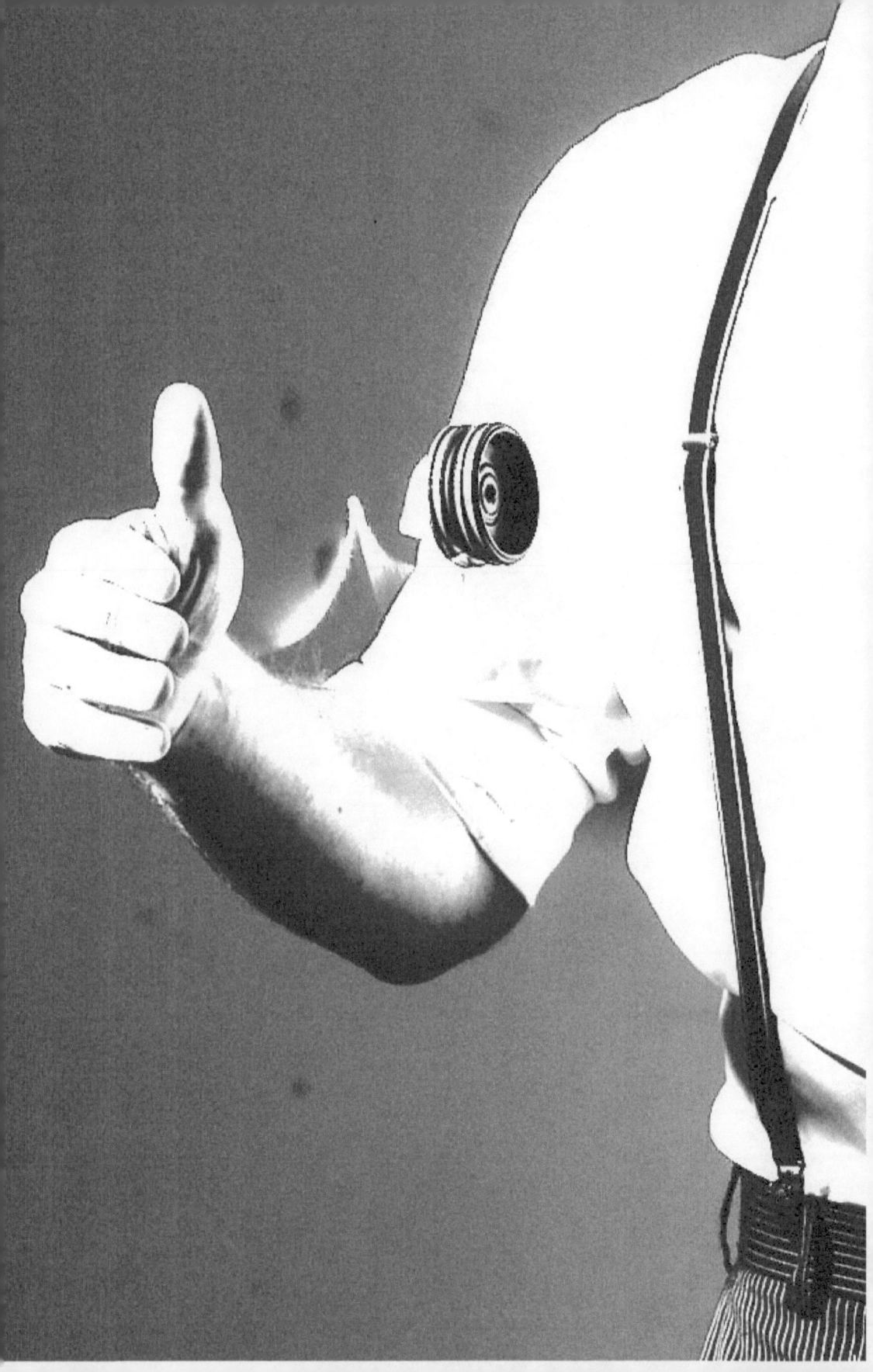

www.ingramcontent.com/pod-product-compliance
Lightning Source LLC
Chambersburg PA
CBHW020840020726
47497CB00005B/1183